Christine Swientek

Ich, Babett, 83 ...

und mein kleines Haus im Wald am See

Roman

Impressum

Die Deutsche Nationalbibliothek verzeichnet diese Publikation in der Deutschen Nationalbibliografie; detaillierte bibliografische Daten sind im Internet über http://dnb.dnb.de abrufbar.

© 2024 Christine Swientek

Lektorat, Satz und Layout: A. Rohde, Bonn

Covergestaltung unter Verwendung eines Aquarells von Magdalena Arlt, 1977, o. T.

Verlag: BoD • Books on Demand GmbH, In de Tarpen 42, 22848 Norderstedt
Druck: Libri Plureos GmbH, Friedensallee 273, 22763 Hamburg

ISBN: 978-3-7597-4917-8

Nichts Irrtümlicheres als die allzu umgängliche Vorstellung, in dem Dichter arbeite ununterbrochen die Phantasie, er erfinde aus einem unerschöpflichen Vorrat pausenlos Begebnisse und Geschichten. In Wahrheit braucht er nur, statt zu erfinden, sich von Gestalten und Geschehnissen finden zu lassen, die ihn, sofern er sich die gesteigerte Fähigkeit des Schauens und Lauschens bewahrt hat, unausgesetzt als ihren Wiedererzähler suchen; wer oftmals Schicksale zu deuten versuchte, dem berichten viele ihr Schicksal.

Stefan Zweig

Ungeduld des Herzens

Inhalt

0. Abel

Ab heute heiße ich Abel. Babett Abel. Vorhin, als der fremde Mann mich nach meinem Namen fragte, und vorhin, nachdem ich meine Hand an die Wand einer alten Hütte gelegt und gefragt hatte, ob ich die haben kann, also vorhin, als mein altes Leben begann, sich zu ändern, konnte ich meinen richtigen Namen nicht nennen. Der gehört der Vergangenheit an. Ab heute ist Zukunft.

Abel – der Name kommt nicht von ungefähr. Nicht, dass ich gerne erschlagen werden möchte, weil mein Rauch höher steigt als der meines Konkurrenten … wieso hat sich in ein paar tausend Jahren eigentlich nichts geändert? … aber ich will endlich mal vorne stehen. Wenn nicht ohnehin, dann wenigstens im Alphabet. A-B. Noch weiter oben ginge es nur mit A-A, aber da ist mir so schnell nichts eingefallen außer einem See im Münsterländischen.

Ich habe schon als Kind in der Grundschule darunter gelitten, dass mein Name mit W-U begann. Ich gehörte dann immer zu den zwei, drei letzten und manchmal vergaß man uns da unten ganz, wenn es schon bei P wie Polenz zur Pause läutete.

Später habe ich geheiratet. Was hatte ich bekommen? Keinen liebenden Ehemann, der mit B oder D anfing, sondern einen Hurenbock, der Wagner hieß. Wenigstens ein Treppchen höher.

Also Abel. Und Babett? Das ist so schön altmodisch. Und es erinnert mich an eines meiner ersten Kinderbücher, in der die gütige Kinderfrau Babett hieß. Hingebungsvoll betreute sie das zarte, kränkelnde, Blut spuckende kleine Mädchen, das immer am Fenster saß, mit einer Decke über den Knien, und das auf die blühenden Almen und die schneebedeckten Berge schaute.

Bis es starb.

Also Babett Abel, und mein Leben beginnt neu.

Dunkel ist es hier. Und still. Kein winziger Lichtstrahl, kein winziges Piepsen, kein winziges Rascheln. Bevor ich die kleine Nachttischlampe gelöscht habe, habe ich mir meine Herberge genauer angesehen. Ein Zimmerchen von vielleicht sechs Quadratmetern, schräg von beiden Seiten, vorne Tür, hinten Fensterchen. Gott sei Dank ist es offen. Ich würde sonst einen Panikanfall bekommen. Blassrosa Tapete mit mattrosa Rosenranken. Senkrecht. Spitzengardinchen, Minitisch mit weißer Häkeldecke, Stuhl mit altrosa Häkelkissen. Das Waschbecken so klein wie ein Kochtopf für eine Person. Aber mit fließend warm und kalt Wasser.

Alles in allem eine Puppenstube. Das Bett, in dem ich liege, hat jedoch Normalmaße. Ich komme mir vor wie Schneewittchen bei den sieben Zwergen. Nur steht nicht fest, von wessen Tellerchen ich morgen essen werde.

Babett Abel. Die spleenigste Idee meines Lebens, falls ich je in meinen 83 Jahren eine spleenige Idee gehabt haben sollte.

Der Tag fing ganz normal an. Wie alle alten Leute, die sich durch ihre Tage langweilen, hatte ich mich für eine Tagesbustour angemeldet. Garantiert ohne Verkauf von Rheumadecken und Lotterielosen. Eher eine Kulturfahrt. Wie ich so was hasse. Ein ganzer Reisebus voller alter Weiber und nur ein mitgeschleppter Ehemann, der den Eindruck machte, als könne man ihn nicht mehr alleine zu Hause lassen.

Kaum waren wir aus Hamburg raus, stimmte der berufsvergnügte Reiseleiter „hoch auf dem gelben Wagen" an, und alle dachten an den Bundespräsidenten, der sich mit diesem Lied unsterblich gemacht hatte. Hat ihm nichts genutzt. Er ist trotzdem tot.

Unterwegs dann eine Seenplatte, dann Kaffee mit wahlweise Käse- oder Wurstplatte. Dann große Kirche, dann kleines Museum. Die Kirche groß und kalt. Das Museum klein und kalt. Die Kirche, obwohl seit Jahrhunderten protestantisch, roch noch immer nach Weihrauch. Das Museum roch nach feuchtem Beton. Soweit.

Bei mir hat es erst geklickt, als wir nach dem Museumsbesuch zum zweiten Ausgang hochstapften, weil am ersten der Bus nicht so lange halten durfte.

Da habe ich sie gesehen. Meine Hütte. Mein kleines Haus im Wald am See. Mein Traum seit fünfzehn Jahren. War sie es wirklich? War es ein déjà vu?

Das kleine Haus im Wald am See war über Jahre wie eine Zauberformel gewesen. Sie umspannte meine Sehnsüchte nach einem eingeschneiten Blockhaus am großen Bärensee oder noch weiter nördlich, in dem ich mit meinem Husky lebte und darauf wartete, dass einmal monatlich das Wasserflugzeug vor meinem Steg landete, um Post und Versorgung zu bringen. Und das manchmal nicht kam, wenn widrige Wetterverhältnisse herrschten. Dann legte ich noch ein paar Scheite mehr in den Bollerofen, holte aus dem Anbau ein Stückchen vom Bärenschinken und zwei gefrorene

Lachse, passte auf, dass der große Braune mich nicht sah, und lauschte in den Nächten dem Schneesturm.

Ich habe nie einen Husky gehabt und bin nördlich über die Nordsee nie hinausgekommen. Aber das kleine Haus … warum sollte es nicht auch woanders stehen? Ich habe mich erinnert. Es ist fünfzehn Jahre her, eine ähnliche Bustour mit alten Kolleginnen. Klassenfahrt haben sie es genannt. Schon damals waren wir hier, und ich hatte meine Hand an die warme Wand dieser Hütte gelegt. Und seitdem …

Ich habe dem Reiseleiter gesagt, sie müssten ohne mich zurückfahren. Ich würde bleiben. Ich musste ein Freiwilligkeitspapier unterschreiben, damit ich ihn später nicht wegen Altenaussetzung verklagen könne. Und dann fuhren sie schnatternd ohne mich ab. Ich trabte zur Hütte zurück und legte meine Hand auf die sonnenwarme Seite. Rau und still.

Wie lange ich dort gestanden habe, weiß ich nicht. Ich war bei meinem kleinen Haus angekommen. Nicht im Schnee, aber auch in Kanada und Alaska gibt es warme Tage. Und Mücken.

Ob er mir helfen könne, fragte plötzlich eine Männerstimme hinter mir.

Was das für eine Hütte sei?

Die gehört zum Museum.

Was da drin wäre?

Nichts. Die steht leer.

Was sie früher enthielt?

Das sei die Töpferwerkstatt des Meisters gewesen.

Und dann stellte ich die wohl verrückteste und folgenschwerste Frage meines Lebens:

„Kann ich die haben?"

Und der fremde Mann sagte, ohne mit der Wimper zu zucken:

„Ja."

Und nun liege ich hier in der Puppenstube, weil es morgen noch viel zu bereden gäbe. Ich warte auf den Schlaf, der nicht kommt, weil alles so still und so dunkel ist.

I. Die Hütte

Es war noch eine Weile hin und hergegangen. Smalltalk. Sie konnte sich nicht mehr erinnern.

Die Hütte, ihre Frage und sein Ja hatten sie aus der Bahn geworfen. Ihr Gehirn rotierte. Ab und zu hatte sie das Gefühl, als drehe sich alles. Das ist nur der Blutdruck, dachte sie, mach' dich nicht verrückt. Du hast heute Morgen deine Tablette nicht genommen.

Irgendwann fragte der Mann etwas. Sie sah ihn irritiert an. Was wollte er? Er lächelte und sagte: „Wir hätten dann einiges zu besprechen, wenn Sie es ernst meinen. Unsere letzte Bimmelbahn fährt in einer Stunde ab Stadtbahnhof. Wenn es Ihnen recht ist, können Sie hier übernachten."

Er sah sie fragend an.

„Hier?" fragte sie entsetzt und wies auf die Hütte. „Ist denn hier was …?"

Er lachte. „Nein, die Hütte ist leer. Da müssten wir erst noch vieles herrichten. Aber Sie könnten bei Trude übernachten. Die hat zwei kleine Gastzimmer. Soweit ich weiß, sind die im Moment frei. Ist auch nicht teuer."

„Äh … ich … ich weiß nicht."

„Sehen Sie", sagte er geduldig, „zum einen haben Sie die Hütte ja noch gar nicht von innen gesehen. Ich habe auch den Schlüssel nicht dabei. Und dann gäbe es einiges zu besprechen und zu planen. Dafür sollten wir uns Zeit lassen."

Was er dachte, ahnte sie noch nicht einmal. So eine irre Idee! Steht da ein altes Weiblein, übriggeblieben und hinterlassen von einer Busladung anderer alter Weiblein und ist geradezu entzückt von unserer alten Bude. Da sollten wir erst mal drüber schlafen und sehen, wie es morgen bei Sonne und nach einem starken Trude-Kaffee aussieht.

Sie überlegt. Alles geht so schnell. Ein Leben lang habe ich von einem kleinen Haus im Wald am See geträumt, Kanada, Alaska. Vor fünfzehn Jahren habe ich erstmals diese schwarze Hütte gesehen, hinter der ein alter Buchenwald ansteigt und vor der ein See glitzert. Und nun finde ich sie wieder, die Hütte, von der ich immer wieder träumte und nicht mehr wusste, wo ich sie gesehen hatte. Kann ich die haben? Ja. Übernachtung, Planung. Für Alaska hätte sie länger gebraucht. Ach, Alaska!

„Jaja", sagt sie schnell und weiß im Moment nicht so genau, zu was sie ja sagte.

„Ich ruf' Trude mal eben an", sagt er und nickt ihr lächelnd zu.

„Geht klar, wir sollen jetzt gleich kommen. Sie ist noch im Garten, aber es geht in Ordnung."

„Wie weit ist es?" fragt sie und spürt die Müdigkeit in den Knochen. Sie ist seit zwölf Stunden auf den Beinen. Ohne Mittagessen. Ohne Mittagsschlaf. Ohne Nachmittagskaffee. Nur mit Adrenalin in den Adern und der Ahnung, dass sich hier etwas Zukunftsweisendes ereignet.

„Ist es weit?" fragt sie noch einmal, und er hört ihre Erschöpfung.

„Nein, hier ist gar nichts weit. Wir messen unsere Entfernungen noch immer in Metern. Sehen Sie, hier wohnt

Trude. Ihr altes Hexenhaus. Wir gehen hinten rum. Ich geh'
mal vor, ja? Trude! Ich bringe Dir Deinen Gast!"

Die Antwort kommt aus den Tiefen des Gesträuchs: „Gut.
Bring' die Frau schon mal nach oben. Das große Zimmer.
Ich komm' gleich."

Auch eine Form von Hotelrezeption, denkt sie. Hatte ich
noch nicht. Hier dreht sich die Welt noch anders.

Oben angekommen öffnet Hans eine Tür.

„Das hier ist das große Zimmer." Er grinst. „Ich nenne es
immer lieber das rosa Zimmer. Das andere ist noch kleiner.
Wollen Sie sich erst mal frisch machen?"

Sie bejaht, bis ihr einfällt, dass sie für einen Tagestrip aus-
gerüstet ist – keine Zahnbürste, kein Nachthemd, keine frische Unterwäsche. Nichts. Ein kleines Stück Seife liegt auf
dem Minibecken, Handtücher liegen dabei, sogar eine Packung Abschminktücher. Die sind das letzte, was sie
braucht. Notfalls werden sie zweckentfremdet.

„Die Toilette ist auf der anderen Seite", ruft Hans die
Treppe hoch, „wenn Sie fertig sind, können Sie gerne her-
unterkommen."

Unten prallt sie mit einer Frau in bunter Kittelschürze zusammen. So eine hatte ihre Mutter früher auch. Die Frau
hält ihr den Ellenbogen entgegen und sagt:

„Ich bin Frau Trude. Sie sind Frau Abel, hat Hans gesagt.
Willkommen."

Dann ruft sie in die Küche: „Machst du Abendessen? Gibt
nur Brot und Butter und dann guck' mal, was in der Kam-
mer ist. Gurken und so. ich muss nur eben die Hände

waschen. Gehen Sie schon mal durch", sagt sie zu Babett. So richtig begeistert über einen Übernachtungsgast hört sich das nicht an. Aber Babett lernt im Laufe der Zeit, dass das der übliche Umgangston mit Vertrauten ist. Und andere als Vertraute gibt es hier nicht.

Hans hat den Tisch gedeckt. „Ach, du bleibst auch? Kocht dein Mäuschen heute nicht?"

„Nein, mein Mäuschen ist heute Abend in der Stadt. Volkshochschulkurs. Aber du hast Gurken genug, um mich auch satt zu kriegen, oder?"

Das „Mäuschen" hatte deutlich hörbar zwei sehr unterschiedlich Bedeutungen, findet Babett. Interessant.

Brot, Butter, eingelegte Gurken, Kürbis, Radieschen, zum Nachtisch Kirschen. Gut für die Verdauung.

„Gesund heute bei dir", sagt Hans und zu Babett gewandt: „Alles aus dem Garten. Es fehlt nur 'ne Kuh, dann gäbe es auch Käse."

„Musst du nächstes Mal selber mitbringen", sagt Trude. „Übernachtung 18 Euro mit Frühstück. Das Abendessen heute geht aufs Haus."

Was hatte Trude gesagt? 18 oder 80? 18 mit Frühstück? Naja, das Zimmer ist klein, aber …

„Hast du erhöht?" fragt Hans.

„Ja, zwei Euro. Musste mal sein. Nach sechs Jahren. Man muss mit der Zeit gehen."

Mehr wird nicht geredet. Keine Konversation, kein Informationsaustausch, keine Fragen. Weiß sie schon alles oder hat sie kein Interesse? Babett ist irritiert. Eine andere Welt hier alles in allem. Oder ein Hirngespinst?

≈

Als sie aufwachte, konnte sie sich nicht orientieren. Wo war sie hier? Was machte sie hier? Rosa Blümchenzimmer und die Sonne voll auf ihrem Bett … sie schloss die Augen und atmete tief ein und aus. Ein und aus. Als sie die Augen öffnete, war sie noch immer von Rosenrankentapeten umgeben. Was war das gestern gewesen? Bustour, Kirche, Museum. Und dann die Hütte. Ein Wiedererkennen. Ein fremder Mann. Und den hatte sie gefragt. Nein, das kann nicht stimmen. Das hatte sie geträumt, so, wie sie jahrelang vom kleinen Haus am See geträumt hatte. So was fragt man nicht.

Ich stehe jetzt einfach mal auf, dann wird sich alles klären, dachte sie.

Sie wusch sich mühsam über dem Waschbeckchen in Kochtopfgröße. Es war eine ziemliche Plemperei, aber sie fühlte sich erfrischt. Sie zog ihre Sachen von gestern an. Andere hatte sie nicht.

Alles war still. Draußen und drinnen. Sie schob die kleine Spitzengardine beiseite. Ein Garten. Ein Garten wie früher. Ein déjà vu? Sie kniff die Augen zusammen. Nein, es war ein Garten wie bei ihren Eltern damals. Satter Erdgeruch, Gemüsebeete, Beerensträucher, Obstbäume und eine überwältigende Blumenpracht. Zinnien, so lange nicht gesehen.

Herbstastern, jetzt schon? Es war doch noch August. Dahlien in jeder Form und Farbe. Und über allem eine nie gehörte Stille. Sie wanderte mit ihren Augen über die säuberlichen Wege. Nur festgetrampelt ohne Begrenzungssteine oder die entsetzlichen, über Jahre leer getrunkenen Weinflaschen, die mit dem Hals in die Erde gestopft wurden. Hinten glitzerte etwas. Sie sah genauer hin: Wasser. Der See? Dieser Garten endete am See?

Es war das Paradies ihrer Kindheit. Sie kämpfte mit Tränen und rief sich zur Räson. So wie sie sich ihr ganzes Leben lang zur Räson gerufen hatte.

Was mache ich denn nun, dachte sie. Es ist zehn Uhr vorbei. Diese Frau gestern Abend hatte was von Frühstück gesagt. Wie hieß sie noch? Trude. Aber nach zehn? Es rührte sich nichts im Haus und es duftete nur nach Garten, nach Erde, nach Blättern, nach Blumen … aber nicht nach Kaffee.

Ich geh' mal gucken, dachte sie. Vielleicht wache ich doch noch aus diesem Traum auf.

Auf dem Flur gab es noch ein Zimmerchen, zartgelb, das Fenster zur anderen Seite, auch auf Gärten und eine schmale Straße. Und ein Winzbad gab es. Mit größerem Waschbecken, mit schmaler Dusche und dahinter das WC. Alles sauber und glänzend.

In der Küche war niemand. Aber der Tisch war gedeckt. Sie stand davor und dachte, ich träume doch. Das ist wirklich wie bei den sieben Zwergen. Der Brotkorb war mit einer Stoffserviette abgedeckt. Stoffserviette mit Hohlsaum rundum und in einer Ecke mit einer gelben gestickten Blüte.

Wie damals, dachte sie. So was haben wir im Handarbeits-unterricht gemacht. Vor siebzig Jahren.

Vor dem Teller stand eine Karte. „Guten Morgen. Der Kaffe ist frisch in der Kanne. Milch ist im Kühlschrank. Bin nich da. Mus in die Stadt. Hans kommt später nach ihnen sehen. Guten Apetit."

Derbe Schrift, Rechtschreibfehler und Herzlichkeit. Nein, ich träume nicht. Oder?

Als sie zwei Becher vom starken Kaffee getrunken und zwei Scheiben Brot mit selbstgemachter Marmelade gegessen hatte, wusste sie, dass sie sich in der Wirklichkeit befand. Und gleichzeitig hatte sie das Gefühl, dass gestern etwas Neues in ihrem alten, langweiligen Leben begonnen hatte. Sie empfand mehr Furcht als Neugier.

Während sie sich den nächsten Becher vollschenkte, hörte sie es an der Tür rumpeln. Sie erschrak. Jemand scharrte sich die Schuhe ab und murmelte etwas. Eine Männer-stimme. Sie saß starr und atmete flach.

„Guten Morgen, Frau Abel", rief er. „Ich bin's. Hans. Sie er-innern sich?" Er lachte, kam zum Tisch und reichte ihr die Hand.

„Ist noch Kaffee da?" fragte er, wartete aber keine Antwort ab, sondern schüttelte die Kanne, griff sich aus dem Kü-chenschrank einen Becher, setzte sich, goss Kaffee ein und lachte sie an.

„Gut geschlafen?" fragte er. „Als Städter hat man mit dem Schlaf hier erst mal so seine Probleme. Zu still. Das geht mir immer so, wenn ich länger fort war. Dafür war es mir in der Stadt immer zu laut. Und zu stinkig. Aber man gewöhnt sich."

Er rührte sich drei Löffel Zucker in den Kaffee und sah sie an. „Sie wollen also gerne unsere alte Hütte haben, erinnere ich mich da richtig?"

≈

Erinnerte er sich richtig? Wenn er so fragte, musste wohl stimmen, was ihr seit einer Stunde durch den Kopf ging. Im Alter vermischt sich oft alles. So jedenfalls die ewige Furcht, nicht mehr richtig zu ticken. Aber diesmal stimmte es wohl. Sie nickte vage und nahm sich aus Verlegenheit noch eine Scheibe Brot, die sie dünn und in voller Konzentration mit Butter bestrich.

Vor 15 Jahren – ja, da waren sie im Kolleginnenkreis hier. Selbes Programm, Kirche, Museum, nichts Überwältigendes. Bis sie die Hütte sah. Sie stand unangetastet und schwarz und stoisch wie damals, wahrscheinlich wie schon vor achtzig oder hundert Jahren, als der Meister hier noch werkelte.

Alten Fotos nach zu schließen, muss das Museum mal klein und lauschig gewesen sein. Die Exponate dicht an dicht, die Beleuchtung schummrig und den Geist der Zeit vermittelnd, in der alles entstanden war.

Aber dann kam die Aufwertung des Ostens, dann die Aufwertung des ländlichen Raumes und dann die Gelder der EU. Was man kriegen kann, muss man haben. Auf Teufel komm raus. Und er kam in Form von Wasser, Wasser,

Wasser. Die Werkstatt des Meisters mit seinem Schauraum hatte in einem kleinen Talkessel auf dem Sandboden der Gegend gestanden. Für den Neubau – spektakulär natürlich – war der Architekt in die Tiefe gegangen. Die unteren Räume waren in ein gewaltiges Betonbecken gebaut, dreihundert Meter Luftlinie von dem See entfernt, der sich um Beton nicht scherte, sondern sich fröhlich und ungehemmt nach starken Regenfällen in alle Richtungen ausbreitete.

Von unten nass und von oben heiß. Die obere Etage mit den Drucken und Blättern, unten standen die Skulpturen, lag unter einem prächtigen gewölbten Glasdach.

Hübsch ausgedacht. Preiswürdig. Jedenfalls als Modell im Architektenatelier.

Es war alles nicht stimmig gewesen. Solange nicht, bis sie aus der feuchtwarmen Talsohle nach oben gestiefelt waren und sie dort die schwarze Hütte gesehen hatte.

Sie stand angelehnt an den ansteigenden Wald, Fenster wie Augen, die Tür dazwischen wie in großer Mund. Rechts stieß die Eingangspforte zum Museumspfad an die Wand.

Aber das Beste war die Treppe gewesen. Sie war genauso breit wie das Haus lang war, von Seite zu Seite. Linkerhand hatte sie sechs klobige Stufen, rechterhand acht. Dazwischen das Gefälle - vom Wald zum See. Alles schien so, als sollte es den dritten Weltkrieg überstehen. Den zweiten hatte es schon hinter sich.

Seitdem hatte sie von einer Hütte geträumt, die sich an den Wald anlehnte und mit den Füßen im Wasser stand. Fast. Nur dreihundert Meter entfernt. Ein Badesee.

So etwas hatte sie sich ihr ganzes Leben lang gewünscht, seit ihre Mutter mit den Kindern aus dem Osten floh und von Ort zu Ort, von Wohnung zu Wohnung gezogen war.

„Sie erinnern sich?" fragte er noch einmal, während er den Kaffee um und um rührte. „Sie hatten mich gefragt, ob Sie die Hütte haben können, und ich habe ja gesagt. Aber wir müssten das alles in Ruhe besprechen, wenn Sie noch wollen. Und jemanden für die handwerklichen Arbeiten hinzuziehen. Und deshalb habe ich Sie gestern Abend erst mal bei Trude untergebracht, damit Sie es überschlafen, und wir heute Zeit haben."

Abends hatte er wegen dieser witzigen Begebenheit noch eine Auseinandersetzung mit seiner Frau gehabt, die immer gleich so penetrant grundsätzlich wurde.

„Stell' dir vor ..." hatte er die Geschichte eingeleitet mit einer Mischung von Amüsement und Besorgnis. Seine Frau, gerade euphorisch wie immer aus ihrem Volkshochschulkurs heimkehrend, hatte ihn skeptisch angeschaut.

„Was ist daran so merkwürdig?" hatte sie gefragt.

„Alles! Taucht da plötzlich so eine alte Frau auf und ist vernarrt in die Bretterbude. Ich weiß noch gar nicht, wie ich mich morgen verhalten soll, wenn ich sie wiedersehe. So tun, als ob nichts wäre? Oder ihr gleich sagen, dass das nicht möglich ist oder dass der Vorstand abgelehnt hat?"

„Wieso kannst du sie nicht einfach ernst nehmen? Und wieso hast du dich erst auf ein Gespräch mit ihr eingelassen? Und wieso hast du sie deiner alten Trude untergejubelt? Was sollte das denn? Hast du dir mit ihr einen Scherz erlaubt?"

Hans war irritiert. Er erzählte seiner Frau, die immer über die Ereignislosigkeit in diesem Dorf jammerte, endlich mal eine hübsche Geschichte, und sie wurde eklig.

„Nein, kein Scherz. Aber denk' mal an die Situation: Lehnt an der Wand der Bude und fragt, ob sie die haben kann!"

„Und warum hast du nicht nein gesagt?"

Hans überlegte. „Weiß ich nicht. Es war so spontan und so witzig. Eigentlich. Vielleicht habe ich gedacht, mal sehen, wie es weitergeht."

„Ja, das siehst du jetzt ja. So geht man mit alten Menschen nicht um, Hans! Wie alt ist sie denn?"

„Keine Ahnung, ich hab' sie nicht gefragt. Aber siebzig bestimmt."

Nach einer Pause fragte er zaghaft: „Und was soll ich morgen früh nun tun?"

„Weiß ich nicht. Ist allein deine Sache. Schlaf' drüber, vielleicht träumst du eine elegante Lösung, oder du nimmst sie ganz einfach ernst."

Hält der mich für senil, dachte sie. Dann sollte er mir lieber nicht die Hütte überlassen, sonst hat er mich bald als Pflegefall am Bein.

„Entschuldigung", sagte sie. „Ich bin noch nicht ganz wach. Ich habe so tief geschlafen, und das Koffein hat noch nicht gewirkt."

„Das kenne ich", sagte er. „Im Prinzip können wir uns Zeit lassen, aber ich habe das Museum schon offen und muss so langsam sehen, was da los ist. Kommen Sie mit, oder wollen Sie nachkommen?"

„Ich habe mir gestern den Weg nicht gemerkt", sage sie, „ich komme lieber mit, damit ich mich nicht verlaufe."

Er lachte laut. „Hier kann man sich nicht verlaufen. Auf dieser Seite vom Museum gibt es den Weg am See entlang, den Seeweg. Da sind wir gerade. Und dann parallel den Weg am Wald lang, den Waldweg. Verbunden sind die beiden in der Mitte durch den Nelkenweg. Auf der anderen Seit des Museums wird es schon komplizierter. Dort gibt es fünf Wege, Straßen genannt. Das hier ist der alte Teil des Ortes, die andre Hälfte der neue. Hier Knusperhäuschen mit Seegrundstück, dort richtige Häuser, sogar mit ein paar Stockwerken."

Er stand auf, räumte das Geschirr in die Spüle, deckte das Brot zu, stellte die Milch in den Kühlschrank und sagte: „Das war sozusagen eine Führung durch unser Dorf. Mehr gibt es nicht."

„Schließen Sie nicht ab?" fragte sie, als sie durch die Küchentür in den Garten traten.

„Abschließen? Hier? Nee, hier schließen wir nicht ab. Noch nicht. Hoffentlich nie."

Na, da spiele ich mit Sicherheit nicht mit, dachte sie, als sie neben ihm den schmalen Seeweg Richtung Hütte gingen. Ihre Hütte. Am Ende einer kleinen Stichstraße, die am Anfang des Waldes endete.

„Ich hole mal eben den Schlüssel.", sagte er. „Sie kennen die Hütte ja nur von außen. Aber wenn Sie sie haben wollen, werden Sie ja wohl eher an ihrem Inneren Interesse haben."

Sie setze sich auf die wuchtige Holztreppe. Sonnenwarm. Sie träumte von dem Leben hier am Rande von See, Wald und Zivilisation.

Wie war es gestern gewesen? Sie hatte ihn nach der Hütte gefragt.

„Kann ich sie haben?"

Als ob sie nach einem Holzstückchen gefragt hatte, das schön geformt war. „Kann ich es haben?" Und der fremde Mann hatte gesagt:

„Ja, wenn Sie wollen."

„Ja, ich will!"

Wie vor dem Standesbeamten, zu dem sie mit einem fremden Mann gegangen war, in den sie sich kurz zuvor auf der Straße verliebt hatte.

Sie betrachtete die Bäume. Hohe Buchen, sicher so alt wie diese Hütte, vielleicht so alt wie der Künstler heute wäre, würde er noch leben. Zur Mulde hin Birken und Erlen, die auf Sand und Nässe schließen ließen, aber weit dahinter – hinter dem modernen Dorf mit seinen fünf Straßen – noch einmal hoher Buchenwald. Und links der See, den sie nicht sehen aber riechen konnte.

Tagsüber werde ich hier auf der Treppe sitzen, dachte sie. Mit einem Buch und einem großen Becher mit Kaffee. Und wenn die Sonne hinter dem Wald untergehen wird, werde ich reingehen und mich in meinen gemütlichen Sessel setzen.

Plötzlich stand er vor ihr. Sie hatte ihn nicht kommen sehen.

„So, ich habe den Schlüssel. Ich setze mich einen Moment neben Sie. Ein Bus ist angemeldet, aber ich glaube, die Leute haben wieder Verspätung. Ich muss einfach hinsehen."

„Gibt es in der Hütte eigentlich Strom?"

„Oh ja." Er lachte. „Sie ist technisch auf dem neuesten Stand. Eine Steckdose, ein Schalter, eine Strippe."

„Und Wasser?"

„Wasser auch. Gleich neben der Tür. Kalt natürlich nur. Wasser brauchte er damals zum Töpfern."

„Und eine Toilette?"

„Nee, die gibt es nicht. Da ging er wohl runter in die Trockenwerkstatt. Da müssen wir drüber reden. Da findet sich bestimmt eine Lösung. Ach, da ist der Bus. Moment, bin gleich zurück."

Wasser und Elektrizität. Was will ich mehr? Das sind die Grundlagen der Zivilisation, damit werde ich schon klarkommen. Mehr als in Alaska. Da hätte es das Wasser aus dem See gegeben und acht Monate im Jahr aus geschmolzenem Schnee.

„Wir gehen jetzt rein", sagte er. „Ach, übrigens, hatte ich mich vorgestellt? Hans, einfach nur Hans. Erschrecken Sie nicht, es ist sehr dunkel da drinnen. Die Holzwände sind innen genauso schwarz wie außen."

Er schloss auf, sagte „ich gehe mal vor", und sie folgte. Es war ein Schock. Dunkel trotz dreier Fenster, einer Tür und Sonne. Und es gab nichts. Vier Wände, Fußboden, Decke alles aus dem gleichen nachgedunkelten Holz. Was hatte ich erwartet von einer Hütte, die seit Jahrzehnten leer stand?

Als Hans sie ansah, ließ sie sich nichts anmerken. Think positiv, dachte sie. Der Schlachtruf der 80er Jahre, eine widersinnige Aufforderung. Aber es gelang ihr.

„Gute Luft ist hier drinnen", sagte sie und Hans lachte.

„Das soll wohl so sein. Sind ja nur Bretterwände. Immer zwei Bretter gegeneinander genagelt. Mehr nicht. Nichts für den Winter. Im Sommer kann es heiß werden, aber nicht ganztags. Sie haben fast rundum hohe Bäume."

Sie stand da und starrte. Ein altes, tiefes Emailbecken dicht neben der Tür. Eine Steckdose mit Schalter darüber, fertig. Mehr nicht.

„Da muss natürlich einiges getan werden", sagte er. „Das ist hier sozusagen der Rohbau. Wollen Sie es sich noch einmal überlegen?" Er dachte an das Gespräch mit seiner Frau. Ernstnehmen!

„Nein", sagte sie bestimmt und fühlte sich sehr tapfer. „Nein, ich will sie haben."

„Gut", sagte er, „dann setze ich mich mit Willem in Verbindung, der macht hier alles. Moment mal."

„Ja, ich bin's", sagte er in sein Smartphone. „Ja, sie will. Du kannst nicht? Wieso? Ach so, erst in einer Woche. Und jetzt Vorbesprechung? Wir sind in der Hütte. Zwanzig Minuten. Ist in Ordnung. Wir warten."

Das hörte sich an, als ob es schon vorbesprochen war. Dann redeten sie miteinander über sie, die Alte? Merkwürdig das Ganze. Aus der Zeit gefallen. Aus ihrer Zeit. Aber wollte sie nicht immer das Abenteuer? Muss ja nicht Alaska sein, für 83 Jahre reicht Mecklenburg.

„Wir können uns nochmal auf die Treppe setzen", sagt Hans. „Da habe ich den Zugang und das Museum im Auge. Unten ist ein Mitarbeiter. Wenn was ist, ruft er mich."

Als sie saßen, fragte er plötzlich: „Was wollen Sie hier eigentlich tun?"

Darüber hatte sie nicht nachgedacht. In ihren Gedanken an die Hütte, den Wald und den See hatte sie immer nur an Sein gedacht, nicht an Tun. Aber wenn er so fragte?

„Schwimmen, lesen, schreiben", sagte sie – Wünsche an ein Leben, das sie so nicht gehabt hatte.

„Schwimmen", sagte Hans. „Da sind Sie hier richtig. Unser Badesee ist unser ganzer Stolz und eigentlich der Mittelpunkt unseres Lebens im Sommer."

„Und im Winter?"

„Wenn Sie Schlittschuhlaufen oder so was meinen, nein, er friert nicht zu. Ich erinnere mich jedenfalls nicht. Lesen, ja, das kann man hier in Ruhe und ungestört. In der Stadt haben wir eine Bücherei, noch von damals, aber modernisiert und ganz gut bestückt, und ein Buchgeschäft, klein, aber fein. Da können Sie sich versorgen."

„Wie komme ich dort hin? Fahren Busse?"

„Wir fahren fast alle Auto, und wer keines hat, wird mitgenommen. Von den Alten und den ganz Jungen fahren einige Rad. Aber das geht nur querfeldein auf Holperwegen oder auf der Straße ohne Radweg. Und die Autos sind hier reichlich aggressiv, gerade Strecke, aber schmal. Wenn sich zwei Autos begegnen, wird's eng. Auch noch von damals. Aber in der Stadt gibt es zwei Taxiunternehmen. Wie teuer die sind, weiß ich nicht, aber es ist ja nicht weit."

Das wäre also schon mal geklärt. Man kommt hier weg. Notfalls. Und die Stadt hat einen kleinen Bahnhof, von dem kommt man noch mehr weg. Wegkönnen war eines ihrer Lebensthemen. Nicht eingesperrt sein. Ein stehengebliebener Fahrstuhl versetzte sie in Panik ebenso wie eine abgeschlossene Badezimmertür, in der der Schlüssel hakte.

„Und Sie wollen schreiben", sagte Hans. „Wenn ich Ihnen mit meiner Frage nicht zu nahetrete – was schreiben Sie denn?"

O Gott, er fragt aber gezielt. Das weiß ich doch selber nicht, dachte sie. Das ist hier ja wie in der Psychotherapie, in der Verborgenes durch Fragen ans Licht des Tages gezerrt wird.

„Äh, ich habe so verschiedene Ideen", sagte sie und sortierte hektisch. „Als erstes wollte ich unsere Familienchronik schreiben. Wir haben zwar keinen imposanten Stammbaum, aber es gibt einiges für die Nachwelt festzuhalten."

Familienchronik, pah! Für wen denn? Erlebtes und Erlauschtes, und was vor dem Krieg war, wusste sie sowieso nur bruchstückhaft. Da war alles besser gewesen, und da waren wir noch in der Heimat … Aber sie hatte schon lange eine Aufstellung über 'alle Männer meines Lebens' machen wollen. Interessierte vermutlich auch niemanden, aber das Erinnern und Sortieren – chronologisch – wäre sicher amüsant. Auch wenn damals das meiste alles andere als amüsant gewesen war.

„Das finde ich toll", sagte er. „Familiengeschichte gibt immer was her, auch ohne Adel und Militär. Es gibt so viele Anekdoten, die es zu sammeln lohnt ... Im Übrigen muss ich Ihnen vorsichtshalber sagen, da wir hier schon Nägel mit Köpfen machen, aber ich muss erst noch den Vorstand fragen. Wollen Sie eigentlich kaufen oder mieten?"

Noch so eine Frage. Kaufen? Endlich ein eigenes Häuschen? Sie wollte doch in Hamburg bleiben. Und diese Hütte hier, eine etwas größere Gartenbude ...

„Haben Sie Erben?" fragte er indiskret.

„Ja, hab' ich", sagte sie und war stolz darauf, einen Nachkommen benennen zu können und nicht als alte Jungfer dazustehen.

„Und die hätten noch ... also ich meine ... also später ... die hätten Interesse?"

Junge, ich bin alt, und du kannst sicher sein, dass ich schon mal an den Tod gedacht habe. Also was soll das Geschwurbel?

„Nein, mein Sohn hätte sicher kein Interesse. Der wohnt in Bayern und seine Reiseziele liegen eher im Süden."

„Also mieten", sagte er bestimmt. „Ich werde es dem Vorstand vorlegen."

„Und wenn die nein sagen?"

„Die sagen nicht nein. Das ist rein formal. Das Sagen habe ich, und die Damen im Vorstand sind froh, dass sie mich haben und ich alles regele. Aber sie wollen gefragt werden."

„Wer sind Sie denn hier? Ich meine, was tun Sie? Welche Rolle spielen Sie?"

Er lachte. „Ich bin Mädchen für alles. Handwerker, Schließer, Fremdenführer, Billetabreißer, Aufpasser, Ausstellungsmacher, Museumsleiter, notfalls Putzfrau. Ich bin mein eigener Chef, die Nummer Eins, der Trottel, der Schuldige, wenn was schief geht ..."

„Eindrucksvoll" sagte sie. „Ich glaube, da will jemand zu uns."

„Ach ja, das ist Willem. Der andere Mann für alle Fälle hier im Dorf."

Er stand auf und stellt sie einander vor.

„Das ist Willem, das ist Frau Abel. Sie will die Hütte."

Willem sieht wenig vertrauenerweckend aus. Irgendwo zwischen fünfzig und siebzig. Schmuddeliger Blaumann, eingerissene Hosentaschen, schiefe Mütze, schiefe Augen, schiefer Mund. Im Mundwinkel ein kalter, nasser Stumpen. Er stinkt.

Er sieht sie scheel an und deutet ein Nicken an. Handgeben ist eher nicht angesagt.

Hans ergreift die Initiative. „Dann wollen wir mal. Du kennst die Hütte ja von Innen. Es geht jetzt darum, sie bewohnbar zu machen. Da brauchen wir deine Ideen und deine Tatkraft."

O mein Gott, denkt sie. Da ist er ja gerade der Richtige. Der sieht weder nach Ideen noch nach Tatkraft aus. Ich kann ja immer noch nein sagen.

Was die Männer bereden, versteht sie nicht. Spricht man hier platt? Oder was? Egal, was Willem von sich gibt, ist ohnehin keine ausgeformte Sprache. Willem grummelt.

Hans zeigt hierhin und dorthin, erklärt, fragt, zeigt und Willem grummelt. Er kratzt sich am Kopf. Er schiebt den nassen Stumpen von links nach rechts und zurück. Hans, Willem, Hans, Willem … wo bin ich hier eigentlich gelandet? Mein kleines Haus im Wald am See menschelt auf eigentümliche Weise. Aber es stimmt schon … so eine tieftraurige, schwarze, leere Bretterbude war nicht ihr Traum gewesen.

Irgendwann scheint es so weit zu sein. Hans dreht sich zu ihr um und sagt:

„Sie haben wohl nicht alles verstanden. Es ist so: Das Wichtigste, sagt Willem, ist ein Klo. Sonst können Sie hier nicht leben. Wenn es regnet oder dunkel ist, ist der Weg runter in die Museumstoiletten nicht empfehlenswert. Willem sagt, zwischen Haus und Waldanstich ist ein Meter Platz. Da kommt das Klo hin, Biotoilette, hat Willem gesagt. Abwasser können wir hier nicht legen, ist zu teuer. Also Durchbruch der Wand hier an der Ecke. Bioklo etwas mit Brettern ummanteln wie eine kleine Bude und vom Zimmer aus eine kleine Tür. Alles klein und schmal, aber Sie sind ja auch klein und schmal. Willem meint, Sie müssten rückwärts rein, etwas gebückt und sich dann gleich setzen. Dafür können Sie dann vorwärts wieder raus. Durch die Tür. Tür auf, Tür zu. Fertig. Ich stelle Ihnen regelmäßig Gras und

Holzspäne auf die Treppe. Da will Willem sich noch erkundigen. Das Gute ist, dass Sie bei Regen und Kälte nicht raus müssen. Kalt wird es aber sowieso sein."

Abenteuer Alaska? Toilette mit Streu und daraus wird dann Kompost gemacht, um die Gurken zu düngen?

Hans wendet sich wieder an Willem. Willem kaut und grummelt. Hans – Willem – Hans – Willem …

„Gut", sagt Hans, „er macht Ihnen an der Seite noch ein ganz kleines Fenster rein So wie 'ne Katzenklappe. Das reicht zum Lüften, ist ja sowieso alles nicht dicht."

Er strahlt sie an. „Na?"

Sie strahlt zurück.

„Alles klar? Sie sind doch noch in einem Alter, in dem Sie nach draußen aufs Plumpsklo gingen, wo man als Kind nie rein wollte, weil es so kalt und so dunkel war und man Angst hatte, reinzufallen. Und dann die Ratten! Dagegen wird Ihr Kabäuschen hier eine Luxussanitäranlage. So und nun wollen wir weitersehen."

Hans – Willem – Hans – Willem.

Die Männer konferieren weiter und sie stellt sich ihr Miniklo mit Gras und Streu vor. Nur gut, dass ich diesbezüglich keine Alterserscheinungen habe. Festfrieren werde ich auch nicht, im Winter gehe ich lieber in meinem beheizten Bad in Hamburg auf die Toilette.

„Aber sehr, sehr dunkel", sagt Hans, ihre Klophantasien unterbrechend. „Altes Holz, nachgedunkelt, bestimmt älter als Sie."

Was hat er immer mit meinem Alter, denkt sie.

„Aber Qualität und keine Holzgifte dran. Also Willem findet es auch sehr dunkel zum Wohnen. Er wäre bereit, alles außer der Decke in gebrochenem Weiß auszumalen. Und dann zu lackieren. Gibt'n tollen Ton, sagt Willem, strahlend, aber matt. Mattleuchtend, sagt er. Alle Wände von unten bis oben. Tür bleibt so, wird nur abgezogen. Fensterrahmen einmal überlackiert. Dunkelholz in strahlend weiß." Willem unterbricht. „Ach so, also nicht strahlend. Sieht aus wie Küche, sagt Willem. Gebrochen weiß."

Ich glaub', ich hör' nicht recht. Das hat dieser schmuddelige Zausel vorgeschlagen? Hans scheint ihre Gedanken erraten zu haben.

„Willem hat einen guten Blick. Er hat viel Erfahrung. Hat sich weitergebildet. Zu Hause. Mit Einrichtungszeitschriften. Hat sich viel mit Altem beschäftigt. Wir hängen hier am Alten und wollen es erhalten. Was sagst du?"

„Er fragt, ob Sie die Bilder und Bücher von Carl Larsson kennen? Dem Danen, oder ist er Schwede? War Maler und kaufte ein Haus auf dem Lande. Und immer, wenn seine Frau ein neues Kind kriegte, und die kriegte eine Menge, baute er ein Holzzimmer an. Mit Treppen drinnen und draußen, weil das Gelände zum See abfiel. Ja, wie hier, nur war alles auf seinem Grundstück. Er ist damit berühmt geworden. War in der Vorkriegszeit oder sogar vor dem vorigen. Und jetzt wird er wieder modern, sagt Willem. Die jungen Leute mögen das, wenn sie mit Kindern aufs Land ziehen."

Er sieht sie an.

„Na ja, Alte vielleicht auch. Vielleicht nicht so romantisch. Aber Willem sagt, er fände das gleiche gebrochene Weiß wie beim Larsson gut, vielleicht einen Ton heller."

Willem nuschelt was.

„Er sagt, da Sie ja bleiben, kann er morgen was anmischen und neben der Tür einen Probeanstrich machen. Er muss vorgrundieren und dann ein paar Mal drübergehen bei diesem dunklen Holz ... Willem sagt was ... ja, und vorher abschleifen, klar, aber damit Sie schon mal einen Eindruck kriegen. Wenn er heute Abend ein Stück abschleift und morgen fertig macht ..."

Sie will angesichts dieser handfesten Männer nicht überschwänglich werden. Das ist städtisch, und passt nicht zu ihrem Alter. Aber sie sagt und sieht dabei den scheel-zerknautschten Willem an:

„Das hört sich sehr gut an. Ja, ich würde mir den Probeanstrich gerne morgen ansehen. Ich kann es mir gut vorstellen."

Willem nickt und sagt was.

„Er fragt, ob Sie gerne lüften und ob Sie bei offenem Fenster schlafen."

Sie kriegt einen Schreck. Was bahnt sich denn da an? „Er meint, wenn Sie gerne bei offenem Fenster schlafen, also dieses hier vorne ist Drehkipp, bloß nachts nicht ganz aufstellen, dann würde er Ihnen ein Fliegengitter davor setzen. Feiner Stahldraht, abschließbar. Hier ist Sumpfgelände, fängt gleich hinterm Museum an und zieht sich bis zum See.

Und die Mücken sind das Vierfache von dem, was Sie von der Stadt gewöhnt sind."

Mein Gott! Ich habe mir ein kleines Haus im Wald am See gewünscht, und du schickst mir lauter scheelguckende, aber fürsorgliche Engel. Sie nickt.

„Das ist eine gute Idee, danke!"

„Das ist keine gute Idee", sagt Hans. „Das ist eine Notwendigkeit. Das haben wir hier alle. In jedem Zimmer mindestens ein Fenster."

Er wendet sich zu Willem. Der nickt.

„Willem würde Ihnen auch ein Fliegengitter ins Klofenster setzen, sagt, das würde wohl nicht größer als ein Teesieb." Er lacht.

Sie sieht Willem an. Der hat einen Mundwinkel verzogen. Sie lächelt ihn an. Er sieht weg.

„War's das erstmal?"

„Die Kosten", sagt sie, „wie viel wird es kosten?"

Die beiden Männer sehen sich an.

„Das hält sich bei uns sehr in Grenzen", sagt Hans. „Wir wollen, dass Sie sich hier wohlfühlen. Aber noch eines, sagt Willem. Bevor er anfängt, muss geputzt werden, sonst hat er die ganze Farbe voll Dreck."

Sie nickt. Klar … aber … äh …

„Willem sagt, das würde seine Frau machen. Die kennt das schon. Die weiß, wie sauber das sein muss, wenn Willem mit dem Farbeimer kommt. Die würde dann extra Geld kriegen, ein paar Euro. Oder ein paar mehr. Aber nicht so viel, wie Sie in der Stadt zahlen müssen. Geht aber alles unter der Hand, klar?"

Sie nickt. Wie auch sonst?

Die beiden probieren noch die Gängigkeit der Fenster aus, öffnen und schließen die Tür, rumsen sie zu, lehnen sie an. Sie scheinen zufrieden. Dann betrachten sie eingehend die Treppe.

Meine Kaffeebechertreppe, denkt sie.

Nach geraumer Zeit sagt Hans: „Die Treppe ist in Ordnung. Da machen wir nichts. Die muss nur geschrubbt werden. Das macht Erna, also Willems Frau. Sie müssen nur bei Nässe selber achten, da könne wir Ihnen nicht helfen. Holz wird glitschig."

Er bringt Willem an die Eingangspforte. Sie debattieren heftig. Streiten sie? Sie klopfen sich auf die Schultern, dann kommt Hans zurück.

„Wir lieben hier die kurzen Wege. Sonst kommt doch nichts in die Gänge. Willem wird es alles so machen. Er ist sehr zuverlässig, und seine Erna ist hinter ihm her wie der Teufel hinter der armen Seele, wenn er nicht spurt. Wenn Sie mit ihr klarkommen, hilft sie Ihnen später vielleicht ab und zu."

Er macht eine Pause und fügt entschuldigend hinzu: „Wir wollen hier niemanden ausnehmen. Aber hier sind alle froh, wenn mal ein paar Euro hinzukommen. Die Ost-Renten … Sie wissen ja. Also ich meine nicht mich, ich habe mein festes Gehalt. Und meine Frau auch. Aber Trude und

Willem und Erna. Aber das können Sie selber entscheiden. Es wird Ihnen im Notfall jeder sofort helfen, und keiner wird was berechnen."

Da bin ich hier für die Leute ein gefundenes Fressen, denkt sie. Eingefangen wie am Flughafen und in Touristenzentren im Maghreb. Einer schiebt mich zum anderen, und jeder verdient an mir. Ihr ist unbehaglich. So hatte sie es sich nicht gedacht. Sondern? Alles Quatsch, es hat niemand versucht, mir die Hütte aufzuquatschen. Es war meine Schnapsidee, und alle sind über die Maßen hilfsbereit. Mir scheint, ich muss umlernen. Umdenken.

„Ich muss runter", sagt er, „da unten stehen ein paar Leute, die reinwollen. Was machen Sie jetzt?"

„Ich weiß noch nicht", sagt sie und fühlt sich schon wieder gedrängt. „Mal sehen."

„Ist gut", sagt Hans und denkt daran, was seine Frau ihm jetzt schon wieder sagten würde.

„Dann bis später." Er lächelt sie an und rennt den Weg runter.

Sie setzt sich noch einmal auf die sonnenwarme Treppe. Jetzt hier einen Becher Kaffee in der Hand … aber das wird nicht mehr lange dauern. Stattdessen gucke ich mir den See an. Meine neue Heimat.

Sie war eingeschlafen und hatte wirres Zeug geträumt. Unten am Museum liefen noch Leute herum, aber die Sonne hatte sich schon hinter die hohen Buchen verzogen und flirrte durch das Blattwerk. Sie erhob sich mühsam. Die Treppe war hart, die Wand hinter ihr auch und ihren Gelenken fehlte schon die Schmiere. Jetzt zum See, dachte sie, und dann nach links den Seeweg. Das würde sie finden.

Der See war ein Traum in blau mit himmlischen Wolkengebilden und grün umschlossen von allen Seiten. Vorne die Badestelle mit rauem Gras, Natur, kein Schwimmbadflair. Linkerhand die letzten kleinen Häuschen vom Seeweg, alle direkt am Wasser, einige mit kleinem Steg. Rechts ein Maisfeld, noch nicht abgeerntet und gegenüber, weit, weit Felder, auf denen Erntemaschinen unterwegs waren. Aber sie waren so weit entfernt, dass nur ein leises Brummen zu hören war. In der Mitte ein langer Badesteg in den See rein.

Außer ihr war nur ein Pärchen auf der Wiese. Das war mit sich selbst beschäftigt. Sie zog Schuhe und Socken aus, krempelte die Hosenbeine hoch und machte den ersten Schritt in den See mit einem unbeschreiblichen Glücksgefühl. Mein See, dachte sie. Hier werde ich leben. Davon habe ich ein Leben lang geträumt.

Sie watete langsam, bis sie merkte, dass es plötzlich bergab ging. Sie blieb stehen. Und stand und stand. Der See hatte eine angenehme Kühle. So hat man früher Reitpferde ins Wasser gestellt und sie angebunden. Die überanspruchten Beine wurden gekühlt, und die Besitzer schworen auf diese Maßnahme. Die Pferde schienen auch nichts dagegen zu haben. Sie standen ruhig mit gesenktem Kopf und dösten. So wie ich.

Sie wusste nicht, wie lange sie so gestanden hatte. Als sie aus dem Wasser kam, war das Pärchen fort, und neben ihren Schuhen lag ein zusammengefaltetes Gästetuch.

Trudes Hexenhäuschen zu finden war kein Problem. Es war das vierte von der Badestelle aus, und es war das einzige mit einem kleinen Giebeldach. Dort wohne ich, dachte sie. Dort oben ist mein rosa Rosenrankenzimmer.

„Kommen Sie rein", rief Trude, als Babett sich der Hintertür näherte. „Ich dachte schon, dass Sie kommen würden. Ich bereite gerade das Abendessen vor."

Babett trat in die Küche, die erfüllt war von den Düften ihrer Kindheit, noch ein bisschen ländlich, aber schon mit einem Hauch städtischer Arroganz und einem Bus, der alle zwei Stunden ins Zentrum fuhr.

„Das riecht aber gut", sagte sie, und Trude murmelte etwas, was sich anhörte wie 'muss ja'.

„Setzen Sie sich", sagte sie. „Ich hoffe, es ist alles genehm. Ab heute kostet das Abendessen fünf Euro, wenn es genehm ist. Ich weiß ja nicht, wie lange Sie bleiben wollen, aber geben Sie mir bitte Bescheid. Sie können bleiben. In zwei Wochen kommt meine Tochter mit den Kindern, dann brauche ich den Platz oben."

Babett setzte sich. Dicke Teller, große Suppenlöffel. Unter der Gabel eine gefaltete Serviette … mit Hohlsaum und Blümchen in einer Ecke.

„Oh", sagte sie. Entfaltete das Tuch und bewunderte die akkurate Handarbeit.

„Noch von früher", sagte Trude. „Muss ja mal gebraucht werden und nicht immer nur geschont. Die haben eine gute Qualität, die halten noch lange."

Dann nahm sie Babetts Teller – das ist das alte Steingutgeschirr, dachte sie. Das hatten meine Eltern gleich nach dem Krieg auf Bezugsschein bekommen. Pro Person einen Teller und für die ganz Familie eine Schüssel dazu. Dick, gräulich und schwer. 'Fressnäpfe' hatte ihr Vater sie genannt. Aber was Anderes hatte es nicht gegeben.

„Gemüseeintopf", sagte Trude. „Alles aus dem Garten. Sieben Gemüse müssen es sein, Kartoffeln nicht eingerechnet."

„Und Wurst auch nicht", dröhnte Hans von der Hintertür. „Ich hoffe, dass Frau Abel hier bei dir ist?" Es hörte sich besorgt an.

„Hast du sie aus den Augen verloren?" fragte Trude mit kleinem Spott. „Ja, sie ist hier. Willst du auch was? Dann setz' dich. Oder ist deine Frau heute mal zu Hause?"

„Meine Frau ist zu Hause, aber deiner Siebengemüsesuppe kann ich nicht widerstehen. Sie ist nur an einem Abend in der Woche weg."

Er sagte es friedlich. Aber da liegt doch ein kleiner Konflikt, dachte Babett. Eifersucht? Doch nicht in diesem Alter? Aber dann sah sie sich die beiden an, Mitte bis Ende fünfzig – und wie war es damals bei mir? Alle Männer meines Lebens? Der letzte gehörte in diese Altersstufe. In ihre. Nicht in seine. Seine lag zwei Jahrzehnte niedriger.

Als die Siebengemüsesuppenteller ausgelöffelt waren, erhob Hans sich.

„Entschuldigung, ich muss dann doch mal. Danke für die Suppe."

„Da nich' für", sagte Trude. „Grüß' dein Mäuschen."

„Mach' ich. Und wir sehen uns morgen nach Ihrem Frühstück", sagte er an Babett gewandt. „Willem ist schon mächtig am Wirbeln. Ich bin auch gespannt."

„Diese Männer", seufzte Trude, „ernähren sich aus allen Schüsseln. Hier ein bisschen, da ein bisschen. Möchten Sie noch einen Schlag Suppe? Ich habe noch Grießbrei mit Sahne und eingeweckten Kirschen."

Als sie im Bett lag, hatte sie ein Gefühl von Unwirklichkeit. Das war kein Heute, das war ihr Leben von vor siebzig Jahren. Im Erinnern schlief sie ein. Aber eigentlich hätte ich doch fragen sollen, wer das Handtuch neben meine Schuhe gelegt hat. Sie hatte sich damit die Füße abgetrocknet und es zusammengefaltet an der Stelle liegengelassen. Der Besitzer würde es zu finden wissen.

≈

Der nächste Morgen war schon vertrauter. Ihre kleine rosa Dachkammer. Die Katzenwäsche überm Minibecken. Runter in die Küche. Dort war niemand, es lehnte auch keine Karte an der Tasse, aber es war vollständig gedeckt. Und ein Becher stand ihrem Gedeck gegenüber. Also würde noch jemand kommen.

Er kam. Sie hörte ihn schon von weitem. Er war präsent und ließ es alle wissen.

„Schon im Gange?" rief er, aber es schien nicht ihr zu gelten. Aus dem Garten kam eine Antwort.

„Zucchini?" fragte er. „Die sind durch. Warum hast du nichts gesagt. Es waren nicht viele dieses Jahr, aber ..."

Eine kritisierende Stimme.

„Trude, sei nicht so, ich hab' nicht dran gedacht. Tut mir leid. Willst du dafür lieber einen Kürbis?" Er lachte laut und kam in die Küche.

„Schönen guten Morgen! Mein fast erster Gang des Tages führt zu Ihnen", sagte Hans und lachte. „Aber es gibt auch noch viel zu regeln. Kaffee? Ach ja, da steht schon mein Becher. Trude weiß, was Männer brauchen."

„Red' nicht so'n Quatsch", sagte Trude, die mit erdigen Händen in die Küche kam. Das Guten Morgen ersparte sie sich, ist ja auch schon lange her. Aber diese Fremden, die muss man schlafen lassen. Städter verstehen nichts von der Natur, die früh erwacht.

„Was war das doch gleich mit den Zucchini? Was hast du gesagt?"

„Es gab in diesem Jahr nicht so viele. Und sie waren nur klein. Wir haben zwei- oder dreimal davon gehabt. Und deswegen habe ich nicht an Dich gedacht. Tut mir leid."

„So ist es eigentlich nicht gemeint. Immer nur vom Überschuss, den man selber nicht braucht."

Trude ist deutlich gekränkt. Was geht mich das hier eigentlich alles an, fragt sich Babett. Gehöre ich schon so sehr dazu, oder werde ich so missachtet, dass die Alltagsquerelen vor mir erörtert werden? Ich bin hier Gast. Zahlender. Und die zanken sich um Zucchini.

Hans scheint ihr Missbehagen zu fühlen. Er lenkt ein. „Wir teilen und tauschen hier alles", erklärt er. „Jeder hat neben dem Üblichen auch was Besonderes. Das haben wir seit Jahrzehnten so gehalten. Das war früher lebensnotwendig. Wir waren weitgehend Selbstversorger. Schwierig war es nur mit Milchprodukten. Tauschwirtschaft wie vor Jahrhunderten. Bargeldlos mit 'ner anderen Bedeutung. Ist gut so …"

„Außer Zucchini", wendet Trude nochmal ein.

„Jaa! Ich hab's verstanden. Nächstes Jahr! Ich schreib's mir in den Kalender."

„Sag es lieber deinem Mäuschen, damit es auch klappt."

Hans überhört diesen Hinweis.

„Diese Selbstversorgung ist ein hohes Gut. Man ist nicht auf Andere angewiesen und vor allem nicht darauf, was gerade der offizielle Markt hergibt. Und wir wissen, was wir essen. Nicht gespritzt, nicht gedüngt, nur Brennnesselsud und Komposterde. Deswegen sind wir hier auch so eigen mit Fremden."

Babett sah ihn an.

„Nein, nicht so wie mit Ihnen. Sondern mit Leuten, die sich hier einkaufen wollen. Leute aus der Stadt. Sie wollen an den See. Nicht auf die Liegewiese, sondern mit eigenem

Zugang vom eigenen Grundstück. Wir wollen wirklich keine Inzucht, wie man uns immer vorwirft, aber wir wollen die gesunde Selbstversorgungswirtschaft erhalten."

„Und das geht mit neu Zuziehenden nicht?"

„Wenn man das vorher wüsste. Sie können einem vor dem Kauf den Jahrmarkt im Himmel versprechen. Aber wenn ihnen das Grundstück dann gehört, können sie machen, was sie wollen. Und die meisten, vor allem die Jungen, wollen keine Arbeit, sondern chillen. Das heißt Bäume fällen, Sträucher, Obstbäume, Johannisbeeren raus … und Rollrasen rein. Statt ihren Kindern zu zeigen, wie man frisches Obst heranzieht und erntet, gibt es Hüpfburgen und Planschbecken, Plastik, Plastik, Plastik …"

„Du redest heute wieder wie 'ne Zeitung", wendet Trude ein. „Soll ich nochmal neuen Kaffee kochen?"

Sie nicken.

„Ich will Frau Abel nur ein bisschen hier auf unsere Gemeinde einstimmen, damit sie Bescheid weiß, wenn sie hierherzieht. Was wollte ich noch sagen? Ach ja, diese neuen Leute mit unseren alten Gärten. Wenn wir nach getaner Arbeit zufrieden und müde reingehen, geht bei denen das Remmi-Demmi los. Grillen bis das ganze Dorf stinkt, Musik, lautes Gerede und Gelache, die übermüdeten Kinder drehen durch, und wir machen unsere Fenster zu, damit wir schlafen können."

„So schlimm ist es doch nicht", sagt Trude beschwichtigend.

Hans hat sich in Rage geredet.

„Oh doch! Schlimmer! Denk' an die beiden Grundstücke ganz vorne am Seeweg. Nacheinander verkauft, und schon begann der Ärger. Sie wollten abreißen, kriegten aber nicht die Genehmigung. Sie taten sich zusammen und terrorisierten einen Sommer lang die Anwohner, jedes Wochenende bis drei Uhr morgens. Dann gab es Ärger, weil sie einen Steg bauen wollten, den aber wieder abreißen mussten, weil es keine Uferbefestigung gab. Und so weiter, und so weiter. Was haben wir im Gemeinderat mit denen für Krieg geführt."

„Ich erinnere mich. Aber es ist doch inzwischen still geworden, oder?"

„Ja, weil sich die beiden Neuen in die Flicken gekriegt haben und letztlich beide wieder wegzogen. Man muss eben vorher klären, wenn man was will, wenn man was ändern will. Wir haben ja nichts gegen Veränderungen ..."

„Nee", sagte Trude, „aber sie müssen sich schon einfügen. Nur kommen und sagen, wir zeigen euch jetzt mal, wo es lang geht, ihr dummen Dorfleute, das geht nicht. So eine Entwicklungshilfe brauchen wir nicht."

Trude schenkt frischen Kaffee in die Becher und sieht Babett an: „Nun aber mal was Anderes. Sie wollen also die Hütte?" Babett nickt. „Das freut uns. Gerade weil Sie schon alt sind. Da gibt es keine Scherereien. Mit'm jungen Mann würden wir es nicht machen." „Nee", lacht Hans. „Da würden wir bei jeder Mehltüte denken, dass es sein Stoffvorrat ist, den er unters Volk bringen will."

„Haben Sie denn keine Angst, da so alleine im Haus?" fragt Trude. „Wenn das Museum zu ist, ist weit und breit nichts. Und niemand. Und keiner hört sie, wenn Sie rufen."

„Mal' den Teufel nicht an die Wand", sagt Hans, „hier passiert nichts. Sie kann ja abschließen. Ich kann noch'n extra Sicherheitsschloss einbauen."

„Ja, mach' das. Ich habe vorne jetzt auch eine ganz neue Schließanlage."

„Du hast was? Ich lach' mich tot. Vorne eine teure Schließanlage, und hinten kommen durch die offene Küchentür die Mörder mit ihren langen Messern. Ich glaub's nicht."

„Du brauchst gar nicht so zu lachen. Abends schließe ich ab. Doppelt. Und lass' den Schlüssel von innen stecken."

„Ach Trude! So, Frau Abel, ich glaube, wir müssen mal. Willem wird schon warten mit seinem Probeanstrich. Ich bin gespannt, wie es Ihnen gefällt. Wenn Sie dann nichts mehr vorhaben, ich meine ein Fußbad im See oder so, dann fahre ich Sie zur Regionalbahn."

„Überheb' dich nicht", murmelt Trude und deckt den Tisch ab.

„Ich muss sowieso in die Stadt", sagt Hans trotzig, „da ist es ein Abwasch."

Trude dreht sich vom Spülbecken um. „Sag' mal, was du noch gar nicht gesagt hast vor lauter Sabbelei, was kostet die Hütte eigentlich?"

Babett ist konsterniert. Was geht das diese Frau an. Das ist eine Sache zwischen ihr und Hans oder dem Vorstand. Hans scheint Ähnliches gedacht zu haben.

„Das muss ich noch klären", sagt er, und Trude murmelt: „Wer das glaubt!"

„Trude hat ein goldenes Herz", sagt Hans, als sie in Richtung Hütte gehen. „Aber manchmal ist sie mir zu neugierig und zu vorlaut. Sie muss ja nicht alles als Erste erfahren. Übermorgen ist sowieso das ganze Dorf über Hütte und so informiert."

„Haben Sie denn schon mit dem Vorstand gesprochen?" fragt Babett.

„Natürlich. Geht alles klar. Sie wollen nur informiert und gefragt sein. Muss auch so sein, dafür haben wir einen Vorstand. Bei manchen Problemen bin ich ganz froh, dass ich diese Damen habe. Sonst liegt alles allein auf meinen Schultern. Auch die Fehler mit Folgen."

„Und was kostet der ganze Spaß nun?"

„Der Vorstand hat sich auf 200 Euro monatlich festgelegt." Er sieht sie an.

Was sagt mir das? denkt sie. Eine leere Hütte mitten im Nirgendwo. 200. Wenn er 50 oder 400 gesagt hätte … Es ist doch nur eine Frage, wie viel mir die Sache wert ist.

Als sie nicht antwortet, schiebt er nach: „Also mit allem. Miete, Wasser, Abwasser und Strom. Und wenn Reparaturen anfallen. Ist das zu viel?"

„Da bin ich überfragt", sagt Babett. „Aber warum wollen Sie meinen Verbrauch zahlen? Der ist für Sie doch nicht berechenbar."

„Da mach' ich mir keinen Kopf drum", sagt Hans wegwerfend. „Dafür haben wir unsere Frau Hermann im Vorstand. Die macht die Finanzen. Ich habe nur zu bedenken gegeben, was neue Zwischenzähler und Wasseruhren kosten. Und dann sind das zusätzliche Ablesestellen mit zusätzlichen Steuern und Gebühren. Das muss man alles nicht so hoch hängen."

„Und wenn es nicht reicht?"

„Wird schon." sagt Hans. „Keine Sorge. So, da steht Willem schon in der Tür. Moin. Na, fertig?"

Willem sieht aus wie gestern. Sogar derselbe nasse Stummel klebt noch im selben Mund und stinkt. Übelriechend. Sie nicken sich zu.

„Dann wollen wir mal sehen", sagt Hans und geht vor.

„Da! Sehen Sie! Das sind Willems Vorschläge fürs Ausmalen."

Willem grummelt was.

„Ja, einmal sehr hell, Titanweiß mit Gelbbeimischung, hier rechts. Und auf der anderen Seite gedeckter."

Willem grummelt.

„Da hat er ein anderes Weiß genommen und Ocker beigemengt."

Willem grummelt.

„Ja, und ein Stich Karmesin. Damit es insgesamt wärmer wirkt. Hab' ich das so richtig wiedergegeben?" fragt er Willem.

Der nickt.

Beide sehen Babett erwartungsvoll an.

„Sehr, sehr schön", sagt sie. „Sehr, sehr schön. Gefällt mir beides sehr gut. Das Linke erinnert mich an Milchreis mit Zucker und Zimt."

Hans lacht. „Stimmt. Die Entscheidung liegt bei Ihnen. Willem macht es, wie Sie wollen."

Sie tritt ein paar Schritte zurück. Vergleicht. Beide schön, aber ...

Willem grummelt.

„Ja klar, man muss das für den ganzen Raum umsetzen. Können Sie sich das vorstellen?"

Willem grummelt.

„Hast recht. Willem sagt, das helle Gelb wirkt zwar freundlicher, aber für alle vier Wände könnte es kalt aussehen. Wie Krankenhaus. Und wenn es hier kalt wird", fügt Hans hinzu, „will man es doch auch von der Farbigkeit her etwas gemütlicher haben, oder?"

Willem nickt.

„Ich finde wirklich beides sehr schön", sagt Babett voller Furcht, Willem könnte sich kritisiert fühlen. „Könnte man einen Zwischenton mischen?" fragt sie. „Hell, aber etwas wärmer als dieses Zitronengelb?"

Willem nickt. Er scheint nicht im Geringsten gekränkt.

Er grummelt.

„Das geht natürlich", sagt Hans. „Willem lässt bei der linken Probe einfach das Rot weg. Dann hat er weiß mit ocker, vielleicht 'n Spritzer Zitrone?"

Er lacht. Willem nickt.

„Geht alles", sagt Hans. „Willem hat ein Händchen für Farben. Ich kann es mir gut vorstellen. Ach ja, die Decke lässt er so. Die wird nur abgewaschen. Staub, Spinnweben. Er kann nicht mehr auf der Leiter stehen und über Kopf malern. Würde auch zu steril, sagt er. Der Fußboden bleibt auch dunkel, wird nur abgezogen und geölt. Ham' wir's?"

Willem nickt, und Babett lächelt ihn an.

„Ich glaube, es wird wunderschön", sagt sie zu ihm. „Ich freue mich schon aufs Wiederkommen, wenn dann alles fertig ist. Danke."

Willem nickt und Hans sagt: „Dann los, sonst kriegen wir den Zug nicht. So oft fährt das Bähnlein nicht."

Sie sind ein paar Kilometer gefahren, ehe Babett einfällt:

„Können wir bitte umkehren? Ich habe bei Trude nicht bezahlt. Das ist mir wahnsinnig peinlich."

„Umdrehen? Deswegen? Da machen sie sich mal keinen Kopp. Die paar Euro. Die leg' ich erstmal aus. Wenn Sie wiederkommen, geben Sie mir das Geld zurück."

„Danke! Es geht alles so schnell", sagt Babett, „da kann ich gar nicht richtig nachdenken."

Hans lacht. „Na ja, so'ne Hütte mietet man ja auch nicht alle Tage. Was ist eigentlich mit Möbeln?"

Möbel, dachte sie. Auch das noch. Was hätte sie denn in Alaska gebraucht? Eine derbe Bank, breit genug auch zum Schlafen, darauf Felle, und einen ebenso derben Tisch – alles selbst gezimmert aus den Bäumen des nordischen

Urwalds. Vielleicht gegenüber noch ein Bord für alles Mögliche.

„Sie wollen doch sicher keine Möbel aus Hamburg mitbringen?" unterbrach Hans ihre Träume.

„Nein, oh … nein, natürlich nicht. Aber über Möbel hatte ich noch nicht nachgedacht."

„Macht nichts", sagte Hans. „Ich habe mit Willem überlegt …"

Was wird eigentlich noch alles über meinem Kopf hinweg überlegt, dachte sie und fühlte sich gekränkt. Irgendwann werden die beiden Männer noch festlegen, wie oft ich ihr Bioklo benutzen darf.

„… oder nicht?" fragte Hans.

„Entschuldigung, ich habe nicht zugehört, hatte mir gerade Gedanken gemacht."

So recht bei der Sache ist diese alte Dame nun wirklich nicht, dachte er. Da soll seine Göttergattin über Alte sagen, was sie will.

„Bett, Tisch, Stuhl hatte ich gesagt. Also die Grundausstattung. Tisch und Stuhl hätten wir. Natürlich nicht neu, aber Willem würde es gut zurechtmachen."

Als sie wieder nicht antwortete – sie fühlte sich überrollt, alles ging ihr viel zu schnell – fragte er, ob sie sonst lieber neue Möbel kaufen wolle. Im Städtchen gebe es ein Möbelgeschäft.

„Aber entweder sind die Sachen stabil und solide, und dann sind sie arsch teuer – oh, Entschuldigung – oder es ist zusammengehauener Bretterkram, der gerade den Transport überlebt."

„Wenn Willem da was machen kann ..." sagte sie, und er dachte, das ist ja alles reichlich zäh.

„Gut, das regele ich. Mit einem Bett haben wir noch keine Lösung. Aber die findet sich. Notfalls müssen Sie das kaufen. Sie sind ja klein und leicht, das dürfte auch ein neues aushalten."

„Sehr schön", sagte sie. „Das könnten wir noch besprechen bevor ich komme, ja? Ich rufe Sie ohnehin an, um mich nach dem Stand zu erkundigen."

„Prima, das kriegen wir schon hin. Was Sie aber unbedingt mitbringen müssen, ist ein Mobiltelefon. Festnetz legen ist zurzeit schwierig bei all diesen Anbietern, und dann nur mit allen anderen Fisimatenten, die Sie nicht brauchen, oder brauchen Sie Internet und diesen ganzen Kram?"

„Nein", sagte sie. „Damit will ich auch nichts zu tun haben. Es gibt genug zu lesen und zu denken ohne diese neuen Techniken. Aber ein Handy werde ich mir zulegen. Das ist eine gute Idee!"

„Keine gute Idee", sagte er, „sondern unter Umständen lebensnotwendig. Sie dürfen nicht vergessen, dass Sie dort ganz alleine hausen werden, und es weit und breit keine menschliche Seele gibt, wenn das Museum dicht hat. Sie sind ja nicht mehr jung, da kann immer mal was sein ... So, in fünf Minuten sind wir am Bahnhof. Sie haben noch reichlich Zeit."

„Ich möchte Sie noch was Privates fragen."

„Nur zu", sagte Hans. „Da bin ich aber gespannt."

„Ist Trude eifersüchtig?"

Hans nahm den Fuß vom Gas.

„Wie kommen Sie darauf?"

„Wenn sie von Ihrem Mäuschen spricht … Ich nehme an, sie meint Ihre Frau?"

Hans schwieg.

„Wenn das schon Außenstehenden auffällt! Nein, sie ist nicht im engeren Sinne eifersüchtig", sagte er. „Meine Frau ist in diesem Dorf ganz allgemein ein Problem. Es ist meine zweite Frau. Meine erste ist an Krebs gestorben. Sie stammte von hier und war im Ort sehr beliebt. Ich habe dann drei Jahre alleine gelebt. Aber auf Dauer fand ich diesen Zustand nicht lebenswert. Ich war gerade fünfzig. Ich wollte nicht dreißig Jahre verwildern und vereinsamen. Ich habe dann nochmal geheiratet. Was man mir übelgenommen hat, war, dass meine jetzige Frau nicht von hier stammt – also nicht, dass Sie denken, ich hätte sie mir aus Thailand geholt –, sie stammt von der Ostsee, also sogar gleiches Bundesland, aber eben nicht von hier. Und dazu noch aus der Stadt. Stralsund. Das waren zwei Sünden auf einen Streich. Und dann ist sie fünfzehn Jahre jünger als ich. Noch 'ne Sünde."

„Wie kommt Ihre Frau damit klar?"

„Sie übergeht es. Sie sind alle höflich zu ihr, aber nicht herzlich. So wie Trude mit mir redet, würde sie nie mit meiner Frau reden. Halt distanziert. Auch noch nach Jahren."

„Und Sie?"

„Ich bekomme ab und zu mal ein paar Spitzen ab, die haben Sie ja erlebt. Aber eigentlich nur von Trude. Sie ist hier tonangebend. Ohne sie läuft nichts. Aber sonst? Sie werden sich hüten. Ich bin Leiter des Museums, und das ist so ziemlich das Einzige, was die Ortschaft zu bieten hat. Und ich bin im Gemeinderat. Und sonst noch ...“

„Und trotzdem nimmt Trude sich diesen Ton raus?“

Hans lachte.

„Wir kennen uns doch schon alle ab Kinderkrippe, Schule, Junge Pioniere, Zeltlager auf'm Darß, Jugendweihe, alle kluckten wir immerfort zusammen, machten untereinander die Freunde und Freundinnen aus. Bis zu den Ehepartnern. Da hat man keinen Respekt voreinander oder vor einer Position. Ich semmel Trude auch ab und zu was rein, wenn sie überdreht. So, wir sind da. Gleis zwei für die abfahrenden Züge. Sie müssen unter der Unterführung durch. Sie melden sich?“

Und schon war der Spuk vorbei.

Hans atmete tief durch. Irgendwie nett. Irgendwie anstrengend. Er hatte keine Erfahrung mit alten Menschen.

„Ob sie wiederkommt?“ fragte er beim Abendessen seine Frau.

Die lachte. „Es kommt darauf an, wie liebenswürdig du zu ihr warst. Vielleicht will sie dich gar nicht wiedersehen?“

Er grinste. „Ich bin zu Damen jeder Altersstufe liebenswürdig“, sagte er.

„Oh, dann weite das doch auf deine geliebte Gattin aus. Gieß' noch 'n Tee auf und guck' mal, ob wir noch was Süßes haben."

≈

Dass sie keine Fahrkarte hatte, fiel Babett ein, als sie sich an einen Fensterplatz setzte. Aber jetzt noch mal raus? Es war nicht das erste Mal in ihrem Leben, aber immer hatte sie sich damit beholfen, in die erste Klasse umzusiedeln. Dort wurde man zuvorkommend behandelt und durfte zahlen.

Die erste Klasse bestand aus einem angrenzenden Abteil mit zwei mal vier Plätzen. Der Schaffner war zuvorkommend. Sie löste gleich bis Hamburg und döste dann weg.

Irgendwer rüttelte an ihrer Schulter.

„Endstation! Sie müssen hier raus oder wollten Sie nochmal zurück? Wo wollen Sie denn hin? Hamburg. Oje. Da bleiben Sie gleich auf demselben Bahnsteig. Der fährt vom Nachbargleis. Brauchen Sie Hilfe?"

Sie fühlte sich wie mit dem Klammersack gepudert. Sie war weit weggedöst. Sie war völlig geschafft und desorientiert.

„Äh", sagte sie, „äh, nein danke, geht schon. Ich habe nur so fest geschlafen."

Der Hamburger Hauptbahnhof war ein Schock. Ein Albtraum war er schon immer gewesen, aber aus der Beschaulichkeit rund um ihre Hütte in diesen Wahnsinn von Geschrei, Gekreisch, Gestank, Geschiebe und Gedränge zu kommen war ein Kulturschock. Eindeutig hat die Welt zu viele Menschen, dachte sie, und keiner bleibt zu Hause auf seinem Hintern sitzen. Und ich auch nicht.

Sie gönnte sich ein Taxi. Eine überfüllte S-Bahn hätte sie nach dem Aufenthalt am Seeweg nicht mehr ertragen. Außerdem stand sie am Beginn ihres neuen Lebens.

II. Rückkehr nach Hamburg

„Bist du verrückt geworden?"

„Hast du noch alle Tassen im Schrank?"

„Vielleicht solltest du doch mal zum Psychiater."

„Was? Kleines Häuschen? Wo? Wo ist das? Du spinnst ja."

„Was gibt es denn dort? Einen See? Na und? Hier gibt es doch Wasser genug."

„Ein Wochenendhaus? Für wie lange? Ich glaub', du hast 'ne Klatsche!"

Sie hätte es nicht erzählen sollen. Sie ahnte, was kommen würde. Dabei hatte sie das Eigentliche gar nicht erzählt.

„Küche?"

„Ja, eine kleine Küchenzeile" ... na ja, das Waschbecken mit Wasserhahn und daneben der Tisch, auf dem dann alles Küchengemäße stehen müsste ...

„Dusche?"

„Nein, Dusche nicht."

„Wanne?"

„Ich brauche keine Wanne. Ich habe den See vor der Tür."

„Aber 'n Klo wirst du doch wohl haben, oder?"

„Ja natürlich. Was für 'ne blöde Frage."

Sie hatte sich diese Kommentare ersparen wollen. Kurz vor der Abfahrt in zwei Wochen hatte sie sagen wollen, dass sie noch mal drei Wochen Urlaub mache. Aber Sigrid im

Parterre hatte sie bei der Heimkehr an der Haustür abgefangen. Sie besaß zwei Spiegelspione am Wohnzimmerfenster zur Straße hin. Einer davon war auf die Haustür gerichtet.

Sigrid war aus ihrer Wohnung geschossen und hatte schrill geklagt, welche Sorge sie sich gemacht habe. Wenn sie gewusst hätte, welches Busunternehmen, dann hätte sie dort angefragt.

„Wart' mal eben. Ich zieh' nur andere Schuhe an, und dann komme ich gleich mit zu dir hoch. Dann kannst du mir alles in Ruhe erzählen, ich hab' mir so ..."

„Nee", sagte Babett, „ich bin müde. Ich brauche jetzt eine Dusche und keinen Besuch. Wir sehen uns morgen oder übermorgen", und damit war sie überraschend fit die Treppe hochgegangen. Sigrid blieb mit offenem Mund in der offenen Wohnungstür stehen.

Die Reise hatte sie angestrengt. Die Bummelbahn, das Umsteigen, und dann der Kulturschock Hamburg Hauptbahnhof. Sie hatte ihn immer unsäglich gefunden, zu voll, zu laut, zu eng, zu stinkig, 19. Jahrhundert ohne Bemühungen eins zu eins ins 21. gesetzt. Sie kam sich vor, als ob sie nach dreimonatiger Alaska-Einsamkeit in den Wahnsinn der Menschheit gespült worden wäre. Dabei waren es nur knapp drei Tage mit Ruhe und einer überschaubaren Anzahl von geruhsamen Mecklenburgern gewesen

Beim Betreten der Wohnung ohne Sigrid hatte sie den Muff empfunden, den Geruch nach ungelüfteten alten Polstermöbeln. Er hatte sie nie gestört. Nur Petra, die mit jedem

Mann die Wohnungseinrichtung wechselte, hatte ihr geraten, den alten Kram zu entsorgen und Neues anzuschaffen.

Sessel, Sofa, Sofatisch – alles noch aus Zeiten einer vollständigen Familie. 60er, 70er Jahre. Aber warum wegwerfen? Es erfüllte alles noch seinen Zweck. Neues lohnt doch nicht mehr.

Sie hatte sich mit Petra gestritten und die Diskussion beendet mit dem Hinweis, dass sie alleine über ihr Leben entscheiden würde.

Nach drei Tagen in der frischen Luft ohne Gestank aus den Straßenzügen, ohne Feinstaub und Abgase, deretwegen man mitten in der Großstadt nur kurz lüften konnte, ging ihr plötzlich dieses alte Leben in der alten Wohnung mit den alten Möbeln auf die Nerven. Das Haus war stabil, Stein auf Stein, die Möbel, gute Wirtschaftswunderware für die Ewigkeit gebaut oder wenigstens bis zum dritten Weltkrieg … Nichts atmete. Alles gaste nur aus … Ach, meine kleine Hütte im Wald am See.

Dorthin wurde niemand kommen, um sich an ihren teuren Kaffeekapseln zu vergreifen. Oder an Frankfurter Kranz und abends Kartoffelsalat mit Würstchen – auch das war diese Wohnung mal gewesen. Jahrzehnte! Wenn sich dorthin wirklich mal eine von den Kaffeeschnepfen verlaufen sollte, käme sie auf einen Klappstuhl aus dem Museum. Die waren unbequem und garantierten eine nur kurze Verweildauer.

Nein, sie hatte sich nie bewegt. Ihr Mann und ihr Sohn auch nicht. Bewegung und Leben waren draußen. In der Wohnung war sie mit der Wäsche, der Küche, dem Boden und dem Kochen und immer den gleichen Gardinen, Vorlegern, Tischdecken, Kaffeetassen, Kacheln in Küche und Kacheln im Bad beschäftigt.

Auf einmal hatte sie alles so satt. Bis obenhin. Sie wollte weg und raus und frische Luft und Seewasser und Trude und Hans und alte Buchen rundum. Es wurde Zeit!

Am Tag darauf waren sie dann alle da. Neuigkeiten! Der Treibstoff alter Menschen!

Und dann hatte sie die Hütte angedeutet und reichlich mit der Wahrheit geschwindelt.

„Ich meine ein Haus, Küche, Bad, Dusche. Was? Im Dorf? Ein See? Ich glaub', du spinnst."

Elisabeth, sieben Jahre jünger als ich. Eine meiner Kaffeeklatschtanten.

Sigrid, die andere: „Na ja, du wolltest ja schon immer was Besonderes sein. Hab' ich recht? Und wenn das in den ersten acht Jahrzehnten nicht klappt, dann eben im neunten. Hauptsache, noch nicht tot. Wo ist das? Ach so, noch in Deutschland. Warum nicht? Ich bleibe lieber hier."

Und Petra, die dritte: „Also du, das musst du mir mal genauer erzählen. Jetzt nicht. Jetzt habe ich keine Zeit, Ulf wartet. Aber die Idee ist wirklich … äh … ausgefallen. Vielleicht machen wir später auch mal so was. Muss ich Ulf erzählen. Aber der ist schon so festgefahren. So bodenständig. Na ja, wer weiß, wie lange er noch macht. Dann habe ich wieder meine Freiheit. Bis später! Ciao cara!"

Kaffeeklatschfreundinnen und der Lebensfreund, der mich immer liebte, dachte ich. Ich ihn nicht, aber ich war froh, dass es ihn gab. Das war alles. Mehr war nicht übriggeblieben.

Beim nächsten Kaffeenachmittag wird es schon deutlicher. Sie kommen alle zu mir, weil ich eine neue Kaffeemaschine habe. Eine für Kapseln. Sie können sich ihre Sorte aussuchen. Und sie suchen. Viel und noch mal, und noch mal. Eine teure Unternehmung.

„Ihr könnt wenigstens mal Kuchen mitbringen", sagt sie. Aber sie sind sich einig, Kuchen macht dick. Nur Mehl und Fett und Zucker. Ungesund.

„Na dann was Anderes!"

„Ja was denn? Saure Gurken zum Kaffee?"

Immerhin scheinen sie sich zu verabreden, dass eine von ihnen immer Blumen mitbringt.

Elisabeth hat Erwin von meiner Hütte erzählt. Erwin ist ihr derzeitiger Gleichaltriger. Sie hat ihn seit zwei Jahren. Woher sie ihn hat, erzählt sie nicht. Vielleicht wacht sie eifersüchtig über einen pool alter Männer. Solange ich sie kenne, hat sie einen Erwin. Mal heißt er Hans-Joachim, mal Wilhelm, mal Wolfgang. Sie sind alle gleich: dick, faul, bequem, einem Gläschen nicht abgeneigt, gerne auch mehreren.

Chauvinistisch, politisch scharf rechts, proletarisch – was sich alles nicht auszuschließen scheint –, angeberisch, autoritär.

Ihre Erwins geben den Ton an und sagen, wo es im Leben langgeht. In ihrem Leben und in dem der Politiker da oben, die uns alle sowieso nur anscheißen. Ab und zu wird sie den jeweiligen Erwin wieder los. Nie durch Tod, immer durch Trennung. Besser durch Rausschmiss. Die Mietwohnung ist ihre. Der nächste Erwin ist nicht weit.

„Also Erwin hat gesagt", – so beginnen 80 % aller Sätze der Elisabeth. „Also er hat gesagt, du bist nicht mehr normal. Ob du Deinen Alltag eigentlich noch packst. Ob du nicht so was wie Betreuung brauchst. Einfach weg aus Hamburg in eine primitive Hütte, das ist doch crazy. Und was die doppelte Haushaltsführung kostet. Also Erwin hat gesagt, wenn du einen Mann hättest, würde der dir die Flausen austreiben." „Lass' doch mal deinen bescheuerten Erwin", sagt Petra, und Elisabeth schnappt nach Luft. „Ich finde die Idee ganz süß. Na und? Wenn sie friert? Ist doch ihre Sache. Ulf findet das auch gut. Er ist zeitlebens mit 'm Camper unterwegs gewesen. Am Anfang sei das auch ganz schön primitiv gewesen. Jeder wie er will. Aber ich brauche meine tägliche Dusche. Sag' mal, hast du dort wenigstens ein großes Waschbecken und einen Spiegel mit genug Helligkeit? Nein? Na, da kannst du ja noch nachbessern, wenn du im Nachbarort so tolle Einkaufsmöglichkeiten hast. Aber nun will ich euch erst mal erzählen, wie es mit Ulf an der Côte d'Azur war. Dort haben wir uns ein Kabinenboot gemietet ..."

Alte Leute, dachte sie. Ein Querschnitt durch die Bevölkerung diesseits der Rente. Wenn sie nur nicht alle so selbstgerecht wären. Aber meine Hütte macht mir niemand schlecht. Ich kann sie gestalten, wie ich will, und wenn es mal nicht geht, bestelle ich ein Taxi zum Bahnhof und bin in vier Stunden zu Hause.

„Das nächste Mal, wenn du so eine schrille Idee hast, solltest du uns vorher fragen. Wir sind doch Freundinnen. Und man selber hat manchmal nicht den ungetrübten Blick. Da tun die Ideen Anderer Wunder ..."

≈

Das hat mir gereicht, dachte Babett. Diese alten Schnepfen. Ich hätte sie fragen sollen!

Ich bin die Alte. Ich bin über achtzig. Und sie sind die Jungen, die Bescheid wissen. 76, 78, 79 – da hat man noch den Überblick. Und den Durchblick. Punkt Mitternacht des achtzigsten geht der verloren und man wird zur Senilen, die Rat und Tat braucht. Gegen Tat hätte ich nichts einzuwenden. Einkauf, Wasserflaschen, Müll runter ... aber das muss man mit achtzig noch bewältigen. Nur die großen Entscheidungen ...

Ich hab' sie rausgesetzt. Sie waren beleidigt. Es war ihnen neu. Noch so ein Hinweis darauf, dass ich nicht mehr richtig ticke. Sonst habe ich geduldig meine Kaffeekapseln mit ihnen geteilt, und wenn ich sagte, sie sind alle, ging mindestens eine von ihnen gucken, ob es stimmt. Dabei habe ich zuvor immer zwei in meiner Nachttischschublade versteckt, damit ich am nächsten Morgen wenigstens meinen Frühstückskaffee trinken kann.

Verrückt? Natürlich ist es verrückt. Das denke ich von morgens bis abends. Aber ich möchte einmal im Leben verrückt sein, wenigstens ein einziges Mal. Ich möchte an meine einzige Verrücktheit denken, wenn ich später im Pflegeheim liege und noch nicht einmal darüber bestimmen kann, wann ich abends die Leselampe ausschalte.

Ich muss Konrad anrufen. Ich muss es ihm erzählen. Konrad wird alles geraderücken und einordnen. Und dann werde ich ruhig schlafen können, weil er meine Idee verrückt findet, aber nicht mich.

Ich muss aufpassen. Konrad anzurufen ist sehr schwierig. Wenn ich Pech habe, ist seine Frau dran. Dann lege ich sofort auf. Wenn ich Glück habe, ist er selber dran und sagt 'mein Liebes, wie schön!' Dann ist die Luft rein, seine Gattin auf dem Wochenmarkt oder bei den Enkeln. Deprimiert bin ich, wenn er 'hm, ach so, ja' sagt, sobald er meinen Namen hört, oder dass ich mich leider verwählt habe. Dann lege ich auf und fühle mich hintangestellt, zweitrangig, unwichtig, an die Seite geschoben. Dann ist nämlich seine Frau anwesend, die nicht wissen darf, dass wir seit über sechzig Jahren noch immer miteinander telefonieren. Sie hatten schon diamantene Hochzeit, haben Kinder, Enkel, Urenkel, aber ich bin noch immer der Pfahl in ihrem Fleische.

Er war dran. Er war solo, und er lachte. Eine Hütte? Wo? Wie groß? Wie wirst du dich versorgen? Wo ist die nächste Ansiedlung? Also näher als in Alaska. Strom, Wasser, Heizung? Badewanne? Dusche? Nein, ach, man kann auch ohne.

Und dann fragte er nach der Toilette. Konrad gegenüber war ich immer ehrlich. Er hätte eine Lüge schnell durchschaut. Er merkte immer alles. Ich habe ihm von dem Bauplan der beiden Männer erzählt, vom Bioklo und der Körpertechnik, die erforderlich ist, um sie benutzen zu können. Er hat geschluchzt vor Lachen.

„Mein Liebes", sagte er – ich bin seit sechzig Jahren sein Liebes oder sein Kleines – „mein Liebes. Ich stelle es mir illustriert vor. Du öffnest die niedrige Tür, ziehst deine Hose runter und schiebst dich rückwärts gebückt rein. Da musst du gut üben, dass du mit deinem kleinen Popo das Loch genau mittig triffst."

Er schüttelte sich vor Lachen.

„Du hast eine abartige Phantasie", sagte sie, und er antwortete: „Klar, die habe ich immer gehabt. Das weißt du doch. Schade, dass ich nicht mehr reisen kann. Zweimal fünfhundert Kilometer wären mir der Anblick des zielgerichteten ..."

„Konrad!"

„Ach lass' mich doch mal lachen. Davon gibt es in meinem Alter nicht mehr so viel. Ich gehe stramm auf die neunzig, und ich bin jeden Tag erneut froh und dankbar, dass ich noch meine eine Stunde auf dem Rad querfeldein schaffe. Nur dort, wo keine Autos fahren. Die spielen alle gerne Rentnerwegputzen. Aber eine Zugreise ... Trotzdem! Ich finde die Idee großartig! Verrückt? Natürlich! Aber doch mit Netz und doppeltem Boden. Wenn's nicht geht, fährst du nach Hause. Wie weit? Taxi? Na also. Musst nur sehen, dass du immer genug Bargeld bei dir hast. Ist nicht Alaska, aber doch immerhin ein kleines Abenteuer. Wunderbar. Du bist die Größte. Das habe ich schon immer gesagt. Jeden Tag schwimmen? Ich bin voller Neid. Badesee? Naturtrüb sozusagen? Weißt du noch, wie wir früher überall, wo wir waren, nach Seen suchten, in die wir uns einfach reinfallen lassen konnten? Notfalls ohne Klamotten. Kleines, halte mich auf dem Laufenden. Dein Abenteuer wird mich um Jahre verjüngen!"

Sie war versöhnt. Das war Konrad. Und seine alte Liebe zu ihr.

≈

Konrad, der Treue, der Gütige. Sie hatte ihn nie geliebt, aber er war ihr treuester Freund von der ersten Stunde an. Erstsemesterfete, züchtig vor 62 Jahren. Konrad wurde ihr durch die Massen entgegengespült. Irgendjemand schubste, und Konrad flog gegen sie. Tiefes Bedauern, Entschuldigung, nein, es war keine Anmache gewesen. Aber er hatte sie gefragt, ob sie nicht lieber woanders hingehen sollten, wo man sein eigenes Wort versteht. Draußen war es kalt und nass, und er schlug seine Bude im Studentenheim vor. Sie hatte Herzklopfen bekommen und fürchtete sich. Ach, was für Zeiten!

Sie verbrachten ein ganzes Wochenende zusammen. Sie schlief in seinem Bett, er auf dem Fußboden. Er kochte Kaffee. Er kochte Spaghetti. Er zeigte ihr den botanischen Garten und den neuesten Kinofilm. Und nichts passierte. Ich kenne mich ja nicht mehr so richtig aus, dachte sie. Aber was ich lese und höre, wäre ein solches Wochenende heute undenkbar. Zwei Tage und zwei Nächte zusammen in einem Zimmer … Aber das war's wohl, was die angeblichen 68er mit ihrer sexuellen Revolution als spießig und verklemmt bezeichnet hatten. Sie selber hatten sich nicht als so erlebt. Man durfte auch zwei Monate lang nur befreundet sein und das Miteinander völlig entspannt genießen, ohne an Kondome, Pille und Sex zu denken.

Gemischte Jugendgruppe auf Fahrt und nichts passierte. Eigentlich können die Kinder uns heute richtig leidtun. Die stehen ständig unter Strom. Erwartung, Furcht, Enttäuschung …

Sie hatten sich danach mehrere Wochen nicht gesehen. Das nächste Treffen kam zufällig zustande. Konrad war ein Semester in Süddeutschland gewesen. Er steuerte auf den Abschluss zu. Medizin. Er war entspannt und zufrieden. Er hatte schon eine Stelle in Aussicht. Alle weiteren Begegnungen verliefen wie die erste, und so war es sechzig Jahre geblieben. Konrad, ihr treuester Freund, der nie ein böses Wort verlor, der sie immer 'mein Liebes' oder 'meine Kleine' nannte. Er, der Bär, der seine großen Tatzen um sie legte. Er war Kinderarzt geworden. Die Kinder liebten ihn, das Personal auch, aber mit fünfzig hörte er auf. Die Klinikleitung plante ein Kinderhospiz. Das sollte er konzipieren und später leiten. Er hatte bei jedem Kind, das auf seinen Stationen starb, extreme psychische Probleme. Manchmal nahm er zwei Tage Urlaub oder meldete sich krank. Er war krank. Er durchlitt mit jedem kleinen toten Kind seine toten Geschwister. Ihn hatte der Krieg verschont, aber die beiden anderen wurden Opfer des Wahnsinns. Und er hatte als

Sechsjähriger alles miterlebt – auch danach die depressive Mutter und das Schweigen über die Tragödien.

Jedes sterbende Kind, und sei sein Tod auch noch so unvermeidbar, reaktivierte seine nie gelebte Trauer. Ein Hospiz wäre nur Sterben. Auf den Klinikstationen gab es wenigstens auch Heilung und Besserung. Erfolge. Weiterleben.

Er war erst in die Forschung gegangen, die ihn nicht erfüllte und dann in einen Kibbuz nach Israel. Manchmal hatten sie monatelang keinen Kontakt, aber wenn er dann vor ihrer Tür stand, war es, als ob er sich gestern Abend verabschiedet hatte.

Ihre ganze Hoffnung war, dass er nicht vor ihr starb.

≈

Mein Coming-out als neue Alte verblasst langsam. Noch einmal im Leben was wagen! Noch einmal verrückt sein … Was heißt noch einmal? War ich's je? Dann wäre es mir doch besser gegangen! Mein Leben ist anstrengend. Die Knie tun weh, das Treppensteigen wird zur Mühsal, der Haushalt – ach Gottchen! Mir macht es nichts aus, Sigrid und Elisabeth kennen es nicht anders, aber wenn mal ein Außenstehender kommen würde. Wenn mal jemand von der Altenhilfe käme … Wäre eigentlich keine schlechte Idee, wenn die Stadt sich einmal im Quartal um ihre Alten kümmern würde. Kleiner Hausbesuch, kleines Blümchen, wie geht es, können wir was für Sie tun? … oder Ähnliches. Aber wenn da jemand käme, würde über mich gleich eine Akte angelegt werden – Achtung, beobachten, Neigung zur

Verwahrlosung! Eine Putzhilfe würden die mir aber auch nicht stellen, dann doch lieber gleich ins Heim.

Also warum nicht? Alleine schon, um der permanenten Unordnung in meiner Wohnung zu entkommen! Und hoffentlich, um in der neuen nicht das gleiche Chaos anzurichten. Wie pflegte meine Mutter in solchen Fällen zu sagen? Wenn im Luxusauto der Aschenbecher voll ist, muss man einen neuen Wagen kaufen. Recht hatte sie.

Mitten in das Hin und Her knallt ein Film in mein Leben. Reißt mich vom Stuhl und zeigt mir die Richtigkeit der Entscheidung auf. Der alberne Didi Hallervorden, den ich wegen seiner Visage nie mochte, läuft 'Sein letztes Rennen'. Der Achtzigjährige Schauspieler spielt einen Achtzigjährigen, der im Altersheim Kastanienmännchen bastelt und sich die seifigen Tiraden der religiös verbrämten Betreuerin anhören soll. Es reicht ihm! Beziehungsweise reicht es ihm nicht. Er will noch einmal los. Er will noch einmal wie vor Jahrzehnten Marathon laufen. Und er läuft! Er läuft auf seinen krummen Krampfaderbeinen. Eins zu eins: echter Mann, 80, gegen echte Rolle, 80. Seine Frau trainiert ihn wie damals, bis sie stirbt. Er geht zu Boden, aber dann rafft er sich auf und läuft und läuft und läuft auf seinen alten Beinen, bis er es in völliger Erschöpfung schafft.

Ich bin wie vom Donner gerührt. Wenn das Fernsehen je zu etwas gut war, dann war es dieser Film zur rechten Zeit, und ich denke: Du alte Schnepfe, komm' mit deinem Hintern aus dem Sessel! Du wolltest immer eine Hütte im Wald am See. Alaska oder Kanada. Das hättest du nie gepackt.

Nun nimm endlich mal das, was dir das Leben bietet, auch wenn es ein paar Nummern kleiner ist.

Sonst kommt wirklich bald eine von der Altenfürsorge und schon bastelst auch du unter Anleitung Kastanienmännchen.

≈

Ich habe Hella auf der Treppe getroffen. Sie war völlig verheult. Ihr Vermieter hat ihr die Wohnung gekündigt. Eigenbedarf. Seine Tochter heiratet. Nun weiß sie nicht, wohin. Beim Mieterbund hat man ihr die Rechtmäßigkeit bestätigt. Nun hat sie zwei Monate Aufschub heraushandeln können. Hella ist 72. Sie will nicht in ein Altersheim. Wie wir alle nicht. Oder sagen wir mal so: die Rente reicht für eine neue Wohnung, aber sie muss dann ihr Niveau erheblich senken. Vor allem aber hat sie lauter junge Leute als Konkurrenten bei der Wohnungssuche. Alte will man nicht, hat sie mehrfach gehört. Wenn die sterben, hat der Vermieter die Last mit der Leiche. Oder zumindest die Last mit der Räumung. Und den Ärger mit den Kindern, die sich zwar nicht gekümmert haben, aber um die Restmiete und die Mietsicherheit streiten.
Sie tut mir leid.

Gleichzeitig habe ich Angst. Ich habe auch einen Vermieter. Den kenne ich kaum, der wohnt irgendwo in Bayern. Aber wenn der mal meine Wohnung haben will?

Vielleicht kam mein kleines Haus am See zur rechten Zeit? Ich werde es ausbauen und mich ansiedeln. Doppelt hält besser!

≈

Ein Tisch, ein Stuhl, ein Bett. Ein Waschbecken, ein Klo, ein Lichtschalter … mehr als sie in Alaska gehabt haben würde. Aber alles nackt. Da muss was rein, aber was? Sie ging systematisch von Raum zu Raum und stapelte auf dem Bett ihres Sohnes auf, was sie würde brauchen müssen. Es wurde viel. Sehr viel. Man bräuchte ein Auto mit einem großen Kofferraum. Alleine das Bettzeug. Schließlich gab es am See keine Braunbären, die man eben mal erlegte, um eine Felldecke und eine Fellunterlage zu haben.

Was Warmes also. Reisetauchsieder und Emaillebecher. Wärmflasche. Zwei? Für Bauch und Füße? Eine musste reichen. Die alte Kochplatte, die so lange brauchte, zu schwer und angerostet war. Ein Milchtopf. Messer, Gabel, Löffel – zum Schnitzen aus Pappelholz blieb ihr dort keine Zeit. Ein Teller – Emaille. Stammte noch vom Sohn aus Kindertagen, weiß mit einem blauen Drachen. Wahrscheinlich die ersten chinesischen Anbandelungsversuche an den westeuropäischen Markt.

Abwaschbürste, Putzlappen. Scheuersand konnte sie sich vom Strandbad holen. Und dann Klamotten – Ende August, September, Oktober, wer weiß wie lange, aber immerhin lag ihre Hütte nicht auf den Kanaren, sondern in der norddeutschen Tiefebene. Also vom Badeanzug über Leggins, Wollhemd, T-Shirts, Wollpullover, dicke Socken, Anorak, Regenjacke … bis zur Thermohose … alles.

Es häufte sich. Das Bett war voll, und sie starrte auf die Massen für das einfache Leben in der einsamen Hütte.

Beim nächsten Supermarktbesuch erbat sie sich zwei Bananenkisten mit Deckel. Dazu noch zwei Schuhkartons von ihrem Dauerschuhgeschäft. Sie rückten sie ungern heraus, obwohl viele Kunden die neuen Schuhe gleich anbehielten, die alten in den Stoffbeutel packten und die Schuhkartons im Geschäft ließen.

Sie war ausgefüllt. Sie war aufgeregt, als ob es wirklich ins große Nord-Abenteuer ihres Lebens gehen würde und nicht das Taxi, sondern das Wasserflugzeug sie vor ihrer Hütte absetzen würde.

Nach zehn Tagen hielt sie es nicht mehr aus. Sie rief Hans an. Der lachte.

„Noch interessiert? Wir waren drauf und dran, Wetten abzuschließen. Ja, Willem kommt gut voran. Erna geht ihm zur Hand, sind ein eingespieltes Team, die beiden. Ich würde sagen, in vier bis fünf Tagen sind sie fertig. Die Farbe trocknet schnell, der Mattlack auch. Da ist Willem Fachmann für."

Kommen? Klar, sie müsse nur sagen, mit welchem Zug, dann würde er sie abholen. Sie würde sicher überrascht sein. Er ginge jeden Tag zur Hütte hoch, um nach den Fortschritten zu schauen. Ja, er freue sich. Und die Anderen auch ...

Das war Balsam für ihre arme, alte, geschundene Seele.

Sie packte das Bettzeug in die Bananenkisten, Besteck, Teller und den Küchenkram in die Schuhschachteln, die sie übereinander klebte. Und dann brachte sie alles in drei Touren mit ihrem Einkaufsroller zur Post. Sie ahnte, dass Sigrid sie im Spion beobachtete. Aber das hier ist jetzt mein Ding, dachte sie. Wenn ich es noch nicht mal zur Post schaffe, dann brauche ich erst gar nicht loszufahren.

III. Einzug

Hans stand auf dem Bahnsteig und lachte. Das Züglein bestand aus nur zwei Triebwagen und vier Türen. So konnte man Besucher nicht verpassen.

Er lachte, weil er sah, wie Babett mit Rucksack und Wandertasche in der Tür erschien und versuchte, einen Monsterkoffer nach draußen zu ziehen. Das gelang erst, als ein junger Mann von hinten schob.

„Ich dachte, Sie kommen aus Hamburg", sagte er, „aber das sieht doch sehr nach Übersee aus. Geben Sie mal her. Den können wir bis zum Auto schieben. Ach so, guten Tag und herzlich willkommen."

Babett dankte ihm mit Kopfnicken und Lächeln.

Hans hievte den Koffer in sein Auto, zog Babett den Rucksack von den Schultern und half ihr beim Einsteigen.

„Geht's?" fragte er und Babett nickte.

„Na, dann woll'n wir mal", sagte er und fuhr an. „Zweimal umgestiegen?" fragte er.

„Ja", sagte sie. „Erst Taxi. Da hatte ich bei der Anforderung darum gebeten, dass der Fahrer bis an meine Wohnungstür kommt. Ich würde auch extra zahlen. Trotzdem war er ziemlich muffelig. Dann Hauptbahnhof. Ich habe ihm mit einem Zwanziger vor der Nase herumgewedelt und gesagt, den würde er bekommen, wenn er mir den Koffer bis zum Gleis bringt."

„Und? Hat er's gemacht?"

„Hhm! Zwanzig Euro ist 'ne Menge Geld in diesem Beruf. Der Chef braucht es nicht zu wissen und das Finanzamt auch nicht."

Hans lachte. „Ja, mit Geld geht so einiges, im Großen wie im Kleinen. Aber wenn man sich im Alter Hilfe kaufen kann, dann soll man es auch tun."

Sie fuhren schweigend. Babett döste ein. Sie war vor sieben Stunden aufgestanden und die Reise war anstrengender als voriges Mal. Es war das Gepäck, das sie letztes Mal nicht dabeigehabt hatte.

„Ihre Pakete sind angekommen", sagte Hans, „sie stehen schon in Ihrem Häuschen. Ich bin sehr gespannt, was Sie sagen werden. Willem hat sich große Mühe gegeben, den Raum wohnlich zu gestalten. Wir wollen doch, dass Sie sich wohlfühlen bei uns."

Babett war hochgeschreckt.

„Ich bin schon sehr gespannt. Ich habe keine Vorstellung. Alles war damals so dunkel und dann nur die beiden Probeanstriche ..."

„Hhm. Ich erinnere mich, Milchreis mit Zucker und Zimt, nicht? Und das andere war wohl eher Zitronencreme. So, wir sind da. Wir gehen erst mal rein und gucken. Das Gepäck hole ich nach. Es könnte sein, dass es Ihnen nicht gefällt und Sie gleich wieder zum Bahnhof wollen."

Er schloss auf und ließ ihr den Vortritt.

„Oh", rief Babett. „das ist ja ein Riesenzimmer! So groß habe ich es nicht in Erinnerung!"

"Ja, es ist hell. Ich würde sagen, am ehesten wie Vanillepudding, oder?"

Sie ging rein und drehte sich um und um. Ein paar Möbel standen im Zimmer und sahen sehr verloren aus. Vor dem linken Fenster stand ein großer Tisch. Stabile Beine, blanke Linoleumplatte, das berühmte Salz-und-Pfeffer-Muster. Davor ein ebenso stabiler Küchenstuhl. Beides sichtbar gereinigt und hergerichtet. Und auf dem Tisch ein großer Strauß Sonnenblumen, viele an einem Stängel, schon ausgereift mit Körnern, vollblühend und nebendran noch Knospen.

„Wunderschön dieser Strauß", sagte sie.

„Ja, das ist eben August! Noch viel Sonne, aber man sieht schon den Herbst. Die Möbel sind natürlich alle geliehen. Aber Sie brauchen sicher keine in Ihrer Hamburger Wohnung. Mit dem Bett hatten wir Probleme. Betten werden hier immer zusätzlich gebraucht, wenn die Kinder und Enkel kommen. Aber es hat dann doch geklappt. Alles sauber, und Erna hat schon mal ein Spannlaken über die Matratze gezogen. Das sieht freundlicher aus."

Als sie mit verständnislosem Blick auf eine mannshohe Abtrennung gleich neben dem rechten Fenster sah, sagte Hans:

„Kommen Sie, wir haben lange hin- und her überlegt. Die Toilettenanlage mit'm Durchbruch nach draußen zu legen, schien uns doch zu primitiv. Es wäre sehr eng geworden, schmal und niedrig. Und kalt. Willem hat das Bioklo hier in die Ecke gepackt, viel Platz gelassen und dann die Trennwand daneben gesetzt. Mit 'ner kleinen Tür macht er sich noch Gedanken. Aber es wird erst mal so gehen. Sie leben hier ja alleine. Also, was sagen Sie?"

sagte gar nichts. Sie ging durchs Zimmer, ließ die Fingerspitzen über die Farbe gleiten – seidenmatt nennt man das, fiel ihr ein – strich über den Tisch, rückte am Stuhl und stand schweigend vor der Toilette. Vanillepudding, hatte Hans gesagt. Das stimmte, aber Vanillepudding hatte sie noch nie gemocht. Es war ihr zu eintönig, Willem hätte doch wenigstens eine Wand etwas abtönen können, gerne auch Zucker und Zimt. Oder mit einem zarten Oliv. Es sah aus wie ein Krankenzimmer.

„Ich bin … überwältigt", sagte sie, „so schön habe ich es mir nicht vorgestellt. So groß! An die Toilette habe ich gar nicht mehr gedacht, aber irgendwie wäre es schon gegangen. Aber so ..."

Sie nickte bestätigend, und Hans dachte, dass sie ein bisschen Euphorie hätte zeigen können. Willem hatte sein Bestes gegeben, um eine fast schwarze, rohe Holzwand in ein Schleiflackzimmer zu verwandeln … Er selber hatte jeden Tag nach den Fortschritten geschaut. Willem strich, Erna stand dabei und leistete Hilfsdienste, und alle wollten, dass es diese alte Frau schön haben sollte.

„Sehen Sie mal nach oben", sagte er. „Die Decke hat er nur gereinigt, aber der Übergang zum Farbanstrich …!"

„Oh wie süß", rief Babett. „Das ist ja bezaubernd! Ist das gemalt oder geklebt?"

„Das ist eine Bordüre mit einer Schablone aufgetragen. Sehr mühsam da oben im Knick. Er hat sie rundum als Abschluss gesetzt."

Babett versuchte, ihre Augen scharf zu stellen. Die Bordüre war etwa zwei Zentimeter breit und zeigte abwechselnd Herzen, Girlanden und einzelne Blätter. Das Ganze in einem gedeckten Rot.

„Das ist ja zauberhaft", rief sie noch mal und Hans dachte: Na also, geht doch.

„Ich hol' mal das Gepäck, ja? Oder wollen Sie gleich wieder umkehren?" Er lachte. Sie schüttelte den Kopf und starrte nach oben.

So ein paar rote Herzen, dachte Hans, und schon sind die Frauen zufrieden. Und das in diesem Alter.

Er schleppte den Überseekoffer herein und stellte ihn mitsamt Rucksack neben die Pakete, die sie mit ihrem Einkaufsroller zur Post gebracht hatte.

„Ich muss nochmal runter, Frau Abel. Wenn ich zum Abschließen der Pforte komme, schaue ich noch mal bei Ihnen vorbei. Ach so, hier ist Ihr Schlüssel. Der größere gehört nebenan zu der kleinen Einlasspforte, der Sicherheitsschlüssel zum Häuschen. Ich habe einen Zweitschlüssel aus Sicherheitsgründen."

Als er an der Tür war, drehte er sich um und sagte: „Sie sehen aus, als sollten Sie erst mal 'ne Runde schlafen, bevor Sie auspacken. Bis dann!"

Als er nach einer Stunde zurückkam, stand die Tür noch offen, und Babett lag schräg über dem Bett. Die Schuhe hatte sie noch an. Wie ein gefällter Baum, dachte er, zog die Tür ins Schloss und trat den Heimweg an.

Seine Frau war schon gespannt, ob Frau Abel wirklich wiedergekommen sein würde. Sie waren beide nicht ganz überzeugt gewesen. Aber nun war sie da und ihr Da-sein würde sich im Dorf herumsprechen wie ein Lauffeuer. Das Dorf konnte wieder in seinen Alltagsmodus zurückschalten.

≈

„Na, hat alles geklappt?" fragte Susanne beim Abendessen.

„Wenn du meinst, ob sie gekommen ist: Ja."

„Und sonst?"

Hans zog die Luft tief ein. „Das müssen wir abwarten. Wir haben ja immer noch die Wohnung in Hamburg im Hintergrund. Schlimm wäre es, wenn sie ganz hierhergezogen wäre. Da hätte ich Bedenken und könnte wohl nicht ruhig schlafen."

„Ey! Was ist das denn? Wenn ich dich richtig verstanden habe, ist sie geistig und körperlich fit."

„Susanne, das kann jeden Tag kippen. Mal sehen, wie sie das Eingewöhnen schafft. Erst mal hat sie 'ne Menge auszupacken. Ich werde jeden Tag nach ihr gucken."

Susanne lachte laut.

„Da hast du dir ja 'ne echte soziale Aufgabe geholt. So kenne ich dich gar nicht. Na ja, im Alter soll man angeblich weise werden."

Er klapste ihr auf die Wange. „Du bist ja nun auch nicht grade ein Küken. Aber ehrlich: Irgendwie erlebe ich die ganze Sache wie ein Experiment. Viel schiefgehen kann nicht. Mit dem Schwimmen kriegt sie Weisungen, Trude wird sie beliefern, und außerdem hat sie sich schon vor zwei Wochen erkundigt, wie man in die Stadt kommt."

Sie schwiegen lange, dann sagte Hans: „Weißt du, ich empfinde dieses ganze Abenteuer nicht als Last. Es ist für uns alle mal was Anderes. Und vielleicht trägt sie dazu bei, uns zu zeigen, dass man vor dem Alter keine Angst zu haben braucht. Was meinst du?"

„Du hast recht. Vorbild! Sonst reden wir immer nur über Gebrechen, Pflegedienst, Demenz und Selbstmord. Frag' sie doch mal, wie alt sie ist."

„Mach' ich. Ich werde den Mietvertrag entwerfen und ihre Daten dafür abfragen."

„Du magst sie, oder?"

„Ja, komisch. Ich mag sie wirklich, obwohl ich sie gerade dreimal gesehen habe."

„Na immerhin! Dreimal! Sonst warst du doch immer für Liebe auf den ersten Blick."

„Wie du sagst, ich werde weise. Aber ich bin gespannt und irgendwie freue ich mich."

≈

Mein erster Kaffee auf den dicken Stufen der breiten Treppe vor meinem Häuschen. Wie sehr habe ich diese Situation herbeigesehnt. Ich sah und fühlte mich hier sitzen. Angekommen.

Ein großer Becher mit heißem Milchkaffee hatte es sein sollen zum glückhaften Beginnen eines neuen Tages. Mit Sonne, Stille, dem Duft nach Erde und Wald.

Aber alles ist anders geworden. Mir ist eiskalt trotz der Bettdecke über den Schultern. Die Sonne ist aufgegangen, aber auf der anderen Seite des Hauses. Meine Treppe geht nach Westen. Wo ich nicht bin, da ist das Glück. Der Kaffee war heiß, so heiß, dass ich mir die Finger verbrannt hatte. Emaillebecher, so ein Schwachsinn. Und Milch habe ich vergessen aus Hamburg mitzubringen. Ich bin traurig, ernüchtert, deprimiert. Ich war eine Träumerin. Was hatte ich mir denn vorgestellt? Nichts!

Bitterer Pulverkaffee aus einem heißen Emaillebecher im feuchtkalten Schatten auf einer harten, ausgekühlten Treppe.

Hans stapft den Weg hoch. Er lächelt mir entgegen. Am liebsten würde ich sagen, ich bin nicht da.

„Schon recht frisch jetzt Ende August, nicht? Wir hatten heute Nacht acht Grad. Da war es in Ihrer Hütte sicher auch nicht viel wärmer, oder?"

Er sieht sie fragend an. Ein Häufchen Elend, denkt er. In der Bettdecke versinkt sie geradezu. Sie sieht heute Morgen viel kleiner aus als gestern am Bahnhof.

Babett nickt und schluckt ihre Tränen herunter.

„Hatten Sie denn was zu essen mitgebracht? Meine Frau hat mich danach gefragt, aber ich wollte nicht abends im

Dunkeln hier anklopfen mit einem Käsebrot. Sie hatten wohl vorgesorgt?"

„Nein", flüsterte Babett

„Und heute Morgen?"

„Ich hatte meinen Kaffee."

„Ein lukullischer Einstand", seufzte Hans. „Und wie war die Nacht?"

„Kalt und dunkel."

„Dunkel, ja, das sind Städter nicht gewohnt. Die kaufen Rollos gegen die Straßenlaternen. Und kalt? Da müssen wir was machen. Es wird ja nicht mehr wärmer. Und die Hütte bekommt um diese Jahreszeit kaum noch Sonne. Die wird nicht mehr aufgeheizt. Ohne Dämmung. Immerhin hat Willem die ganzen Ritzen mit seiner Farbe zugekleistert. Da zieht es nicht noch."

Er sieht sie prüfend an. Wie soll das denn hier gehen? Egal, notfalls fahre ich sie zurück in ihre Wohnung.

≈

Die erste Nacht war grausam gewesen. Ich habe mich halbtot gefroren. Ich habe mich halbtot gefürchtet. Ich hatte Hunger und Durst und Angst.

Im Alter, so heißt es, schließt sich der Kreis. Wie wahr! Mein Lebensanfang war genau dieses: Kälte, Angst, Hunger, Durst, Dunkelheit. Aber damals war es unabänderlich. Heute habe ich es mir frei gewählt.

Zeitlebens habe ich von einer einsamen Hütte im Norden Kanadas oder in Alaska geträumt. Ganz allein mit einem Hund. Einem Husky oder einem Wolfshund. Mit hohem Schnee draußen, einem großen Holzvorrat im Verschlag nebenan und einem bollernden Eisenofen. In Sichtweite der See. Glitzernd. Oder zugefroren. Am Steg mein kleines Ruderboot. Die Ruder im Verschlag, auch die Angel … Aber da endeten schon die Fantasien.

Nun habe ich meine Hütte ohne Hund, ohne Schnee, ohne Eissee, ohne Angel. Aber auch ohne Holzvorrat, und selbst wenn ich ihn hätte, ich habe keinen Ofen.

Die einsame Hütte. Hans war fort. Die Pforte war abgeschlossen. Ich war eingeschlossen. Fast. Jedenfalls fühlte es sich so an. Ich kann aus meiner Tür. Ich kann bis zum Museum heruntergehen und möglicherweise auch drumherum. Für die Tür dort ist wohl der dicke Schlüssel neben meinem. Dennoch! Es sind die uralten Ängste, die wieder in mir hochkriechen.

Ringsum Natur. Stille. Wald. Von allem viel. Mein ewiger Traum. Aber ich glaube, er hat sich vierzig Jahre zu spät erfüllt. Meine Mutter hatte zur Bewältigung des Alltags tausenderlei Sprüche. Irgendwie passten sie immer. Was würde sie jetzt sagen? Alle Wünsche gehen in Erfüllung, aber die meisten zur Unzeit.

Am schlimmsten war die Kälte gewesen. Sie öffnete die Tür und blickte in die Schwärze. Draußen war es wärmer als drinnen. Aber in dieser dunklen Einsamkeit die Tür offenlassen?

Sie kramte den Reisetauchsieder aus dem Karton. Sie hatte ihn schon sehr lange, und er war sehr langsam. Als das Wasser zu dampfen begann, goss sie es in die Wärmflasche. Die war kaum gefüllt. Also noch eine und noch eine Ladung Wasser und die Wärmflasche immer gleich unter die Bettdecke. Es dauerte ewig, und sie fror. Zwischendrin zweigte sie ein paar Schlucke heißes Wasser zum Trinken ab. Das regte den Magen an. Hunger! Wann hatte sie das letzte Mal gegessen? Frühstück – und keine Butterstulle für die Reise mitgenommen. Sie kramte in ihrer Umhängetasche, und als sie nichts fand, kippte sie sie schluchzend auf dem Bett aus. Vier Salzkekse und zwei Hustenbonbons.

Ich war wahnsinnig, dachte sie. Ihre Kaffeetanten hatten recht gehabt. Bist du verrückt? Ja, bin ich. War ich. Sie sah auf die Uhr. Kurz vor neun. Was mache ich um diese Zeit in Hamburg? Ich sitze mit meinem Abendbrottablett vor der Glotze, und wenn mir kalt ist, drehe ich mich halb herum und stelle den Thermostat auf zwei.

Reiß' dich endlich zusammen, dachte sie. Du hast das hier gewollt. Du bist gerade mal ein paar Stunden da. Die Dorfbewohner haben sich ein Bein ausgerissen, nun pack' endlich aus. Guck', was es Warmes für's Bett gibt – das Plaid, wie schön. Guck', ob du was zum Überziehen hast – zwei Pullover, eine Jacke … und dann tu' nicht so, als hätten wir Winter 45/46.

Zu den Salzkeksen trank sie noch einen Becher heißes Wasser – das ist gutes, hatte Hans gesagt, das kann man bedenkenlos trinken. Noch ganz ohne Gülle – und dann legte sie sich angezogen ins Bett. Sie war todmüde. Alles neu und anstrengend. Gerade als sie sich umdrehen wollte, gewahrte sie, dass über ihr die 100-Watt-Birne brannte. Schalter neben dem Eingang. Sie überlegte, ob sie sich der Qual aussetzen sollte, das gerade warme Bett wieder zu verlassen, auf Socken zur Tür und dann im Stockfinstern wieder das Bett suchen. Noch während sie versuchte, den Konflikt zu lösen, fiel ihr ein, dass man von draußen durch drei Fenster in die hellerleuchtete Bude sehen konnte. Sie schrie auf vor Frust und Wut, quälte sich aus dem Bett und stand dann im dunkelsten Dunkel ihres Lebens. Nur der Kohlenkeller, in den sie als Kind zur Strafe gesteckt worden war, war dunkler gewesen. Sie begann zu weinen.

≈

„Wir haben unten noch einen alten Radiator", sagt Hans, „Der ist nicht sehr effizient, aber für den Notfall tut er's noch. Den kann ich Ihnen hochbringen,"

Babett nickt.

Die sieht aus wie ein Schluck Wasser, denkt Hans. War wohl doch nicht so'ne gute Idee.

„Aber mir fällt noch was Besseres ein. Moment."

Er drückt eine Taste auf seinem Smartphone.

„Ja, ich! Hast du einen modernen leistungsfähigen Radiator auf Lager? Gut. Sehr gut bei Warentest. Okay. Kostet? - Na ja, geht noch. Den brauch' ich – nee, nicht irgendwann, sondern gleich – Mittagspause? – Na, passt doch – Stell' dich nicht so an, die halbe Stunde wirst du doch wohl abknöpfen können – Sei nicht so träge, du willst doch Geld verdienen – Mensch, Manfred, du bist ein ... Entschuldigung, es sitzt

85

eine Dame neben mir … also heute Mittag – okay – geht aufs Museum, 10 % wie immer – und dann brauchen wir noch einen guten Wasserkocher..." er sieht Babett fragend an, die nickt „... nein, keine Billigplasteware, Edelstahl. Anderthalb Liter reichen – na, dann eben zwei, bist auch nicht besonders sortiert, was? Und dann ..." er sieht Babett wieder an „... noch eine Kochplatte ..." Sie nickt. „Gut zu handhaben, nicht so'n schweres Biest wie früher – zwei wären gut – na, dann eben nur eine – Nee, geht nicht aufs Haus. Ist privat, aber 10 % - Jaul' nicht rum – sei mal'n bisschen flexibel – Ach was, dir fehlt die Konkurrenz – der Türke? Na, dann guck' dir mal sein Angebot an. Und den Service – okay, diese drei. 13:30 Uhr bitte. Ich bin an der Hütte. – Hütte! Die kennst du doch. Bis dann."

„Puh, das war ja mal wieder zäh", sagt Hans und wischt sich den Schweiß mit dem Handrücken von der Stirn.

„Der ist immer noch im DDR-Modus. Von jedem Gegenstand nur ein Modell. Mehr gibt's nicht, und alles möglichst geruhsam. Aber dann regt er sich über den Türken auf.

 Gut, ich nehme den Manfred nachher hier in Empfang und stelle alles gleich rein, wenn ich darf. Ihnen soll ich von Trude ausrichten, dass es heute frische Kürbissuppe mit Ingwer und noch einer ihrer Zauberzutaten gibt. Wenn Sie Appetit haben, sollen Sie um halb eins bei ihr sein."

Er sieht Babett besorgt an.

„Oder? Alles nicht gut?"

„Doch, alles gut, danke", sagt sie, „ich bin nur ein wenig erschöpft und müde."

„Klar" sagt Hans. „Aber wir kriegen das alles schon geregelt. Wir sind ja hier nicht am Nordpol."

Genau das störte Babett. Weniger der Nordpol, als dass einer – ratzfatz – alles regelt. Ein Blickkontakt, ein Nicken und schon ist Gottweißwas bestellt. Sie ärgerte sich. Mir wird was aus der Hand genommen, was ich selber regeln kann, dachte sie und bemühte sich, ihre Missstimmung nicht zu vertiefen. Und gleichzeitig sagte etwas in ihr: Du bist blöd. Zeitlebens klagst du, dass niemand etwas für dich tut und du alles alleine schaffen musst, und hier hast du endlich mal jemanden. Wo hättest du das ganze Zeug zum Aufwärmen denn so schnell hergekriegt? Du kennst doch hier kein Schwein und ein Telefonbuch hast du auch nicht. Leg' mal deinen Schalter um …

Sie lächelte zu ihm hoch, und er dachte, sie steht ganz schön auf dem Schlauch.

„Ich geh' dann zu Trude", sagte sie. „Ich habe sie ja noch nicht gesehen, seit ich zurück bin. Und Kürbissuppe … die kenne ich noch von früher. Von meiner Mutter. Die hatte immer Kürbisse en gros. In Hamburg gibt es neuerdings in feinen Restaurants auch Kürbisgerichte. Sehr teuer, kein Arme-Leute-Essen mehr. Ich packe jetzt noch ein bisschen aus und schau mal, wo alles hinkommt."

„Sonst noch was?" fragte Hans. „Fehlt noch was?"

„Oh! Eine Lampe!"

„Wieso, es hängt doch eine. Ich habe extra noch eine Birne reingeschraubt. 100 Watt. So eine, wie es sie heute nicht mehr gibt. Verboten! EU!"

Babett seufzte. „Ja, sie ist sehr hell, vor allem bei diesen hellen Wänden, aber wenn ich ins Bett geh' ..."

„Verstehe ich nicht."

„Entweder ich gehe gleich im Dunkeln ins Bett, aber dafür ist mir alles noch nicht vertraut genug. Oder ich lasse Licht an, gehe ins Bett, lese noch ein bisschen und dann muss ich wieder zur Tür ..."

„Ach Gott, das habe ich gar nicht bedacht. Ist klar. Oje, Sie haben gestern schlechte Karten gehabt. Ich kümmere mich, und sei es erst mal provisorisch. So, ich muss runter, da stehen Leute. Wir sehen uns."

Weg war er.

Das war alles nicht ihr Tempo. Das war nicht ihr Stil. Das war alles so ... so ... anders. Lebensprall fiel ihr ein. Im Gegensatz zu ihrem eingerosteten, festgefahrenen, eintönigen Dasein in ihrer muffeligen Stadtwohnung.

Gestern Abend hatte sie nur das Wichtigste aus den Verpackungen gezogen. Jetzt musste sie etwas systematisieren. Kein Schrank, keine Kommode, kein Fach. Sie klappte den Überseekoffer so weit auf, dass auch das Innere des Deckels genutzt werden konnte. Gleich daneben die Kartons, Unterteil, daneben Deckel, Unterteil, Deckel ... und da muss nun alles reinsortiert werden. Ordentlich, systematisch und gut sichtbar. Sie kniete auf dem Boden und ordnete. Ab und zu drehte sie sich zur offenen Tür um und atmete tief ein. Was für eine Luft! Was für Gerüche! Erde. Laub. Brackiges Wasser. Warmes Holz ...

Als sie fertig war, stand sie auf, betrachtete die sechs Abteilungen und sah, dass es gut war. Die Schmutzwäsche kommt in den Rucksack. Der kommt in die Ecke daneben. Alles hinten aufgereiht. So waren alle vier Seiten bestückt. Jedenfalls im unteren Drittel. Die Wände waren ihr zu groß, zu flach, zu hell, zu glänzend, zu kalt. Nichtssagend. Vielleicht fand sie Bilder oder Poster oder ein Korkbrett, auf das dann Buntes gepinnt werden konnte.

Das wird sich finden, dachte sie. Und nun zu Trude. Noch so ein Termin über meinen Kopf hinweg. Wer bin ich hier eigentlich für die Leute? Andererseits – was gab es für eine Alternative? Die letzten vier Salzkekse gestern am Abend und der schwarze Kaffee heute Morgen. Irgendwo musste doch was herkommen.

≈

„Kommen Sie rein", ruft Trude durch das Küchenfenster, „Tür ist offen."

In der Küche duftet es wie im Paradies. Ich habe so einen Hunger, dass mir schlecht ist.

„Sie können sich da hinsetzen." Trude zeigt auf einen Küchenstuhl. Der Küchentisch ist gedeckt, karierte Decke, dicke Suppenteller, große Löffel. Alles erinnert an die Nachkriegszeit. Wahrscheinlich stammt es auch von damals. Sie schöpft mit einer Kelle wie aus dem Pfadfinderlager eine dicke gelbe Suppe auf die Teller.

„Mit Sahne", sagt sie, „und mit Ingwer. Ingwer wärmt."

Ich kann mich kaum beherrschen und hoffe auf einen zweiten Teller. Den gibt's, aber ... ich glaub's nicht.

Trude deckt zwei neue Teller auf und greift dann hinter mich auf den Herd. Eine Riesenbratpfanne mit Deckel kommt auf den Tisch.

„So 'ne Suppe alleine hält nicht vor", sagt sie. „Dies Jahr hab' ich so viele kleine Kartoffeln, die kann man nicht schälen. Waschen, mit Bürste rüber und fertig."

Die Pfanne ist angefüllt mit Bratkartoffeln, kleine, runde, einmal durchgeschnittene Kartöffelchen mit Kümmel und Rosmarin. Daneben kleine Fleischstücke.

„War nur ein Kotelett", sagt Trude, „hab' ich zerschnitten, damit wir beide haben."

Trude teilt ihr einziges Kotelett mit mir. Und die Kartoffeln ... ich könnte drin versinken.

„So gute Bratkartoffeln habe ich schon lange nicht mehr gegessen", sage ich überwältigt von dieser Gastfreundschaft.

„Ich mach' die immer so", sagte Trude, „spart Speck. Manchmal auch mit viel Zwiebeln, aber die hab' ich dies Jahr noch nicht geerntet. Ich komm' nicht richtig nach. Der Garten ist für mich alleine zu groß, seit mein Mann nicht mehr da ist."

„Wie lange leben Sie schon alleine?" frage ich.

„Er ist seit drei Jahren tot", sagt sie und wirkt abweisend, also frage ich nicht weiter.

„Sind Sie gut satt?" fragt sie, nachdem sie mir noch ein zweites Mal aufgetan hat. „Ich würde ja gerne noch mit

Ihnen reden, aber ich muss in den Garten. Der Tag ist nicht mehr lang."

„Ich kann Ihnen helfen", sage ich spontan und wundere mich über mich selber.

Trudes Blick spricht Bände. Ich sehe, was sie denkt – Hamburg, Großstadt, hat doch noch nie einen Garten gesehen. Als sie nicht antwortet, sage ich:

„Ich bin mit Garten aufgewachsen. Meine Mutter hat immer einen Schrebergarten gehabt, 400 Quadratmeter, nur Obst und Gemüse. Da musste ich ran. Umgraben, Hecke schneiden, Kompost umsetzen und so."

Ich bin gerade so schön im Erzählen, da fährt Trude ganz pragmatisch dazwischen:

„Dann können Sie Bohnen pflücken. Die sind fertig." Übergangslos, kein langes Geschwafel. Es ist gegessen und jetzt geht es wieder los.

Acht lange Reihen, und sie hängen voll. Ich hocke mich davor. Nach einer halben Reihe beginnen meine Knie zu schmerzen. Als Trude mit zwei Eimern randvoll Falläpfeln vorbeigeht, scheint sie mein Problem zu erfassen. Sie kommt mit einem alten Gartenstuhl, einem uralten Eisenkorb und einer großen Schürze zurück.

„Die Pflanzen können alle raus", sagt sie, „die kleinen werden nicht mehr größer. Es ist schon zu kalt. Reißen Sie alles raus, in den Korb und dann können Sie die Bohnen im Sitzen abziehen. Hier ist eine Schürze. Und hier ist 'n Bottich für die Bohnen."

Ich sitze zufrieden und ernte gemütlich. Die Erde hat einen satten Duft, und wenn mir eine Bohne zerbricht, erinnere ich mich an meine Kindheit, grüne Bohnen … und abends gab es Schnippelbohneneintopf mit Schweinefleisch.

Neben mir türmt sich das Bohnengestrüpp, zwei große Bottiche habe ich schon voll, mein Schoß ist voller Erde, und ich habe minutenlang immer wieder das Gefühl, in der Vergangenheit zu leben. In der guten.

Trude stapft inzwischen mit vollen Eimern ins Haus und mit leeren zurück. Unermüdlich. Äpfel und Birnen. Ich sehe nicht, ob sie sie aufsammelt oder pflückt. Ich würde sie gerne bitten, mir ein paar in mein Häuschen mitzugeben, traue mich aber nicht.

Irgendwann bleibt sie stehen und sagt: „Man sieht, dass sie arbeiten gewohnt sind. Wenn Sie die angefangene Reihe noch fertig machen? Dann trinken wir erst mal einen heißen Kaffee!"

Heißer Kaffee!! Ich beeile mich.

„Das kann erst mal alles so stehen bleiben", sagt Trude. „Ich habe drinnen nicht so viel Platz, muss alles erst mal nacheinander verarbeiten."

Als wir am Küchentisch sitzen und aus alten Tassen, die mir so vertraut vorkommen, heißen Kaffee mit viel Milch trinken, eröffnet Trude das Gespräch. Alles beginnt mit „Hans hat gesagt". Hans managt alles und jeden. Vor allem mich.

Hans hat also gesagt, sie solle mit mir über Einkaufsmöglichkeiten und Hauswartdienste reden.

„Wenn Sie hier aus dem Dorf rausgehen und dann noch fünfhundert Meter weiter, kommen sie zu einem Hofladen. Der gehört dem letzten Bauern hier am Ort, Großbauer! Hat nach der Wende alles aufgekauft. Er hat Eier, Gemüse und vor allem Fleisch und Wurst. Angeblich alles von seinem Hof. Aber Kiwis und Bananen hat er auch. Soll alles bio sein. Wer das glaubt. Und er ist teuer."

Sie macht eine Pause. Ich warte ab.

„Außer Fleisch und Wurst können Sie alles aber auch von mir kriegen. Und das ist wirklich bio, wie das so blöd heißt. Und ich habe mehr Auswahl."

Sie sieht mich an. Ich denke an den Duft der grünen Bohnen, wenn sie durchbrechen.

„Gerne, sehr gerne", sage ich. „Fleisch und Wurst esse ich sowieso kaum. Aber wenn ich ab und zu bei Ihnen kaufen kann?"

Aber Trude hatte schon alles bedacht.

„Das Beste wird sein, wenn ich Ihnen jede Woche einen Korb aus dem Garten zusammenstelle und ihn zu Ihrer Hütte bringe. Obst und Kartoffeln sind schwer. Was es kostet, schreibe ich Ihnen auf. Wir sehen uns ja doch öfter. Ich bringe Ihnen alles ganz frisch, gerade geerntet."

Sie sieht mich fragend an.

„Das würde mich sehr freuen", sage ich. „Ich bin es von zuhause mal so gewöhnt gewesen, aber in der Stadt ist die Qualität doch oft nicht so besonders."

Trude nickt zufrieden. Endlich toppt das Dorf die Großstadt.

„Erna würde Ihnen beim Putzen helfen, wenn Sie wollen. Das können Sie mit Hans besprechen."

Putzen, auch das noch! Putzt man im Norden Kanadas seine Hütte? Oder in Alaska?

Trude schiebt nach: „Erna bringt alles mit. Eimer und Staubsauger, sie weiß am besten, was sie braucht. Und sie müssen nicht alles für die kurze Zeit anschaffen."

Kurze Zeit? Immer mal vier Wochen? Oder bis ich sterbe? Ich muss mich daran gewöhnen, dass mich alle alt finden. Dabei habe ich noch niemandem gesagt, wie viel Jahre schon hinter mir liegen. Und ich muss mich daran gewöhnen, dass sie es alle so schamlos aussprechen!

Als der Kaffee ausgetrunken ist und ich mich erheben will – noch mehr Bohnen zu ernten, will ich nicht anbieten, das schaffe ich nicht -, sagt Trude: „Moment noch."

Dann wurschtelt sie hinter mir herum, klappert, knistert und kommt mit einem Korb zum Vorschein.

„In dem Henkelpott ist Kürbissuppe zum Aufwärmen", sagt sie. „Hans hat mir erzählt, dass Sie für heute Abend einen Kocher kriegen. Und ein paar Scheiben Brot dazu, auch zum Frühstück morgen. Und dann habe ich Ihnen gleich noch ein paar kleine Kartoffeln und Bohnen in einen Topf getan, alles frisch vom Beet. Wenn sie einen eigenen Topf haben, bringen sie mir diesen wieder."

Ich schnappe nach Luft, aber Trude ist für diplomatische Feinheiten nicht zu haben.

„Ich muss wieder in den Garten. In zwei Stunden ist es dunkel. Übermorgen bringe ich Ihnen die erste Lieferung. Sie müssen dann sehen, ob es reicht oder zu viel ist und ob Ihnen die Zusammenstellung gefällt."

Sie lässt mich gerade noch „Danke, vielen Dank" sagen, dann geht sie durch die Küchentür, zieht ihre Galoschen an und verschwindet im Garten.

Ich bin überwältigt, und es ist mir peinlich. Wie soll ich das honorieren? Mir fällt schon wieder meine Mutter ein, die war genauso. Aber zwischen ihr damals mit ihrem Schrebergarten und Trude heute liegen fünfzig Jahre. Der Weg in die Vergangenheit, in der alles … besser war? Vielleicht muss man nur den Ort wechseln?

≈

Sie saß noch ein bisschen an Trudes Küchentisch. Es war so warm und wohlig. 'Traut' hat man früher gesagt, dachte sie. Gab es dafür ein neues Wort? Soll ich wohl abwaschen? Oder ist das aufdringlich? Was wird von mir hier erwartet? Sie entschied sich dagegen und stellte nur ihren Becher in die Spüle. Sie hatte mit dem Bohnenpflücken ihre Visitenkarte abgegeben. Schließlich wollte sie sich nicht als alte Arbeitskraft anbiedern.

Sie griff nach dem Korb. Er war schwer. Aber es war Essen, ihr Essen! Für heute Abend und morgen … Aber noch keine Milch für den Kaffee. Ob sie …? Sie ging in den Garten, in dem Trude zwischen dichten Johannisbeersträuchern herumkroch.

„Ob ich … ich habe eine Bitte …"

„Ja?" Es klang unfreundlich. Trudes Art.

„Ich habe noch keine Milch für meinen Kaffee, ich ..."

„Im Kühlschrank. Nehmen sie die angefangene Packung mit, sonst plempert es nur."

„Vielen Dank, ich ..."

„Schon gut", sagte Trude ... diese vielen Worte um nichts!

Eigentlich hatte sie noch einen Abstecher zum See machen wollen, aber der Korb zog an ihrem Arm. Essen!

Als sie ihre Hütte aufschloss, sah sie, dass jemand drin gewesen war. Sie erschrak ebenso wie es sie erboste. Dann sah sie den Radiator neben dem Bett. Er war auf kleinste Stufe gestellt. Auf dem Tisch stand eine stabile Kochplatte, blitzblank, mit Bedienungsanleitung. Davor der Wasserkocher, groß, üppig, gemütlich. Auf seltsame Weise machten diese drei Gegenstände das Zimmer wohnlich. Vielleicht war es auch die Wärme und die durch den Buchenwald gefilterten Sonnenstrahlen.

Essen! Wärme! Ihre Angst verflog. Aber dass jemand einfach so in ihrem Häuschen gewesen war ...

Ja, wie denn sonst? fragte ihr Inneres. Wolltest du das alles von den Stufen aufsammeln und den schweren Radiator reinwuchten? Ja und nein, sowohl, als auch ... ach, ich weiß selber nicht ...

Während sie den Trude-Korb auspackte, klopfte es an die Wand. Die Tür stand offen.

„Na, satt geworden?" fragte Hans. Es klang fürsorglich und zugewandt. „Wie Sie sehen, hat Manfred alles gebracht. Ich hab' es schon überprüft, sonst hätte er es gleich wieder mitnehmen können. Ach, Trude hat schon für die nächste Mahlzeit gesorgt. Das ist gut. Es wird jetzt kälter, da kann man sich nicht nur von Brot und Kaffee ernähren. Das hält nicht vor. Ein Stück die Straße weiter gibt es ein Ausflugslokal. Mittelmäßig. Haben auch nicht immer offen. Aber man will ja auch nicht jedes Mal raus, wenn man Hunger hat. Außerdem ist es doch auch schön, was in der eigenen Hütte zu kochen, nicht?"

Hans redete und redete. Babett nickte und macht 'mmh' an den passenden Stellen. Irgendwie sind die hier alle so emsig. So schnell kann ich gar nicht denken.

„So ein kalter Start ist ja auch nicht das Richtige", hörte sie Hans sagen. „So 'ne kalte Nacht. Aber nun wird es ja warm werden. Essen, Trinken, Heizung.Im Übrigen habe ich einen Schlüssel zur Hütte. Das haben Sie ja schon gemerkt. Das muss sein. Aus Sicherheitsgründen für Sie und für mich. Er schließt auch, wenn Ihr Schlüssel von innen steckt. Ich will uns beide absichern. Und bei Ihrer Abwesenheit sowieso. Da muss ich das Haus kontrollieren, Wasser abstellen. Frost. Na ja, den gibt es nur noch selten, aber besser ist besser."

„Das ist mir sehr lieb", sagt Babett. „Das kenne ich aus Hamburg. Dort hat eine Nachbarin immer meinen Wohnungsschlüssel. Wenn mal was ist."

„Dann ist das ja auch geklärt. Keine Sorge, den habe ich an meinem Schlüsselbund. Da kann niemand ran."

„So" sagt Hans. „Ich mache Feierabend. Ich schließe, wenn ich gehe, immer die Pforte ab. Hat mehr symbolischen Charakter. Wer will, klettert rüber. Das ist übrigens der dicke neben Ihrem Sicherheitsschlüssel, falls Sie mal nachts spazieren wollen."

Er grinst.

„Wohl eher nicht", sagt Babett, die das alles noch nicht einordnen kann. „Ich vermute, dass das Nachtleben hier nicht so viel hergibt."

Hans lacht schallend, setzt sich in Bewegung, winkt und ist weg.

Alleine! Wieder eine lange dunkle Nacht. Aber Wärme, Essen und Milch für den Kaffee. Das ist meilenweit entfernt von der vorigen Nacht. Es wird schon werden, pflegte ihre Mutter zu sagen. Es war als Trost gemeint und gegen ihre Ungeduld. Es wird schon werden! Ja, der Anfang ist gemacht. Aber dieses Betüdelt-werden! Das muss ich mit Konrad besprechen. Ich muss Hans noch meine Mobil-Nummer geben. Ganz stolz. Ich werde nicht nur eine verrückte Alte sein, sondern auch eine moderne.

Kaum hatte sie ihre Tür geschlossen, die Wärme sollte nicht entweichen und die letzten Sonnenstrahlen kamen auch durch die beiden Fenster neben der Tür, klopfte es. Ihr blieb fast das Herz stehen. Sie hörte eine Männerstimme. Dann klackerte es am Schloss. Sie schlüpfte hinter die Klowand …

„Ich bin's noch mal", sagte Hans. „Wo sind Sie denn? Ach, hatten Sie Angst? Ich wollte Ihnen doch eine Lampe bringen, damit Sie nicht immer aus dem Bett müssen. In der Werkstatt hatten wir keine mehr. Die ist von uns zu Hause. Und 'ne Verlängerungsschnur, aber Vorsicht, dass Sie nicht stolpern. Die geht durch den ganzen Raum."

Babett atmete tief durch.

„Alles klar? Soll ich sie schon mal anschließen?" fragte er.

Sie nickte.

„Neben's Bett?"

„Hhm."

„Zum Kopfkissen?"

„Hhm."

„Ach, vielleicht könnten sie einen Hocker gebrauchen, als Nachttisch. Für Brille und so?"

„Wäre prima."

„Gut, ich sage Willem Bescheid. Der weiß Rat. Also gute Nacht. Schlafen Sie gut. Sie sind hier sicher. Meine Handy-Nummer haben Sie? Und Ihre? Neu? Prima. Ja, das brauchen Sie zur Sicherheit. Geben Sie mir doch gleich die Nummer. Ich speichere Sie ab. Nochmal gute Nacht, wir sehen uns morgen."

Weg war er und kam auch nicht nochmal wieder. Inzwischen war es dunkel. Aber die Stehlampe neben dem Bett verbreitete ein warmes Licht.

≈

„Na, war's heute Nacht besser?" fragte Hans, der schon wieder wie aus dem Nichts auftauchte. Ob er hier jeden Morgen aufkreuzen wird? „Hat der Radiator was gebracht?"

„Ja, es war sehr viel angenehmer", sagte Babett. „Auch der Wasserkocher war gut. Da konnte ich die Wärmflasche in einem Vorgang füllen. Und vorher noch einen heißen Tee trinken."

„Prima! Es wird schon werden. Ich mache dann den Mietvertrag fertig, damit auch das seine Ordnung hat. Fehlt Ihnen sonst noch was?"

„Ja", sagte Babett spontan, „Ich habe nichts zu lesen. Ich habe meinen Bücherstapel wohl vergessen einzupacken."

„Lesen?" Hans guckte irritiert. „Was lesen Sie denn?"

„Ach, alles Mögliche. Querbeet. Romane, wenn sie nicht dicker als 300 Seiten sind. Sachbücher, wenn mich das Thema interessiert ..."

„Und welches Thema interessiert Sie?"

„Vulkane. Fremde Länder, vor allem der Norden. Das ewige Eis. Tschuktschen. Ihre Geschichte und ihre Mythen ..."

„Mein Gott, davon hab' ich noch nicht mal was gehört. Mit so was kann ich nicht dienen. In der Stadt finden Sie bestimmt was. Aber bis dahin ... Im Vorraum unten ist ein Regalbrett mit Büchern. Ich habe keine Ahnung, was da steht und wer das dahingestellt hat. Vielleicht ist es auch nur Deko, sieht so aus, als ob schon der Meister selber darin geblättert hat. Wenn es Sie interessiert, holen Sie sich gerne was. Im Übrigen fahre ich am Freitag in die Stadt. Wenn Sie Lust haben, nehme ich Sie mit. Abfahrt elf Uhr, zwei Stunden. Ich kann Sie am Kaufhaus absetzen, dort finden Sie fast alles."

Babett nickte und dankte. Ihre Liste der unentbehrlichen Gegenstände war lang und wurde ständig länger.

Nachdem sie ihren Becher gespült und ihr Bett gemacht hatte, ging sie den Weg hinunter zum Museum.

Das Regalbrett sah wirklich aus wie Deko. Die unvermeidlichen Trockensträuße, Minikürbisse in einer Keramikschale, ein Strohstern, eine leere Flasche, Krimskrams und rund ein Dutzend alte Bücher. Es war so schummrig, dass sie die Titel nicht lesen konnte. Sie griff sich die beiden rechts stehenden, dick, alt und schwer und ging wieder zur Hütte.

Bücher sind etwas Heiliges und müssen genossen werden, zumal in dieser Geisteswüste hier, dachte sie. Und deswegen brauche ich noch einen Kaffee.

Der dicke Klotz erwies sich als Theodor Storms gesammelte Werke. Kacke-braunes Ganzleinen, der Rücken schon etwas mürbe, 1.199 Seiten und diese aus dickem, vergilbtem, brüchigem Papier bestehend. Das Jahr des Erscheinens war nicht angegeben. Aber das hier war Vorkriegsqualität. Die Klammern im Rücken rosteten. Babett blätterte vorsichtig. Storm war Schullektüre gewesen, Pole Poppenspäler und der göttliche Schimmelreiter. Da liefen ihr noch heute, alleine beim Lesen des Titels, die Schauer über den Rücken.

Ganz am Ende, auf den letzten 30 Seiten, seine Gedichte. Aber wie und wann las man in einem solchen Klotz? Im Bett bestimmt nicht. Wenn der einem, ermüdend, aus der Hand fiel, war man erschlagen.

Sie griff nach dem zweiten Wälzer. Deutsches Gedichtbuch. 7. bis 10. Schuljahr. Erschienen in Berlin 1925. 365 Seiten. Gelbes, brüchiges, braunes Papier … und dann …

Einen ganzen Tag lang war sie in Hamburg von Buchgeschäft zu Buchgeschäft unterwegs gewesen. Sie wollte in der Hütte ihre Erinnerungen aufschreiben, auch die der Männer, ihrer Familie, Freunde, Karriere, Rentenalter. Aber sie hatte keine Ahnung, wie man sich erinnert.

In den Buchgeschäften wussten sie es auch nicht. Wenn sie wirklich zu einem Verkäufer durchdrang, der sie ernst nahm, wurde sie eingedeckt mit Büchern zum Gedächtnis. Dicke Schinken, Fachchinesisch, teuer. Das, so ließ sie das Personal wissen, brauche sie nicht. Sie wolle einfach nur so etwas wie eine Anleitung zum Erinnern. Aber sie musste unverrichteter Dinge wieder nach Hause fahren.

Und nun? Sie schlägt das Gedichtbuch, das unregelmäßig und unordentlich gebunden ist, vorsichtig irgendwo in der Mitte auf … und die Erinnerung ploppt hoch wie der Korken aus einer geschüttelten Sektflasche. Seite 163 „Belsazar … Die Mitternacht zog näher schon …", Seite 240 „Dies ist ein Herbsttag wie ich keinen sah …" Sie blättert hektisch. Ihr Herz klopft. Sie ist … mittendrin. Als sie auf Seite 158 das Straßenlied findet, schießen ihr die Tränen in die Augen, ohne dass sie es will … „Es liegt etwas auf den Straßen im Land umher …"

Da ist sie, die Erinnerung. Das Sehnsuchtslied, das sie jahrelang für ihre erste große Liebe gesungen hatte. Für ihn, der ihr alles bedeutete und von dem sie annahm, dass sie nie wieder einen anderen Mann würde lieben können. Ich war dreizehn und er fünfundzwanzig.

Sie merkte, dass sie nicht länger mit diesem Buch drinnen bleiben konnte. Sie musste raus. Sie musste zum Wasser. Wasser hatte sie zeitlebens getröstet.

Sie vergaß Badeanzug und Laken. Einfach raus! Unterwegs kreiste und dröhnte es in ihrem Gehirn „Es liegt etwas auf den Straßen ..." Endlosschleife.

Das war also sich zu erinnern. Aber so unvorbereitet und heftig hatte sie es nicht gewollt. Und schon gar nicht an einer ihrer schmerzhaftesten Stellen „... am Rhein und wo die Scholle der Newa splittert wie Glas ..."

Sie zog Schuhe und Socken aus und watete so weit in den See, bis das Wasser die hochgekrempelten Hosenbeine erreichte. Da stand sie. Und schaute nach innen und zurück. Sehr weit zurück.

Als ihre Beine kalt wurden, wachte sie aus ihrem Erinnerungschaos auf. Ich bin nicht hierhergezogen, damit ich wie ein Pferd im Wasser stehe, dachte sie. Das kann ich zuhause auch in der Badewanne haben. Ich will schwimmen, schwimmen, schwimmen.

Sie verließ die Badewiese und wäre beinahe in ein Auto gelaufen. In eines der vier Autos, die pro Tag den Seeweg heraufkamen. Der Fahrer schüttelte den Kopf und zeigte ihr einen Vogel. Ich bin ja auch ganz wo anders, dachte sie, „ich hab' auf den Straßen verlaufen sieben Paar Schuh', mein Stecken blieb immer derselbe, mein Herz dazu ..."

Leg' dich hin, mach' dir danach einen starken Kaffee und geh' dann ins Wasser. Das wird dich trösten und normalisieren.

Sie schwamm langsam in großen Zügen. Sie merkte, dass ihre Gelenke nicht frei waren und dass ihre Muskulatur alles bremste. Mir fehlt die Übung. Jeden Tag zweimal eine Stunde und jedes Mal etwas mehr Tempo ...

Als sie weit raus geschwommen war, legte sie sich auf den Rücken und bewegte ihre Gliedmaßen nur noch sparsam. Nur so weit, dass sie oben blieb. Sie schaute in den blauen Himmel, beobachtete, wie die Schönwetterwolken langsam zogen und sang ihr Lied „Es liegt etwas auf den Straßen ..." Sie konnte noch alle drei Strophen, und als sie am Ende angekommen war, musste sie weinen. „... und alle Straßen im Lande sagten kehr' heim."

Hier sieht keiner, wenn ich weine. Ich bin sowieso nass und meine Tränen fließen direkt in den See. Das „kehr heim" hatte sie auch früher schon zum Weinen gebracht. Es gab kein kehr' heim, es gab keine Heimat mehr, es gab also keinen Trost, es gab nur ein Weiterwandern. Sie kannte ihre Heimat nicht, aber sie war als Kind und Jugendliche bei unendlich vielen Familientreffen gewesen, in denen es um die verlorene Heimat gegangen war. Und immer hatte es Tränen gegeben. Ich bin 83, dachte sie, liege auf einem See und weine um eine Heimat, die ich nie gekannt habe. Es hatte

noch nicht mal Fotos von damals gegeben. Es war alles verloren.

Und dann dieser Mann, der anwesend Unerreichbare. Sie
sang für ihn, und er schaute sie an. Zwischen sich ein kleiner Tisch. „Und alle Straßen im Lande sagten kehr heim."

Als sie siebzehn war, wollte sie nicht mehr leben. Sie sah ihn
selten. Es waren immer nur wenige Stunden. Sie sah, dass
er in seinem Schlafzimmer, das sie einmal zum Umziehen
nutzen durfte – sie waren beim Spazierengehen in einen
Wolkenbruch geraten – ihr Bild gegenüber seinem Bett auf-
gehängt hatte. Damals hatten sie noch gemeinsame zwei
Stunden, dann musste er wieder fort. Er gab ihr Geld für die
Rückfahrt, damit sie mit dem Fahrrad nicht noch einmal in
den Regen geriet.

Nach diesem Treffen konnte sie nicht mehr leben. Sie
wusste, dass man sich aufhängen kann. Aber sie hatte gehört, dass es ein qualvoller Tod sein würde, wenn die Fall-
höhe und die Fallgeschwindigkeit zu gering waren. Sie
konnte einschätzen, dass sie als Hänfling nicht genug Masse
für diese Todesart mitbrachte. Man konnte sich auch erträn-
ken. Aber ihr war klar, dass sie im tiefen Wasser sofort au-
tomatisch beginnen würde zu schwimmen. Zwei Stunden,
drei Stunden … bis die Kräfte nachließen … und dann?
Vielleicht wollte sie dann nicht mehr sterben und war zu
weit draußen?

Sie lag auf dem See und erinnerte sich an die kleine Holz-
brücke, die in der Nähe seiner Wohnung einen Bach

überspannte. Sie hatte überlegt, sich kopfüber hinabzustürzen. Aber das Bachbett war nicht tief, sie wäre mit dem Kopf auf Steine geknallt oder mit dem Gesicht im Modder steckengeblieben.

Danach hatten sie sich nur noch einmal gesehen. Drei Jahre später. Ein Freundeskreis, dem sie am Rande zugehörte, hatte sie eingeladen, eine Wochenendreise nach Florenz mitzumachen. Es war eines der alten D-Zug-Abteile mit sechs Plätzen auf dunkelrotem Plastik. Zum Gang hin eine Schiebetür. Die Plätze waren nummeriert und reserviert. Sie hatte den Mittelplatz in Fahrtrichtung … und gegenüber saß ER. Absicht? Zufall? Schicksal? Sie hätten es von damals alle wissen müssen. Also ein böser Scherz?

Und dann taten alle vier tagelang das, was sie Jahre zuvor auch getan hatten. Sie schwiegen. Sie merkten nichts, sie sahen nichts, und wir beide wären beinahe gestorben. Es war so eng, dass unsere Knie sich bei jeder Bewegung berührten. Wenn ich ihn ansah, schlug er die Augen nieder. Wenn er mich ansah, wandte ich den Kopf zum Fenster.

Die ganze Reise war es das, was es immer gewesen war: die große Sprachlosigkeit. Die große Qual.

Sie schwamm langsam zurück. Ihre Augen weinten nicht mehr. In der Hütte patschte sie nur ihre nassen Badesachen in den Ausguss, legte sich aufs Bett und schlief sofort ein. Nur noch eine Idee hatte sie, bevor sie wegtauchte: Ich möchte von ihm träumen.

≈

Irgendwer musste sie gesehen haben. Hier sah immer jemand alles. Grauenvoll! Jedenfalls eröffnete Hans am nächsten Morgen das See-Thema:

„Ganz schön kalt das Wasser, wie?"

„Hhm."

„Bei der Besichtigung haben Sie gesagt, dass Sie jeden Tag schwimmen wollen."

„Ja, ist so."

Sie sah ihm an, dass er etwas ausbrütete.

„Wann waren Sie denn das letzte Mal im Wasser?"

Was will er hören? Kurz vor Schulentlassung?

„Ich gehe regelmäßig schwimmen", sagte sie, nicht so ganz ehrlich, aber immerhin war es einer ihrer guten Vorsätze.

„Wie? Wo denn? Können Sie in der Elbe schwimmen?"

„Nee! Die ist mir zu schmutzig und zu strömungsintensiv. Ich gehe ins Schwimmbad."

„Und da?"

Mensch, Junge, was wohl?

„Ich schwimme. Jeweils eine Stunde."

Er sah sie ungläubig an. Und dann kam es:

„In Ihrem Alter?"

Sie war sauer. Wegen des Alters und wegen seiner Eierei.

„Was hat das mit dem Alter zu tun? Ich schwimme zeitlebens. Ich bin früher Turniere geschwommen und habe es nie aufgegeben."

Das stimmte zwar auch nicht ganz, aber …

Hans schien verwirrt. „Der See ist kalt."

„Ja, das habe ich gemerkt."

„Und er ist groß. Ich meine auch tief."

„Das spielt doch keine Rolle. Ich schwimme immer obenauf. Und falls Sie das meinen – man kann auch in 'ner Pfütze ertrinken, wenn man unglücklich fällt."

Er kaute an seinem Konflikt.

„Sie haben Angst, dass mir was passiert? Dass ich ertrinken könnte?"

Er nickt nachdrücklich.

„Ich bin vorsichtig", sagte sie und war genervt.

Er nickte kurz und stiefelte bergab.

Am nächsten Morgen ist er wieder da. Er macht ein wichtigtuerisches Gesicht: Hier kommt der Chef!

Ich hätte es mir denken können. Es geht nochmal ums Schwimmen. So ginge es nicht! Er habe schließlich die Verantwortung und wenn nun was passieren würde …

„Was soll passieren? Sie könnten sich davon überzeugen, dass ich schwimmen kann!"

„Sicher, aber Sie könnten zum Beispiel einen Herzschlag kriegen. Sie sind nicht mehr jung."

„Das stimmt. Aber den könnte ich woanders auch bekommen. Irgendwann ist nun mal Schluss!"

„Aber …"

Er geht mir auf den Keks.

„Hans, ich bin fit, sonst würde ich es nicht machen. Sie brauchen nicht auf mich aufzupassen. Ich bin nicht entmündigt und ich bin hier Mieterin."

Ich gebe zu, das fiel etwas zu scharf aus. Damit hat er Probleme. Er hat offenbar eine bestimmte Sicht von mir.

„Das trifft alles zu. Aber sehen Sie mal. Ich will Ihnen nicht in Ihren Alltag reinreden. Aber für uns ist es ein Unterschied, wo Sie einen Herzschlag kriegen. Stellen Sie sich vor, jemand sieht nachmittags Ihre Sachen auf der Badewiese liegen und denkt sich nichts dabei. Und nach drei Stunden kommt er zurück und die liegen da noch genauso. Wissen Sie, was dann hier los ist? Feuerwehr, THW, Polizei, Taucher, das ganze Aufgebot. Unter Umständen tagelang. Der See ist sehr ausgedehnt und tief und niemand weiß, wie weit sie in welche Richtung geschwommen und wo Sie untergegangen sind. Bis Sie dann eines Tages obenauf schwimmen."

Er machte eine Pause.

„Wegen der Gase!"

So weit hatte ich wirklich nicht gedacht. In die Nordsee stiegen wir nie alleine, mindestens zu dritt und einer blieb als Aufpasser am Ufer. Und in der Schwimmhalle braucht man nicht lange zu suchen. Freiheit ade!

„Sie haben recht. Aber ich habe die Hütte vor allem wegen der Schwimmmöglichkeit gemietet."

„Dann brauchen wir einen Kompromiss. Der Steg ist genau in der Mitte. Rechts davon ist ein Teil Nichtschwimmer.

Links geht es gleich tief rein. Wenn Sie im linken Bereich bleiben, haben Sie zwischen Steg und dem ersten Seegrundstück ungefähr zwei Fußballfelder. Meinen Sie, dass das reichen könnte? Wir können vereinbaren, dass Sie sich nur in diesem Bereich aufhalten – Badewiese, Steg, gedachte Linie, Seegrundstück."

Ich fühle mich eingeengt. Ich wollte weit raus. Endlos. Der See ist so herrlich groß. Aber ich muss es wohl einsehen. Wenn ich nicht kooperiere, kündigt er mir die Bude, oder ich bekomme keine Hilfe mehr von seiner Dorfclique. Dann kann ich alles vergessen.

„Okay", sage ich. „Ich sehe es ein."

„Und falls Sie dran denken, nachts schwimmen zu gehen," verdammt, erwischt … „dann sagen Sie Bescheid. Dann gehe ich mit oder schicke jemand anderen. Wird ja wohl nicht jede Woche sein."

Ach Hans, von Romantik versteht er nun wirklich nichts. Schwimmen im warmen See um Mitternacht bei Vollmond und dann ein Aufpasser auf der Wiese, der mich scharf im Auge behält und ständig auf die Uhr sieht, weil er ins Bett will …

≈

„So, ich habe den Mietvertrag mitgebracht", sagte Hans, der pünktlich am nächsten Morgen zum letzten Schluck Kaffee erschien.

„Guten Morgen erst mal. Entschuldigung, ich bin heute schon voll in Fahrt. Ich habe ihn auf das Notwendigste reduziert. Ist ja nur der Form halber und weil es um Geld geht. Ich lese Ihnen mal eben die paar Punkte vor ..."

Babett wurde sofort wieder grantig. Sie schluckte die Bemerkung herunter, dass sie durchaus des Lesens fähig sei. Aber sie wollte keine Irritationen und keine schlechte Stimmung. Ich muss mich daran gewöhnen, dass ich bevormundet werde, dachte sie und hörte mit halbem Ohr zu.

„Ich habe schon unterschrieben, stellvertretend für den Vorstand", sagte Hans und reichte ihr das Klemmbrett und einen Stift. „Wenn Sie nur noch hier rechts unten ..., das Datum habe ich schon eingetragen."

Babett starrte auf das Brett. Sie war in der Gefahr, sich strafbar zu machen. Was soll ich tun? dachte sie. Eigentlich ist das alles doch sowieso nur Spaß. Aber ... es ist ein gültiger Vertrag, wenn ich unterschrieben habe.

„Stimmt was nicht?" fragte Hans. „Ist irgendwas nicht klar?"

So schwierig ist das doch nun wirklich nicht, dachte er. Nun mach' mal hinne. Ich hab' zu tun.

Babett saß mit gesenktem Kopf, das Klemmbrett auf den Knien.

„Ich heiße nicht Abel", flüsterte sie. „Ich kann das nicht unterschreiben."

Hans überlegte, ob er sich verhört haben könnte. Verd..... nochmal, was ist das hier heute für eine Herumzickerei!

„Versteh' ich nicht", sagte er schroff. „Wie heißen Sie denn?"

„Wulf, mit einem 'f'."

„Also nicht wie der ehemalige ..."

„Nein."

„Ja aber, was soll das, Frau Abel, äh, Frau Wulf?"

Babett wurde rot, was Hans mit Erstaunen sah.

„Ich hatte das so spontan gesagt, als wir uns kennenlernten. Ich wollte endlich mal am Anfang stehen, wenigstens im Alphabet. Und ich wollte hier ein neues Leben anfangen." Sie schluckte ihre Tränen herunter.

„Also ...", sagte Hans, „Babett statt Wulf wegen Alphabet?"

„Hmh."

„Hat Sie das denn immer gestört?"

„Ja, immer. Immer war ich die Letzte oder die Vorletzte. Mein ganzes Leben lang, und ich wollte so gerne mal ..."

„Ich heiße Zander. Noch weiter hinten. Aber daran habe ich nie gedacht. Doch! In der Schule waren wir oft froh, dass wir nicht mehr drankamen, bis es zur Pause läutete, aber ..."

Er war hilflos. Und was war noch eben der andere Grund? Leben ändern? Nochmal anfangen? Ich glaub' es nicht. Wie alt ist sie denn eigentlich? Er fragte sehr indiskret, aber wenn so eine alte Frau schwindelte, brauchte er auch nicht die Samthandschuhe anzuziehen.

„83", sagte sie leise. „Fast."

„Oh, da hab' ich mich glatt um zehn Jahre verschätzt", sagte Hans. „Aber ich habe auch keine Erfahrung mit alten Menschen. 83. Und Sie wollen nochmal von vorne anfangen?"

„Nein, so nicht. Aber doch noch ein bisschen mein Leben ändern. Hier. Bei Ihnen allen. In der Hütte."

Es war lange still. Hans fiel dazu nichts ein. Was würde seine Frau jetzt sagen? Nimm sie ernst!

„Ja", sagte er, „das ist eine gute Idee. Und wir freuen uns auch, dass Sie unser Gast sein wollen. Wirklich. Ich finde Sie sehr mutig", … war das gut? Würde Susanne das auch so gesagt haben? Er war mit sich zufrieden.

„Nun müssen wir nur überlegen, wie wir das mit dem Vertrag hinkriegen. Die ganze Sache kann ja unter uns bleiben. Sie sind allen als Frau Abel bekannt ..."

Er sah zu ihr herunter. Sie saß da mit dem Klemmbrett auf den Knien wie das berühmte Häufchen Elend.

„Ich habe eine Idee. Wenn Sie mitmachen, natürlich nur. Wir machen aus Babett einen Doppelnamen. Abel-Wulf. Hat man heute ja. Meine Frau sagt immer, dass die Frauen sich nur deswegen Doppelnamen zulegen, damit alle wissen, dass sie einen Mann abgekriegt haben. Was meinen Sie?"

„Das ist eine gute Idee. Ich bitte um Entschuldigung. Irgendwie habe ich nicht so weit gedacht. Ich war in Aufbruchstimmung. Das Wiedersehen mit der Hütte war wie ein Versprechen auf die Zukunft ..."

Gut. Das ist ein interessanter Aspekt. So was habe ich noch nie erlebt, aber ich bin ja auch noch nicht so alt. Müssen Sie die neue Unterschrift noch üben, oder geht es jetzt gleich?"

Babett lächelte und setzte sauber hintereinander ihr neues Leben und ihr altes Leben.

„Danke!" sagte sie. „Ich war so gedankenlos gewesen."

„Da nich' für", sagte Hans, nahm ihr Stift und Papier ab und wandte sich zum Gehen. Schon auf dem Weg drehte er sich um und sagte:

„Das ist wirklich eine tolle Idee. Nochmal was Anderes, nochmal ein Neubeginn. Wir wissen doch alle nicht, wie lange wir noch leben. Und dass Sie bei uns neu starten wollen, freut mich."

„Ich glaub' es einfach nicht", sagte er beim Abendessen zu seiner Frau. „Dass sie mit dieser alten Hütte irgendwie verrückt ist, habe ich ja gleich gewusst. Aber dann noch mit falschem Namen?"

„Du tust so, als hätte sie sich hier rechtswidrig eingeschlichen", rüffelte sie ihn. „Ich finde diese Geschichte wunderbar. Ich finde sie rührend. Sei nicht so streng mit ihr. 83? Und dann noch so lebensfroh und phantasievoll? Mensch Hans, was hast du da für ein Juwel!"

„Mach' halblang. Juwel! Sie ist eine sehr alte Frau, die, die ..."

„Nein, sag' es nicht! Behalte es für dich. Sie ist weder verrückt noch gaga. Sie ist einfach wundervoll!"

„Wenn du meinst?! Ich nehme sie am Freitag übrigens mit in die Stadt. Da hat sie etwas Abwechslung. Hoffentlich unterschreibt sie ihre Einkaufsbons mit dem richtigen Namen, sonst kreuzen hier noch unsere beiden Superbullen auf."

≈

Ich habe einen heroischen Entschluss gefasst: Take the money and run!

Ich habe, wie alle meine Art- und Altersgenossinnen, ein Beerdigungssparbuch. 5.500 Euro. Sigrid sagt, das reicht nicht. Unter 7.000 kommst du nicht unter die Erde. Ich habe mich im Bekanntenkreis umgehört. Immer wo es eine Beerdigung gegeben hatte, habe ich mich diskret und anteilnehmend bei den Hinterbliebenen erkundigt. Ich will es schlicht. Beerdigungsunternehmer greifen hemmungslos zu – immer unter dem Banner der Hilfe für die Trauernden, denen der Schmerz den Verstand raubt.

Der Sarg? Soll doch für die Mutter was hermachen! Die Wäsche? Wir haben da etwas ganz Besondere. Nur sechs Kerzen? Sehen Sie, an jeder Seite vom Sarg sechs geben doch ein festlicheres Licht. Es ist doch das letzte Mal, dass Sie etwas für Ihren Vater tun können, der sein Leben lang für Sie da war! Die Trauerkorrespondenz erledigen wir gerne für Sie in unserer eigenen Druckerei. Und wer kann da schon sagen: Machen Sie's preiswert. Die Leiche muss unter die Erde. In einer Woche muss ich wieder voll am Arbeitsplatz stehen.

5.500 Euro, angehäuft ... Und warum? Ich will meinem Sohn nicht noch im Tode zur Last fallen. Wenn ich schon mein ganzes langes Leben für mich gesorgt habe, dann tue ich es auch nach meinem Tode. Nicht, dass er noch am Grabe mit mir böse ist ... So denken wir alle. Ich habe alte Menschen gehört, die mit siebzig beginnen, ihre Wohnungen auf- und auszuräumen, wegzuwerfen, zu verschenken – und warum? Nicht etwa, weil sie es endlich mal übersichtlich haben wollen, sondern damit es ihre Gören auch am Ende noch leicht mit ihnen haben. Und dann hausen sie von siebzig bis fünfundachtzig in einer ungemütlichen, halb leeren Bude und stellen ihre Blumensträuße in Marmeladengläser, weil die Vasen alle schon verschenkt und vermutlich auf dem Flohmarkt gelandet sind. Alles auf Anfang. Bücher aus der Stadtbücherei, angegrabbelt und abgegriffen, nicht geeignet, im Bett gelesen zu werden. Täglicher Abwasch, weil das Geschirr ausgedünnt ist, nur noch zwei Tischdecken im Wechsel, die besseren sind verschenkt, weil man nur das Beste verschenkt ... Und dann stehen die Kinder in der fast leer geräumten Wohnung und fluchen trotzdem über die drei Tage Entrümpelung.

Ich habe meinem Sohn in einem üblichen Anfall von Anbiederung von dem Sparbuch erzählt. 5.500 Euro. Er hat „okay" gesagt.

Wenn er gesagt hätte, „Mutter, das ist nicht nötig, verbrauch' das Geld, mach dir noch ein paar schöne Tage, ich hab' genug, du wirst würdig unter die Erde kommen." ... Wenn er das gesagt hätte, hätte ich gedacht, er liebt mich, und alles ist gut. Aber nur ein gedankenloses 'okay', so als ob ich ihm mitgeteilt hätte, dass es morgen regnen wird, war lieblos. Wie immer. Und jetzt? Jetzt werde ich die 5.500 Euro verbraten! Für mein kleines Haus im Wald am See. Für eine Bahncard erster Klasse. Für Taxifahrten zwischen Städtchen und Häuschen und für die Ausstattung mit schönen Dingen. Und Dienstleistungen werde ich mir kaufen. Reinigung des Häuschens, Fensterputzen, Treppe scheuern. Und Wäschewaschen. Erna hat es angeboten, sagt Hans. Das alles sind Peanuts bei den Preisen hier. Da wird das Geld lange reichen. Und sie werden mich mögen, weil ich das bringe, was hier rar ist: Bargeld. Mit 82 werde ich noch Arbeitgeberin. Wow!

Was schert es mich, wenn mein Sohn wütend auf mich ist, weil nur noch dreihundertfünfzig Euro auf dem Sparbuch liegen werden und der Bankbeamte ihm zeigt, dass von eben diesem Buch in den letzten anderthalb Jahren peu à peu der Rest abgehoben wurde. Dass es tatsächlich mal über fünftausend waren.

Was hat sie damit gemacht, verdammt nochmal. Ihre Wohnung sieht wie immer aus. Zu voll, zu chaotisch, aber nichts von Wert dazugekommen. Der Kleiderschrank? Langweilig wie immer, nie hat sie sich mal ein bisschen chic gemacht, immer musste man sich mit ihr schämen. Schmuck? Bimsbams! Modeklunker und ihr Ehering. Was wird der bringen? Ist nicht sehr dick, da hat der Alte damals auch schon gespart. 5.150 Euro können doch nicht einfach so verschwinden.

… Ach, ich sehe und höre ihn. Und ich spüre förmlich, wie unwirsch er sich meiner letzten Dinge annimmt und wie der Beerdigungsunternehmer ihn über den Tisch zieht und er zahlen wird, weil er ein schlechtes Gewissen hat. Und das noch nicht mal weiß.

Take the money and run!

Ich werde nicht rennen, weil ich das nicht mehr kann. Aber ich werde erstmals im Leben Geld für Dinge ausgeben, die nicht wichtig sind, sondern nur Freude machen. Nur! Mir!

≈

Hans hat mich mitgenommen in die Stadt. Er hatte gefragt, und ich hatte aus meiner Hamburg-Liste gleich eine Einkaufsliste herausgefiltert. Manches fehlt mir doch sehr, auch wenn ich versuche, ohne auszukommen. Kein Bettvorleger, wenn ich meine nackten Füße auf den Boden stelle. Das erinnert mich zu sehr an die alte Kinderarmut.

Unterwegs hatten wir ein gutes Gespräch. Hans könnte mein Sohn sein. Bald geht er in Rente. Das sind Zeitdimensionen, die ich nicht fassen kann.

Ich habe ihn gefragt, warum er und die Anderen alle so nett und hilfsbereit zu mir seien.

Er sagte erstaunt: „Das gehört sich doch so."

Aber ich habe ihm widersprochen. Ich bin eine alte, fremde Frau, die da plötzlich auftaucht und eine leerstehende Hütte begehrt, und schon erscheinen dienstbare Geister.

„Wissen Sie", sagte er, „meine Mutter hatte auch so verrückte Ideen, als sie alt wurde. Und wir Kinder haben darüber gelästert und sie ignoriert. Eine davon war, dass sie noch einmal in ihrem Leben eine Reise mit einem Schiff machen wollte. Egal wohin und wie weit. Sie wollte einfach mal auf dem Wasser wohnen, schlafen, essen und in die Wellen gucken. Sie hat oft davon gesprochen. Einer von uns hätte sie begleiten müssen, und keiner wollte. Und wir haben wohl auch die Kosten gescheut. Darüber haben wir aber nicht geredet. Und dann war sie tot. Wir fanden zwei Sparbücher, von denen wir nichts gewusst hatten. In jedem lag ein Zettel. Eines war für die Beerdigung und eines für eine Schiffsreise. Da war so viel Geld drauf, dass wir alle hätten mitfahren können. Wir haben uns sehr geschämt, aber es war eben zu spät. Sie muss eisern dafür gespart haben, denn sie hatte nur eine kleine Rente. Sehr traurig, sehr."

„Ja, das ist wirklich traurig", sagte ich und fühlte mit seiner Mutter. „Warum hatte sie sich nicht durchgesetzt oder war einfach alleine gereist?"

„Sie hat unser Dorf nur selten verlassen", erläuterte Hans, „höchstens bis in die nächste Kleinstadt, und das war schon immer ein Akt. Sie hat nie gelernt zu reisen. In ärmlichen Ostverhältnissen mit drei Kindern war das auch kein Thema."

Nach einiger Zeit fragte er: „Haben Sie Kinder?"

„Ja, einen Sohn. Der ist jetzt 55."

„Und was sagt der zu Ihrem Umzug in unsere Hütte?"

Fast hätte ich gelacht. „Mein Sohn weiß davon nichts. Er interessiert sich nicht für mein Leben. Und da ich ein Handy habe, weiß er auch nie, wo ich gerade bin, wenn er wirklich mal anruft."

„Und wenn er es wüsste?"

Ich musste nachdenken. „Ich glaube, dass es ihn nicht interessieren würde. Er würde höchstens Erkundigungen einziehen, was der Spaß kostet. Und wenn es zu teuer wäre, würde er irgendwie eingreifen."

„Warum? Leben Sie von seinem Geld?"

„Nein, aber es könnte sein Erbe schmälern. Dabei gibt es gar keines."

„Schlimm" sagte Hans. „wir gehen nicht gut mit unseren Alten um. Aber das fällt uns erst ein, wenn es zu spät ist und wenn wir selber alt werden."

„Und Ihre Kinder? Haben Sie welche?"

„Ja, zwei. Aber die wohnen weit weg. Ich vermute, dass die sich auch kein Bein für mich ausreißen werden. Ihre Mutter ist tot, und ich habe wieder geheiratet. Das nehmen sie mir übel. Aber ich war erst 48, da wollte ich nicht dreißig Jahre alleine bleiben."

„Das kann ich gut verstehen", sagte ich und dachte an mein Verlassenwerden mit 41, da war für mich die Welt auch noch nicht zu Ende.

„Aber warum kümmern sich die anderen alle so rührend um mein Wohlergehen, Trude, Erna, Willem ..."

Hans lachte. „Also erstmal sind Sie ja ein kleiner Wirtschaftsfaktor hier im Dorf. Für alles, was getan wird, zahlen Sie."

„Ja, aber doch so wenig, dass ich mich jedes Mal schäme."

„Das brauchen Sie nicht. Unsere Leute leben überwiegend von ihren Gärten, Obst, Gemüse, Eier, Hühner, Enten, Gänse. Das ist hier so. In der Ostzeit wäre es gar nicht anders gegangen. Gartenarbeit, Kleintierhaltung und Vorratswirtschaft. Einfrieren, trocknen, einwecken. Und tauschen, jeder hatte irgendwas Besonderes, und da gab es einen regen Tauschhandel. Was immer fehlte, war Bargeld. Und das ist auch heute noch so. Die Renten sind niedrig, und die Häuser alt. Da müsste einiges reingesteckt werden. Und wenn dann jemand kommt wie Sie ..."

„Aber das sind doch keine Summen!"

„Kleinvieh macht auch Mist. Willems Arbeiten waren Schwarzarbeit, ein paar Handgriffe oder ein paar mehr und dafür gab es ein paar Euro. Dagegen kann keiner was sagen. Nachbarschaftshilfe. Aufwandsentschädigung. Bei Erna dasselbe. Sie haben die Zeit übrig, und die machen sie zu Bargeld. 50 Euro sind für eine Frau wie Erna 'ne Menge Geld."

„Aber wie viel Stunden hat sie dafür geputzt? Vor dem Streichen und danach und die Treppe ..."

„Sicher. Aber ohne das Putzen hätte sie zu Hause vor der Glotze gesessen und sich Liebesschnulzen angesehen. Rote Rosen und so ein Quatsch. Und wenn sie Trude nehmen, ihr Gemüse ist für sie kostenlos. Die Arbeit macht sie sowieso, sie lässt ja nichts im Beet verrotten. Und sie spart die Zeit fürs Einwecken. Acht Euro für einen Korb Gartenerzeugnisse? Die einzige Arbeit für Trude ist, den Korb für Sie zu packen und ihn die zwei Straßen weiter zu tragen. Und das macht sie gerne, da trifft sie unterwegs alle möglichen Leute. Hier geht man nicht einfach spazieren, hier braucht man einen sichtbaren Anlass, sich auf die Straße zu begeben."

„Ich hab' nie in einem Dorf gelebt", sagte ich. „Das ist wohl eine ganz andere Lebensform."

„Das ist es! Ich habe nie länger in einer Stadt gelebt, und ich hatte auch nie Sehnsucht danach, außer vielleicht mit sechzehn. So eng bei eng und ein paar Geranien auf dem Balkon statt tausend Quadratmeter Gartenland und Häuschen drauf."

Er lachte wieder. „Und wissen Sie, Sie bringen ja nicht nur ein bisschen Bargeld ins Dorf. Sie tragen zur Unterhaltung bei! Sie können sich nicht vorstellen, wie an den Abendbrottischen über Sie gesprochen wird. Endlich mal was Neues. Klar, die Leute im Dorf finden Ihre Idee mit der Hütte auch verrückt. Aber positiv verrückt. Jedenfalls so lange, wie Sie sich integrieren. Es wird genau gehorcht, ob Sie für alle Leistungen bezahlen oder ob Sie als Schnorrer auftreten. Und Bohnenpflücken bei Trude, ganze zwei oder drei Stunden, das ist echt ein Thema!"

Ich war erschreckt. Und gekränkt. Und irritiert. „Hat Trude das weitererzählt?"

„Nee, das braucht sie gar nicht. Das würde sie auch nicht tun. Das sieht mindestens ein Nachbar und erzählt es weiter. Dass Sie es nicht missverstehen – die Leute finden es toll! Die bewundern Sie. Und sie revidieren ihre Meinung über Stadtbewohner. Hamburg! Das ist für manche wie die Expedition zum Mond. Da kommen sie nie im Leben hin! Und dann kommt so eine Exotin aus einer Weltstadt und will hier in eine alte Holzhütte. Da sieht man genau hin. Was will die hier? Wenn's ein junger Mann wäre, würden die Leute die Türen abschließen und die Fensterläden verrammeln. Aber eine alte Frau!"

„Das leuchtet mir ein. Das ist ja auch ungewöhnlich. Dass Alte wie ich durch Südostasien oder Südamerika oder Ägypten reisen, ist ja nicht mehr exotisch, wenn sie genug Geld haben. Aber weniger statt mehr ..."

Wir schwiegen einige Kilometer

„Haben Sie eine Einkaufsliste?" fragte Hans.

„Ja. Eigentlich wollte ich das alles nicht. Ich wollte ganz einfach leben. Aber um einen Kochtopf und eine Schöpfkelle kommt man nicht herum. Und um eine Wolldecke und einen Bettvorleger auch nicht. Ich wundere mich gerade, wie vieles so selbstverständlich ist. Und auf einmal hat man es nicht."

„Den Kochtopf brauchen sie schon wegen Trudes Gemüselieferung. Ich glaube, es macht ihr Freude, Ihnen den Korb zusammenzustellen. Und den anderen hat es auch Freude gemacht. Etwas Neues und ein bisschen Aufregung und dann gucken, ob die eigene Arbeit gewürdigt wird. Sie bringen Bewegung ins Dorf, ohne was zu tun."

Darüber wollte ich nachdenken. Es ist mir alles sehr fremd. Aber er wird wohl recht haben. Er gehört hierher und kennt alle ab Geburt.

„Und Aufregung bringen Sie auch noch ins Dorf! Im September bis zu den Knien ins Wasser und das in Ihrem Alter!"

Ich bin ... erstaunt ... verblüfft ... sauer. „Stehe ich unter Beobachtung?" Meine Frage fällt schärfer aus als ich es eigentlich will.

„Frau Abel, nehmen Sie es nicht übel. Aber in so einem Dorf steht jeder unter Beobachtung. Was glauben Sie wohl, warum Ehen auf dem Lande länger halten? Da kann man nicht einfach Besuch empfangen, wenn die Gattin zur Kur ist. Nicht mal nachts um drei durch die Küchentür. Irgendein Nachbar hat immer Schlafstörungen und kramt gerade in seiner Hausapotheke. Und wegfahren, weil sie lieber nicht kommen soll? Hier weiß jeder Nachbar, wann Sie mit dem Wagen aus der Garage fahren und wann Sie zurück sind. Da ist keine ganze Nacht drin und auch nicht bis morgens um zwei. Da hat nämlich nichts mehr offen. Das kann nur eines bedeuten. Und wenn das zum dritten Male in einem

Monat passiert … Wobei Sie bei so seltenen Abwesenheiten und den paar Stunden auch nichts Vernünftiges auf die Reihe kriegen mit 'ner anderen Frau!"

„Und wer hat mich im Wasser gesehen?"

„Weiß ich nicht. Aber alle wissen, dass Sie im Wasser waren."

„Das gefällt mir nicht."

„Da können sie aber nichts machen, nicht mal, wenn Sie Ihre große Zehe nachts bei Mondschein einditschen. Sie können es aber auch positiv sehen. Derjenige, der Sie im Wasser gesehen hat, hätte Ihnen sofort geholfen, wenn Sie ausgerutscht und abgegluckert wären."

Am Kaufhaus hat mich Hans abgesetzt. Ich war verstimmt, auch wenn er mit der Rettung recht haben sollte. Und nun ein Provinzkaufhaus in einer Provinzkleinstadt! Zwei Stunden hat er mir zugestanden, dann sei er fertig und warte seitlich. Bitte pünktlich, dort ist Halteverbot.

Auf einmal stinkt mir alles gewaltig. Hunger, Kälte, Beobachtung, Abhängigkeit, Pünktlichkeit, Entbehrung. Ich wollte Freiheit und Muße zur Kreativität! Also wenigstens zum Ausprobieren. Aber doch nicht ein entbehrungsreiches Dorf-Gulag!

Mit Betreten des Kaufhauses fällt alles von mir ab. Es ist herrlich warm, endlich mal wieder. Es duftet, man kommt als Erstes durch die Parfümerieabteilung. Dann kommen die bunten Seidenschals, Handtaschen, dahinter Bettwäsche auf prallen Kissen aufgezogen. Alles hell, bunt, freundlich. Klein aber fein.

Ich arbeite meine Liste ab, Wolldecke, Vorleger, Suppentopf, Brottrommel als Minivorratskammer, noch dieses und jenes. Sie sind alle sehr freundlich, ganz anders als in der Stadt, wo man behandelt wird wie ein Störenfried. Ich schleppe schon schwer, aber ein paar Wanderschuhe leiste ich mir noch. Und als dann noch zwanzig Minuten übrig sind, gönne ich mir einen großen Milchkaffee und ein Stück Zitronentorte. Am Ausgang greife ich mir noch zwei Tafeln Schokolade, nach zehn Jahren das erste Mal, aber Schokolade macht glücklich, und dann komme ich lachend am Auto an, an dem Hans schon in zweiter Reihe lehnt und nervös auf die Uhr sieht.

„Zwei Minuten", sagt er.

„Was für zwei Minuten?"

„Zwei Minuten zu spät. Rekordleistung. Das hat noch keine Frau geschafft, die ich zum Einkaufen mitgenommen habe, noch nicht mal, wenn sie eigentlich nur eine Strumpfhose kaufen wollte."

„Ja, sehen Sie", sage ich, „das ist eben Großstadt. Wenn man da zwanzig Minuten zu spät kommt, dann kann der Abschleppwagen schon die Gurte umgelegt haben!"

Hans verstaut alles im Kofferraum. Er ist diskret, er befühlt nichts und fragt nur:

„Alles gekriegt?" Und dann grinst er mich an wie ein kleiner Junge und sagt:

„Sag' ich doch! Sie sind ein echter Wirtschaftsfaktor für unsere Region."

Unterwegs vertilgen wir gemeinsam die Vollmilch-Nuss, und dann trägt er mir alles in mein Häuschen.

Ich packe genussvoll aus und stelle fest, wie wenig es ist, wie sich alles bis zur Unsichtbarkeit verteilt und wie viel Geld futsch ist.

Erstmal koche ich mir einen Kaffee – mit Sahne aus dem Kaufhaus. Für ein Stündchen auf der Treppe ist es schon zu kühl. Aber am alten Küchentisch ist es gemütlich und am neuen Keramikbecher kann ich mir auch besser die Hände wärmen als an der Emaille. ZEIT, SPIEGEL und Landlust habe ich mitgebracht, letztere für Trude, wenn ich sie durchgesehen habe. Die ZEIT kommt als erstes dran, weil ich das Papier als Unterlage für mein Gemüse brauche. Und für die Schuhe. Und für den heißen Suppentopf. Wirtschaft und Sport kann ich noch heute in Betrieb nehmen, Feuilleton und Literatur kommen später, ebenso wie der SPIEGEL.

Im Geschäft hatte ich gestaunt, dass alle Zeitschriften das neueste Datum trugen. Habe ich Vorurteile?

Es ist mein vierter Abend, und der erste, an dem ich nicht friere, sondern entspannt und wohlig dasitze. Es kann sein, dass ich mich doch nicht für eine Überwinterung im Norden Alaskas geeignet hätte.

Die erste wirklich warme Nacht, eingerollt in eine flauschige Wolldecke. Beim Aufwachen ist es besonders still.

Ich höre nichts. O Gott, mein Hörgerät. Habe ich die Batterien mit? Sie halten nur fünf Tage. Aber alles ist okay. Meine Füße fühlen sich wohl auf dem Bettvorleger, gewebt aus tausend Stoffresten. Passend zu den Dielenbrettern. Aber es ist empfindlich kalt im Raum. Der Radiator? Ist warm. Ich tappe zur Tür und gucke ... in weiße Watte. Ins Nichts. Ich sehe kaum die unterste Stufe. Das Tal ist gefüllt mit weißer Suppe, die hin und her wabert. Und es ist still wie im Grab. Jedenfalls stelle ich es mir so vor, ich hab' es noch nicht ausprobiert. 'Im Nebel ruhet noch die Welt, noch träumen Wald und Wiesen ...' Es fällt mir spontan ein. Von wem? Ach!

Was ist heute für ein Tag? Keine Ahnung. Was liegt heute an? Keine Ahnung. Kommt Gemüse? Oder Hans mit einer Frage?

Ich gehe wieder ins Bett und beschließe, dass ich am sechsten Tag endlich mit meiner Arbeit beginne, mit allen Männern meines Lebens. Darüber nachdenken kann ich auch im Bett und prompt schlafe ich in der Flauschdecke ein.

Mittags ist es nicht anders. Alles dicht. Alles weiß. Nun habe ich mein Alaska im Schnee. Ich lege noch einen Holzscheit auf die Glut des Radiators, werfe ein Stück steif gefrorenen Bärenschinken in den Suppentopf, ziehe meine Fellstiefel, Felljacke, Fellmütze über ... und lese erst mal den SPIEGEL.

≈

„Ich habe beschlossen, einmal pro Woche in die Stadt zu fahren", teilte sie Hans am nächsten Morgen mit.

„Regelmäßig. Es ist doch immer was zu besorgen. Und ich bummele auch gern."

„Das ist eine gute Idee", sagte er. „Unsere dreieinhalb Straßen kennen Sie bald in- und auswendig. Sie wollen ein Taxi nehmen?"

„Ja, das ist ja wohl die einzige Möglichkeit, oder?"

„Ist am besten. Am sichersten. Vor allem, wenn sie vorbestellen. Wir haben zwei Unternehmen. Wir beauftragen immer 'Paul und Paul'. Das andere heißt 'Taxi-Dienst'."

„Wo ist der Unterschied? Warum nehmen Sie die Pauls?"

Hans räusperte sich. „Ich weiß, dass Sie es in den Städten anders sehen. Aber wir sind hier nun mal 'ne eigene Welt. Die Pauls sind zwei Vettern, sind von hier. Die kennen wir …"

„Ach ja", unterbrach Babett lachend, „von Krippe über Schule und Eheschließungen …"

„Richtig. Also ewig. Der Taxi-Dienst gehört einem Türken."

Sie sah ihn fragend an. Er räusperte sich wieder. „Sehen Sie, beide Firmen sind korrekt. Aber wir wollen … äh … wir wollen unsere eigenen Leute fördern. Die Türken nehmen überhand. Erst war es nur einer, der ein Haus mit einer Garage mietete und einen Wagen fuhr. Jetzt ist es ein ganzes Unternehmen mit mindestens fünf Wagen. Wer alles mitmischt, wissen wir nicht. Gemeldet sind nur vier Familien. Alles okay. Alles andere – wenn wir wirklich mal kontrollieren – sind angeblich nur Besucher, Cousins, Onkel, die auch öfter wechseln. Sie kaufen nach und nach die kleinen Häuser auf, die nicht restauriert wurden. Alles ziemlich undurchsichtig. Und das einzige Kaufhaus der Stadt gehört ihnen auch. Aber der eigentliche Eigentümer sitzt in Düsseldorf und ist nie zu erreichen, wenn wir ihn mal brauchen."

Das alles ist Babett nicht fremd. Damit hatten sie schon zu tun, als sie noch in der Behörde arbeitete. Damals hieß es immer 'wehret den Anfängen', aber sie mussten streng nach Gesetz entscheiden. Neu ist ihr, dass es jemand wagt, so offen auszusprechen, was man im Westen inzwischen nur zu denken wagt.

„Aber wenn sie die alten Häuschen aufkaufen, ist es doch gut", sagt sie etwas hilflos. „Da gibt es doch sicher noch Renovierungsbedarf."

„Ja, wenn's so wäre. Sie lassen alles wie es ist und vermieten es an Verwandte oder Zugereiste aus der Heimat. Da wird nicht mal innen renoviert. Da kommen Teppiche an die Wände und Teppiche auf den Boden. Und die alten sanitären Einrichtungen stören sie offenbar nicht. Dann werden die Häuser kaputtgewohnt und wir sehen im Gemeinderat den ersten Anträgen auf Abbruchgenehmigung entgegen, damit dort Neues gebaut werden kann. Sie haben in manchen Straßen mehrere alte Häuser nebeneinander. Das gäbe dann eine große Baulücke für türkische Investoren mit Häusern, die hier nicht hingehören."

Ja, so ist es, dachte sie. Nur seltsam, dass es im Osten genauso ist.

„Also soll ich lieber mit 'Paul und Paul' fahren?" fragte sie abschließend. Hans stöhnte.

„Da kann ich Ihnen keine Vorschriften machen, Ich habe nur erzählt, wie es bei uns aussieht. Wir wollen in unserer Kleinstadt kein Türkenviertel, das sich mehr und mehr ausbreitet." Er schwieg. „Aber vielleicht haben wir das ja schon. Sie gewähren uns keinen Einblick und arbeiten auch mit deutschen Strohmännern."

Gut, dann eben die Paulemänner. Ist ja auch egal. Vor allem will sie hier ihre Ruhe und keine Konflikte. Davon hatte sie schon genug im Leben.

Nach einer Pause lachte er leise und fragte dann: „Was wollen Sie denn Schönes kaufen? Wollen Sie Ihre kleine Hütte weiter ausstatten?"

„Darf ich die Wände verletzen?" fragte sie.

„Versteh' ich nicht."

„Also Reißzwecken oder Nägel. Es ist doch alles so schön und glatt."

„Sie wollen was aufhängen? Aber klar doch. Wenn Sie Hammer und Nägel brauchen, sagen Sie einfach Bescheid. Haben Sie schon eine Idee?"

„Die kommt sicher, wenn ich etwas Schönes sehe", sagte sie.

≈

Dienstag um 11 Stadtfahrt mit Mietwagen. Er ist pünktlich. Er heißt Paul. Der Mietwagen ist sein eigener. Den nutzt er auch privat. Privatwagen. Wegen der Steuer, wissen Sie? Nee, weiß sie nicht. Interessiert sie auch nicht.

Er hat schon von mir gehört. Wer nicht? Ich muss mich dran gewöhnen. Wenn ich immer um die gleiche Zeit fahren will, wird er es vormerken. Dann klappt es auch. Sonst nicht. Wenn er keine Zeit hat, fährt sein Vetter. Der heißt auch Paul. Gut zu merken, findet er. Für wen? Für mich oder für ihn?

Ich frage ihn, ob das kleine Kaufhaus eine Elektroabteilung hat. Er fragt, was ich da will. Na, was wohl? Ach, 'ne Lampe! Das weiß ich nicht, aber ümme Ecke ist ein privates Elektrogeschäft. Da gehen wir immer hin. Das Kaufhaus betreten wir nicht, das gehört einem Wessi, nein schlimmer noch, einem Wessi-Türken. Da muss man ja nicht sein sauer verdientes Geld hintragen. Hui!! Das sollte mal jemand im Westen sagen – da kaufen wir nicht, das gehört einem Ossi-Polen. Ob er mich dort absetzen kann? Und wann er mich wieder abholen soll?

„Ich weiß es noch nicht. Ihr rufe Sie an." Er ist gekränkt.

„Dann weiß ich aber nicht, ob der Wagen frei ist!"

„Macht nichts, dann nehme ich ein Taxi!"

„Die Taxis gehören fast allen Ausländern, da müssen Sie aufpassen. Türken, Pakistani, Perser – ach, die nennen sich ja heute anders. Iran oder Irak. Aber Sie können in der Zentrale um einen Deutschen bitten!" Mannomann!

Der Mann im Elektroladen ist seifig. Er schleimt herum. Eine Schreibtischlampe? Wirklich Schreibtisch? Denkt er, ich liege auf meine alten Tage nur im Bett?

„Da hab' ich für Sie was Interessantes! Retro!"

„Dieses alte Ding?"

„Das ist nicht alt, das ist Retro, also Nostalgie, wenn Sie lieber wollen. Aber nur von außen. Innen hat sie die neueste Technik!"

„Wissen Sie, mit diesen Dingern haben wir uns in der Behörde dreißig Jahre lang die Augen verdorben. Die reichte gerade auf ein DIN-A-4-Blatt, aber noch nicht mal auf eine ganze Akte."

„Na ja, ich dachte ja nur. Dann habe ich hier die modernste Technik im angesagten Design."

Es gibt drei Exemplare. Schlank, hoch, in alle Richtungen zu drehen. Die Preise? Nicht gerade retro. Ich entscheide mich für die mittlere Preislage, und er solle mir doch bitte gleich eine Glühbirne oder Leuchtdiode oder LED oder wie das heute heißt, als Reserve mitgeben. Das geht nicht, belehrt er mich, das Leuchtmittel ist fest eingebaut, aber keine Angst, die halten 100.000 Stunden, und außerdem ist ein halbes Jahr Garantie drauf.

„Und wenn das Glühmittel nach acht Monaten den Geist aufgibt? Also nach 700 statt 100.000 Stunden?"

„Dann brauchen Sie 'ne neue Lampe! Die sind so konzipiert. Wenn die Lichtquelle erlischt (oh, wie schön er es sagt!), dann muss die ganze Lampe weg und eine neue her."

Ihn scheint es nicht zu bekümmern.

„Das ist ja Wahnsinn!" sage ich. „Was für eine Verschwendung! Das darf man doch nicht mitmachen!!"

„Doch", sagt er, „das ist die neue Zeit." Und er triumphiert, als ob ich ein Mammut aus dem Vorvorvorgeschichtlichen wäre. Paläozän, oder so.

Er möchte mir dann noch ein Radio verkaufen (wie kommt er darauf?) und / oder einen CD-Player oder integrierten. Er habe auch eine schöne Auswahl an CDs. Er bringt einen Karton. Oh, mein Gott, Helene Fischer und die Kratzelhuber Bauernbuben oder so ähnlich. Deutsche Volkslieder, gesungen von einem Trio aus dem Schwarzwald … Ich sehe ihn verachtungsvoll an – auch als Strafe für das Mammut.

„Ja, was wäre denn so Ihr Geschmack?" fragt er mich gekränkt. Und ich sage:

„Also, wenn schon Retro, dann die Beatles, Elvis oder die Stones."

Damit kann er nichts anfangen. Er fühlt sich verschaukelt – ja, was denkt er denn, wann ich jung war? Ich lenke ein: „Vielleicht noch Adamo!" Aber der sagt ihm auch nichts, dafür ist er zu jung. Punktsieg.

„Gut, dann gerne Mozart, aber da möchte ich auswählen." Er wird bestellen und mich benachrichtigen.

Als er mir meine Neuerwerbung im Originalkarton aus dem Lager bringt, bin ich erschrocken. Das ist ein Riesenviech! Ob ich es so lange bei ihm stehen lassen kann, bis ich später per Taxi nach Hause fahre?

„Oh, ich kann sie gerne selber fahren, aber erst ab 18 Uhr. Sie werden vielleicht noch mehr Gepäck haben!"

„Danke, ist wirklich nett, aber ich wohne weit draußen", ich winke ab.

„Weiß ich doch!" Er grinst. „Ich habe Ihnen vor kurzem doch den Radiator rausgebracht und noch Kleinkram. Wenn Hans wieder wegen der zehn Prozent fragt, sagen Sie ihm, dass ich Sie stattdessen heimgefahren habe. Da haben Sie sogar noch mehr gespart."

Wie klein diese kleine Welt ist. Jeder kennt jeden und jeder erinnert sich an alles.

Ich habe ihn nicht gefragt, ob er ein schönes kleines Mittagessen-Restaurant kennt. Er ist genau der Paul-Typ, der mir abrät von Türken, Griechen, Italienern, Polen und wer sonst noch alles kocht. Ach ja, Chinesen! Die verkochen ja sogar Hundefutter aus Dosen.

Ich gehe um ein paar Ecken. Es gibt süße kleine Geschäfte. Die alten Häuser sind teilweise zauberhaft restauriert, die anderen stechen dagegen umso trauriger ab. Schimmel, Muff, wir haben die DDR doch schon lange genug hinter uns. Oder sind das die Türkenhäuschen, von denen Hans sprach? Jedenfalls residiert in einem schmucken kleinen Häuschen ein lebhafter, höflicher Grieche. Alles picobello sauber und frisch. Wie lange hatte ich das nicht mehr? Vor allem Essen, das nicht aus Trudes Garten kommt und das nicht ich zu kochen brauche. Ich schlemme, Vortisch, Haupttisch, Nachtisch, Bierchen, Ouzo und der Preis erinnert an beste 60er Jahre!

Diese Stadttage sollte ich mir mit vollem Programm regelmäßig gönnen. Das Beerdigungsgeld muss um die Ecke gebracht werden.

Dann Buchhandlung. Auch in einem schönen Haus. Klein, eng, aber scheinbar gut sortiert. Nur ist die Inhaberin wenig gut sortiert. Sie blickt mich von oben bis unten an, als habe ich um eine Schrippe gebettelt. (Vielleicht habe ich eine Fahne? Trotz Espresso zum Schluss?) Ich sehe mich ein bisschen um und greife dann einfach nach einer Taschenbuchneuerscheinung. Sie verfolgt mich mit bösem Blick auf Schritt und Tritt. So kann man auch keine Geschäfte machen, denke ich, und zahle meine läppischen 9,99 Euro.

Als wir an der Hütte ankommen und der Elektrofritze meine Einkäufe auslädt, steht Hans da. Wie aus dem Boden gewachsen. Und statt zu grüßen, fragt er schroff:

„Hast du ihr zehn Prozent gegeben?"

„Sehen Sie", sagt der Elektriker, „was habe ich gesagt? Er ist um Ihr Portemonnaie besorgt." Und zu Hans gewandt: „Du brauchst mich nicht zu erziehen, mein Lieber. Ich habe Frau Abel kostenlos hergefahren, das sind mehr als zehn Prozent, und außerdem helfe ich ihr noch."

Hans schnauft, nimmt den Lampenkarton, stellt ihn in die Hütte und stapft davon.

„Was hat der nur mit Ihnen?" will der Elektriker von mir wissen. Aber ich weiß es auch nicht. Ich weiß nur, dass ich es hier wunderschön habe und meine Alaska-Einsamkeit einmal wöchentlich mit einem Einkaufs-Essen-Griechen-Türken-Buch-Bummel überhöhen werde.

Wer sagt eigentlich, dass Geld nicht glücklich macht?

≈

Als Babett am Samstag wie üblich den Gemüsekorb mit den Gemüseeuros zurück zu Trude brachte, fragte diese unvermittelt, ob nun alles fertig sei in der Hütte. Hans hätte ja ganz schön gerödelt.

Babett ärgerte sich sofort wieder über diese Anzüglichkeit, rief sich aber zur Ruhe.

„Doch, es ist alles sehr schön geworden. Hans hat mir sehr geholfen, und ein paar Kleinigkeiten habe ich aus der Stadt mitgebracht. Nur Gardinen fehlen noch. Die will ich am Dienstag kaufen."

„Wann fährt denn Ihr Taxi?" fragte Trude, obwohl sie das mit Sicherheit seit Wochen weiß.

„Paul holt mich um elf ab."

„Gut", sagte Trude, „dann komme ich mit. Ich bin um elf an der Hütte."

Babett öffnete den Mund und schloss ihn wieder, ohne ihn betätigt zu haben. Unverschämt fand sie es, selbst für Trudes Begriffe. Hätte sie nicht wenigstens fragen können? Aber noch ahnte sie nicht, was auf sie zukommen würde.

Trude hievte sich gleich nach vorne zu Paul und überließ Babett die Rückbank. Als Paul fragte, wohin denn heute, sagten bei Frauen gleichzeitig, zum Kaufhaus, zu Werner.

„Also was nun?" fragte Paul, während er anfuhr.

„Zum Raumausstatter. Zu Werner", sagte Trude mit Nachdruck, und Babett dämmerte es, dass Trude nicht nur eine

Mitfahrgelegenheit gesucht hatte. „Kennst du doch, oder? Werner, der bei … natürlich kennst du den."

Paul kannte vor allem Trude, und deshalb fuhr er zum Raumausstatter. Das Geschäft war etwas altertümlich-zurückgeblieben. Babett fragte sich jede Woche einmal, ob das der alte dezente DDR-Charme war oder ob es in westdeutschen Kleinstädten mit 10.000 Einwohnern ähnlich aussähe.

Werner war überfordert. Babett sagte, was sie sich in etwa vorgestellt hatte, und übergab ihm einen Zettel mit den lichten Maßen der Fenster.

Trude hatte inzwischen die Stoffballen in den Händen, so als ob sie zum Personal gehören würde. Noch bevor Babett sich orientiert hatte – immerhin hatte sie bestimmte Vorstellungen und einen Plan B – bestimmte Trude, welcher Stoff genommen werden muss. Babetts graue Zellen gerieten in Rotation. Einen kleinen Moment überlegte sie ernsthaft, ob sie in die Stadt gefahren waren, um Gardinenstoff für Trude zu kaufen. Dann rastete ihr Gehirn an der richtigen Stelle ein, die besagte: Gardinen für drei Fenster in meiner Hütte.

Ohne auf Trudes Vorschläge einzugehen, wandte sie sich an Werner und beschrieb ihre Wünsche. Dieser arme Mann war irritiert. Trude kannte er seit Dezennien und somit ihre Dominanz. Andererseits schien die alte Frau die Käuferin zu sein, also über das Geld zu bestimmen.

Als Trude sagte, Babett brauche sich nicht mehr zu bemühen, sie habe schon die richtige Wahl getroffen, drehte die sich um, um diese Wahl zu betrachten. Es waren die größtmöglichen Blumen in den schillerndstmöglichen Farben, und Trude sagte erläuternd, die Wände in der Hütte sähen so trist aus, da müsse Farbe rein.

Babett hätte am liebsten den Laden wortlos verlassen, aber sie war nicht geistesgegenwärtig genug. Sie war für heute auf Gardinenkauf gepolt.

Als Trude eindringlich und zudringlich wurde, sagte Babett kurzerhand deutlich und unhöflich: „Die sind mir zu bunt. Die mag ich nicht. Ich möchte mir meine Gardinen selber aussuchen."

Daraufhin warf Trude die halb abgerollten Ballen auf den Zuschneidetisch und verließ türenknallend das Geschäft.

Auf alle Fälle wusste der Inhaber nun, wen er beraten und bedienen musste. Babett war der Spaß am Kauf verdorben, aber da die Auswahl ohnehin beschränkt war, nahm sie für alle Fenster einheitlich eine schwere Qualität in zartem oliv mit eingewebter Bordüre. Ton in Ton. Sie ließ sich für ihren guten Geschmack loben, handelte die Kosten fürs Nähen aus und ging.

Von Trude war draußen nichts mehr zu sehen. Auch in den kommenden Tagen nicht. Und am Donnerstag gab es auch keinen Gemüsekorb auf den Stufen!

Was soll ich tun? fragte sich Babett. Sie war vielleicht etwas zu schroff gewesen, aber sollte sie sich dafür entschuldigen, dass sie sich ihre Gardinen selber aussuchen wollte? Trudes Vorschläge hätten – wenn überhaupt – als Vorhänge in einen großen Saal gepasst. Egal, dachte sie. Ein paar Vorräte habe ich noch, und wenn es eng wird, fahre ich eben zum Essen und Einkaufen in die Stadt.

Hans tat am Mittwoch bei seiner Morgenvisite, als wisse er von nichts, was sie nicht glaubte. Am Donnerstag blieb er aus. Babett sorgte sich. Bisher war er an jedem Morgen gekommen. Ihr war unwohl. Die miese Stimmung schien mit Händen zu fassen. Am frühen Nachmittag erschien er. Er sah sie nicht an und versuchte, sein Grinsen zu unterdrücken.

„Meine Frau hat gebacken und lässt Sie schön grüßen", sagte er. „Und wenn Sie noch was brauchen, sollen Sie es ruhig sagen, sie ist sowieso jeden Tag in der Stadt."

Damit stellte er eine Tasche auf die Stufen und fragte: „Darf ich?" Und dann begann er, laut zu lachen. „Ja, so ist das hier", sagte er. „Die Königin ist gekränkt, machen Sie sich nichts draus. Wir kennen es schon. Das gibt sich nach ein paar Tagen wieder."

Er sah sie an. „Wirklich! Ist nicht schlimm. Machen Sie sich einen schönen Kaffee, und packen Sie die Tasche aus. Meine Frau ist eine begnadete Bäckerin."

Babett nickte und seufzte. „Ich wusste nicht, was ich machen soll. Riesenblumen in schreienden Farben ... Ich will mich in meinem Häuschen doch wohl fühlen ..."

„Natürlich. Das war doch ganz alleine Ihre Angelegenheit. Ich weiß auch nicht, was in Trude gefahren ist. Ab und zu muss sie sich mal aufspielen. Wenn was ist, rufen Sie mich an. Ich muss wieder runter."

„Danke und Gruß an Ihre Frau", rief sie ihm hinterher.

≈

Vorgestern habe ich mich von Hans emanzipiert – alleine in die Stadt, ohne Hilfe und ohne Genehmigung. Ich vermute, dass er es – wie alles – registriert hatte. Und gestern nun die absolute Superpanne. Peinlich!

Am späten Nachmittag wollte ich noch ein bisschen raus, es war so ein warmer Tag gewesen. Also in den Wald, den ich noch nie betreten hatte. Rauf zur Straße, und dann einen Einstieg suchen.

Es war wunderbar. Schattig, kühl. Ein unwiderstehlicher Duft nach Moos, Feuchtigkeit, Laub, Pilzen, Holz. Wie lange hatte ich das nicht mehr! Parks in den Städten sind nur ein Abklatsch, ohne den Geist des Waldes und schon gar ohne den Geruch nach Urnatur. Ach, wie hatte ich ihn vermisst, ohne es zu wissen! Und da war – natürlich – wieder Erinnerung! Kindheit! Die sonntäglichen Familienspaziergänge, nicht sehr geliebt damals, aber dazugehörend. Am Sonntag wurde nicht gearbeitet, auch nicht im Garten. Da wurden wir fein gemacht – Merkmal: weiße Kniestrümpfe –, und dann spazierten wir. Der Wald war nah, kühl und abwechslungsreich. Ich erinnere mich, dass wir einmal auf eine Lichtung kamen, sanft ansteigend, die blutrot war. Über und über Mohnblumen, einen ganzen Abhang hoch.

Und im Winter das Holzsammeln! Mit den Schlitten los, wir Kinder saßen drauf und wurden vom Vater gezogen – auch das eine Familientradition –, dann Kleinholz sammeln, großes durften wir nicht, auch nicht sägen oder schlagen, und der Vater hielt sich dran. Das Klein- und Knüppelholz wurde auf den Schlitten gesammelt und dann dort mit kräftigen Stricken festgezurrt. Also mussten wir Kinder nach

Hause laufen. Ich heulend, ich war die familiäre Heulsuse. Hoher Schnee, kalt, nass, müde, kalte Hände, nasse Füße, keine Winterkleidung. Aber es musste sein, der kleine Kanonenofen in der Stube brauchte Futter ...

Auch das fällt mir ein, während ich die Trampelpfade durch den Wald gehe, schaue, schnuppere ... geradeaus, dann rechts, dann abbiegen und plötzlich ist es fast dunkel. Es ist erst 19 Uhr, aber die Sonne scheint sich hinter Wolken verzogen zu haben, und die dichten Baumkronen tun ihr Übriges.

Ich will heim, vielleicht kommt ein Gewitter nach den heißen Tagen. Aber in welche Richtung? Es sieht überall egal aus. Ich stehe auf einem schmalen Pfad, der wohin führt?

Ich bekomme einen Panikanfall. Ich habe mich verlaufen. Ich habe mich im Wald verlaufen! Der Alptraum der frühen Kinderjahre! Später ging ich nie mehr alleine in den Wald. Als ich Jahrzehnte später mit meinem Sohn eine Wanderung im Schwarzwald machte – nachmittags, Schnee, eiskalt, es wurde dämmrig – beschlich mich die alte Angst, aber mein Sohn lachte mich aus und wusste genau, wo wir waren und wohin wir mussten.

Ich versuche, ruhig zu atmen. Tief ein, anhalten, langsam aus. Mehrmals. Die Panik bleibt. Ich bin atemlos vor Angst und Schrecken,

– ein, aus, ein, aus ... Was soll ich tun? Wohin? Wo ist es am Himmel noch hell? Dort wäre Westen. Die Dämmerung wird umfassend, so sehr, dass ich mich frage, ob es von außen kommt oder ob es sich vor Angst in meinem Gehirn verfinstert. Ich grabbele in meiner Hosentasche. Ich habe mein Handy eingesteckt. Gott sei Dank. Hoffentlich besteht der Wald nicht aus lauter Funklöchern …

Ich habe Hans erreicht. Ich hatte Furcht, dass er mich auslachen würde. Aber er ist voller Sorge. Es wird ein Unwetter geben – wo genau ich sei? Wenn ich das wüsste. Wo ich in den Wald eingestiegen sei? Straße Richtung Stadt, ca. 10 Minuten vom Häuschen entfernt! Und dann? Und dann? Mal links, mal rechts …

Hans bleibt ganz ruhig. Ich kann meine Panik und meine Atemnot nicht verbergen.

Was ich gesehen habe? Wo ich vorbeigekommen sei? Welche Besonderheiten ich wahrgenommen habe? Sie sind eine gute Beobachterin, sagt er. Sie sind hellwach und topfit. Sie sind gut organisiert … er versucht, mich aufzubauen. Es tut gut, aber er schafft es nicht. Mir fällt ein, dass ich an einem Ehrenmal oder ähnlichem vorbeikam. Feldstein, darauf irgendeine Skulptur, verwittert, daneben eine alte Bank.

Prima, sagt Hans, wie lange ist es her und in welche Richtung sind Sie dann weitergegangen? Er führt mich gedanklich, und inzwischen ist nur noch Schwärze und Windstille und Hitze.

Ich rufe Klaus an, sagt er, der ist bei der Feuerwehr und Jäger. Der kennt jede Tannenadel im Wald. Legen Sie jetzt auf, er wird Sie gleich anrufen, hoffentlich reicht Ihr Akku noch.

Dann war Klaus dran. Tiefe Bärenstimme. Stellt dieselben Fragen. Beruhigt, sagt, alles in Ordnung. Ich weiß ungefähr, wo Sie sind. Wir kommen Sie holen, Hans und ich. Also keine Angst, wenn Sie Männerstimmen hören. Wir kommen mit starken Lampen. Wir werden rufen, und Sie werden in Abständen 'hier' rufen. Nicht zu schrill, damit Ihre Stimme nicht versagt. Wir gehen gleich los. Etwa 20 Minuten. Sie sind auf einem Pfad? Hocken oder setzen Sie sich mit dem Rücken an einen Baum, Blickrichtung Pfad. Unbedingt. Und schonen Sie Ihren Akku. Bis gleich!

Sie haben mich gefunden. Sie waren schnell. Irgendwann sah ich schwankende Lichter von zwei Seiten und in Abständen Rufe. Sie riefen meinen Namen – Babett – also konnten es nur die beiden sein.

Ich war schweißnass vor Angst und vor Hitze. Klaus zog mich hoch – wirklich ein Bär – und murmelte beruhigend. Hans macht ein böses Gesicht. Oder ein besorgtes?

Kurz nachdem sie mich an der Hütte absetzten – Hans schloss auf, machte Licht, schob mich rein – brach ein Gewitter los, wie ich es in meinem ganzen Leben nicht erlebt hatte. Die beiden Männer rasten runter zum Museum, aber sie müssen pitschnass geworden sein.

Ich weiß nicht, was schlimmer war. Die Angst? Die uralte? Die körperliche Erschöpfung? Oder die Scham?

Ich bin ins Bett getaumelt und habe geschlafen wie tot. Mein Morgenkaffee auf der Treppe war ein Mittagskaffee. Die Luft war kühl und frisch, und der Himmel hellblau und blankgeputzt. Aber ich war noch immer erschöpft bis in die Knochen. Und in die Seele.

Und dann kam Hans den Weg hoch gestapft. Ich glaube, ich habe den Kopf eingezogen. Aber es kam nichts ... kein

Donnerwetter vom Vater, der schimpfte, dass ich alleine wie Rotkäppchen in den Wald gegangen war.

Hans setzte sich neben mich auf die Treppe. Das hat er ungefragt noch nie gemacht – und breitete eine Karte aus.

„Das hier ist der Wald. Sehen Sie – hier die Straße, hier das Museum, hier Ihre Hütte. Sie waren ungefähr hier ...". Er zeigte mit dem Finger und sah mich besorgt an. Ich dachte, mich trifft der Schlag. Das war ja ganz am Anfang, ganz in der Nähe ...

„Ja", sagte Hans, „aber das ist völlig gleichgültig, wenn man die Orientierung verloren hat. Sehen Sie ...," er faltete die Karte weiter auf, und mich traf der zweite Schlag ... „das ist der ganze Wald. Ein Staatsforst. Der zieht sich ..." und dann markierte er die kleinen Ortschaften an allen Enden. „Wenn Sie diesen Weg strikt durchgehen von der Straße bis zu diesem Gehöft hier am anderen Ende, brauchen Sie zu Fuß etwa acht Stunden und in dieser Richtung, also Südost, ist er noch länger."

Dann sah er mich wieder an. „Und Sie waren hier, also fast noch ganz zu Hause. Ich muss weiter, es gibt viel Arbeit. Gut, dass sie Ihr Handy dabei hatten ..."

Und dann ging er. Und ich ging ins Bett, erschlagen alleine von der Demonstration und der Vorstellung, was hätte passieren können, wenn ich noch weitergegangen und kein Telefon bei mir gehabt hätte.

Am Nachmittag erschien außerplanmäßig Trude. Noch immer muffelig. Sie brachte mir ein Schüsselchen gefrorene und gezuckerte rote Johannisbeeren. Das war aber nur vorgeschoben. Sie wollte mir – süße Rache – einen Schlag versetzen.

„Hat Klaus Ihnen gesagt, dass Sie sich setzen sollen? An den Baumstamm? Mit Blick zum Weg? Hat er das?"

Ich bestätigte es ihr.

„Wissen Sie auch, warum?"

Ich wusste es nicht, dachte mir aber, dass ich mich ausruhen sollte. Aber Trude lachte hämisch.

„Nee, nee, das war wegen der Wildschweine. Wenn es dunkel wird, kommen die aus dem Wald über die Straße in unsere Gärten. Da liegt das ganze Fallobst, und sie graben die Erde nach der Ernte um."

Ich habe Trude fragend angeschaut, und sie hat ihren Triumph genossen.

„Und wenn Sie stehen und keinen Halt an einem Baum haben, rennen die Sie um. Die sehen Sie ja gar nicht. Und dann prallen 250 Kilogramm im Schweinsgalopp gegen Sie und stampfen Sie zu Boden. Da können Sie froh sein, wenn die nachfolgenden nicht noch an Ihnen herumbeißen. So ich muss weiter, ich hab' zu tun ..."

Rache ist süß! Wildschweine gegen Gardinen.

Hans hat es mir grinsend bestätigt.

„Ach, Trude musste etwas Dampf ablassen? Ja, darin ist sie gut. Aber es stimmt im Prinzip. Es sind vier oder fünf, und wir sind inzwischen froh über jedes Wildschwein, das auf der Straße von einem Auto erwischt wird. Sie sind eine Plage. Unser Obst und Gemüse ist für sie einfacher auszugraben und aufzufressen als die Früchte des Waldes, die es ja reichlich gibt. Außerdem schmecken reife Birnen besser als alte Eicheln aus dem Vorjahr, die unterm Laub liegen."

Ich habe mich nochmal bedankt. Tausendfach.

„Bedanken Sie sich bei Klaus! Er hat sie gerettet. Ich hätte es nicht gekonnt. Aber er kennt sich im Wald aus, ist in ihm aufgewachsen. Wissen Sie übrigens, dass der alte Göring hier vor 80 Jahren sein Jagdrevier hatte? Ja, wir haben Geschichte! Aber es ist ein wunderbarer Wald. Gott sei Dank kein Privatbesitz, da war unsere alte DDR doch vorbildlich. Auch der Wald gehörte allen!"

Das war mein Waldabenteuer. Es war wohl einmal in meinem Leben fällig, und es ist, anders als bei Rotkäppchen, gut ausgegangen. Kein böser Wolf, sondern zwei hilfsbereite Männer.

≈

Ich habe Konrad angerufen. Ich brauchte seinen Rat. Ich musste mich ausweinen.

Er hat gelacht.

„Nicht so gut in deiner Alaska-Hütte? Nicht gut eingelebt? Ach, Kleines! Was ist denn? So schlimm?"

Ich habe ihm erzählt, wie sehr ich unter Beobachtung stehe. Wie sehr mir Vorschriften gemacht werden. Wie wenig frei ich bin. Er hat sich alles geduldig angehört, und dann hat er gefragt:

„Empfindest du Hans als übergriffig? Wie oft kommt er? Kommt er in deine Hütte? Was will er? Wie viel Platz hast du zum Schwimmen? Ist dir die Uhrzeit vorgeschrieben? Kannst du alleine in die Stadt? Ist das Finanzielle geregelt? Der Mietvertrag? Wovon lebst du? Hast du genug Geld? ...“

Ich habe alles ausführlich beantwortet, und er hat sehr aufmerksam zugehört. Wie immer.

„Du fühlst dich abhängig. Das kann ich verstehen. Du bist es auch. Sei ehrlich – wo und wann bist du nicht abhängig? Ja, vielleicht in deiner Wohnung in Hamburg. Aber so glücklich bis du doch dort nicht, oder? Denk' an Alaska. Die große Freiheit. Weißt du noch, als wir damals das Buch von A. E. Johann lasen 'Nach Kanada sollte man reisen' und am liebsten sofort aufgebrochen wären? Aber wie abhängig man dort im freien Leben ist. Abhängig vom Wetter, vom Versorgungsflugzeug, von dem Nahrungsangebot. Genug Beeren? Fische? Beißen sie? Von großen Braunen, der dein Haus belagert und deinen Husky vernaschen will? Und dann die Einsamkeit. Kennst du das eine Ringelnatz-Gedicht? Es endet mit den Zeilen 'Hering in der Nordsee, Papagei in Aschaffenburg. Wer ist ganz frei?' Es ist einfach so: Du bist entweder einsam oder abhängig. Du bist dort der Exot. Eine ganz alte Dame zieht in eine ganz alte Bude.

Glaub' mir, ich verstehe dich nicht nur theoretisch. Als ich damals im Kibbuz war, ging es mir genauso. Beobachtet, aber dann auch noch zusätzlich bewertet. Mein Verhalten musste zur Kibbuz-Ideologie passen ...

Schwimmen – vielleicht denkt Hans, du willst trainieren. Strecke für Strecke. Er sieht nicht, dass du die Freiheit suchst. Aber Kleines, ich kann ihn verstehen. Wenn der See so groß ist, ist er auch kalt und deswegen für dich gefährlich. Zwei oder mehr Fußballfelder sind doch eine wunderbare Größe ...

Alles, was du mir erzählst, hört sich mehr nach Sorge an als nach Kontrolle. Ich denke, er mag dich und will, dass es dir gut geht. Und die anderen auch ... du kannst doch jederzeit ausweichen. Die Sache mit dem Gardinenkauf und den Wildschweinen, Kleines, ist doch zum Wiehern. Wo hast du so was Schönes in Hamburg? ...

Weißt du was? Lass' dich einfach ein wenig betüdeln. Frisches Obst und Gemüse vor der Tür, ein Mann, der täglich nach dir schaut und noch nicht mal was von dir will – wann hattest du das je ...?"

Und nun musste er tatsächlich lachen. Es tat mir gut. Es ist gut, dass mir ein Außenstehender meine Situation zurechtrückt. Nur das Schwimmen ... er weiß doch, wie gerne ich stundenlang im Wasser herumtreibe. Nein, ich will nicht trainieren. Ich will in die Endlosigkeit. Aber da muss ich mich wohl fügen. Wenn ich nicht gehorche, werde ich Probleme bekommen.

Konrad und ich und Wasser? Wir waren immer sofort drin. Er blieb im Ufernähe. Er fühlte sich nicht sicher. Aber ich schwamm weit raus. Ostsee, Nordsee, Berliner Seen, Ratzeburger See. Ich erinnere mich, dass er mal sagte, er bliebe in Ufernähe, um sofort Hilfe für mich holen zu können, wenn mir was zustoße. Ich bin noch heute gerührt.

Er hat recht. Trude bringt Gemüse. Sie stellt den Korb einfach vor die Tür, klopft nicht mal. Irgendwann bring' ich das Geld und bleibe oder gehe gleich wieder. Ihre spontanen Mahlzeiten sind auch nicht zudringlich. Und abgesehen vom Gardinenkauf ist Trude mir noch nie zu nahe getreten. Auch nicht verbal.

Und Hans? Hans schaut, ob seine alte Mieterin noch lebt. Wenn nicht, muss er die Initiative ergreifen. Und wenn, dann fragt er, ob alles gut ist oder ob er was tun kann.

Ach Konrad!

≈

Konrad. Seit über sechzig Jahren der treueste von allen. Jahrzehntelang habe ich überlegt, wer ich eigentlich für ihn bin. Ich habe ihn nie gefragt. Er war für Beziehungs-Spielchen nicht zu haben. Wenn es ihm zu eng wurde, stand er auf und ging. Dann habe ich die Frage umgedreht – wer ist er eigentlich für mich? Und blitzlichtartig fiel mir ein: alles.

Er hatte von allem etwas, vom bergenden Vater, vom sorgenden großen Bruder, vom treuesten Freund. Nur eines war er nicht – ein Liebhaber. Unsere Beziehung hatte zu keiner Zeit eine sexuelle Attitüde oder einen erotischen touch. Er war der große, warme weiche Bär, der seine Arme um mich legte und mich mit seinen großen Tatzen schützte.

Irgendwann fiel mir ein Glanzbildchen aus meiner Kindheit ein – heute ist es stereotyp abgedruckt in Büchern über Kitsch. Es ist der übergroße Engel in weißem Gewand mit einem Flügelpaar, der seine Arme schützend über zwei kleine Kinder breitet, die über einen schmalen, brüchigen Steg gehen. Der Schutzengel, der wacht, dass dir nichts Böses widerfährt, auf dass dein Fuß an keinem Stein sich stoße.

Ich habe als Kind dieses Bild geliebt. Ich habe an meinen Schutzengel geglaubt. Ich glaube auch heute noch an Schutzengel. Mir ist im Laufe des Lebens so oft Rettendes widerfahren, dass es nur eine höhere Gewalt sein konnte.

Aber Konrad stand nicht in der Reihe himmlischer Helfer. Konrad war und ist mein irdischer Engel, mein Helfer in der Not, selbst wenn er tausend Kilometer entfernt ist und spürt, wenn es mir schlecht geht.

Einen Schutzengel fragt man nicht, wer er ist. Seine Rolle steht fest.

Mit selektiver Wahrnehmung habe ich damals ein Gedicht gefunden. Ich erinnere nur noch die erste Zeile: Es müssen nicht Männer mit Flügeln sein, die Engel … Von wem? Wie ging es weiter?

Trotzdem habe ich zumindest immer dann, wenn er ein paar Stunden bei mir war, wenn wir eine Nacht lang in einer Hafenkneipe gesessen haben, wenn wir nach einem Theaterbesuch stundenlang schweigend durch die leeren Straßen gebummelt sind … über das Wesen unserer Beziehung nachgedacht. Was hält uns zusammen`? Warum sind wir uns auch nach vier Monaten Pause so vertraut, als hätten wir uns gerade am Tag zuvor verabschiedet? Was haben wir gemeinsam? Welches ist unser Band? …

Es hat Jahre gedauert, bis sich mir diese Fragen beantworteten. Er rief eines Tages an – er kam immer plötzlich, oft wusste ich nicht, dass er in der Stadt war – und fragte, ob er vorbeikommen könne. Er brachte meine Lieblingsschokolade mit, die er dann zur Hälfte selber aufaß, und freute sich auf Kaffee. Viel und stark. Nach etwas Geplauder sagte er plötzlich:

„Ich habe unten einen Wagen stehen, eine alte Huddel. Fährt aber ganz zuverlässig. Kommst du mit mir ans Meer? Jetzt?"

Wenn er gefragt hätte, ob ich mit ihm mit der Transsib bis Wladiwostok fahren würde, jetzt, hätte ich ebenso zugesagt wie zum Meer. Ich hätte nur um zehn Minuten gebeten, um meine Zahnbürste und eine warme Decke einzupacken.

Mit Konrad im Auto zu sitzen, hat eine besondere Qualität – gemessen an den schaurigen Wer-ist-der-Schnellste-Stärkste-Touren mit meinem Ehemann, meinem Chef, meinen Kollegen. Konrad fuhr defensiv. Er überholte selten. Er schimpfte nicht über die kilometerlangen Schlangen von LKWs mit Anhängern, dicht an dicht wie aufgefädelt mit kaum zwei Metern Abstand. Er ließ jeden Spinner vorbei und bemerkte höchstens, dass wir den an der nächsten roten Ampel sowieso wiedersehen würden. Die aggressivste Version seiner Äußerungen war die Feststellung, dass der aufgeregte, lichthupende Drängler über kurz oder lang am Baum landen würde.

„Ich bin noch immer dort angekommen, wo ich hinwollte", sagte er, „auch wenn ich manchmal zu spät kam, aber ich war immer unbeschädigt."

Wir fuhren lange. Erst Autobahn, dann wurden die Straßen immer kleiner und enger. Bei jedem anderen Mann hätte ich Bedenken gehabt und mindestens an jeder Wegegabelung gefragt, wo er hinwolle und was das hier nun würde. Bei Konrad fragte ich nicht. Er hätte eh nicht geantwortet, höchstens gelacht und mich gefragt, ob ich etwa Angst hätte, und außerdem war ich bei ihm sicher.

Es war sehr warm. Ich döste ein. Das war bei Konrad kein Problem. Er wollte nicht, wie die anderen Männer, unterhalten werden, möglichst noch neben dem lauten CD-Gedröhne. Eine schweigende Frau auf dem Beifahrersitz ist wie eine Beleidigung für den Durchschnittsmann. Er fühlt sich nicht genug wahrgenommen.

Ich wachte auf, als Konrad den Wagen vorsichtig auf einem Grasweg neben einem Feld parkte.

„Wir sind da", sagte er. „Hast du gut geschlafen? Habe ich dich sanft genug geschaukelt? Komm', wir gehen diesen Weg bis zum Ende, dann sind wir am Meer."

Ich roch es, aber ich konnte es nicht hören. Es war schwül. Die Luft stand zwischen den Feldern. Der kleine Trampelpfad war nur für eine Person gedacht, links blühender Raps, rechts blühender Raps. Ein Traum in Gold, aber der Duft war schwer und intensiv. Ab und zu eine kleine Weißdornhecke und dann – das Meer. Es lag ganz still. Kein Geräusch, dafür ein intensiver Geruch nach Algen, Seetang, Muscheln, Sand, warmen Steinen. Fast Übelkeit erregend.

„Es ist sehr ruhig heute", sagte Konrad und wies nach rechts. „Wir gehen ein paar Schritte. Hier ist kein Mensch, nur große Steine. Die liegen hier schon ein paar Tage. Schätzungsweise seit der letzten Eiszeit. Du musst mal fühlen, wie weich sie sind."

Er kannte sich hier also aus. Aber ihn zu fragen – keine Chance. Was er nicht von alleine sagte, durfte man ihn nicht fragen, wenn es sein Inneres berührte. Und da gab es vieles. Zu vieles.

„Lass' deine Schuhe lieber noch an", sagte er. „Der Sand hier ist wunderschön fein und weich, aber Flint dabei, da kann man sich leicht schneiden."

Er wies auf eine Gruppe rund gewaschener Steine von Mannshöhe.

„Sieh mal, hier können wir sitzen und uns anlehnen. Wenn der Wind mal sehr stark bläst, kann man sich zwischen die Steine setzen. In die Mitte. Da sitzt man geschützt und warm. Sie geben noch lange Wärme ab. Dann kann man erleben, wie das Meer tobt und brüllt. Die Steine erreicht es nur, wenn Orkan von Ost kommt, dann werden sie weiter geschliffen und poliert."

Andere Männer würden einem an diese Stelle von ihrer Kraftquelle vorschwärmen, von der Energie, die von den Steinen ausgeht, wenn man sie umarmt. Dabei würden sie ungeniert die mitgebrachte Wolldecke ausbreiten und zur Sache kommen.

Vor all dem war sie bei Konrad geschützt. Er strich über den größten der Steine, sagte, wie weich er sich nach tausenden von Jahren im Wind- und Sandschliff anfühle. Er breitete keine Decke aus, weil er keine mithatte. Dafür half er ihr beim Hinsetzen, nachdem er Steinchen und Algenarme weggefegt hatte. Er setzte sich dicht neben sie und schwieg.

So hatte sie das Meer noch nie gesehen. Es war flach und platt. Keine Wellen, keine Schaumkämme, kein Auf-den-Sand-schlagen. Nur ein müdes Schlapp-schlapp. Und die Farbe? Hellgrau, rötlich, rosa, tiefblau – in zarten Streifen, die ineinander übergingen, wie der Himmel, der dieselben Farben trug. Und kein Horizont. Himmel und Meer gingen im Dunst ineinander über. Sie dachte an ein japanisches Gedicht, in dem der Fischer gefragt wird, wo das Meer aufhört und der Himmel anfängt. Der Fischer weiß es auch nicht. Es muss genauso ausgesehen haben wie hier.

Die Schwüle setzte ihr zu. Sie machte sie müde, und sie merkte, wie sie wegdämmerte. Das kann ich nur bei Konrad, dachte sie. Bei allen anderen Männern wäre ich hellwach und in Alarmbereitschaft.

Wie im Halbschlaf hörte sie Konrad murmeln. Das Meer, das Erinnerungen mit sich trägt. Das Meer, das die Erinnerungen eines Tages wiederbringt. Man müsse ihm lauschen. Man dürfe es nicht überhören. Darum müsse man dem Meer mit Stille begegnen. Er murmelte und raunte, und sie fühlte sich in den Schlaf gewiegt wie bei einer Gute-Nacht-Geschichte. Irgendwann fiel der Name Michael, irgendwann hörte sie das Wort Schule – aber dann schreckte sie alarmiert auf. Er hatte 'Heimat' gesagt.

Heimat, ein Stein in ihrer Brust. Wie ein Alb, der sie nicht atmen ließ. Wann wir wohl wieder in die Heimat können – unsere Heimat haben jetzt die Polen – hast du Nachricht aus der Heimat? - Wir werden unsere Heimat nie wiedersehen ...

Heimat, das Wort, das wie eine schwere graue Wolldecke auf ihr lastete. Die Mutter, die um die Heimat trauerte und nicht mehr sesshaft wurde, weil sie nicht sesshaft werden wollte. Sie wollte wieder in die alte Heimat. Die alte Heimat – unsere Heimat – die verlorene Heimat ...

Ab und zu kam die Familie zusammen. Alle hatten sie im Januar 1945 die Heimat verlassen. In letzter Minute, am 18., 20., 21. Januar. Keiner hatte etwas mitgenommen. Die Männer waren „im Feld" oder vermisst oder in Gefangenschaft oder schon tot, und es waren die Frauen, die mit einem Rucksack auf dem Rücken und den Kindern an der Hand oder in einer Karre die Flucht alleine bewältigen mussten. Die Heimat verlassen. Das Häuschen, den Garten, die Nachbarschaft, die Gräber der Ahnen ...

Eine Tante hat das „Heimatblatt" abonniert. Es kam alle zwei Monate und wurde zu den Familientreffen mitgebracht. Es enthielt alte Fotos und   Erinnerungsartikel. Vor allem aber enthielt es zwei Rubriken, die mit großer Anteilnahme gemeinsam gelesen wurden. Zunächst die Todesanzeigen, die wie alle dieser Art waren, aber immer den Zusatz trugen „ehemals Vorwerkstraße 4" oder „früher Hindenburgstraße 17" ..., und dann wurde überlegt, um welches Haus es sich gehandelt hatte und wer damals dort wohnte und ob man den Verstorbenen dort verorten konnte.

Mich als Kind interessierte eine andere Rubrik viel mehr. Sie war so tragisch und bat um Hilfe: „gesucht wird". Dann kamen vier bis fünf Zeilen: Gesucht wird Emma ... geb. ..., ehemals wohnhaft in ... Straße ... zuletzt gesehen am ... in ... Wer kann Auskünfte geben? – Ich suche meine Schwester, Maria S., geb. ... aus ... Straße ...mit ihrem 2-jährigen Sohn, gewesen auf der Flucht im Treck Richtung Dresden. Wer hat die beiden gesehen? – Gesucht wird mein Vater ... meine Mutter ... meine Freundin ... Name, Datum, Adresse, verloren gegangen in ... Manchmal standen besondere

Merkmale dabei, oft waren sie in Begleitung sehr Alter oder kleiner Kinder gewesen.

Das war auch Heimat. Verlorene Heimat. Ich erinnere mich an diese Treffen, an die Beklommenheit, an das gemeinsame Erinnern und Trauern.

Das alles ging ihr durch den Kopf, während Konrad murmelte. Ganz offensichtlich erwartete er keine Fragen und Reaktionen.

Es war schwülheiß. Sie döste. Sie schwitzte. Als sie ihre Sitzposition ändern wollte, machte sie die Augen auf und erschrak bis ins Mark. Sie saßen nicht mehr am ruhigen Meer mit seinen sanften Farben, die die Farben des Himmels waren. Sie saßen in einer blauschwarzen Hölle. Vom Wasser zu ihren Füßen bis zum Horizont, der nicht auszumachen war, weil er unmittelbar in den Himmel überging, war alles blauschwarz, der Himmel über ihnen, links und rechts. Sie befanden sich in einer schwarzen Höhle. Kein Windhauch, kein Riss in den Wolken.

Sie stieß einen leisen Schrei aus und Konrad beendete abrupt seinen Monolog. Ob er mit geschlossenen Augen dagesessen hatte? Er sah sich entsetzt um, sah sie an und sagte betont ruhig „Wir müssen gehen". Er half ihr beim Aufstehen, sie suchten den Pfad, an dessen Ende das Auto stand, und in dem Moment, als er die Beifahrertür aufschloss, brach der Himmel über ihnen zusammen. Er drückte sie ins Auto, warf die Tür zu, rannte herum. Seine Tür hat sie schon entriegelt – und dann saßen sie in einem Inferno.

Sie wusste, dass Konrad Angst vor Gewittern hatte und deshalb wunderte es sie nicht, dass er wie ein Mantra wiederholte „Wir sind hier sicher. Uns kann nichts passieren. Ein Auto ist ein Faradayscher Käfig. Wir sind hier sicher ..."

Sie sah, wie er zitterte. Sie trocknete ihm mit einem Taschentuch die Haare und das Gesicht, und dann nahm sie ihn in den Arm.

Der Regen trommelte aufs Dach und rauschte an der Windschutzscheibe herunter wie das Wasser in der Autowaschanlage. Bei jedem Blitz zuckten sie zusammen. Sie waren mittendrin. Die alte Huddel hatte keine Uhr. Sie wussten nicht, wie lange sie aneinander gelehnt saßen und in das Inferno starrten. Blitze und Donner folgten in Minutenabständen, verteilt von West nach Ost über den ganzen Horizont. Der Wagen wackelte und schaukelte, und das Wasser drang auf der Beifahrerseite durch die Fensterdichtung. Konrad langte nach hinten nach einer Decke. Die legte er ihr um die rechte Schulter, die rechte Seite, das rechte Bein. Sie sprachen nicht. Sie hatten Angst. Beide. Er wohl mehr als sie. Er zitterte und seine Zähne klapperten.

Der Regen hörte auf, als hätte jemand den Wasserhahn zugedreht. Im Norden zeigte sich ein schrillgelber Streifen am Horizont. Das Meer, soweit sie den kleinen Ausschnitt am Ende des Weges sahen, war schwarz und hatte weiße Schaumkämme.

„Ich muss mich noch ein paar Minuten ausruhen, bevor ich fahren kann", hatte er gesagt und sie gefragt, ob sie ihn ein bisschen wärmen könne. Sie rieb ihm den Rücken, die

Arme, die Hände. Sie nahm sein Gesicht an ihres – und irgendwann sagte er: „Ist gut. Ich kann jetzt. Danke."

Auf der Rückfahrt hatten sie nicht gesprochen. Seinen Abendtermin sagte er ab und fragte, ob er noch bei ihr bleiben könne. In der Wohnung war es warm und stickig. Das Unwetter war nicht bis hierhergekommen. Sie lüftete, nachdem sie ihm eine Decke umgelegt hatte, machte eine große Kanne Tee, brachte Milch, Kandis, Honig und Kokoszwieback und bat ihn, weiter zu erzählen. Sie traute sich nicht zu sagen, dass sie weggedöst war und nur Stichworte gehört hatte und dass sie dann mit „Heimat" beschäftigt gewesen war, bevor sie beide die Augen aufmachten.

Seit diesem Abend wusste sie, was sie beide verband. Es war die Erfahrung von Verlust und Trauer, von Verlorenheit und Heimatlosigkeit. Er hatte ihr vom Großvater erzählt, der Dorfschullehrer in einem kleinen Ort an der Küste gewesen war. Sein Opa war sein erster Lehrer in einer Klasse von eins bis vier gewesen. Die Schule mit Blick auf das Mare Balticum. Seine Geschwister. Seine Mutter. Der Vater war im Osten und dann mussten sie raus, weil die Russen kamen, ein halbes Jahr eher als die Menschen aus den Ostgebieten. Bis in die große Hauptstadt, in der dann die Tragödie ihren Fortgang nahm.

Auf diese Weise erfuhr sie, dass Konrad Balte war – deswegen sagte er nie Ostsee, sondern Mare Balticum. Sein Meer, an dem er aufgewachsen war, in einer Familie, die dort oben seit sieben Generationen gelebt hatte. Sein Großvater wollte nicht mit auf die Flucht. Er war der Meinung, dass ihm als altem Mann und als Schulmeister nichts passieren würde. Schließlich seien die Russen ein Kulturvolk … Sie hatten nie wieder von ihm gehört.

Dieser Nachmittag und Abend war die intimste und verbindendste Zeit ihres langen gemeinsamen Lebens. Sie wiederholte sich nie. Es hatte sie zusammengeschweißt. Sie hatten nie wieder darüber gesprochen. Nicht über den Strand. Nicht über das Inferno. Nicht über den Abend auf ihrer Bude. Es war auch nicht nötig gewesen.

≈

Sie hatte einen guten Lebensrhythmus gefunden, hier in ihrer Hütte, wo nichts passierte. Besser als in der Stadt, wo sie manchmal nicht wusste, ob Dienstag oder Donnerstag ist und das Datum schon gar nicht kannte. Hier war Donnerstag Gemüsekorbtag und Dienstag Stadtfahrt.

Die Stadtfahrt riss sie aus dem Trott. Manchmal fühlte sie sich gestört, aber meistens spürte sie den Anruf, aktiv zu werden und sich in die Welt zu bewegen, um dort dann immer die gleiche wunderbare Reihenfolge zu zelebrieren. Das Beste war der Grieche und zum Abschluss das Buchgeschäft.

Nach der Begegnung mit der alten mürrischen Frau hatte sie es doch noch einmal versuchen wollen. Bücher gehörten zum Leben. Zu ihrer Verwunderung hatte eine junge Frau in der offenen Tür gestanden und sie willkommen geheißen. Ihr darauffolgender faux pas war ihr noch heute peinlich. Babett hatte sich unfreundlich über die schlecht gelaunte Alte ausgelassen, bis die Junge erklärte, dass die alte

Frau ihre Mutter gewesen sei, die ab und zu mal aushelfe. Babett hatte sich tausendmal entschuldigt, aber Jutta hatte abgewinkt.

„Sie ist leider so. Ich fürchte immer, dass sie mir neue Kunden vergrault. Die alten kennen sie schon, die nehmen sie hin. Aber wenn mal jemand wie Sie kommt … So bin ich richtig dankbar, dass Sie trotzdem wiedergekommen sind."

Daraus hatte sich ein angenehmes Miteinander ergeben, das beide genossen. Ankunft gegen 16 Uhr, Kaffee trinken, Babett brachte Gebäck mit – „bitte keine Sahnestücke wegen der Bücher" und manchmal einen kleinen Blumen-topf – „Bitte keine Schnittblumen wegen des Wassers, wenn die Vase mal umkippt …" Punkt 18 Uhr erschien einer der beiden Paule und brachte sie zurück in ihre Hütte.

Sie hatte Jutta gleich zu Beginn gesagt, dass sie keine umfangreichen Einkäufe tätigen wolle. Sie habe Bücher en masse, sei alt und am Ende würde doch alles fortgeworfen.

Jutta war pragmatisch. Sie verwies Babett auf die büchergeschäftsübliche Grabbelkiste vor der Tür, und sie trafen eine Vereinbarung. Babett zahlt den Preis, der im Buch angeben ist und wenn sie es nicht behalten will, kann sie sich ein anderes aussuchen, und Jutta würde die Hälfte der Zurückgebrachten gegenrechnen. Also eine etwas teurere Ausleihe. Beim Kauf neuer Bücher müsse man sehen …

Babett nahm immer gleich einen ganzen Stapel mit. Jutta überschlug den Preis, überschlug die Rückgabe und irgendwie wurde es für Babett immer sehr preisgünstig. Sie waren beide zufrieden. Sie lachten über ihre Abmachung und gelegentlich empfahl Jutta ein neues Buch. Viel Ahnung hat sie nicht, dachte Babett. Ob sie nur die Buchklappen liest? Irgendwann erfuhr sie, dass Jutta nur im Geschäft lesen konnte, wenn keine Kunden kamen. Zum geruhsamen Lesen eines Buches von vorn bis hinten auf dem Sofa oder im Bett hatte sie keine Zeit. Vom Aufschließen der Wohnungstür bis zum Ausschalten der Nachttischlampe wurde sie von der Mutter vereinnahmt.

Armes Ding, dachte Babett. Wieso haut sie nicht ab? Oder wieso haut sie nicht wenigstens auf den Tisch?

Ab und zu hatte Jutta Prospekte, aber die seien im Zeitalter des Internets auch rar geworden. Immerhin las Babett die Rezensionen in der ZEIT und im SPIEGEL. Letztere waren verständlich, die ZEIT-Literaten pflegten einen Stil, der einem jede Lust zum Lesen austrieb. Mein Alter ist es nicht nur, dachte Babett oft. Diese ganze Nabelschau, diese Elendsgestalten, die Überhäufung mit angestrengtem und gestörtem Sex, die Beziehungskisten und das alles auf 500 Seiten, nie endend, keine Höhepunkte, keine Handlungen …

≈

Aus Juttas Grabbelkiste hatte sie sich für sieben Euro drei Bücher über Alma Mahler-Werfel mitgebracht. Sie hatte jeweils zwei halbe Nächte gebraucht, und zum Schluss hatte sie das uralte Gefühl beschlichen, das sie spätestens seit Auszug von Mann und Sohn gehabt hatte: Warum ist aus mir nichts geworden?

Alma, so eine tolle Frau. So rundum begabt. So viele Ehemänner und noch den großen Kokoschka obendrauf. So viele Wohnsitze, Häuser in und bei Wien, in Venedig, in

Kalifornien. Ein Künstlersalon mit so vielen großen Namen, vor allem männlichen. So viel Geld. So viel Anerkennung … und das, dachte sie, im Gegensatz zu den Beschwörungen unserer Bildungspolitiker, ganz ohne Ausbildung. Ein bisschen Klavier … das Übliche für höhere Töchter … Unterricht bei einem Anbeter in Kompositionslehre und ansonsten viel Sexappeal. Nannte sich damals anders, war aber das Ausschlaggebende. Eine der imponierendsten Aussagen in einem der Texte war, dass eine Frau, die schon mal einen „Großen" gehabt hat – Mahler – von immer mehr großen Männern umschwärmt wird. Ein großer Ex-Ehemann sozusagen als Qualitätsmerkmal. Heute meinen wir Frauen, es müsste Abi, Studium und Doktortitel sein. Aber das törnt die Männer eher ab. Ein großer Vorgänger wertet sie selber auf.

Wann wurden bei mir eigentlich die Weichen falsch gestellt? Dachte sie. Es waren die falschen Kreise, erst das Flüchtlingsimage, dann das Armutsimage, von Kunst keine Spur, also auch nicht von Künstlern, für Musik kein Geld, für Gäste ebenso nicht. Ab und zu kamen die Verwandten zu Streuselkuchen nachmittags und Kartoffelsalat abends. Und im Studium fand sich auch nichts Entsprechendes. Wahrscheinlich war es das falsche Studienfach. Somit fuhr der Zug in Richtung Provinz und nicht in Richtung Paris. Geistig gesehen.

Vor vielen Jahren hatte sie sich schon einmal mit der Biographie einer großen Frau mit einem literarischen Salon beschäftigt. George Sands! Die Große, die groß Liebende, die Wohlhabende durch Erbschaft, Ehemann, Liebhaber, vor allem mein Chopin, danach weitere und schlussendlich einen Freund des eigenen Sohnes. Und immer literarisch erfolgreich und mittendrin. Damals hatte sie das gleiche Gefühl beschlichen wie heute, und sie hatte sich bei Konrad ausgeweint. Es war Sommer gewesen. Es war in einem Gartenlokal, fast leer, unter einer riesigen Platane, vor ihnen ein See. Wo? Ach, wenn ich das noch wüsste.

„Wir hatten nicht die Voraussetzungen", hatte Konrad tröstend gesagt. „Wir mussten in erste Linie überleben. Aber wir beide haben doch viel geschafft!"

Sie hatte ihm widersprochen. Viel ja, aber genug? Und vor allem: das Richtige? Erst abends im Bett war ihr voller Scham eingefallen, dass sie aneinander vorbeigeredet hatten. Sie sprach von dem, was damals als Selbstverwirklichung großgeschrieben wurde, und er sprach davon, dass er nicht genug für Andere dagewesen war. Auch deshalb arbeite er jetzt im Rentenalter ehrenamtlich als Arzt bei der mobilen Obdachlosenbetreuung. Aber bewusst war ihnen beiden, dass sie am Leben vorbeigelebt hatten, dass alles Mühen nicht genug gewesen war.

≈

So vergehen die Tage. Drinnen habe ich es warm – wenn der Radiator neben mir steht und ich eingewickelt im Bett liege. Kaffee mit Milch, Gemüsesuppe mit Ei, grüne Bohnen mit kleinen Kartoffeln, Wäsche waschen in der Plastikschüssel, aus dem Fenster schauen – Nebel, Trübnis, milchige Sonne, später Morgen, früher Abend.

Nichts passiert, und das Verblüffendste: mich irritiert nicht, dass nichts passiert.

Hans kommt vorbei, um zu fragen, wie lange ich bleiben will. Ich fühle mich gedrängt. Ich denke, ich bin hier endlich frei. Aber sicher, sagt er, Sie sind Mieterin. Sie können kommen und gehen, fahren oder bleiben ... aber das Museum hat zwischen dem 15. 11. und dem 31.1. geschlossen. Da ist hier nix. Er wird verreist sein – mit Gattin in die Sonne Floridas. Dazwischen gibt es einen Sicherheitsdienst, der zweimal täglich die Runde dreht. Es wird nicht Schnee gefegt, falls es welchen geben sollte. Aber Trude und die Anderen werden helfen, wo sie nur können. Nur ... bei Glatteis und Schnee ..., da bleibt halt jeder gerne daheim.

Eigentlich hat er recht. Wie viel der Radiator schafft, will ich gar nicht ausprobieren. Aber vor allem: Was mache ich hier? Und was mache ich in Hamburg?

Als Sigrid anruft, diesmal nicht spitz und witzelnd, sondern sorgenvoll auf Sammetpfötchen, beschließe ich, dass mein kleines Experiment zunächst nach acht Wochen enden soll. Weihnachten im ewigen Schnee besehe ich mir lieber in meinem Lieblingsabenteuerbuch vom letzten Trapper, und dann werde ich mit den ersten Frühlingssonnenstrahlen wieder anreisen. Und alle werden sich wundern, dass ich noch lebe und dass ich immer noch so verrückt bin.

In zehn Tagen komme ich wieder, sage ich zu Sigrid, und sie atmet hörbar auf.

Hans ist nochmal vorbeigekommen, letzte Dinge besprechen, hat er gesagt und dann: „Na ja, nicht so ganz!"

Er hat mir erklärt, wie er das Haus sichern will. Läden dicht, Bretter vor die kleinen Fenster, zusätzliches Hängeschloss.

„Hier in der Gegend haben wir Last mit Ziehenden", hat er gesagt. „Falsch, leider nicht mit Durchziehenden, sondern mit Bleibenden. Leute, die unbewohnte Wochenendhäuser aufbrechen, um es sich über Winter darin gemütlich zu machen. Danach kann man dann alles wegwerfen, den Kammerjäger rufen und grundsanieren, falls man dazu dann noch Lust hat. Auch so ein Phänomen, das wir dem Westen zu verdanken haben. So was hat es in der DDR nicht gegeben. Aber das Thema ist politisch unerwünscht, und die Kirchen, Gutmenschen und Sozialromantiker haben dazu ohnehin ihre eigene Meinung. Wenn Häuser leer stünden, bedeutete das, dass die Eigentümer zu viel Wohnraum hätten. Also selber schuld. Anstatt dass sie sich mal wirkungsvoll für diese Menschen einsetzen würden. Also hilft nur verrammeln und verriegeln. Wenn ich nicht im Urlaub bin, bin ich täglich im Gelände. Da sehe ich nach der Hütte."

Babett ist mit allem einverstanden.

„Wertgegenstände nehmen Sie bitte mit, falls Sie welche hier haben", sagte Hans, „und noch eines – lassen Sie bitte nicht den kleinsten Krümel, nicht die kleinste Zuckertüte hier. Sonst haben wir im Frühjahr eine Invasion der Mäuse oder ihrer Leichen, wenn der Zucker nicht gereicht hat."

Babett sah ihn entsetzt an. „Mäuse?"

„Na ja", sagte er, „kommt vor auf dem Lande. Willem hat extra rundum Fußleisten gelegt. Aber man kann nie wissen. Wenn sie den Bauch einziehen, schaffen sie jede Ritze."

Babett nickte.

„Dann werde ich mal sehen, ob Erna wieder wäscht und putzt."

Er grinst. „Ob". Die Gardinenstory scheint bei der Dorfbevölkerung eine gewisse Bockigkeit erzeugt zu haben. Ich habe gegen eine von ihnen rebelliert. Wer weiß, was Trude erzählt hat. Was schert's mich? Vielleicht bin ich schon tot, wenn ich wiederkomme.

Hans brachte sie zum Bahnhof.

„Sie reisen mit leichtem Gepäck? Alles hiergelassen?"

Ich habe es ihm bestätigt, und dann fiel mir ein, dass ich ja tatsächlich in ein paar Monaten tot sein könnte.

„Sie können dann alles verkaufen oder verschenken oder der Diakonie geben."

„Mach' ich, aber es wäre besser, wenn ich es schriftlich von Ihnen hätte, falls Ihr Sohn bei uns auftaucht."

Sie sagte es zu und fragte sich dann, was von alldem wohl je ihr Sohn beanspruchen würde. Dann fiel ihr bitter ein, dass Hans ihr nie widersprach, wenn es um ihr Alter oder ihren Tod ging. Uncharmant. Mindestens.

Erster Klasse, Speisewagen, das Beerdigungsgeld will ausgegeben werden, und dann der Kulturschock Hamburg Hauptbahnhof. Das Leben hatte sie wieder. Ich bin jetzt eine Wanderin zwischen zwei Welten, dachte sie.

IV. Winter in Hamburg

Wieder in der Wohnung. Sie ist luftlos und stickig. Sie ist mir zu eng. Und die Straßen sind unten voller Hundekacke und oben voller Abgase.

Wie man sich an das Gute gewöhnen kann. Dabei war ich doch noch nicht einmal zwei Monate draußen. Aber es hat mich beflügelt, mir einen ungekannten Drive gegeben. An das allzu Primitive denke ich lieber nicht. Und an all das, was fehlte, muss ich jetzt denken. Was kommt im Frühjahr mit? Noch fünf Monate? Oder sechs? Hans hat gesagt, der Frühling sei bei ihnen besonders schön. Auch wenn der See zum Schwimmen erst noch zu kalt sein wird.

Ich habe mein Besucherzimmer zum Depot umfunktioniert. Alles, was mir einfällt, wird dort aufgehäuft. Und dann wieder weggenommen, weil ich es im Winterhalbjahr hier noch brauchen werde. Und weil ich es dort sicher nicht brauchen werde. Es ist ein ständiges Hin- und Herräumen. Reichlich spät fällt mir ein, eine Liste zu erstellen. Warum nicht gleich? Ich bin nicht geübt darin, meine Standorte zu wechseln.

Auch mache ich mir eine Liste der Dinge, die dortgeblieben sind. Ich wollte vieles wieder mitnehmen, aber Hans sagte, die Bude sei von Natur aus frisch und gut durchgelüftet, so dass nichts muffig werden würde. Und wenn er nicht im Urlaub ist – und das seien ja nur vier Wochen – würde er regelmäßig lüften.

Ich muss nur aufpassen, dass meine Kaffeeklatschdamen nicht allzu viel mitbekommen. Das Hereinreden wird sonst endlos und vor allem penetrant. Ohnehin hat sich ihr Verhältnis zu mir spürbar geändert. Haben sie Respekt vor mir bekommen? Sie wirken in ihrem Herumgerede nicht mehr ganz so primitiv.

Petra ist erst mal weg. Ganz elitär mit ihrem Ulf irgendwo an der französischen Atlantikküste. Ulf liest alle Krimis, die von einem bretonischen Kommissar handeln, der seine Fälle vor allem in exklusiven Strandrestaurants löst. Mit viel Muscheln und frischem Fisch und noch mehr Kaffee. Inzwischen, hat Petra erzählt, gibt es nach sechs oder sieben Krimis einen Restaurantführer der Gegend mit den Originalschauplätzen die Originalrezepte. Die wollen sie nun mal alle abfahren und ausprobieren, bevor es nicht mehr geht. Das ist ihr Lieblingsschnack … bevor es nicht mehr geht … da muss sie sich aber ganz schön sputen.

Darüber hinaus habe ich einen Winter-Aktions-Plan gemacht. Ich habe lange genug im Vorhof des Todes vor mich hingedümpelt. Als ob es nichts Anderes gäbe als Einkaufen, Spazierengehen, Kaffeetrinken und Fernsehen. Schade um all die Jahre!

Punkt eins: Schwimmen! In den letzten Wochen war es nicht so prall. Ich dachte, ich wäre besser in Form. Und ich hatte gedacht, das Wetter würde ein längeres Schwimmen ermöglichen. Das Wasser war am Anfang noch wie Seide, leicht und warm. Aber die Luft kam nach den kalten Nächten einfach nicht mehr in Schwung. Gottlob hatte Hans mich gleich am ersten Tag mit allem Wärmenden versorgt.

Also schwimmen. Ich packe meine Tasche wie einst und ziehe los. Vier Haltestellen und acht Minuten zu Fuß. Dasselbe dann mit feuchter Haut und feuchten Haaren retour.

Aber vor den Vollzug haben die Götter den Finanzsenator gesetzt.

„Was suchen Sie?" fragt mich eine magere Ziege in weißer Bluse und hautengem schwarzen Anzug. Dazu betrachtet sie mich herablassend durch eine viel zu große schwarze Designerbrille.

„Das Schwimmbad", sage ich.

Sie sieht mich von oben bis unten an, als sei ich ein Fossil. „Da kommen Sie aber reichlich spät", lässt sie verlauten. Und ich denke an die Öffnungszeiten und wundere mich. Es ist doch erst vierzehn Uhr.

„Das Schwimmbad wurde vor zwei Jahren geschlossen." Dann war ich so lange nicht mehr zum Schwimmen? Kein Wunder, dass ich im Badesee herumdümpelte wie eine Qualle und nicht die Wellen schnitt wie ein Delphin!

„Und was wird das nun hier?" frage ich, obgleich es mir egal sein dürfte.

„Das wird eine Galerie", lässt sie mich ebenso spitz – anders kann sie wohl nicht – wissen.

„Das dürfte dann hier in der Stadt wohl die einhundertfünf-zigste sein", sage ich und kann mir nicht verkneifen hinzu-zufügen: „Und überall der gleiche Quatsch!"

„Da müssen Sie sich woanders beschweren", sagt sie. „Da-für bin ich nicht zuständig." Und als ich wissen will, was denn hier Besonderes hängen oder stehen wird, sagt sie nur: „Sorry" und stöckelt nach hinten.

„Und wo ist das nächste Schwimmbad?" rufe ich hinter ihr her. Und was macht diese feine Dame? Ohne sich umzudrehen, zeigt sie mir den Stinkefinger. Auch hier alles nur Tünche.

Zu Hause hänge ich mich ans Telefon. Die tausendste Galerie und nichts für die körperliche Ertüchtigung von Senioren und Schülern. Ich schimpfe auf die Lokalpolitik. Ich möchte eine Erklärung. Ich will wissen, wo bitte ich nun schwimmen kann. Und ich werde von einer Stelle zur anderen weitervermittelt. Falls dort jemand abnimmt. Ansonsten gibt's eine Telefonnummer, soll sie doch selber versuchen. Irgendwann lande ich wieder bei meinem ersten Gesprächspartner. Aber der kann mir noch immer nicht helfen. Dann scheint jemand zu ahnen, dass ich eine Alte bin, und empfiehlt mir das Seniorenbüro des Senats. Wärmstens. Die seien immer exzellent informiert, diese Alten. Nur geht von diesen Alten niemand an den Apparat. Ich spreche anhaltend mit dem Anrufbeantworter, der mir Rückruf verspricht, sein Versprechen aber nicht hält. Wahrscheinlich ist einer der Seniorenberater gerade gestorben und der andre tröstet die Witwe.

Irgendwann werde ich energisch. Ich verweise auf meine Steuerzahlerrolle. Ich teile meinen müden Bürohengsten mit, dass wir uns hier in einer Millionenstadt befinden und nicht in einer staubigen Oase. Ich will – verdammt noch mal – schwimmen, und es wird in dieser überdimensionierten Verwaltung doch irgendwen geben, der mir sagen kann, wo.

Es wirkt. Na also, geht doch. Ob ich schon mal im Bäderamt nachgefragt hätte? Nein, habe ich nicht, aber ich hätte selber drauf kommen können.

Dort ist man zuvorkommend und sucht für mich drei Bäder heraus, die ich von meinem Wohnort „gut" erreichen könne. Mit Auto ja, mit Öffi nein, da wäre ich genauso schnell an der Ostsee.

Der junge Mann kann mich nicht trösten. Es gebe eben nicht mehr genug Geld für die Sanierung und den Erhalt von öffentlichen Bädern. Oder die Eintrittskarten wären unbezahlbar. So schüttet man sie eben zu und macht daraus 'ne Galerie, 'ne Supersause, 'n Riesenfresstempel – alles gehobene Preisklasse, nichts für den Pöbel, der doch eigentlich nur schwimmen will.

Und dann fragt dieser nette Mensch nach meiner genauen Adresse. Nein, nicht für Hausbesuche. Ihm ist was eingefallen. Bingo! Ein Altersheim in meiner Nähe hat sich einst zu besseren Zeiten ein Schwimmbad in den Keller gebaut. Zur Altenbespaßung. Und nun sind sie dankbar für jeden, der von draußen kommt und ein paar Euro mitbringt. Kinderplantschen, Schwangerengymnastik, Aquajogging und Soloschwimmer wie ich.

Und dann, das reicht er nach, hat ein Hotel in meiner Nähe ein Schwimmbad für Außenstehende für die Stunden geöffnet, in denen die Businessmen unterwegs sind. 11 bis 15 Uhr. Mit fünf Euro bin ich dabei und kann so lange bleiben, wie ich will. Also bis 15 Uhr. Das ist eine dem Alter angemessene Zeit, denn ab 16 Uhr wird es im Winter dunkel, und da sind wir Alten gerne wieder zu Hause.

Mein Gott, was für ein Wirbel, nur um ein Schwimmbad in einer Großstadt zu finden. Aber ich habe es geschafft und gehe jetzt jeden Dienstag um zwölf Uhr ins Wasser. 12,5 mal sechs Meter, hin und her und hin und her – mindestens 45 Minuten, und dann noch Gymnastik an der Haltestange.

Wenn ich danach nach Hause komme, muss ich mich hinlegen und schlafe meistens durch, bis um 20.15 Uhr der Krimi beginnt.

Vorsatz Nummer zwei: Verteilt über die Woche – Schwimmtag ausgenommen – mindestens zwei Mal eine Stunde flott gehen. Nicht schlendern. Ausnahme: Eis und Schnee.

Vorsatz Nummer drei: Regelmäßiger Besuch einer Buchhandlung. Der bisherige Säufer-Inhaber, der mir als Kaufanreiz die jeweiligen Inhalte in epischer Breite darlegte, sogar die der Krimis, hat endlich aufgegeben, und jetzt führt eine flotte junge Frau das Geschäft, die die städtische Ausleihtätigkeit gründlich satthatte.

Ich will möglichst nichts mehr kaufen, habe die Regale voll, aber hier und da einen Appetitanreger … Sie freut sich über mich, so wie ich mich über sie freue. Ich brauche den Kontrast zur dauerdeprimierten Jutta, die nie so ganz auf dem Laufenden ist.

Vorsatz Nummer vier: Politische Bildung. SPIEGEL-Abo. Im Häuschen habe ich zu meinem maßlosen Erschrecken festgestellt, dass ich der Hälfte der SPIEGEL-Artikel nicht folgen konnte. Versaut durch die Fernsehhäppchen. Keine Meldung länger als drei Sätze, egal wie brisant sie ist. Notfalls gibt's nach den 20-Uhr-Nachrichten eine wild aufgemachte Sondersendung.

Das müsste reichen: Körper, Seele, Geist. So misslich manches dort draußen war, habe ich gemerkt, wie eingerostet alles bei mir ist. Und ich bin doch sicher eine der aktiveren Alten.

Dass ich durchhalte, ist garantiert. Im Frühjahr geht es wieder auf große Fahrt in die einsame Hütte in Alaska. Oder so.

≈

Zum Arzt, unfreiwillig. Ich habe nichts, und ich will auch nicht untersucht werden. Aber immer nur Rezepte ausstellen ginge nicht, ich müsse auch mal erscheinen, damit der Chef mich sehen könne. Ich habe eingewandt, dass ich dieses Zeugs schon seit Jahrzehnten nähme, und da sagte sie spitz: „Eben."

Reine Zeitverschwendung. Puls, Blutdruck, Blick in Hals und Ohren („Ach, Sie tragen ein Hörgerät?"), Herz abhören.

„Vielleicht sollten wir mal langsam an einen Herzschrittmacher denken?"

„Warum?"

„Ihr Herz schlägt sehr langsam."

„Das tut es schon, seit ich auf der Welt bin."

„Wie bitte? Ach so, haha."

„Also bei Ihnen ist alles so weit in Ordnung", sagt er. „Wie alt sind Sie? Fast 83? Donnerwetter!"

Ist das eine Anerkennung?

„Was wollen Sie denn nun noch machen?"

„Sie meinen, für die kurze Spanne, die mir noch bleibt?"

„Na ja, so hab' ich es nicht gemeint, aber ..."

„Ich weiß. 83. Ich war dabei. Ich habe noch einiges vor. Ich habe mir gerade ein kleines Haus an einem See angeschafft, das ich ab April einrichten werde. Ab Mai dann zweimal täglich schwimmen. In echtem Wasser. Nicht ein Drittel Wasser, ein Drittel Urin und ein Drittel Chlor wie hier in Hamburg."

Ihm bleibt der Mund offen, und dann sagt er nochmal: „Donnerwetter!"

Diesmal klingt es wirklich bewundernd.

≈

Norddeutsches Schmuddelwetter. Außerhalb der Stadt gab es Schnee, der sogar liegen geblieben ist. Aber hier in der Innenstadt? Schneeregen auf schmutzigen Straßen. Ab und zu ein zusammengeschobenes Häufchen. Dritter Advent. Doch, ich mache einen Adventskranz, dachte sie. Erstmals wieder nach vielen Jahren des Verzichts. Bloß keine Kerzen, bloß keine Stimmungen ... aber diesmal wird vieles anders. Ein neues Leben. Zukunft. Aktivitäten. Alles gut gegen Winterblues. Das Leben geht weiter.

Morgen werde ich in meine Buchhandlung gehen, um mich bis Silvester mit Lesestoff einzudecken. Für die Feiertage, vor allem Heiligabend. Irgendwas Besonderes. Einen Bildband.

Sigrid hat uns kirre gemacht, dass wir alle doch zur Caritas-Wärmestube gehen sollten. Zur Weihnacht der Einsamen. Die beiden anderen haben abgewinkt. Elisabeth mit ihrem derzeitigen Erwin, und Petra hat offenbar auch einen neuen Kostgänger. Sie seien nicht einsam, sie hätten ihre Männer zu versorgen, und überhaupt, wie blöd ...

Blieb also ich übrig. Sie hat lange auf mich eingeredet. Vor allem, dass Essen und Getränke kostenlos wären, war ihr Hauptargument. Ich verabscheue solche sentimentalen Altenbespaßungen, die spätestens bei Stille Nacht, heilige Nacht in Tränenbächen enden. Nach der Entenkeule.

Ich bin Sigrid nur deswegen losgeworden, weil ich sagte, es sähe doch komisch aus, wenn wir zu zweit kämen, wo es doch nur für Einsame wäre.

Mit so was muss ich mich herumschlagen. Und dann kommt plötzlich ein Päckchen. Absender: Museum. Aufkleber: Frohes Fest.

Wenn ich es heute schon öffne, habe ich schon heute ein frohes Fest. Und ein Päckchen aus meinem Museum, aus meinem fernen Dorf ließe mich sowieso nicht noch zwei Wochen ruhig schlafen.

Ich koche mir einen Becher Kaffee, stelle das Telefon unter ein Sofakissen, zünde drei Kerzen auf dem Kranz an und fühle mich seit Jahren wieder vollständig. Es ist wie früher in guten Zeiten, und es gibt irgendwo Menschen, denen ich so wichtig bin, dass sie mir ein Päckchen packen. Wie habe ich nur in den letzten, den vielen letzten Jahren gelebt?

Obenauf eine Karte von Hans mit Grüßen und mit Erläuterungen.

Die handgestrickten Socken sind von Erna. Knallrot. Nicht politisch gemeint. Wenn mir die Farbe nicht zusage, solle ich sie als Bettsocken nutzen.

Von Trude ein halber Butterstollen. Von Susanne zwei Tüten mit Adventsgebäck. Von Hans den neuesten Katalog, noch feucht vom Drucker, Fotos alle von Hans selber, Texte vom Vorstand. Und dann liegt ein weißer Briefumschlag bei. Dünn. Sie öffnet ihn und zieht ein Foto raus. Bräunlich, links ein Daumen. Noch während sie draufstarrt, kommen ihr die Tränen. Es zeigt ein dickes Brett im Format eines Frühstücksbrettchens und eingegraben in das Holz „Haus Abel". Hinten hat Hans notiert: „Ist von Willem. Machen wir im Frühjahr dran."

Sie baut die Schätze vor ihrem Adventskranz auf. Ein Weihnachtstisch. Der erste seit …? Sie wird ihn bis Silvester so stehen lassen, vielleicht kommt noch was dazu. Auf alle Fälle ihre neuen Bücher.

Aber dann fällt ihr ein, dass sie diese Schätze, die von so viel Liebe zeugen, nicht den Grabbelfingern ihrer Klatschtanten aussetzen will. Sie will auch keine Fragen beantworten, nicht erklären, wer wer ist und schon gar nichts über ihre gegenseitigen Beziehungen verraten. Heute noch und morgen, und dann kommt alles mit einer dicken Kerze auf ihren Nachttisch, den sie jeden Abend vor dem Einschlafen mit Glücksgefühlen betrachten will.

≈

Nach Silvester fuhr sie in die Innenstadt. Sie wollte für ihre Dörfler besonders schöne Ansichtskarten kaufen. Für jeden eine. Alle hatten sich Mühe gemacht, hatten an sie gedacht und für sie gearbeitet.

Sie suchte lange. Es gab so wunderbare im Großformat. Aber sie durfte nicht protzen, nicht die Weltstadtbewohnerin herauskehren. Sie musste maßhalten, um im Dorf anerkannt zu werden.

Der Michel natürlich, die Binnenalster, der Hafen, das alte Viertel und für Hans das Völkerkundemuseum. Sie war zufrieden. Jeder bekam ein paar persönliche Sätze neben dem Dank und dann ging der dicke Umschlag ans Museum.

Sie fühlte sich seltsam zugehörig. Sie war dankbar, und sie wollte endlich wieder los. In ihre Hütte, in ihr Dorf. Zu ihren Leuten.

≈

Advent vorbei, Weihnachten vorbei, Silvester vorbei. Bei ihr war nichts los gewesen, aber die Unruhe und Aufregung der Welt da draußen teilt sich mit, ob man will oder nicht. Sie wollte eher nicht, aber in jedem Drogeriemarkt, über jeder Käsetheke und jedem Medikamentenregal in der Apotheke dudelte es. Einmal war sie zum Weihnachtsmarkt gegangen. Vormittags, als die Buden gerade geöffnet wurden. Es war zum Abgewöhnen. Trostlos. Grau und nieselig, keine Musik, kein Rotwein-Rum-Gemisch-Geruch, nur müde Gesichter und reichlich unfrommes Gerufe von Stand zu Stand.

Aber eines hatte sie verwirklicht. Sie hatte es sich am Heiligen Abend festlich gemacht. Kerzen, ein Tannenstrauß mit ein paar kleinen Anhängseln, die sie von früher herausgekramt hatte ... und mit denen dann unerwünschte Erinnerungen kamen. Aber sie ließ sich nicht verdrießen. Sie schob sie beiseite. Auch hatte sie den alten Römertopf hervorgeholt. Sie wusste selbst nach vierzig Jahren noch, wie er funktionierte, und so hatte sie ohne großen Aufwand eine festliche Mahlzeit und am ersten Weihnachtstag noch den Rest.

Ihr war klar – und dafür war sie dankbar –, dass sie diesen Wandel der kleinen Hütte am See und den Dorfbewohnern zu verdanken hatte. Mit dieser Idee hatte sich in ihr etwas gelöst. Ein Riegel war fortgeschoben worden. Eine Tür hatte sich geöffnet. Jemand hatte gesagt: Guck' mal, es gibt noch mehr als ein graues Seniorenlangweilleben. Dazu war natürlich noch das liebevolle Päckchen gekommen mit roten Socken, rot!, den Leckereien und vor allem dem etwas missglückten Foto, auf dem jemand ein Holzschild hält wie ein Versprechen: Haus Babett.

Sie hatte alles aus dem Schlafzimmer in die Stube geholt und sich unter dem Strauß einen kleinen Gabentisch bereitet. Von ihrem Sohn war tatsächlich auch ein Päckchen gekommen, ein Bildband München und kalorienreiche Freizeitvergnügen. Und dann hatte sie sich zwei Bücher gekauft und diese „als Geschenk" einpacken lassen. So genau erinnerte sie sich nicht mehr, als es ans Auspacken ging. Nur dass es ein Bildband und ein Krimi waren – und sie war freudig überrascht, was sie sich da geschenkt hatte.

Nach Jahrzehnten hatte sie Weihnachten erleben können ohne krampfhafte Ablenkungen und mit einem wenig überzeugenden „Ich tu' mal so, als ob nichts wäre". Es hatte ihr nie gutgetan, aber „süßer die Glocken nie klingen" oder „Maria durch ein' Dornwald ging" wäre schlimmer gewesen.

Sie hatte angefangen, sich zu erinnern, und das wollte sie in Hamburg fortsetzen. Nicht gerade am Heiligen Abend, darüber konnte man auch noch ein paar Tage später nachdenken.

Ach ja, wie war es doch noch gewesen, damals an Weihnachten? Als sie die kleinen bunten Holzfigürchen an ihren Tannenstrauß hängte – Engelchen auf Schlitten, Minikrippe, Weihnachtsmann – war ihr dieses eine Weihnachtsfest unerwartet auf die Seele geknallt.

„Weihnachten ist ein Fest der Familie", hatte ihr Ehemann stets verkündet und war tatsächlich mehr zu Hause geblieben als sonst. Was allerdings nichts bedeutete. Also kam Heiligabend. Sie war in der Küche, als das Telefon klingelte. Es war eine schrille Frauenstimme, die nach ihrem Mann verlangte.

„Wer ist da, bitte?" fragte sie.

„Das tut nichts zur Sache. Ich will Ihren Mann sprechen."

„Der ist nicht da", hatte sie gesagt. Tatsächlich saß er auf dem Klo. Da saß er immer lange. Es war seine Weise, da und nicht da zu sein.

„Natürlich ist er da. Er hat es mir gesagt", schrillte die Frau. Ihr war klar gewesen, dass es sich nicht um eine berufliche Sache handelte. Er hatte einen Job, in dem vom vierten Advent bis Heilige Drei Könige alle Räder still standen. Sie dachte an das Essen auf dem Herd, und sie war müde. Sie war seiner Affären müde, schon lange. Aber dass so ein

Weibsbild auch noch am Heiligabend zu Hause anrief, ließ sie zu Boden gehen. Ich will mich nicht aufregen. Ich will wenigstens heute meine Ruhe, dachte sie und fragte betont höflich:

„Was kann ich ihm ausrichten?"

„Gar nichts können Sie ihm ausrichten", schrie die Frau am anderen Ende hysterisch. „Aber eines kann ich Ihnen ausrichten. Lassen Sie Ihren Mann endlich los und klammern Sie sich nicht an ihn. Er liebt Sie schon lange nicht mehr!"

„Stimmt", hatte sie gesagt. „Wollen Sie ihn haben? Greifen Sie zu. Ich will ihn nicht mehr."

Sie hatte noch gehört, wie die Frau nach Luft schnappte und hatte dann aufgelegt. Da nach solchen unausdiskutierten Problemen das Telefon sofort wieder klingeln würde, nahm sie es, zog die Schnur hinter sich her und stellte es im Schlafzimmer unters Federbett.

Dann gab es Essen. Dann gab es Kerzenanzünden und „Stille Nacht, heilige Nacht" und danach die Bescherung. Friede, Freude, Eierkuchen.

Am nächsten Morgen teilte ihr Mann mit, dass er noch mal fortmüsse. Sie brauchte nicht nach dem Ziel zu fragen. Aber als gute Ehefrau und Hausfrau fragte sie, für wann sie das Festessen (das hatte sie tatsächlich so formuliert) fertig haben solle. Gegen 17 Uhr sei er zurück, ließ er sie wissen und verschwand.

Der Sohn saß lautlos wie immer in seinem Zimmer und montierte irgendwelche Teile aus dem Metallbaukasten zusammen, den er gestern geschenkt bekommen hatte.

Sie machte sich einen ruhigen Tag, hörte Musik, blätterte in zwei neuen Büchern und erschrak, als ihr Mann plötzlich auftauchte. Verzerrtes Gesicht, die blanke Wut, geballte Fäuste. Er ging sofort auf sie los und schrie sie zusammen. Was sie sich dabei gedacht habe? Und ob sie noch ganz dicht sei? Ob sie vergessen hätte, dass sie ein Ehepaar seien, das zusammenzuhalten hätte? Und was er jetzt tun solle? Durch ihr blödes Gerede habe er jetzt diese Tussi am Hals …

Sie war in die Küche ausgewichen unter dem Hinweis, dass sie nach der Ente sehen müsse. Die müsse regelmäßig begossen werden, damit sie nicht zu trocken sei. Also die Haut. Also knusprig.

Er war ihr gefolgt. Die folgende Eröffnung traf sie dann endlich wie eine Keule. Im Fernsehkrimi würde die Aufmerksamkeit des Zuschauers jetzt auf den Messerblock gerichtet werden. Aber sie hatte keinen.

Jedes Mal, wenn er eine neue Frau kennenlernen würde, erläuterte er immer noch wütend, instruiere er sie, dass er verheiratet sei und Familie habe. Manche würden sofort abspringen. Manche blieben. Wenn die dann aber später mehr forderten, konnte er sie darauf hinweisen, dass sie von vornherein Bescheid gewusst hätten. Er hätte mit offenen Karten gespielt. Wenn sie sich trotzdem Hoffnungen gemacht hätten, wäre es ihre eigene Schuld.

Und nun habe sie der Jenny gestern gesagt …

Sie war ein paar Schritte zurückgewichen und hatte gezischt: „Rühr' mich nicht an. Verschwinde aus der Küche.

Ich habe zu tun. Und dann verschwinde so schnell wie möglich aus meinem Leben!"

Er war wie vom Donner gerührt. So was hatte er von seiner Frau noch nie gehört, und er hätte es auch nicht vermutet. Er begann zu argumentieren: seine Frau und sein Sohn und seine Wohnung und seine Zukunft ...

Das ging so lange, bis sie die Backofentür öffnete, die eine heißen Schwall in seine Richtung entließ, und ihn anblaffte: „Falls du heute noch was essen willst, geh' Tischdecken und untersteh' dich, etwas vor dem Kind zu sagen." Ihr lag auf der Zunge: Sonst bring' ich dich um. Aber das schluckte sie gerade noch runter.

Als sie später im Bett lag – er war noch mal fortgegangen, zu Jenny, zu einer anderen, in die Kneipe oder auf die Pirsch, völlig egal – hatte sie tatsächlich darüber nachgedacht, ihn umzubringen. Aber ihr war keine todsichere Methode eingefallen, vor allem keine, bei der sich eine Fremdeinwirkung nicht nachweisen ließe. Sozusagen rückstandsfrei. Also das perfekte Verbrechen. Darüber war sie eingeschlafen. Und hatte es denn auch dabei belassen.

Was einem so alles einfällt, dachte sie, als sie ein weiteres Holzengelchen in Seidenpapier wickelte und in den Karton legte. Immer wenn ich höre, dass eine Mutter ihre Kinder tötet, weil es Eheprobleme gibt, frage ich mich, warum sie nicht ihren Alten umbringt und die Kinder am Leben lässt. Egal wen, zehn Jahre gäbe es so und so. Aber vielleicht hätte sie damals so was wie einen emotionalen Weihnachtsbonus gekommen. 'Ehemann geht zu Weihnachten fremd' rührt den schärfsten Staatsanwalt.

Das war nun also alles bewältigt. Am Silvesterabend war Sigrid hochgekommen. Auch das eine Änderung. Sie kam nicht als Schmarotzer: Was gibt es hier? Sondern sie hatte angeboten, Kartoffelsalat zu machen und ein paar Flaschen Bier mitzubringen. Seltsam. Seit der verrückten Idee mit der Hütte hatten ihre Kaffeetanten den Ton geändert.

Nun wartete sie aufs Frühjahr. Sie wartete nicht wie sonst, dass es endlich wieder länger hell blieb oder dass hier und da etwas Grün hervorlugte. Nein, sie wartete auf die Abreise. Auf den Umzug in ihre Hütte und auf einen langen Sommer dort. Bisher waren es nur Fingerübungen gewesen. Versuche, sich einzugewöhnen, Versuche, mit Abhängigkeiten klarzukommen, Versuche, Freundlichkeiten und Zugewandtheit auszuhalten. Sie war 83, und es gab nach einem so langen Leben noch Neues.

Die Zeit schien ihr lang. Noch drei Monate. Wie sollte sie die füllen? Einmal wöchentlich schwimmen, einmal einkaufen, einmal Kaffeeklatsch, zweimal Spazierengehen. Aber der Tag hat 24 Stunden. Stricken? Sticken? Häkeln? Lesen? Fernsehen?

Was hatte sie eigentlich in den Jahren nach der Verrentung bis zu der Kulturbusreise in das kleine Museum getan? Viele Jahre, Monate, Wochen, Tage. Sie können doch nicht einfach an mir vorbeigerauscht sein. So viel vertane Lebensjahre!

Aber waren die anderen, all die anderen Jahrzehnte bis zur Verrentung nicht auch einfach nur so durchgerauscht?

Darüber muss ich nachdenken. Ich werde meine alten Jahreskalender und Terminkalender hervorkramen, um mich von Jahr zu Jahr durchzuhangeln. Ich muss mich ja nicht nur in der Hütte erinnern. Die Hütte ist für die Männer meines Lebens reserviert, dachte sie und nahm sich vor, morgen einen Plan für – endlich! – durchstrukturierte Zeiten zu machen.

≈

Die Monate bis zur Abreise mussten gefüllt werden. Sie fuhr für zwei Wochen an die See. Lübecker Bucht – wie immer. Sie mietete sich in Timmendorfer Strand ein, weil sie sich dort auskannte. Langweilig wie seit Jahrzehnten, dachte sie. Diesmal gönnte sie sich aber einen Hotelstern mehr und buchte Halbpension. Sie hatte keine Lust, an kaltfeuchten Februarabenden noch auf Futtersuche zu gehen, auch wenn sich ein Fresstempel an den anderen reihte und sie keine langen Wege gehabt hätte. Frühstück in aller Ruhe – bedient werden! –, tagsüber herumbummeln, viel über den Strand, dann ausruhen und frisch gekleidet zum kaltwarmen Büfett. Welch Gegensatz zu den organisatorisch schlichten Abendessen in der Hütte, zubereitet mit dem einzigen Topf auf nur einer Platte. Sie ließ sich mit Wein beraten – Take the money and run! – und ging dann satt und zufrieden in ihr Zimmer mit breitem Doppelbett und breitem Fernseher.

Während sie tagsüber unterwegs war, dachte sie darüber nach, wieso ihre Urlaube jahrzehntelang so phantasielos abgelaufen waren. Timmendorf und Travemünde mit

Ausflügen nach Lübeck, Plön, Eutin, Hohwacht, mit Ausflügen nach Kiel, Laboe, Schönberger Strand und einmal rüber auf die andere Seite nach St. Peter-Ording.

Wenn nach der Urlaubszeit alle wieder im Amt eintrudelten, wurde sie gar nicht erst gefragt, wo sie gewesen war. Alle anderen übertrumpften sich mit Malle, Ibiza, Teneriffa, Ägypten … Von Jahr zu Jahr wurden die Urlaubsziele ihrer Kollegen anspruchsvoller, teurer, aufwändiger, aufregender. Tauchen. Wellenreiten, Paragliding … kein Wunder, dass sie immer knapp bei Kasse waren. Irgendwann – nachdem sie sich dazu geäußert hatte – rechnete ihr eine Untergebene vor, dass zwei Wochen Florida inklusive Flug und all inklusiv billiger seien als die Lübecker Bucht in der überfüllten Hochsaison. Sie war schockiert, hatte sie sich doch immer eingeredet, dass man an den heimischen Gewässern sparsam urlauben würde. Trotzdem hatte es sie weder auf die Kanaren noch auf die Balearen gezogen. Dorthin musste man fliegen. Wenn man den Hinflug überlebt hatte, lag man zwei Wochen am Strand und hatte Angst vor dem Rückflug. Was war dagegen Hamburg – Kiel oder Hamburg – Lübeck mit der DB!

Außerdem hatte sie keine Lust auf Neues und Spektakuläres, wenn sie allein sein würde. Ein paar Sommerurlaube hatte sie mit dem Sohn an der Lübecker Bucht verbracht. Er war friedlich gewesen, aber nicht sonderlich interessiert. Am Strand buddeln war schon sehr früh unter seiner Würde gewesen. Er hockte stundenlang im Standkorb und las. Ins Wasser wollte er nicht. Na gut, sie war zumindest nicht alleine. Bei den Mahlzeiten hatte sie jemanden an ihrer Seite und sie bedauerte die offensichtlich allein reisenden

Frauen, die sich bei den einsamen Mahlzeiten hinter einem Buch verschanzten.

Irgendwann wollte der Sohn nicht mehr mitfahren und so blieb es bei der Lübecker Bucht – auch weil sie nicht allzu weit von zuhause sein wollte, wo er alleine wirtschaftete und sie im Notfall brauchen würde. Aber es gab keinen Notfall, und er brauchte sie nicht. Sie musste nie vorzeitig abreisen.

Und warum sollte sie danach noch etwas ändern? Diese Haltung hatte dann dazu beigetragen, dass ihr graues Berufs- und Rentnerleben eintöniger und langweiliger verlief als unbedingt nötig.

Nun war es auch dafür zu spät. Jetzt nochmal mit einer regen Reisetätigkeit beginnen? Es gab Ziele, die sie interessierten. Aber jetzt hatte sie ihre Hütte im Wald am See. Und das war gut so.

Am letzten Tag machte sie noch die obligatorische Wanderung von Timmendorf nach Travemünde, erst am Strand entlang, dann durch den Wald, dann Kaffeetrinken und mit dem Bus zurück. Wie immer. Auch das wie immer.

Danach führte sie zum Entsetzen ihrer Kränzchendamen eine Neuerung ein. Kaffeetrinken nicht mehr nur bei ihr, sondern reihum. Das folgende Gezeter hatte sie nicht vorausgesehen, aber es amüsierte sie.

Bei Sigrid war es zu unordentlich … dann räumst du eben mal auf … bei Petra saß irgendein Ulf im Sessel … dann schickst du ihn zum Einkaufen ... und bei Lisbeth saß der dicke, fette, ordinäre Erwin auf dem Sofa. Der ließ sich weder schicken noch umbetten. Der erwies sich als echtes Problem. Die neue Regelung lief mehr schlecht als recht, aber Babett blieb dabei: bei mir nur alle vier Wochen. Wenn ihr nicht könnt oder wollt, dann bleibt es eben dabei.

Nein, sie verstanden sie nicht. So alt und dann auf einmal die jahrelang eingeschliffenen Gewohnheiten auszuhebeln. Einfach so. Sie war wirklich verrückt geworden mit ihrer blöden Hütte!

Und Babett? Sie empfand es als eine Befreiung. Nicht, dass es weniger Gäste zu bewirten gab, sondern, dass sie sich bewegt hatte. Sich und etwas.

≈

Mitte März war es so weit. Sie hielt es nicht länger aus. Sie wollte los. In Hamburg herrschte norddeutsches Schmuddelwetter. Wozu hatte sie eine Hütte am See? Sie rief Hans an.

„Oh wie schön!" sagte er. „Sie leben noch! Danke für die wunderschönen Karten aus Hamburg. Wir haben uns alle sehr gefreut."

„Ja, ich lebe noch. Und ich habe Sehnsucht nach meiner Hütte."

„Flucht vor Corona?"

„Wie bitte? Wovor soll ich fliehen?"

„Corona. Noch nicht gehört?"

„Doch natürlich. Radio und Fernsehen sind doch voll davon. Als ob es keine anderen Themen mehr gäbe. Aber das ist China und nicht Deutschland."

Hans holte tief Luft. „Nein, das zieht durch die halbe Welt, Frau Abel, und in Deutschland gibt es schon Tote."

„Ich weiß. Zwei Stück. Na und? Umgerechnet auf den Tag gibt es in Deutschland täglich mindestens zehn tödliche Unfälle im Straßenverkehr. Trotzdem sind wir alle ständig unterwegs. Ganz abgesehen von etwa 25 Selbstmorden am Tag. Da kräht kein Hahn danach. Und das schon seit Jahren!"

Sie ist doch ganz gut informiert, dachte er, aber was die Aktualitäten betrifft …

„Das trifft zu und ist sehr tragisch. Aber auf uns rollt gerade eine Epidemie zu, wenn nicht sogar eine Pandemie. Das werden wir wohl demnächst aus Berlin erfahren. Und die Ansteckungsgefahr ist riesig. Vor allem in den Städten."

Babett schwieg. Sie ließ diese Informationen sacken. Ihre Kaffeetanten hatten auch schon davon gesprochen, aber die konnte man nicht ernst nehmen. Für die war jede schlechte Nachricht eine gute Nachricht, selbst wenn im englischen Königshaus jemand hustete, nahm man regen Anteil.

„Ich werde mich damit beschäftigen", sagte sie. „Ich höre bei den Nachrichten immer nur mit halbem Ohr hin. Aber wenn Sie recht haben, wäre das ja noch ein Motiv, so schnell wie möglich zu kommen."

„Das wäre es sicher. Aber ob Sie sich derzeit hier wohlfühlen würden? Es ist seit Wochen nasskalt. Alles rutschig und glitschig, und wir kommen kaum über zehn Grad. Nachts meist nur vier bis fünf. Da ist es ungemütlich in der Hütte, trotz Radiator. Jedes Mal, wenn sie die Tür öffnen, haben Sie die Bude wieder kalt. Und draußen? Ich bin jeden Tag froh für meine kurzen Wege. Notfalls nehme ich den Wagen."

Der will mich nicht, dachte sie. Das ist meine Hütte. Ich habe sie gemietet und kann als Mieter kommen und gehen, wie ich will. Was hat er gegen mich?

Hans schien ihre Gedanken zu erraten.

„Verstehen Sie mich nicht falsch, Frau Abel. Sie können jederzeit kommen. Und wenn ich es zwei Tage zuvor weiß, heize ich vor und hole Sie vom Bahnhof ab, gerne sogar. Aber ich fürchte, Sie werden andauernd frieren. Drinnen wie draußen."

Und dann fügte er, um die Situation zu entspannen, hinzu: „Und der See hat auch erst sieben Grad."

Sie seufzte. Es klang ehrlich besorgt, vielleicht dachte sie schon wieder zu negativ.

„Ich überlege es, ja? Auch wegen diesem ... wie heißt das? Und was ist das eigentlich genau?"

„Das heißt Corona oder Covid 19 und ist eine Virusinfektion, die uns die Chinesen herübergeschickt haben. Medikamente gibt es noch nicht und Impfungen auch nicht. Seien Sie also vorsichtig und informieren Sie sich gut. Wir wollen Sie doch hier gesund und fit wiedersehen."

Eigentlich interessiert mich der ganz Scheiß nicht mehr, der in der Welt passiert. Kriege und Tote und bestellte Morde und Viren und Attentate. Das ist doch alles kalter Kaffee. Ich bin 83. Aber Hans war trotz Mini-Dorf kein Hinterwäldler. Also zog sie sich an und ging zum Zeitschriftenstand.

Wieder zu Hause warf sie eine Kapsel in die Maschine, setzte sich gemütlich hin und las. Nein, das klang nicht gut. China, Österreich, Italien – sie schaltete den Apparat ein und sah, wie Särge in Lastwagen geladen wurden …

Ich muss in meine Hütte, dachte sie. Dort bin ich sicher. Aber Hans hatte natürlich recht. Sie brauchte sich bloß an die erste Nacht in der Hütte zu erinnern. Und da war noch August. Ich schieb' es ein bisschen auf und beobachte mal, ob die Pandemie nach Hamburg kommt. Italien ist weit. Und China ist noch weiter.

Als ihre Kaffeetanten den nächsten Nachmittag absagten, fand sie sie hysterisch. Als sie dann in ihrem Schwimmbad vor verschlossener Tür stand, lediglich mit einem Schild behangen 'wegen Corona bis auf Weiteres geschlossen', hatte sie das Gefühl, als ob das Übel näherkäme. Und als dann ihre Apothekerin, die sonst immer so nett war – schließlich war sie Stammkundin –, sie nicht ohne Mund-Nasen-Schutz hineinlassen wollte und ihr stattdessen so ein paar hellblaue Lappen mit Gummiband für 1,50 Euro das Stück verkaufte, wurde sie leicht panisch.

Im Fernsehen starben die Alten. Die Pflegeheime entpuppten sich als Todesfallen … und ihre Hütte war weit weg.

Ich muss nochmal Hans anrufen, dachte sie. Aber was sage ich als Grund? Nicht dass ich ihm lästigfalle.

„Ja, nochmal ich. Ja, alles noch gut. Und bei Ihnen? Schön. Ich freue mich schon. Ich wollte nur fragen, ob ich ein Buchpaket vorwegschicken kann. Und ob Sie es in meine Hütte stellen? Dann brauch' ich nicht so viel zu schleppen. … und wie ist das Wetter bei Ihnen? Na ja, es ist ja noch März …"

Sie will kommen, dachte er, aber ich habe sie abgeschreckt. Tut mir leid, aber es ist mit zehn Regenschauern am Tag hier wirklich nicht gemütlich. Lesen und schreiben kann sie in Hamburg auch. Neben der Zentralheizung. Und schwimmen? Das dauert noch drei Monate …

Er tröstete sie. „Das wird schon alles werden", sagte er. „Bis jetzt kam noch immer der Sommer. Und der Frühling ist auch schön bei uns, wenn er erst mal da ist. Die Gärten und der Wald …"

„Sie haben recht. Ich warte noch ein bisschen. Hoffentlich passiert hier nichts. Sie sagen, dass vor allem die Alten sterben. Man könnte denken, dass dieser Virus eine Erfindung der Rentenversicherung ist …"

Hans lachte. Diese alte Frau! Hat Angst und kann noch witzig sein. „Seien Sie vorsichtig. Haben sie genug zu essen im Haus? Sonst gehen Sie lieber heute und morgen noch mal. Es wird täglich schlimmer werden. In einigen Städten gibt es schon Ausgangssperren. Sonst rufen Sie bei der Diakonie oder der Caritas an. Die haben bestimmt Einkaufshelfer. Haben Sie Ihr Buchpaket schon gepackt? Dann wäre es gut, so schnell wie möglich zur Post damit. Und sonst hilft erst mal nur Zuhausebleiben und Nachrichten zu hören."

Seine Beruhigungsversuche klangen eher wie Warnungen. In ihr kroch eine uralte Angst hoch. Noch eine. Wir müssen weg hier. Wir müssen raus. Wir müssen uns in Sicherheit bringen. Die Russen kommen.

Vor Kurzem hatte sie Anna Seghers „Transit" gelesen. Da hatte sie das gleiche Gefühl beschlichen. Abgemildert, weil es sie nicht betraf. Da saßen die Leute in Marseille fest, die Europa um jeden Preis verlassen mussten. Da kamen nicht die Russen, sondern die Deutschen. Und jetzt kommt ein Virus, und alle haben Angst. In Amerika fliehen sie aus den Städten in die Einsamkeit der Berge – falls die nicht in Flammen stehen.

Und ich? Ich gehe auch auf die Flucht, ob Russen oder Deutsche oder ein Virus aus China – immer ging es um den Tod, dem man entkommen musste.

Er holt dich doch ein, dachte sie. In allen Kulturen gibt es die Geschichte vom Knecht, dem der Tod erscheint und sich für abends ankündigt. Der Knecht erbettelt von seinem Herrn das schnellste Pferd und jagt mit ihm zur Grenze. Dort steht der Tod und sagt 'ich habe hier auf dich gewartet'.

Sei's drum. Man muss nichts riskieren. Gerade jetzt, wo ich ein neues Leben angefangen habe. Im vorigen Jahr wäre es mir noch egal gewesen.

Sie ging an ihrem Bücherregal die Reihen durch. Was soll mit? Was will ich dort lesen? Was passt zur Hütte? Hier stehen so viele Bücher, die ich irgendwann mal lesen wollte. Ich nehme nur Taschenbücher mit, davon passen viele in den Karton und sind auch nicht so schwer. Wenn ich sie ausgelesen habe, kommen sie zu Jutta in die Grabbelkiste. Da kriegt sie noch ein paar Euro.

Den Rytchëu nehme ich mit, dachte sie. Das ist zwar nicht Alaska, aber doch der hohe Norden. Dahinter ist die Welt zu Ende.

Den Cesare Pavese? Sie nahm ihn aus dem Regal. Sie hatte alles von ihm. Aber alles, was sie angelesen hatte, war so deprimierend gewesen. Kein Wunder. Er hat sich dann ja auch bald umgebracht. Dabei war er so erfolgreich. Und noch so jung. Nein, den nicht in die einsame Hütte. Dort ging es ihr sowieso nicht immer gut, vor allem nicht, wenn manche Erinnerungen kamen. … „Es liegt etwas auf den Straßen im Land umher ...“

Die Virginia Wolff? Alles Hardcover. Zu schwer. Auch Selbstmord. Aber den Exupery, den hatte sie auch vollzählig und dazu seine Biographie, die sie noch nicht gelesen hatte. Welche Schätze!

Nordische Mythen, schwedische Märchen. Am liebsten hätte sie alles eingepackt. Der Sommer würde lang werden auf der Treppe, am See, im Bett. Sie schichtete alles in den Karton, schob noch das „I Ging“ und das „Buch der Symbole“ an die Seite und war zufrieden. Morgen zur Post, ein bisschen aufräumen, Sigrid über die Abreise informieren – hoffentlich hat sie vergessen, dass sie mitwollte, und dann so langsam, langsam die Reise vorbereiten. Die Flucht. Die Hütte war zur rechten Zeit gekommen.

≈

Natürlich wolle Sigrid mitkommen. Jetzt gerade!

„Hast du gehört, dass woanders ganze Städte in Quarantäne gestellt werden? Was machen wir dann hier?"

„Wir sitzen in unseren Wohnungen und bleiben zu Hause. Was denn sonst? Wir haben es warm, und einkaufen kannst du ja noch vorher. Wird schon nicht so schlimm kommen."

„Willst du denn in deine Hütte?"

„Ja, irgendwann sicher. Aber jetzt ist es noch zu kalt und zu nass. Da habe ich es hier gemütlicher."

Fies bin ich, aber Sigrid in diesem Dorf! Dann wird mir alles versaut.

„Was machst du gerade?"

„Ich packe Bücher ein. Und dann habe ich auch noch eine Menge zu tun. Mir wird schon nicht langweilig werden."

„Melde dich, wenn du Näheres weißt, ja?"

„Natürlich. Leg' dich hin, ruh' dich aus und lass' dir keine Angst einjagen."

Gut war sie, wenn es um Andere ging.

Als sie überlegte, was noch alles mitmüsste, fielen ihr die Tagebücher ein. Zum Erinnern wären sie eine reiche Quelle. Mit dreizehn hatte sie angefangen zu schreiben, damals als „es liegt etwas auf den Straßen ..." ihre Seele durchdrang, und nach der Pensionierung hatte sie aufgehört. Es gab nichts Berichtenswertes mehr, nichts Aufregendes, keine Seelenqualen, keine Männer. Was hätte sie schreiben sollen? Es gab natürlich kluge Frauen, die irgendwann begonnen hatten, täglich die politischen Ereignisse zu kommentieren. Und das wurde dann sogar noch gedruckt. Ihre

Tagebücher waren – wenn sie sich recht erinnerte – eine einzige Sammlung von Angst, Trauer, Verletztheit, von Auf- und Abrechnung, von Plänen, die der Verzweiflung entsprangen.

Sie zog den schweren Karton aus dem untersten Fach des Wohnzimmerschrankes. Da lagen sie alle. Band 1 bis 63. Überwiegend blaue Schulhefte, aber dazwischen einige dicke grüne Kladden, in denen wiederum Schulhefte lagen. Das – so erinnerte sie sich – waren die Urlaubsregelungen. Die dicken Kladden waren zu schwer zum Mitnehmen, so wurde das dünne Heft dann an die passende Stelle gelegt.

Alle? überlegte sie. Aber dann griff sie ein Jahrzehnt heraus, von dem sie wusste, dass es das intensivste, das störungsreichste, das aufregendste gewesen war.

Als sie den Karton wieder in den Schrank schieben wollte, hakte er. Sie ging auf die Knie und griff tief hinein. Eine rote Mappe mit Druckknopf. Auf dem Schild stand BGB. Was sollte das noch sein? Sie hatte nach Dienstende doch alles entsorgt. Sie öffnete den Druckknopf, und ihr fiel ein Briefumschlag entgegen. Ludwig! Kein Mensch sonst auf der Welt hatte diese kleine, in sich verkrumpelte Schrift. Sie zog den ganzen Packen heraus. Sie hätte jeden Eid abgelegt, dass sie mit Ludwig nur ein halbes Dutzend Briefe gewechselt hatte, aber das hier war ein Konvolut von Getipptem und Handgeschriebenen, von seinen hingeschmierten Nachrichten auf Schmierpapier und ihren Antworten auf teurer Schreibmaschine.

Sie saß auf dem Teppich und war entsetzt. Das war vierzig Jahre her. Er war seit dreißig Jahren tot, und sie hatte nie die

Absicht gehabt, auf diese Affäre noch einmal zurückzublicken.

Egal! Jetzt nicht. Pack's ein, dachte sie. In der Hütte hast du Zeit und Muße, und wenn dir danach ist, kannst du die hunderte von Seiten auf dem Tisch ausbreiten und dich den Erinnerungen hingeben, die nicht zu den wertvollsten ihres Lebens gehören würden. Und sonst? In tausend Schnipsel reißen und in die große Papiertonne des Museums werfen. Wenn nicht in diesem Sommer würde ihr sicher nie mehr die Lust auf diese Papiere und diesen Mann kommen.

≈

Sigrid hat sich wirklich in den Kopf gesetzt, mich im Frühjahr in meine Hütte zu begleiten. Ich soll sie gleich mitnehmen, damit sie sich nicht verfährt. Kein Einwand verfängt. Sie, die Umtriebigste seit Jahrzehnten, wittert Neues. Und vor allem entgleite ich ihr. Solange wir uns kennen – und das ist ein Menschenleben – ist sie die Flotte, Elegante, Exzentrische. Sie ist die besser Aussehende, die Schlankere, die Attraktivere.

Sie ist immer gut drauf, nie schlecht gelaunt, nie depressiv. Sie ist nie krank. Sie hatte immer die attraktiveren Männer, die gut verdienten und flotte Autos fuhren und die sie auch mal locker per Fax in die Wüste schickte. Bis sie 60 wurde.

Was an allem echt war, weiß ich nicht. Ihre Haarfarbe ist es nicht, und seitdem ich einmal zufällig in ihrem Bad statt im Gäste-WC landete, weiß ich auch, wieso ihre Haut so glatt und jugendlich ist. Da stehen die Cremetigel neben den Tuben und in der Etage darüber häufen sich die Farbpaletten und Pinsel. Ich würde sie mal gerne sehen, wenn sie drei Tage zuvor ins Krankenhaus eingeliefert und inzwischen ein paar Mal gewaschen wurde. Wahrscheinlich würde ich sie nicht wiedererkennen.

Sie war immer gerne mit mir befreundet und nahm mich fast überall hin mit. Ich bildete ihren Background. Ich war die graue Maus, neben der sie umso strahlender hervorstach. Und ihre Kleidung war immer, wirklich immer, zu bunt, zu kurz, zu tief dekolletiert. Hier 'ne Schärpe und da eine Biese und dort ein Schal. Dazu der entsprechende Klimperschmuck, der teilweise sogar echt war. Ich glaube, dass sie sich von ihren Männern in Gold bezahlen ließ.

Das mag ja alles noch angehen. Aber ihr Verhalten ist nur normal, wenn wir zu zweit sind. Schon alleine die Anwesenheit einer weiteren alten Frau, so alt wie sie und ich, befördert sie in den Kampfmodus. So als ob es bei mir beim Kaffeetrinken schon wieder darum ginge, alle auszustechen, um bei einem Mann zu landen. Ist ein Mann anwesend – alles ab 35 – wird es so unangenehm, dass ich inzwischen immer so tue, als ob ich sie nicht kennen würde.

Nein, wir gehören nicht zusammen, sie klimpert mit den Wimpern (angeklebt), sie stolpert über ein Staubkorn, wenn ein Mann griffbereit steht. Sie würde sogar, wie unsere Vorfahren, noch in Ohnmacht fallen, wenn sie sicher wäre, dass der Mann hinter ihr nicht gerade mit was Anderem beschäftigt ist. Ihre Parfüms – wechselnd je nach Gelegenheit – sind schrill und tun in der Nase weh. Wenn sie eine Stunde lang in meiner Wohnung war, rieche ich sie noch einen Tag später. Trotz Lüftens.

Und das in meinem Dorf?! Ich stelle mir vor, dass Hans uns abholen würde – immerhin Ende 50, aber Sigrid fühlt sich ja selbst noch wie Anfang 40. Sie würde sofort, auf der Stelle, beim Anblick dieses biederen Mannes ihre Show abziehen. Sie würde juchzen. Sie würde natürlich nicht alleine ins Auto einsteigen können, da müsse ihr der Galan helfen. Sie würde mit ihrer vorgetäuschten Hilflosigkeit kokettieren, lachend, perlend und bei jeder Kurve würde sie geschickt an seine Seite geschleudert werden, da sie ohnehin beim Autofahren nur vorne sitzen kann. Jedenfalls, wenn ein Mann am Steuer sitzt.

Und dann die Hütte, mein mageres Interieur, die Toilette ... Sie würde Entzückensschreie ausstoßen und in den Raum eilen, alles betasten, alles bewundern, lachen, juchzen, sich in hellste Höhen erheben – bis Hans verschwunden ist und sie das Campingklo und das alte Emaillewaschbecken mit kaltem Wasser benützen müsste. Da würde sie beginnen zu klagen und schnellste Abhilfe verlangen. Da käme dann ihre zweite Lieblingsrolle, das kleine hilflose Mädchen, das sich in der bösen Welt verlaufen hat.

Egal, wie wir es regeln würden, draußen wäre sie die schrille Weltstadtpflanze, die jede Tulpe über jeden Zaun hinweg mit begeisterten Worten begrüßen würde, gepaart mit der Gestik für die große Bühne.

Ich sehe in Gedanken Trude, Erna, Willem ... mit dieser Freundin hätte ich verspielt. Da bekäme ich kein Bein mehr auf den Boden. Sie würden alle ihre Vorurteile aufs trefflichste bestätigt finden und mich in den gleichen Pott werfen.

„Du kannst nicht mit, wo willst du denn schlafen?"

„Na, bei dir natürlich."

„Ich habe nur ein Bett."

„Dann stellen wir eben ein zweites dazu."

„Woher soll ich das nehmen?"

„Ach, das findet sich schon."

…

„Ich habe übrigens keine Dusche."

„Waaas? Ja, wie machst du es denn?"

„Ich wasche mich."

„Waaas, wie denn?"

„Die erste Dusche meines Lebens habe ich mit neunzehn Jahren genommen. Bis dahin war ich auch sauber."

„Ja, aber eine Badewanne hast du doch!?"

„Nein, auch nicht."

Aber Sigrid gibt nicht auf. Wenn sie was will, dann will sie – bis zu dem Moment, an dem sie mit der Realität konfrontiert wird. Natürlich fällt ihr eine Lösung ein.

„Dann springe ich noch vor dem Frühstück in den See!"

Im knappen Bikini, natürlich kreischend schon ab benetztem Fuß und um Hilfe schreiend, wenn ihr das Wasser bis zur Hüfte geht. Sie kann nämlich nicht schwimmen, und so wie ich Sigrid kenne, hat sie sich zumindest für die Premiere Zuschauer und potenzielle Retter eingeladen.

An Zuschauern wird es nicht mangeln. 77-jährige steigt in zitronengelbem Bikini in unseren See!

Wie ich das in den Griff bekommen soll, weiß ich nicht. Vielleicht fällt sie ja ein paar Tage vor meiner Abreise die Treppe runter.

Wie wenig sich Menschen über Jahrzehnte ändern … Einmal auf eine Schiene gesetzt, ziehen wir unsere Waggons hinter uns her und bleiben uns so gleich, dass wir uns selber nicht mehr sehen können.

Aber bei mir wird jetzt alles anders. Alles! Fünf Sekunden vor zwölf, wenige Kilometer vor dem Friedhof.

V. Der große Sommer

Ob ich nun in Hamburg an diesem chinesischen Supervirus sterbe oder im Dorf erfriere, ist einerlei, dachte sie. Wenngleich Erfrieren eine problemlosere Art des Ablebens sein soll im Gegensatz zu Intensivstation, künstlichem Koma und Dauerbeatmung. Außerdem kommt ersteres billiger für meine Krankenversicherung, und es ist nicht gesagt, dass der Radiator es nicht schafft. Sie war nie die Frau der schnellen Entschlüsse gewesen, aber sie hatte schließlich ein neues Leben angefangen.

Sie rief Hans an.

„Ich komme am nächsten Montag", sagte sie. „Hier ist mir das Leben zu gefährlich, und außerdem habe ich Heimweh nach meiner Hütte."

Hans' Seufzen überhörte sie geflissentlich, stimmte aber zu, als er den Dienstag vorschlug. Am Montag sei, wie sie wisse, sein freier Tag und da hätte er mit geliebter Gattin einen Ganztagsausflug nach Magdeburg geplant.

Die letzten Tage waren hektisch. Sie packte, und sie packte wieder aus. Sie suchte die Liste der Dinge, die sie im Herbst in der Hütte gelassen hatte, und die Liste der Dinge, die ihr damals noch fehlten. Sie fand beide nicht und dachte: Egal, das nächste Kaufhaus ist nicht fern, einer der Paule wird mich hinbringen, und das Beerdigungsgeld will unters Volk.

Das Buchpaket war schon weg. Aber ihr fiel ein, dass sie einen seriösen Bademantel anschaffen sollte. Das Herumgezerre an den Klamotten vor und nach dem Bad im See bei vermutlich mehreren verborgenen Augenpaaren war unwürdig. Sie würde im Bademantel hin- und zurückgehen. Diese dreihundert Meter! Wahrscheinlich würde auch das ein Novum in diesem Dorfe sein.

Er war wunderschön. Dunkelblau, schwere Velourqualität, Schalkragen, etwas über knielang, alles in allem nicht tutig. Er brauchte eine ganze Reisetasche für sich. Also musste sie wieder umpacken. Farblich passende Badelatschen fand sie nicht. Schließlich sei noch keine Badesaison, ließ die Verkäuferin sie schnippisch wissen ... und die Schwimmhallen wären eh dicht.

An Sigrid hatte sie nicht mehr gedacht. Wirklich nicht. Großes Indianerehrenwort.

Hans stand wieder am Gleis. Selbe Zeit, selber Ort, selbes Lächeln, selbes Entgegenkommen. Es war doch erst gestern, dachte sie ...

„Heute ohne Überseekoffer?" fragte er.

„Na, wie denn? Der steht doch in der Hütte, und so viele habe ich davon nun auch nicht."

Er lachte. Er half ihr mit dem Gepäck.

„Das ist meine Fresstasche", sagte sie. „Für die ersten zwei Tage. Damit ich nicht wieder hungers sterbe wie beim letzten Mal."

Er lachte.

Es war wie immer. Es war vertraut. Es war Heimkommen.

„So, dann wollen wir mal", sagte Hans. „Es gibt ein paar kleine Veränderungen, die hoffentlich in Ihrem Sinne sind. Ich geh' mal vor."

Auf der Treppe neben der Tür stand eine alte Emaille-abwaschschüssel prunkvoll bepflanzt mit Frühlingsblumen.

„Oh!" rief Babett. „Die sind hier schon so weit?"

„Nicht ganz", sagte er. „Meine Frau hat sie gleich nach Ihrem Anruf vom Garten in die Schüssel gepflanzt und die Schüssel dann in die warme Küche gestellt. Und da ging es dann schnell. Hier draußen werden sie sich noch etwas Zeit lassen, aber umso länger haben Sie davon."

Während Hans aufschloss, war sie in diese überraschende Blumenpracht versunken, wenige offene Blüten, viele dicke Knospen, dazwischen gestecktes Grün und ein altes Email-schild „Willkommen".

„So dann kommen Sie mal rein und herzlich willkommen. Wir freuen uns alle, dass Sie wieder da sind. Der Winter war ja sehr lang … und da kann vieles geschehen!"

Ach Hans, dachte sie. Immer so deutlich-undeutlich. Aber dann stand sie wie vom Donner gerührt. Es duftete. Auf dem Tisch stand eine Miniversion der Blumenschüssel von draußen. Aber die Blüten waren alle offen, denn es war warm. Vorgeheizt, der Radiator stand neben ihrem Bett. Darauf in akkuraten Stapeln die gebügelte Bettwäsche (mein Gott, wer um alles in der Welt bügelt heute noch Bett-wäsche?). Sie drehte und wendete sich.

„Die Gardinen", rief sie, „die hatte ich schon längst vergessen!"

„Das haben wir gemerkt. Werner rief mal bei mir an, was damit soll. Ich habe sie abgeholt und noch gleich die passenden Gardinenstangen dazu. Mit diesen Holzringen, dachte ich, passt alles gut in die Holzhütte, und der Stoff ist ja auch recht rustikal."

„Oh Hans", rief sie, „darf ich Sie mal in den Arm nehmen?"

Sie durfte. Er drückte sie ein bisschen, aber nicht zu sehr, sie fühlte sich zerbrechlich an. Darf ich … das war kontrollierte Spontaneität, dachte er und lachte in sich rein.

„Haben Sie dort schon in die Ecke geguckt?" fragte er.

„Oh! Oh!" Babett hatte sie noch nicht gesehen, diese alte Waschkommode, die ihre Mutter von netten Menschen so altertümlich nach der Flucht geliehen bekommen hatte. Ein Riesenteil. Unten drei tiefe, breite Schubladen, oben rechts und links zwei kleine und obendrauf eine Steinplatte, echter oder imitierter Marmor. Sie strich über den Stein. Sie zog die Schubladen auf. Sie war sprachlos.

„Die hat uns jemand für Sie zur Verfügung gestellt, und Willem hat sie aufgearbeitet", sagte Hans, der sich an ihrer Überraschung freute. „Da haben Sie Platz für alles, was hier in den Kartons und dem Monsterkoffer liegt. Und die kleinen Schübe für den ganzen Küchenkram, Besteck, Kochlöffel und so. Ja und die Steinplatte – keine Angst, die kommt nicht runter. Die ist so schwer, dass wir sie nur zu zweit hereinbringen konnten. Der starke Klaus, erinnern Sie sich? Der vom Wald. Diese Platte hat den Vorteil, dass Sie sehr viel Platz für Ihre elektrischen Geräte und zum Kochen haben. Da kann nichts passieren und man kann sie gut mal abwischen. Alles auf dem Tisch neben Papier und Büchern, das war ja nix."

Babett stand stumm. Jetzt bitte nicht noch mal um den Hals fallen, dachte er. Für so viel Gefühl bin ich nicht eingerichtet. Als sie sich nicht vom Fleck rührte, sondern nur staunte und – nein, bitte nicht! – auch noch Tränen in den Augen hatte, entschärfte er die Situation.

„Ich habe auch gleich eine Großpackung Klopapier mitgebracht und in Ihr Kabäuschen gestellt."

Babett wachte auf. „Wofür?"

„Frau Abel, für Klopapier gibt es eigentlich nur einen Verwendungszweck."

„Ja ja, aber warum gleich so viel."

„Wegen Corona."

„Kriegt man da Durchfall?"

„Nee, eher nicht, aber man kriegt kein Klopapier mehr! War das in Hamburg anders?"

„Ich weiß nicht. Ich habe nicht drauf geachtet. Ich habe mich nur gewundert, dass es keine Seife mehr gab."

„Ja", sagte Hans, „uns hat es hier sehr an früher erinnert. Und wenn es was gab, wurde gehamstert, soweit möglich. Aber im Drogeriemarkt haben sie vorige Woche allen Raffern nur eine Packung abgerechnet an der Kasse. Die anderen haben sie wieder ins Regal gestellt. Dort stand dann ein Schild, bitte nur eine Packung pro Person! Da kamen ganze Großfamilien!"

Babett starrte ihn an. „Ich glaub's nicht! Aber wenn Sie es sagen. In jeder Groß-packung sind zehn Rollen zu vierhundert Blatt. Was machen die Leute denn damit?"

„Tja, wie gesagt, dafür gibt es nur eine Verwendungsmöglichkeit."

„Da kann man auch notfalls einen Waschlappen nehmen."

Er seufzte.

„Ich glaube, kein Unterfünfunddreißiger kennt heute mehr Waschlappen. Aber lassen wir das. Wir haben ja noch gar nicht draußen geguckt."

Sie folgte ihm. Er schloss sorgsam die Tür und sagte:

„Die Wärme muss drinnen bleiben. Immerhin haben wir heute schon 13 Grad, trotzdem. Sehen Sie mal, hier ist das Weihnachtsgeschenk von Willem. Er hat nach dem Foto noch einmal Hand angelegt, geglättet, geölt. Haus Abel. Ihr Haus! Ich habe dann – wenn Sie mal genau hinsehen wollen – daneben eine Klingel installiert. Sieht aus wie ein Schraubenkopf, muss ja nicht jeder wissen und dran rumprobieren. Damit Sie nicht erschrecken, wenn Sie ganz ruhig am Schreibtisch sitzen, hat Klaus sie auf ein feines Schnarren eingestellt. Horchen Sie mal."

Er öffnete die Tür, drückte auf den Miniknopf, und es schnarrte leise: krrrr, krrrr.

„Sie wollen ja nicht immer die Tür offen haben. Das Wetter ist auch nicht so. Sie sollten immer von innen abschließen. Wer was will, steht dann nicht direkt im Zimmer, sondern muss läuten. Zu Ihrer Sicherheit", fügte er hinzu.

„Und dann hat Willem von unten bis zur Tür ein stabiles Geländer angebracht. Fühlen Sie mal. Sehr stabil, Sie können sich gut drauf stützen. Er hat es lange geschliffen, damit Sie sich nicht einen Splitter reinziehen." Er wackelte an dem Holzteil und forderte sie mit einer Geste auf, es ihm gleich zu tun.

„Und zu guter Letzt hat Klaus endlich mal eine Lampe an der Ecke installiert. Sie ist sehr stark. Sie strahlt die Eingangspforte zur einen Richtung und Ihre ganze Treppe zur anderen Richtung aus. Der Schalter ist erst mal nur bei Ihnen drinnen, damit draußen keiner Unfug macht. Falls Sie mal im Dunkeln ein Geräusch auf der Treppe hören, schalten Sie einfach ein. Das vertreibt jeden Einbrecher, oder Sie sehen aus dem Fenster, wer zu Ihnen will."

Babett stand und schaute und schniefte.

„Damit es klar ist", fuhr Hans fort, „Kosten entstehen für all das nicht. Die Lampe war überfällig. Das Geländer ist für alle. Ich bin auch froh drüber, vor allem, wenn die Stufen nass sind. Und das Schild ist das Weihnachtsgeschenk!"

„Hans, ich weiß nicht, was ich sagen soll. Es überwältigt mich einfach. So viel, so viel ..." Sie begann zu weinen.

Hans war es peinlich. Weinende Frauen, ein Graus!

„Wir wollen alle, dass Sie sich hier wohlfühlen", sagte er. „Alle! Und wir wollen ebenso, dass Sie in dieser Bude sicher leben und Ihnen nichts passiert ..."

Sie unterbrach ihn: „Damit meine Leiche nicht bauchoben drei Wochen nach Verschwinden auf dem See treibt."

„Richtig" sagte er. „Und damit Sie nicht von einem bösen Buben aus dem dunklen Wald gemeuchelt werden, während sie über Ihrer Familiengeschichte brüten. Und damit Sie nicht eines Morgens mit gebrochenem Genick unterhalb der Treppe liegen. Mit der Leichenbeseitigung tun wir uns im Dorf noch immer schwer. So, und jetzt muss ich runter! Nochmal herzlich willkommen. Wir freuen uns auf einen gemeinsamen Sommer!"

Und weg war er. Auch das wie immer.

Babett ging in ihre Hütte, setzte sich aufs Bett und weinte. Ein Dorf hieß sie willkommen. Sie, die alte Frau, die hier einfach mal so aufgekreuzt war und eine alte Bude haben wollte und von der seit Jahrzehnten niemand Kenntnis nahm.

Als sie Hunger bekam, stand sie auf, wusch sich das Gesicht – das erste Mal wieder Waschen über dem alten Emaillebecken – und packte ihre Fresstasche aus. Ich könnte eigentlich eine Tischdecke gebrauchen, dachte sie. Ich muss mir wieder eine Einkaufsliste schreiben.

Danach ging sie ans Aus- und Einräumen. Die Riesenwaschkommode erwies sich als ein Wunder an Stauvermögen. Alles aus den Kartons, dem Überseekoffer und dem heutigen Gepäck verlor sich darin. Und die kleinen Schubladen für den Küchenkram. Eigentlich könnte ich hier einen Besteckkasten brauchen …

Die Steinplatte wischte sie auf alle Fälle noch einmal ab, aber alles war piekfein sauber – ach Willem, du mit deiner

Erna! Sie stellte die Kochplatte auf, den Wasserkocher, ihren einzigen Topf – eigentlich könnte ich noch einen zweiten gebrauchen – und sah sich dann ihre Hütte an. Gardinen auf, Gardinen zu ... es war alles rund.

Sie trat vor die Tür. Es dämmerte. Die Luft war berauschend. Es roch nach Frühling, nach Erde, nach altem Laub, und sie glaubte, an allem Gestrüpp rund um das Museum und rechts und links des Weges erstes Grün zu sehen. Ein Gefühl von nie gekanntem Glück ...

Ich bin wieder hier, dachte sie. Alles ist gut. Ich bin nach Hause gekommen.

≈

Sie hatte tief und traumlos geschlafen. Beim Aufwachen hatte sie wieder Probleme, sich zu orientieren. Erst langsam klarte es in ihr auf, und sie dachte: Und jetzt mein Becher Kaffee auf der Treppe. Egal, wie kalt es ist.

Aber es war nicht kalt. Die Sonne beschien schon den Weg und das Museum, und es wehte ein feiner Wind. 'Frühling lässt sein blaues Band wieder flattern durch die Lüfte' dachte sie, machte Katzenwäsche, weihte ihre Küche ein und machte es sich auf der obersten Treppenstufe gemütlich. Erst als sie einen nassen Po bekam, holte sie ihre Decke zum Drunterlegen.

Hans ließ nicht lange auf sich warten. Es war eben seine Zeit, daran hatte der Winter nichts geändert.

„Gut geschlafen?" fragte er. „Ich bin froh, dass Sie hier wieder mit Ihrem Becher sitzen. Im Winter habe ich öfter hochgeguckt und gedacht 'wo ist sie denn heute?'. Da sehen Sie mal, wie schnell man einen eigentlich fremden Menschen in sein Herz schließen kann."

Er räusperte sich. Sein Gefühlsausbruch war ihm peinlich, und Babett lachte.

„Sie glauben gar nicht, wie oft ich mich in den letzten Monaten nach meiner Hütte und der Treppe und meinem Kaffeebecher gesehnt habe. Und nach dem Blick den Weg runter bis zum Museum."

„Dann sind wir ja alle zufrieden", sagt er. „Wenn Sie was brauchen, geben sie Bescheid, ja? Wollen Sie dienstags wieder in die Stadt? Der Paul hat schon gefragt. Sie können fahren, aber die meisten Geschäfte und alle Restaurants sind dicht. Corona. Sie sehen, wir sind alle auf Sie eingestellt. Sie sind unser Maskottchen. Ach, bevor ich es vergesse, Trude lädt Sie zum Mittagessen ein. Sie will mit Ihnen auch die weiteren Lieferungen besprechen. Im Moment gibt der Garten noch nichts her, aber ich denke, sie wird etwas aus den Tiefen ihrer Vorratshaltung zusammenstellen. Die hat es in sich."

Wie immer, dachte Babett. Alle wissen Bescheid. Alle planen. Alle verplanen mich über meinen Kopf hinweg. Ich werde mich daran gewöhnen müssen. Aber was will ich hier den starken Mann markieren. Vielleicht kommt der Tag, an dem ich sie alle brauche und dankbar bin, wenn sie für mich planen.

Aber 'Maskottchen'? Darüber muss ich nachdenken. Ist ja gut gemeint, aber will ich das sein?

Als sie an Trudes Tür klingelte, rief diese durch das Fenster:

„Kommen Sie man hinten durch!"

Ach ja, auch das war wie immer.

„Schön, dass Sie wieder da sind", sagte Trude, während sie am Herd werkelte. „Setzen Sie sich schon. Das Essen ist gleich fertig."

Babett roch es. Das Wasser lief ihr im Mund zusammen, und der gedeckte Küchentisch war auch wie immer. Wie in den 50er Jahren bei ihrer Mutter.

„Ich habe wieder Bratkartoffeln gemacht", sagte Trude, „die mögen Sie doch. Ich hab' sie so gemacht, wie es sich gehört: ein Drittel Kartoffeln, ein Drittel Zwiebeln, ein Drittel Speck. So muss das!"

Sie stellte die große gusseiserne Pfanne auf den Tisch, stellte neben jeden Teller ein Schälchen mit Salat und einen Keramikbecher voll dicker Buttermilch.

„Guten Appetit", sagte sie, und dann aßen sie. Babett musste sich zurückhalten. Diese Bratkartoffeln hätte sie am liebsten in sich hineingeschaufelt.

„Was ist das für ein Salat?" fragte sie. „Der schmeckt ja wunderbar. Frisch und herb. Gibt es denn schon welchen?"

Mit wichtiger Miene sagte Trude: „Das ist Wildkräutersalat. Giersch und Brennnesseln und Löwenzahn. Ich habe für die hinten im Garten extra Platz gelassen. Früher konnte man die Kräuter an jedem Wegrand finden. Aber heute sind die ja alle vollgepinkelt von den Hunden. Hier muss jedes Haus mindestens einen Hund haben. Auf das eigene Grundstück dürfen sie nicht pinkeln und kacken, dafür gibt es die öffentlichen Wege und Straßen. Deswegen in meinem Garten. Und nur wenig. Damit es sich nicht ausbreitet. Für andere Leute ist das Unkraut. Die haben keine Ahnung!"

Babett war zunächst zurückgezuckt. Dann fiel ihr ein, dass ihre Mutter in 'der schlechten Zeit' – gemeint waren immer die Jahre nach dem Krieg – im Frühjahr Brennnesselsuppe gekocht hatte. Sie hatten sie als die Suppe der Ärmsten gegessen. Flüchtlingsfrau geht mit Küchenmesser durch die Gegend und schneidet Brennnesseln. Als Kind hatte sie immer zu spüren versucht, ob es im Mund brannte.

Sie erzählte Trude von der Suppe. Sie konnte endlich auch mal was zum Thema beitragen. Trude nickte anerkennend und kam dann zum Thema:

„Sie wollen sicher wieder einen Gemüsekorb, oder?"

Babett nickte: „Gerne."

„Das ist nur so, es gibt ja noch nix. Das geht erst langsam los. Im Frühbeet kommen schon der Salat und Radieschen, aber bis dahin könnte ich Ihnen Eingewecktes bringen. Und Gefrorenes. Eier sowieso wie immer. Und im Moment backe ich wieder Brot, bis es im Garten so richtig losgeht."

Sie sah Babett abwartend an.

„Das hört sich sehr gut an", sagte Babett. „Ich freue mich auf alles, was Sie in Ihrem Korb für mich zusammenstellen werden. Wenn ich wählen darf – ich hätte so gerne auch wieder Kürbis."

Trude nickte. „Das gehört dazu. Aber es wird etwas teurer, weil alles Energie gekostet hat."

Ach Trude!

„Natürlich! Sie machen den Preis. Ich freue mich und bringe den Korb mit dem Geld dann wieder zurück, ja?"

„Wie immer", sagte Trude.

Wie schön! Es war alles wie immer.

≈

„Ach, übrigens ist unser Museum geschlossen. Nicht, dass sie sich wundern, weil hier nichts los ist", sagte Hans, als er wieder erschien. Auch das wie immer. Als ob sie nicht fort gewesen wäre.

Babett erschrak. „Sind Sie pleite?"

„Noch nicht", Hans lachte. „Aber das kann noch kommen, je nachdem wie lange die ganze Sache dauert."

„Welche Sache?"

„Corona, Frau Abel. Wir müssen schließen. Aus Sicherheitsgründen."

„Ist es denn wirklich so schlimm?" fragte sie. „Das kann ich mir gar nicht vorstellen."

„Müssen wir abwarten. Ich glaub's ja auch nicht, aber sicher ist sicher."

„Sind Sie nun arbeitslos?"

„Nein, Gott sei Dank nicht. Wir sind ein kleines Museum mit anderthalb Angestellten, wenn man mal von der

Putzkolonne und den Handwerkern absieht, aber die leihen wir uns von außen. Ich bin in Kurzarbeit, ich habe genug zu tun. Ich kann endlich Dinge aufarbeiten, die seit Jahren ruhen, weil nie die Zeit reichte. Mit dem Vorstand bin ich schnell übereingekommen."

„Ich glaube, ich versteh' das alles nicht", sagte Babett und dachte, eigentlich ist es mir auch ziemlich egal. Ich sitze hier in meiner Hütte, warte auf den Sommer, die Sonne, den See und habe kaum Menschenkontakte. Ich bin so alt, mir darf manches auch mal egal sein.

Aber dann erwischte es sie doch. Sie rief Paul und Paul an: „Wir haben schon gehört, dass Sie wieder da sind", sagte einer der beiden Paule. „Aber wo wollen Sie denn hingefahren werden?"

„Na, wie immer", sagte Babett. „Dienstag ist mein Stadttag, einkaufen, essen gehen und so."

„Aber es ist doch alles dicht. Sie wollen doch wohl nicht nur durch die Straßen laufen?"

„Wieso dicht? Was ist denn los?"

„Wir haben Corona. Sie in Hamburg etwa nicht?"

„Ach sooo", sagte Babett und wollte sich nicht anmerken lassen, dass sie keine Ahnung hatte. „Na klar. Ich war nur in Gedanken und plante den Dienstag wie immer."

„Bald geht's wieder los", sagte einer der Paule. „Kann ja nicht lange dauern. Versorgt sind Sie? Trude und Hans? Sonst würden wir hier für sie einkaufen und es Ihnen bringen. Der Supermarkt und die Drogerie haben offen."

Der Mensch denkt und Gott lenkt, dachte Sie. Nun sitze ich hier fest. In Hamburg festzusitzen, ist wahrscheinlich unterhaltsamer. Wie war es doch noch mit der Vergangenheitsform? Der Mensch dachte und Gott lachte.

≈

Hans hatte recht gehabt. Es ist noch verdammt kalt. Nasskalt. Viel Regen, viel Niesel, viel Nebel, grau, trübe. Morgens ab und zu ein Streifen Helles, der aber schnell verschwindet. Der Radiator schafft es nicht ganz. Anders gesagt: ich habe Skrupel, ihn auf volle Stärke zu stellen. Was das kostet! Aber ich habe es nicht anders gewollt.

Ich sitze mit meinem Morgenkaffee nicht auf der geliebten Treppe, sondern am Schreibtisch. Ich liege viel zu viel im und auf dem Bett. Das tut mir nicht gut. Die Euphorie der ersten Tage ist futsch, die guten Vorsätze auch. Die Klamotten werden nach einer Stunde Laufen einfach nicht trocken, die Schuhe auch nicht. Das Einzige, was mich tröstet, sind die täglichen Nachrichten. In Hamburg ist wegen Corona alles dicht. Also auch dort kein Café mehr, kein Restaurant, kein Museum. Immerhin wäre die Wohnung warm.

Ich wollte mich erinnern und schreiben. Mir fällt ab und zu auch was ein, aber ich bin zu faul. Was soll es überhaupt? Alle Männer meines Lebens sind Schnee von vor-vorgestern. Und die Familiengeschichte? Alles, was mir dazu einfällt, ist nur abgrundtief traurig. Meine mitgebrachten Lieblingsbücher liegen im Schrankkoffer. Ich betrachte sie wie der Magenkranke seine ehemalige Lieblingsspeise.

Ab und zu einem zwinge ich mich: Ich schreibe täglich eine paar Zeilen Tagebuch. Nur Positives! Ich finde es blöd, aber es hat Wirkung. Dem Empfinden nach ist alles mies und grau, und dann gebe ich mir Mühe, Ausschau zu halten, was gut ist. Kleinkram, aber daraus setzt sich das Leben zusammen. Der große Lottogewinn oder der Weltfrieden sind für mich arme Alte eh ein paar Nummern zu groß.

Also: Als ich aufwachte, schien die Sonne (aber verschwand dann schnell wieder). Hans hatte ansteckend gute Laune. Trudes Gartenkorb enthielt Köstlichkeiten aus ihrer Vorratshaltung – wie werde ich doch gut versorgt. Im Radio habe ich endlich einen Sender gefunden, der Musik spielt, ohne dass ständig jemand dazwischenquasselt. Sigrid hat mir eine SMS geschickt, sie sei nicht böse, aber ich hätte mich verabschieden können. Der See war heute tiefblau mit zartblauem Himmel darüber, ich sollte mit Malen beginnen. Von Konrad kam eine Karte. Heute Nacht tief geschlafen und sehr ausgeruht aufgewacht …

Wie sagt ein japanisches Gedicht, sinngemäß? So reiht sich Tag an Tag, und so bist du entstanden, Vergangenheit.

≈

„Der Sommer soll sehr heiß werden", sagte Hans, nachdem er schnaufend an ihrer Hütte angekommen war.

„Bisher merke ich wenig davon", sagte Babett und fröstelte.

„Das kommt schnell. Aber was ich sagen wollte: Ihre Hütte liegt im Hochsommer bis gegen elf Uhr im Schatten der rückwärtigen Bäume. Bis die Sonne dann hinter dem großen Buchenwald verschwindet, knallt sie Ihnen hier sechs bis acht Stunden auf die Bude. Das Dach ist nicht gedämmt. Ich habe schon mal mit Willem gesprochen. Es ist nicht viel, aber vielleicht hilft es. Nach Osten hin haben Sie das große Fenster über der Stichstraße. Leider nicht Dreh-kipp, sondern nur ganz ordinär mit zwei Flügeln zu öffnen. Wenn Sie morgens zu lüften beginnen, dann kommt durch diese Fenster alles Getier, was hier fleucht und kann auf der anderen Seite nicht raus, weil sie das Fliegengitter haben.

Ach, was rede ich, Willem hat sich bereit erklärt, auch in das Ostfenster ein Fliegengitter zu setzen. Dann können Sie alles offenlassen bis die Hitze einsetzt. Was meinen Sie?"

Babett fand es großartig. Sie hatte noch keine Vorstellungen vom Klima in ihrer Bude, wenn acht Stunden lang die Sonne auf das schwarze Holz knallte. Aber bisher hatten Willem und Hans mit allem richtig gelegen.

„Wir müssen dann noch überlegen, wie wir die beiden Fenstergriffe aneinander fixieren, damit sie die Fenster auch nachts offenlassen können."

„Nein danke, Hans. Bloß nicht. Von der Stichstraße aus braucht man nur ein Bein zu heben und sich raufzuziehen, schon ist man drin. Außerdem steht mein Bett unter diesem Fenster. Ist schon gut so. Aber das Fliegengitter hätte ich gerne. Ihre Mücken sind hier wirklich Sonderklasse!"

„Wie wir alle!" lachte Hans und winkte zum Abschied. „Ich gebe Willem Bescheid, dann hat der Corona-Rentner was zu tun!"

≈

Sie sah Hans die Steigung hochkommen. Der hat sich heute aber mächtig verspätet, dachte sie und merkte, dass sie Angst gehabt hatte, dass er nicht käme. Er lief seltsam und hielt eine Hand unterm Bauch. Wie eine Schwangere in den letzten beiden Wochen, dachte sie.

Als er oben ankam, schnaufte er. „Ich muss mich mal eben setzen", sagte er und ließ sich auf der obersten Stufe so vorsichtig nieder, als hätte er Hämorrhoiden. Dann zog er vorsichtig seinen Reißverschluss auf, griff in die Jacke und holte ein Knäuel Mohairwolle hervor. Beige-weiß-grau. Das legte er vorsichtig neben sich und sah Babett an. Die betrachtete die Wolle und dachte: soll ich hier anfangen zu stricken? Aber dann ereignete sich dreierlei. Auf der einen Seite erschien ein kleines Bächlein. Auf der anderen Seite machte es 'fiep' und dann fiel das Knäuel auf die Seite.

„Was ist das denn?" fragte sie entgeistert.

„Das", sagte Hans, während er das Knäuel sanft in die Ausgangslage brachte, „das ist, wenn ich den Aussagen meiner holden Gattin folgen darf, irgendwann mal ein Hund."

„Ein Hund?" fragte Babett. „Wo hat der denn …?"

„Wenn sie das hier meinen", sagte Hans, zauselte durch das Fell und brachte ein einen Zentimeter langes Etwas zum Vorschein, „das ist der Schwanz."

Er ließ ihn wieder im Mohair verschwinden.

„Dann müsste das hier", sie tippte das Knäuel an, „dann müsste das hier vorne sein."

„Hmh, muss wohl."

Sie fuhr vorsichtig durch das Mohair und erschrak, als es wieder fiepte. „Oh, hier ist ein Öhrchen", rief sie.

„Dann wird daneben noch eines sein", sagte Hans, „und ein Zentimeter tiefer die Augen."

„Oh, wie süß", flüsterte Babett. „er hat lavendelblaue Augen, aber ich glaube, der kann noch gar nicht richtig sehen."

„Das wird er bei dieser Frisur nie können", sagte Hans.

Das Knäuel setzte sich in Bewegung, fiel um, rappelte sich wieder und erklomm mühsam Babetts Oberschenkel. Oben angekommen, fiepte es und ließ sich in Babetts Schoß fallen. Dort seufzte es tief und schlief ein.

„Was ist das für einer?" fragte sie und unterdrückte ihre Rührung, während sie mit dem Zeigefinger vorsichtig durch das Mohairfell strich.

„Keine Ahnung. Irgendeine Mischung zwischen Bobtail, ungarischem Hirtenhund, Chow-chow und Flokati."

Babett wagte nicht zu lachen, damit der Winzling nicht aufwachte.

„Ich kann aber keinen Hund gebrauchen", sagte sie mit Bedauern in der Stimme.

„Nein, nein", rief Hans. „Der ist nicht für Sie! Ich habe ihn nur mitgebracht, weil ich heute Hundesittertag habe. Er kann ja noch nicht alleine zu Hause bleiben, und Susanne ist im Dienst."

Babett streichelte ihn und Hans dachte: wird schon!

Dann wachte das Knäuel auf, räkelte sich und sperrte mitten in dem Gestrüpp eine winzige Schnauze auf.

„Oh, gucken Sie mal Hans", rief sie. „Was für ein süßes Schnäuzchen er hat, ganz rosa."

„Hhm", sagte Hans, „kenn' ich schon. Ach, bevor ich es vergesse. Ich habe auch Futter mitgekriegt von meiner Frau." Er zog eine Babynuckelflasche aus seiner Jackentasche und stellte sie neben sich. „Hundebabykraftfutter", sagte er. „Geschüttelt und gerührt, damit aus ihm mal ein richtiger Kampfhund wird und nicht nur ein Bettvorleger."

Babett hielt dem Kleinen den Sauger an die Stelle, an der sie die Schnauze vermutete, und dieses Baby, das vor lauter Gestrüpp nicht mal gucken konnte, schnappte sich den Schnuller und fing an zu saugen. Dabei geriet der ganze winzige Körper in Zuckungen. Babett war hingerissen. Irgendwann ließ er das Gummi los, rollte sich ein und schlief weiter.

„Ich müsste eigentlich runter", sagte Hans.

„Gehen Sie nur. Ich passe auf ihn auf. Er schläft jetzt so schön. Aber wenn Sie bitte noch seine Pfütze wegwischen würden?"

Hans lachte, tupfte das bisschen Nass mit einem Papiertuch weg, sah sich nach einem Abfallkorb um und warf es dann einfach unter die Treppe.

„Naa!" sagte Babett, war dann aber abgelenkt, weil es an ihren Oberschenkeln feuchtwarm wurde.

„Sie können ja nachher nochmal wiederkommen", sagte sie. „Nach ihm sehen oder ihn abholen."

„Mach' ich", rief Hans und lief den Weg herunter.

Na also, dachte er, ging ja einfacher als vermutet. Es war Susannes Idee gewesen – wessen auch sonst? Sie hatte schon immer einen Hund gewollt, einen neuen, frischen, kleinen, wusste aber nicht, wie er in den ersten Monaten betreut werden könnte, wenn sie beide zur Arbeit seien.

Zwei Fliegen mit einer Klappe – das Baby hatte einen Sitter, falls die erste Liebe anhielt, und Frau Abel hatte eine Aufgabe, eine emotionale, die sie davon abhielt, immer nur traurig über ihren Erinnerungen zu hängen. Wär' schön, dachte Hans. Wenn sie bis Oktober bleibt, ist er so groß, dass er auch im Museum zu händeln wäre. Falls sie ihn nicht maßlos verzog.

„Ich fürchte, wir werden im Herbst ein Problem kriegen", sagte Hans, als er abends nach Hause kam und seine Frau zeitunglesend am Abendbrottisch vorfand. Sie blickte auf:

„Im Herbst? Womit?"

„Die Frau Abel hat die letzte Liebe ihres Lebens gefunden."

Susanne sah zu ihm hoch und hob fragend die Augenbrauen. Während er das Problem zu erörtern begann, zog er den Reißverschluss auf, hob das Mohairknäuel heraus und legte es gedankenlos auf den Esstisch.

„Hans! ... Na ja, jetzt ist es sowieso zu spät!"

Hans betrachtete die Bescherung und sagte dann: „Das tut er immer, wenn ich ihn rausnehme und ablege, tut mir leid!"

Susanne griff sich das Bündel und flüsterte in die Richtung, in der sie die Ohren vermutete: „Mach' das mal lieber, bevor er seinen Reißverschluss aufzieht", und zu ihrem Mann:

„Nee, nee, nur abtupfen reicht nicht. Deck' ab, leg' 'ne neue Tischdecke auf und deck' neu. So weit kommt das noch, dass wir neben einer Hundepfütze essen."

Während Hans gehorchte, knuddelte Susanne das Baby, das anhaltend fiepte. „Und wieso soll es nun Probleme geben? Wer ist denn ihre letzte große Liebe?"

„Na, der da", sagte Hans und wies mit dem Kinn auf das Knäuel. „Ich bin zu ihr hin, er hat sofort ihr Bein geentert und ist in ihrem Schoß eingeschlafen. Sie war hin und weg ..."

„Na klar, sind wir ja auch. Und dann?"

„Sie fand, dass er ruhig weiterschlafen soll, er könne so lange bei ihr bleiben. Haha. Als ich nach zwei Stunden das Viech abholen wollte, war niemand da. Ich habe sie angerufen. Sie sagte wörtlich 'wir sind am See'. Ich dachte, sie hat Besuch. Aber ich musste mich doch um diese Töle kümmern. Stell' dir vor, sie saß im Gras. Ihren langen Schal, den sie sich immer dreimal um den Hals schlingt, hatte sie im Nacken verknotet. Vorne machte er eine große Schlaufe und darin lag er und pennte wie in einer Hängematte. Ich glaube, sie hat ihm ein Schlaflied gesungen."

Er lachte so laut, dass das Bündel in Susannes Händen zusammenzuckte.

„Und dann?"

„Ich habe gesagt, dass ich ihn holen will, du wärest jetzt zu Hause. Und da fragte sie, ob er nicht noch bleiben könne. Er würde gerade so schön schlafen! Als ob er außer Pinkeln je was Anderes täte!"

„Ach je! Sieh mal, da haben sich zwei gefunden. Hast du ihr gesagt, dass er nicht für sie ist?"

„Natürlich. Ich schlage vor, sie kriegt ihn erst mal unregelmäßig, und wenn wir alle das Gefühl haben, dass es gut geht und sie es möchte, dann versuchen wir es mit festen Babysitterterminen. Oder? Am Dienstag wird sie nicht auf ihre Stadtfahrt verzichten wollen. Das wäre auch nicht gut."

Susanne nickte unbestimmt. „Wir benutzen sie."

„Ja, aber genau das haben wir verabredet. Wir tun ihr doch nichts Schlechtes. Eher im Gegenteil – wenn du sie gesehen hättest! Glücklich. So richtig hingebungsvoll. Ich denke, er wird ihren Aufenthalt hier bereichern."

„Möglich. Lass' es uns mal beobachten, ja? Wenn du ihn morgens einfach mitnimmst und horchst, ob sie ihn haben will oder nicht. Wollen wir jetzt endlich essen? Ich bin am Verhungern. Wirf ihn mal in sein Körbchen."

„Nee, der bleibt bei mir. Der ist noch zu klein, um ohne uns zu sein."

Susanne grinste. „Dann gib ihm auch gleich mal die Pulle. Männer unter sich."

„Bist du sicher, dass er einer ist?"

„Nein, da muss der Tierarzt auf die Suche gehen."

Am nächsten Morgen strahlte Babett ihm schon entgegen. Neben ihr eine zusammengelegte kleines Handtuch, eine Rolle Klopapier und ein Abfallkörbchen.

„Wie heißt er eigentlich?" fragte sie, als das Knäuel sich in ihrem Schoß zusammengerollt hatte.

„Der hat noch keinen Namen. Wir wissen ja noch nicht, ob er ein Paul oder eine Pauline ist."

„Das ist ein Mann", sagte Babett und kuschelte ihn. „Ich finde, er sollte Oskar heißen."

„Oskar? Hübsch! Lässt sich auch gut rufen. Ossskaaa. Aber wie kommen Sie darauf?"

„Wir hatten früher ein wunderschönes Kinderbuch mit dem Titel 'Oskar und die Mitternachtskatze'. Der Oskar war so ein übergroßer Staubwedel. Augen und Nase sah man auch nicht. Ein ganz lieber und schrecklich eifersüchtiger Mopp."

„Mal sehen. Ich werde es meiner Frau vorlegen, und wenn der Tierarzt dann glaubt, er würde mal ein Mann werden, dann … also mir gefällt Oskar. Wollen Sie ihn noch ein bisschen behalten? Ich muss runter. Wenn Sie ihn loswerden wollen, rufen Sie mich einfach an."

Als er schon die Hälfte des Weges hinter sich hatte, drehte er sich um und rief lachend: „Aber bitte noch keinen Schwimmunterricht, nein?"

„Ich hab' gehört, Susanne musste unbedingt 'n Hund haben, und Sie müssen auf ihn aufpassen", sagte Trude, als Babett den Gemüsekorb zurückbrachte.

Hoppla, dachte Babett, so nicht mit mir. In deine kleinen Dorfeifersüchteleien lass' ich mich nicht einbinden.

„Ja, Hans und Susanne wollten gerne einen Hund. Und ich freue mich sehr, wenn er bei mir sein darf. Es ist ein entzückendes Tier."

„Ach", sagte Trude.

Da hatte sie wohl Anderes erwartet. Klar sollte sie Dogsitter sein, aber sie durfte nein sagen, und eine größere Freude hätte Hans ihr nicht machen können.

„Was ist es denn für einer?" fragte Trude spitz.

„Das weiß wohl niemand so genau. 'Ne ziemliche Mischung. Sieht aus wie ein Staubwedel."

„Und wie heißt er?"

„Wahrscheinlich Oskar."

„Ach je, wer hat ihm denn diesen Namen verpasst?"

„Ich."

„Ach!"

Pause – und dann: „Und warum bringen Sie ihn nicht mal mit?"

Babett hätte beinahe gelacht. Gegen alles, aber neugierig.

„Hans hat gesagt, Sie mögen keine Hunde."

„Da hat er wohl recht. Aber wenn das noch so ein Kleiner ist? Sie können ihn ja mal zeigen."

„Mach' ich", sagte Babett. „Ich muss wieder los. Er braucht sein Fläschchen". Das bekam er derweil zwar von Hans im

Museum, aber sie wollte sich bei aller Abhängigkeit nicht von Trude unterbuttern lassen.

Trude sah ihr nach. Verrückte Alte. Lässt sich benutzen und glaubt noch, dass so eine Töle ihr Freude bereitet.

≈

Grieseliges Wetter. Wenn's aufklart, gehe ich nachher an den See. Aber jetzt will ich an mein Projekt. Schreiben. Die eigene Geschichte, und das heißt, die Geschichte meiner Männer. Konkreter meine Geschichte mit ihnen. Wenn das in feministischen Kreisen gelesen würde, erklänge ein lauter Aufschrei. Frau definiert sich über Männer. Ich habe viele von diesen Frauen gekannt. Ganz früher. Nach den sogenannten 68ern und der noch sogenannteren sexuellen Revolution. Sie bevölkerten die Seminare in den Unis – je schwafeliger die Fächer, umso mehr Frauen. Am liebsten Lehramt. Praktisch für Frauen. Ein Beruf, der sich so gut mit Familie verbinden lässt. Spätestens um 14 Uhr zu Hause und vierzehn Wochen Jahresurlaub. Identisch mit den Schulferien der Kinder. Natürlich lange Wochenenden und Brückentage.

Wo war ich? Ach ja, alle Männer … und meine Geschichte mit ihnen, neben ihnen, unter ihnen, zwischen ihnen. Und der Feminismus. Ich habe überall schnell erkannt, dass die Frauen sich nur so lange feministisch zusammenrotteten, bis ein Mann auftauchte. Dann begann der Zickenterror, und die innigsten Küsschen-Küsschen-Beziehungen zerbrachen mit lautem Knall. Die Frau entschwand und hinterließ eine emotionale Trümmerlandschaft. Feminismus mit Sprung.

Die einzige Ausnahme waren die erklärten Lesben, die unentwegt zeigen mussten, dass sie es waren. Und peu à peu stellte sich heraus, dass sie alle mal was mit Männern gehabt hatten inklusive Schwangerschaft, Verlassenwerden, Abtreibung, Flucht in die Frauenbeziehung. Da kann einem so was nicht passieren.

Was wollte ich? Ach ja, meine Männer. Ich hatte nie diesen feministischen Touch, der wie ein Label am Rollkragen getragen wurde. Und dafür wurde ich von all den Frauen zeitlebens gemieden bis gehasst. Als ich in einem literarischen Frauenkreis mal locker sagte, ich liebe Männer, war es aus. Ich ging nicht mehr hin.

Also: Ich liebe Männer. Vergangenheit, wie alles – ich liebte Männer. Glücklich, unglücklich, lang, kurz, befreiend, quälerisch – es war alles dabei. Sie waren kurz und lang, mittel bis schlank, nie dick, dicke Männer mochte ich nicht. Sie waren schlampig bis korrekt, gut erzogen bis rotzig, liebevoll bis zynisch, blond und schwarz, blauäugig, grünäugig, braunäugig.

Am besten, ich fange mit meinem Ehemann an. Der ist am schnellsten abgehandelt, wenngleich es roundabout zwölf Jahre dauerte. Aber was sagt das schon?

Bis heute ist mir nicht klar, was ich an ihm fand und was mich glauben machte, ihn zu lieben. Er war in allem mittel bis lau. Die einzige Erklärung – und sie wird wohl die richtige sein –: meine erste große Liebe war gebunden, und meine Hoffnung, er würde sich für mich entbinden, starb eines langsamen Todes. Sechs Jahre. Und am Ende stand eine Reise in den Süden. Eine Abschiedsreise. Gesprochen haben wir darüber nicht, aber empfunden. Er wie ich.

Und dann kam die große Leere. Rund um mich herum wurde sich verlobt und geheiratet. Mensch, häng' nicht so trübetimplig herum, such' dir einen anderen. Gibt doch genug. Man kriegt nie das, was man will. Als es die ersten Trennungen und Scheidungen gab, entschloss ich mich. Ich schaute sie mir an, keiner gelüstete mich. Aber ich war schon 26 und in Torschlusspanik. Und wenn ich noch Kinder wollte ... Heute macht die Medizin es noch mit 42 möglich und bei abenteuerlustigen Medizinern in fragwürdigen Institutionen noch länger. Aber damals! Da wurde es mit Ende zwanzig eng.

In diesem Zustand lief mir mein späterer Ex übern Weg. Auch auf der Suche. Was ich damals nicht wusste – er war immer auf der Suche. Nach frischen Weiden, nach frischen Frauen, nach frischen Abenteuern.

Er hatte einen Ruf. Aber wie es so ist, war ich ebenso blöd wie tausende anderer Frauen. Sie heiraten einen Alkoholiker und sind sicher, ihre Liebe wird ihn bekehren und heilen. Ich dachte, wenn er sucht und mich gefunden hat, hört die Suche auf. Fehlschluss.

Mit 28 hatte ich dann meinen Sohn. Er fand ihn ganz niedlich, er war froh, dass es ein Sohn war – Mädchen kann jeder – und ging auf die Pirsch. Er war wahllos, Querbeet. Hauptsache, sie legten sich problemlos flach und hatten keine Ansprüche an ihn.

Zu Beginn vermochte ich noch, mit ihm darüber zu reden. Es war vergebliche Liebesmüh'. Er sei halt so und wenn die Weiber so blöd seien …

Ab und zu lief was schief. Dann war er unausstehlich. Na, was ist, fragte ich ihn dann. Schwanger? Oder hat sie dir den Laufpass gegeben? Oder hast du dir was eingefangen? Es war mal das eine, mal das andere. Seine einzige Sorge war, dass eine von ihnen das Kind bekam und ihn zum Unterhalt heranzog.

Mehr ist über ihn nicht zu sagen. Er war ein Notbehelf gewesen und so stellte es sich eben auch dar. Irgendwann wanderte er nach Australien aus.

Man sollte, auch um seiner selbst willen, über jeden Menschen etwas Gutes sagen. Gutes: er sah gut aus. Er pflegte sich. Er ging regelmäßig zum Friseur. Man konnte ihn mitnehmen und vorzeigen … falls er Zeit hatte. In kritischen Situationen, vor allem dienstlicher Natur, kam er mit und präsentierte stolz seinen, unseren Sohn, so dass von mir die Schmach abfiel, eine ledige Mutter mit einem unehelichen Balg zu sein. Also hat sie ja doch einen … und der sieht sogar noch gut aus. Dann hatte ich Ruhe.

Noch was Gutes? Nein, er war geizig und zynisch mit allem, was dazu gehört.

Immerhin hatte ich ein Kind. Für die späteren Jahre bedeutet das: ach, die hat mal einen Mann gehabt. Große Aufwertung. Machen wir uns nichts vor.

Und da ich gerade beim Kind bin, hänge ich es hier gleich an. Ist ja auch ein Mann meines Lebens. Leider auch einer der eher negativen Sorte.

Die Dauerfrage von Müttern: Was habe ich eigentlich falsch gemacht? Ich weiß es nicht. Er war mein Wunschkind, dem Vater war's egal. Ich bin drei Jahre bis zum Kindergarten zu Hause geblieben. Aber das spielte alles keine Rolle. Er jammerte und quäkte nicht, wenn er Hunger hatte. Er brüllte. Wütend. So, als ob ihm etwas zustehen würde, das gefälligst ruck-zuck geliefert werden müsse. Er war kein Kuschelbaby. Er ließ sich windeln und füttern, aber dann war auch gut. Er entwand sich. Spielen wollte er alleine, vorlesen nur, wenn er neben mir auf seinem Stuhl saß. Gemütlich auf'n Schoß war nicht seine Sache.

Eine junge Kindergärtnerin hat mir beim Abholen mal brutalstmöglich vor den Latz geknallt 'der gehört in'n Sonderkindergarten. Das ist'n Autist'.

Ich hatte keine Ahnung, was ein Autist ist und schlug zu Hause nach. Nein, das war er mit Sicherheit nicht. Ich fragte die Kindergartenleiterin. Die lachte: „Ach, was die so in ihrer Ausbildung lernen! Und das muss natürlich angewendet werden. Nein, er ist kein Autist. Er ist Einzelgänger. Das ist kein Problem. Inmitten der tobenden Masse fällt er durch seine Gelassenheit auf. Besonders sozial ist er nicht. Er tut nur das, was ihm Spaß macht und was etwas bringt. Tischdecken zum Beispiel. Macht er. Das muss sein, sonst gibt es kein Frühstück. So was wie Wattepusten ist nichts für ihn. Sehen Sie zu, dass Sie ihn frühestmöglich einschulen."

Das habe ich getan. Er langweilte sich. Das sei alles Kinderkram. Er wolle was Richtiges lernen. Er übersprang in der Grundschule eine Klasse, im Gymnasium dann nochmal. Aber auch in der Schule ging alles nur nach Nützlichkeit. Mathe, Physik, Englisch ja. Bitte auch Spanisch. Deutsch brauchte er nicht, er sei Deutscher. Erdkunde ist Quatsch, da braucht man nur in den Atlas zu gucken. Musik, Werken, Literaturkreis … alles Pillepalle.

Seltsamerweise hatte er auch für's Pillepalle gute Zensuren. Mit siebzehn war er fertig. Abinote 1,3. Über die drei ärgerte er sich, die war fürs Pillepalle.

Ohne Berufsberatung, ohne Elternberatung – immerhin tauchte sein Vater sporadisch am Telefon auf – hatte er entschieden: Studium Elektrotechnik und internationale Beziehungen. Erst Uni Hamburg, nach einem Semester München.

Das war's.

Es war eine Beziehung wie zu einem Untermieter, der kam und ging und bei dem sich die Vermieterin nicht einzumischen hat. Allerdings brachte er kein Geld, sondern kostete. Sein Vater fand ihn okay, für ihn war er ein Prestigeprojekt.

Und dann waren alle weg. Mann, Kind. Ich konzentrierte mich auf meine Karriere, die streckenweise steil bergauf ging. Der Mehrverdienst ging nach München. München war teuer und die jeweils neueste Computertechnik auch. Ich verhielt mich wie in der Tierwelt: Die Erziehungserfolge müssen gesichert werden.

Ach ja, es gibt eine Schwiegertochter und zwei Enkel. Junge und Mädchen. Die Frau sieht aus wie alle seine Freundinnen und Frauen aussahen: mager, spitz, schmallippig, dünnes rotblondes Haar und geboren ohne die Fähigkeit zu lächeln. Passt also.

Und die Gören? Ich bekam sie das erste Mal präsentiert auf einer Durchreise zum Nordkap. Da waren sie sieben und neun. Na, wie schon? Farblos, spitz, arrogant, falls es das schon bei Kindern gibt. Sie reichten mir – wie ihre Mutter – die Fingerspitzen. Nach einer Tasse Kaffee fuhren sie weiter. Und ich dachte: Gott sei Dank. Diese Fortführung unserer Familienlinie brauche ich nicht noch einmal.

Ich habe sie hiermit abgehakt und werde nicht mehr auf sie zurückkommen.

Es ist trübe. Aber gestern war das Wasser schon etwas warm. Bis heute wird es nicht ausgekühlt sein. Es wird mir guttun, mich von diesen beiden Männern im kühlen Wasser freizuschwimmen. Sie abzuwaschen und fortzuspülen.

≈

Crime-time in meinem kleinen Posemuckel. Und ich bin die Heldin und nicht mehr nur das Maskottchen! Das Leben hält eben auch für uns Alte noch Aufgaben bereit.

Gestern Abend hatte ich gerade mein Nachtprogramm absolviert. Im Deutschlandfunk 'das war der Tag', dann die Nationalhymne – ich singe sie immer mit, immer die verbotene erste Strophe –, dann die Europahymne, dann Nachrichten und dann Feierabend. Der Mensch braucht seine Regelmäßigkeiten. Katzenwäsche, Zähneputzen, ab ins Bett und Licht aus. Gerade als ich einschlafen wollte, hörte ich einen lauten Knall. Dann schrillten rote und gelbe Blitze durch den Vorhang. Eine Explosion, Feuer, dachte ich. Wo? Im Dorf? Im Museum? Ich schlüpfte aus dem Bett und sah durch den Gardinenspalt. Am Museum waren zwei Warnblinkleuchten an und beschienen einen eindeutigen Vorgang. Drei Männer in schwarz, einer schon im Museum, zwei noch im Eingangsbereich. Es sah aus, als rauften sie miteinander. Nach dem regulären Kontrollgang der Security sah es eher nicht aus.

Ich wählte die Nummer von Hans. Er war ungehalten, ob ich wüsste, wie spät es sei? Hatte er mir nicht tausend Mal angeboten, dass ich ihn 'jederzeit' anrufen könne? Ich ging auf die Uhrzeit nicht ein. Ich flüsterte – als ob mich die Einbrecher da unten hören könnten – 'Einbruch im Museum. Drei Männer. Die Rundumleuchten sind an.'

„Bleiben Sie in der Hütte! Schließen Sie sich ein! Licht aus! Gardinen zu!" brüllte er und war weg. Nett von ihm, an meine Sicherheit zu denken. Aber was glaubt er, wer ich bin? Miss Marple? Setzt ihren Topfhut auf, schwingt das Schultertuch um und stürmt mit gezücktem Regenschirm los? Ich habe mehr Angst als Vaterlandsliebe.

Ich schlich im Dunkeln zu meinem Bett, schlüpfte in die Puschen, nahm die Bettdecke um die Schultern und setzte mich auf meinen Schreibtischstuhl. Der Vorhang war zwei Zentimeter weit offen. Das reichte. Am Eingang rauften immer noch die beiden. Der Dritte gestikulierte wild in der unteren Etage – und dann kamen noch drei Männer. Ich begann nun doch, mich zu fürchten.

Plötzlich ging das Flutlicht an und es erhob sich ein Riesengeschrei. Die drei Neuankömmlinge waren Hans, Klaus und ein anderer. Hans rannte ins Museum. Er hielt irgendwas Langes, Dickes in der Hand. Der Einbrecher versuchte zu entkommen, indem er um die Vitrinen rannte – bis Hans ihm den Gegenstand vors Schienbein knallte. Hübsch.

233

Draußen rangelten sie nicht mehr. Einer von ihnen versuchte abzuhauen und wurde vom dritten Museumsmann eingeholt und – an einen Baum gebunden. Freiheitsberaubung, wenn das mal gut gehen würde. Selbst Einbrecher haben eine Ehre und meist gute Rechtsanwälte auf Armenschein.

Irgendwie konnte ich dem Getümmel nicht so recht folgen. Es verlief alles wie in Zeitlupe und eigentlich passierte nichts, außer dass einer ziemlich schrie. Das hörte sich nach Schmerzensschreien an.

Dann erschienen, mit aufreizender Langsamkeit, zwei Uniformierte. Man begrüßte sich mit Handschlag. Die Ganoven wurden begutachtet. Ein Polizeibeamter telefonierte einmal, zweimal, dreimal. Gefahr im Verzuge bestand offenbar nicht.

Nach einiger Zeit kam ein zweiter Polizeiwagen und in seinem Schlepptau ein Krankenwagen. Was für ein Auftrieb! Langsam sortierte es sich – einer in den Krankenwagen, zwei mit Handschellen in den zweiten Polizeiwagen, Händeschütteln, Abfahrt. Das war's. Es war 0.40 Uhr, kürzer als ein 'Tatort'. Und ich war life dabei gewesen.

Gerade als ich vom Stuhl aufstehen wollte, sehe ich, wie Hans sich umdreht und in meine Richtung winkt! Fieser Kerl! Der hatte doch nicht etwa gedacht, dass ich durch die Gardine gucke?

Ohne Licht anzumachen, kroch ich in mein Bett, aber der Adrenalinspiegel war so hoch, dass ich noch immer wach war, als es hell wurde. Also kochte ich einen frühen Kaffee für die nachtkühle Treppe und dann noch einen und noch einen.

Unten am Museum gab es personenintensive Umtriebe. Ein gestikulierender Hans, mal drinnen, mal draußen, ein herumstehender Uniformierter, ein Klaus, der vorbeikam, aber gleich wieder ging. Am liebsten wäre ich hinuntergegangen. Aber ich bezähmte mich – obwohl? Obwohl ich doch eigentlich den wichtigsten Part in diesem Schauspiel gehabt hatte.

Als ich vom See zurückkam – es war noch sehr frisch gewesen – stand ein Blumenstrauß in einem Honigglas vor meiner Tür. Da musste wohl Susanne wieder ihren Blumengarten geplündert haben. Während ich noch an den Blüten schnupperte, erschien Hans. Er wirkte etwas derangiert, aber er lachte mich an.

„Sie haben unser Museum gerettet", sagte er und setzte sich schnaufend. „Diese Sch....technik! Früher hatten wir einen Bewegungsmelder, der ein schrilles Läuten von sich gab. Da standen die Nachbarn nachts um drei senkrecht im Bett und beschwerten sich, zumal es immer nur Fehlalarm war. Daraufhin haben wir technisch aufgerüstet. Das Ergebnis haben Sie heute Nacht erlebt. Im gleichen Moment, in dem die Warnleuchten angehen, soll es bei Klaus und mir auf dem Smartphone Alarm geben. Nix! Alarm gegeben haben Sie!"

„Ja", sagte ich befriedigt, „es ist halt immer der menschliche Faktor."

Hans lachte.

„Was war denn nun eigentlich los. Ich habe nichts richtig erkennen können." Ach je, ich hatte mich verraten.

„Das kann ich kurz machen. Es waren drei. Sie haben die Scheibe neben der Eingangstür mit einem Stein eingeschlagen. Der Erste ist durch, und der Zweite", Hans lachte, „dieser Trottel, blieb an den Glasscherben hängen. Mit seinen Klamotten und seinen Unterarmen. Schon allein daran kann man erkennen, dass es keine Profis waren. Die entfernen die Glasreste mit ein paar Schlägen, bevor sie einsteigen."

„Ich dachte, die beiden da draußen raufen."

„Nee, der eine versuchte den anderen reinzudrücken oder rauszuziehen. Und das klappte nicht, weil es weh tat."

„Und was haben Sie gemacht?"

„Ich habe ihn rausgezogen. Mit Ruck."

„Deswegen hat er geschrien?"

„Ach, hat er? Hab' ich wohl überhört", sagte Hans und machte ein Gesicht wie ein vollgefressener Kater.

„Und die anderen haben Sie angebunden?"

„Ach, das haben Sie auch gesehen? Für solche Zwecke gibt es Kabelbinder. Sehr stabil. Für jeden einen oben und einen unten und damit nichts schief geht, noch einen zwischen den beiden Unteren."

„Was sagt die Polizei dazu?"

Er sah sie fragend an.

„Ich meine, darf man das?"

„Weiß ich nicht", sagte Hans. „Mein Strafgesetzbuch hatte ich nicht dabei. Das liegt immer unter meinem Kopfkissen. Aber ich habe die Erfahrung gemacht, dass unsere Bullerei meist ganz happy ist, wenn ich die Ganoven gut verschnürt als Paket überreichen kann. Da müssen sie nicht hinterher ermitteln."

„Was war mit dem Verletzten?"

„Was soll mit ihm sein? Hat ziemlich viel Blut verloren. Liegt noch als Pfütze im Eingangsbereich für den Versicherungsonkel. Das Verbandszeug hatte ich leider im Museum. Da kam ich gerade nicht ran. Das haben dann die Sanis gemacht."

„Wirklich?"

„Ich denke schon! Schließlich wollen sie keine Sauerei in ihren Wagen, das kostet sie zu viel Arbeit."

Selbstjustiz auf dem Lande. Hübsch! Und mein freundlicher, harmloser Hans mittendrin.

„Ein Teilgeständnis haben wir auch schon." Hans lachte. „Er sei nur alleine gewesen, sagte der, der schon drinnen war. Irgendwie habe ich mir Einbrecher immer ein bisschen intelligenter vorgestellt. Aber schließlich sind wir nur ein kleines Regionalmuseum und nicht des Grüne Gewölbe in Dresden. Ich muss schnell runter, das dort könnte der Mann von der Versicherung sein. Bis später!"

Aber bevor Hans noch mal kam, erschien Trude. Die Buschtrommel funktioniert hier wesentlich besser als alle Warn-Apps oder wie das heißt. Sie habe zufällig gerade gebacken, ob ich nicht heute Nachmittag zum Kaffee kommen wolle? Eben müsse sie nur noch zu Hilde, aber ab 15 Uhr … und dann erzählen Sie mir alles, aber das sagte sie nicht.

Ich tat es trotzdem. Sie war's zufrieden. Ich bekam noch eine Schachtel Kuchen für den nächsten Tag mit. Und eingefrorene gezuckerte Johannisbeeren. Offenbar hatte ich mich als würdig erwiesen.

So was Schönes habe ich in Hamburg nicht. Das muss ich mir alles im Fernsehen anschauen. Ohne Kuchen, ohne Johannisbeeren. Nur mit Ausschalter.

≈

„Was ist passiert?" fragte Babett erschreckt, als Hans mit einer hellblauen Maske vor dem Gesicht erschien.

„Bisher nichts", sagte Hans, „aber es soll ja auch nichts passieren. Wir haben dicht, aber ich habe doch einige Kontakte zu Anderen. Und meine Frau ist voll drin in ihrer Gesundheitsbehörde."

Babett dachte nach und nahm ihm den Oskar ab.

„Können Hunde sich auch anstecken?" fragte sie.

„Ich glaube nicht. Er ist schließlich kein Wildtier", sagte er und lachte. „Eher ein Faultier, das immer auf irgendjemandem herumhängt und Kontakte meidet."

„Haben Sie Angst?"

„Nein. Ich schütze mich. Das Museum ist zu. Mit den Handwerkern verhandele ich auf Abstand, und wir durchlüften regelmäßig. Und Sie?"

„Ach Hans, was soll mir hier passieren? Ich bin so geschützt, wie nirgendwo auf der Welt. Ich werde versorgt, und meine Stadtfahrten mache ich abgespeckt. Kaufhaus ist dicht, der Grieche entfällt – der fehlt mir am meisten, aber dafür decke ich mich üppig beim Bäcker ein. Kleine Brote mit schwarzen Oliven und Peperoni, Dinkelbrot – die sind sehr gut sortiert. Bei Jutta bin ich als privater Besuch auf Abstand. Kaffee, Kekse, Grabbelkiste, und um 18 Uhr kommt das Taxi. Mir geht es gut hier. Wenn ich Deutschlandfunk höre, denke ich, die Welt ist komplett verrückt geworden."

„Wieso? Ist doch ein Virus, für das keiner was kann."

„Das ist noch sehr die Frage. Aber ich bin keine Verschwörungstheoretikerin. Ich staune nur über die Leute jeden Alters, die über den Verlust ihres Spaßvergnügens klagen. Frisör, Muckibude, Club, Disco, Restaurant, Bar, Puff natürlich auch … was sie alles nicht mehr dürfen und deswegen depressiv werden. Mein Gott, haben die Sorgen! Ob sich mit diesen Erfahrungen endlich was ändert?"

„Meine Frau meint, das Ganze ist wie ein überdehntes Gummiband. Wenn es am Ende losgelassen wird, schnappt es in die alte Position zurück."

„Das glaube ich auch. Wir können gespannt sein. Falls wir das Ende der Krise noch erleben. Ich in meinem Alter!"

Hans lachte. „Solange Sie hier bei uns in der Hütte wohnen und den See bevölkern, kann Ihnen nichts passieren. Und für Hamburg haben Sie Abwehrkräfte gesammelt. Ich bin froh, dass Sie hier sind und es Ihnen gut geht."

„Danke!" sagte Babett. „Mir ist es in den letzten zwanzig Jahren nie besser gegangen. War doch eine gute Idee mit der Hütte. Am liebsten würde ich hier überwintern, aber ich glaube, es wird ohne den See doch reizlos."

„Denke ich auch. In Hamburg haben Sie es warm, und Sie können sich schützen. Für die langen Abende das Fernsehen und ab Weihnachten planen Sie wieder. Was meinen Sie, wie dieser Klops hier im April aussehen wird, wenn Sie wiederkommen?"

Doch, es ist eine wunderbare Zeit hier, dachte sie. Wenn ich im Winter sterbe, habe ich das Gefühl, mein Leben abgerundet zu haben.

≈

Ich will doch mal wieder ran, dachte sie. Die Zeit vergeht, und ich habe nichts getan. Meine männlichen Familienmitglieder sind abgearbeitet. Aber es gab schließlich noch mehr.

Alle Männer meines Lebens. Sortieren? Durchsehen? Einfach nur erinnern? Sie legte einen Stapel Papier auf den Tisch, genau vor das Fenster. Sie wollte die Abenddämmerung beobachten und den Vorhang erst bei Dunkelheit zuziehen. Zwei Kulis daneben. Nichts ist so ärgerlich, wie konzentriert zu schreiben und dann ist die Mine leer. Noch einen Kaffee? Ein Glas Wasser?

Ach, komm endlich mal zu Potte, dachte sie. Immer diese Verzögerungen, wenn es um Männer geht. Irgendwann muss man da einfach durch.

Dann saß sie vor dem Stapel und starrte nach draußen. Die hohen Buchen hoben sich schwarz vom dunkelblauen Himmel ab. Ein dünner Streifen orange zeigte, wo die Sonne untergegangen war.

Wie gehe ich am besten vor? Wie gliedere ich sie? Chronologisch wäre das Einfachste ... falls ich sie noch alle auf die Reihe kriege. Aber es gab doch wesentliche Qualitätsunterschiede. Also positiv ./. negativ? Und die dazwischen? Oder die, die erst das eine und dann das andere waren? Also erst positiv, denn die erst Negativen wurden sofort aussortiert. Mit Sex und ohne Sex wäre auch eine Gliederungsmöglichkeit. Und als Mittelding die ohne Sex, dafür mit viel Erotik?

Man könnte natürlich den Sex auch noch mal unterteilen in guten und in schlechten. Und in langweiligen. Wenn sie alle entsprechenden Erlebnisse Revue passieren ließ, kam sie – ohne lange nachdenken – darauf, dass der langweilige die meisten Striche erhalten würde.

Rauf, rein, hin und her, runter, Zigarette, Badezimmer. Mal eben noch schnell vor Verlassen der Wohnung ... nach dem Western im Spätfernsehen, dann aber schnell in die Federn, solo, weil morgen früh die Nacht zu Ende sein würde. Oder beim Mal-eben-Vorbeikommen. Machst du uns 'nen Kaffee? Und wenn sie mit dem Kaffee reinkam, lag er entblößt auf dem Sofa, hatte es eilig und musste schnell wieder los. Beim Spazierengehen im Wald – sieh mal, dort ist so eine schöne Lichtung zwischen den Tannen. Mit dem Hinweis, es seien Fichten, hatte sie den Zauber der Stunde entzaubert. Oder im Auto, das kenne man doch aus dem Fernsehen. Weißt du, ich hab' da die Geschichte von einem Professor gelesen, der hat seine Studentinnen immer auf dem Armaturenbrett flach gelegt. Das muss ich auch mal probieren. Dazu ist dein Armaturenbrett zu schmal, du hast eben keine Professorenkutsche.

Ich habe mich immer betont dusselig verhalten. Begriffsstutzig. Bis er die reine Technik erklärt hatte, war er abgetörnt. Und ich betont unlustig. Ach, lass' mal. Es ist schon spät, es regnet, ich habe keine Lust, du bist auch verheiratet, musst du nicht zu Mutti?

Was ihr bei Durchsicht einfiel, war die Frage, wieso Männer jeder Altersstufe das Recht für sich in Anspruch nahmen, sich jeder Frau, die ihren Weg kreuzte und nicht gerade eine Mischung zwischen Hexe und Vogelscheuche war, zu bemächtigen. Ihnen fiel einfach nichts Anderes ein, egal, wo man sie traf. Auf Konferenzen sowieso, im Kinosessel, kaum dass es dunkel wurde. Im Auto und sei die Straße noch so regennass, am Strand – selber schuld, wenn frau so leicht bekleidet herumlag – für wen wohl? Für mich natürlich. Nach der Kneipe, nach der Abendesseneinladung („Eine Frau, die mit mir essen geht, braucht kein Portemonnaie!") oder auch einfach abends auf dem Nachhauseweg („Auch so einsam? Wir können den Abend doch gemeinsam verbringen.").

Sie waren alle noch Neandertaler. Sie gingen tagsüber auf die Pirsch und abends warfen sie sich auf die anwesenden Frauen, während die Wildschweinhälfte auf dem Rost schmurgelte. Da war nichts an Kultur angekommen. Sie waren immer noch die Kerle auf den Bäumen.

Wenn sie meinten, etwas dazugelernt zu haben, fragten sie nach dem Dessert nicht nur: War ich gut? Sondern sogar: war's für dich auch schön? Einmal hatte sie gefragt: Was denn? Da war er schwer gekränkt, wo er es doch endlich mal hatte richtig machen wollen.

Und dann all die Urlaubsbekanntschaften. Nein, keine Flirts. Nichts anderes als eine kleine Plauderei am Strand oder am Abendbrottisch. Einer hatte, als er aufstand, nur gesagt: Ich komme gleich wieder und war plötzlich in ihrem Hotelzimmer aufgekreuzt. Sie hatte sich zur Mittagsruhe hingelegt – welch eine Gelegenheit, da war die erste Hälfte ja schon erledigt. Er hatte sich neben sie gehauen und angefangen, ihr linkes Ohr abzuschlecken. Als es sauber war, hatte sie ihn rausgeschmissen unter Aufforderung, seine Liebesgabe doch bitte zu entfernen – eine Flasche Whiskey.

Ach: es war alles so eintönig gewesen. Sie waren alle so langweilig, und sie waren immer alle in Eile. Abarbeiten eines akuten Notstandes.

Und wie sortiere ich sie nun? Sie versuchte, eine Tabelle mit Untertabellen zu Papier zu bringen. Sie versuchte ein Schema, in dessen Mittelpunkt ihr Ehemann stand. Strahlenförmig plus-minus-Zuordnungen. Irgendwie haute alles nicht hin. Wo blieben die Flirts? Wo die erfolglosen Bewerber, die nicht immer die Uninteressantesten waren nur eben nicht fürs Bett. Wo blieb Konrad, der liebe, der wichtigste Mann ihres Lebens? Den konnte sie doch nicht einfach neben den treulosen Ehemann mit vier Kindern stellen, der immer schnell nach Hause musste …

Gab es denn nicht einen, der es wert gewesen wäre, ihm ein eigenes Kapitel im Buch ihres Lebens zu widmen? Doch, es gab ihn. Vor siebzig Jahren. Der Erste, der Unerreichbare, der in ihr Leben trat, als sie noch nicht einmal Jugendliche war, der Absolute … den sie nach sechs Jahren Qual das letzte Mal Eis schleckend in Florenz gesehen hatte und dann nach qualvollen Zugstunden von Florenz über München bis Hamburg, Knie an Knie neben vier Menschen im Abteil, die nichts merkten und alles wussten. Der unausgesprochene Abschied erfolgte dann für immer.

Doch, ihm ein ganzes Kapitel! Nein, ein Buch! Ihre Tagebücher würden Material genug sein. Ihn hatte sie nie vergessen. Und er sie?

Sch..., dachte sie. Die Männer-Idee ist Sch... Zumindest brauche ich jetzt einen starken Kaffee. Was anderes Starkes wäre der Männerthematik angemessener – vielleicht der Whiskey, die dieser Ohrschlecker damals auf ihre Fensterbank gestellt hatte. Dieses Thema kann man doch nur im Vollrausch angehen oder im Zustand völliger Verblödung.

Schade um die Zeit. Draußen war es stockfinster. Sie zog den Vorhang vor. Schade, die Zeit mit Männern zu verplempern. Das hatte sie in hunderten von Stunden ihres Lebens getan. Außer Spesen nichts gewesen.

Es gab wenige Ausnahmen. Aber die, das fiel ihr ein, waren alle die, die in die Spalte „ohne Sex" kämen.

Ich werd' mich auf Einzelfalldarstellungen beschränken, dachte sie. Das tut man in der Wissenschaft dann, wenn man nicht genug Material hat und nicht doppeln will.

Als sie ihren Papierstapel zusammenschob und die Schreibtischlampe ausstellte, fiel ihr ein, dass Hans doch auch zu allen Männern ihres Lebens gehörte. Sicher der letzte und sicher nicht der Schlechteste.

Mit dieser Idee ging sie gut gelaunt ins Bett und schlief sofort ein.

≈

Die Tage vergingen in einer nie gekannten angenehmen Einförmigkeit. Der Hochsommer kam mit Riesenschritten. Die Treppe war schon morgens warm, der Kaffee schmeckte, in aller Morgenstille genossen. Nach dem zweiten Becher erschien Hans mit dem Hundebaby, das vor allem in die Breite wuchs. Irgendwann hatte Susanne ihm einen Pony geschnitten, damit seine geistige Entwicklung nicht wegen einer gardinenbedingten Sehschwäche zurückblieb. Er sah damit bescheuert aus, aber Babett sah seine Lavendelaugen. Egal wie blöd ein Mann ist und aussieht, dachte sie, Hauptsache er hat schöne Augen. Und saubere Fingernägel!

Babett hatte Oskar zu Trude mitgenommen, um ihn vorzustellen.

„Der bleibt draußen", hatte die aus der Küche gerufen, „Ich will keinen Hund im Haus."

Babett hielt ihn ihr auf den Handflächen entgegen. Trude starrte auf ihn herab.

„Das ist er? Das ist doch kein Hund! Der sieht aus wie ein Angorakaninchen."

Immerhin war ihre Neugier befriedigt gewesen.

Irgendwann hatte Babett von sich aus angeboten, bei der Johannisbeerernte zu helfen. Die Büsche hingen voll, die

Beeren waren dick, und an jeder Rispe hingen bis zu achtzehn Beeren.

Trude hatte gerne angenommen. Babett solle aber vor acht Uhr morgens kommen, ab zehn kämen die Schnaken, da müssten sie dann rein und frühstücken.

Es waren drei angenehme Vormittage gewesen. Sie hatte sich schon bei der Ernte mit Beeren vollgestopft - „gut so, was weg ist, ist weg" sagte Trude. Danach hatten sie ausführlich gefrühstückt, und Trude gab ihr außerplanmäßig Frisches aus dem Garten mit und ein Töpfchen Sahne für die Johannisbeeren.

Den Hundemolli brachte ihr Hans dann am Mittag. Denn auf den kleinen Kerl wollte sie nicht verzichten.

Sie nahm ihr systematisches Schwimmen auf, spürte, wie frei ihre Gelenke waren – dank des Trainings in Hamburg. Sie lag über Mittag auf dem Sofa und fühlte sich erfrischt. So lässt sich das Leben aushalten, dachte sie. Kaffee, Ruhe, Hundebaby, frisches Bad im wunderbaren See, gesunde Mahlzeiten dank Trudes Lieferungen. Die Abende wurden lang, mild und sehr still. Sie saß und tat nichts. Ein Buch hatte sie immer neben sich liegen, ebenso Papier und Stifte. Aber sie rührte nichts an. Riechen und Schauen und das bloße Sein füllten sie so aus, dass alles andere nur störend gewesen wäre.

Im Bett las sie noch ein paar Seiten, oft ohne zu verstehen, was sie las. Sie war so angenehm müde und entspannt, und die letzten Gedanken vor dem Einschlafen galten dem vollen Kaffeebecher auf der breiten Treppe, während der Tag um sie herum erwachte. Und dem Mohairbaby.

≈

„Sie sind ja heute so schweigsam", sagte Paul, als sie aus der Stadt zur Hütte fuhren.

„Hhm", machte Babett und dachte, bin ich denn verpflichtet, meinen Taxifahrer zu unterhalten?

Der Besuch bei Jutta war unerfreulich gewesen. Erst kam das obligatorische Klagen über die alte Mutter, die sich an der Tochter ausließ: „Sie hat mich nicht gewollt. Sie wollte diesen Mann, von dem ich bis heute nicht weiß, wer er ist. Aber dann wurde sie schwanger, und er haute ab. Also war ich schuld, dass sie diesen Mann nicht behalten konnte und stattdessen ein Balg am Hals hatte. Ich war jahrzehntelang ihr Klotz am Bein. Und heute ist sie mein Klotz am Bein, und ich kann noch nicht mal weg."

„Sind Sie denn nie woanders gewesen?" fragte Babett und bemühte sich, nicht gereizt zu wirken.

„Doch. Nach der Schule bin ich weg. Es stand für meine Mutter fest, dass ich die Buchhandlung übernehmen würde, aber sie konnte mich nicht ausbilden, weil sie selber keine Ausbildung hatte."

Und dann hatte Jutta ihre Leidensgeschichte erzählt. Mit 19 aus dem Haus, eine Lehrstelle in Lübeck. Es sollte nicht weit weg von der Mutter sein, weil diese die Wochenenden einforderte. Außerdem wollte Jutta gerne an die See. Und das Beste – zunächst jedenfalls –: der Buchhändler bot seiner

Azubi eine kleine Wohnung. Es schien so lange perfekt, bis ihr Chef erst mit Konfekt, dann mit Schokolade und dann mit offener Hose erschien. Sie war seine Beute, und es gab kein Entkommen. Sie war naiv und unerfahren. Sie wusste nicht, wie man sich wehrt, und sie fürchtete um Ausbildungsplatz und Wohnung. Als sie schwanger wurde, zwang er sie zur Abtreibung und behandelte sie in der Buchhandlung wie Dreck. Ihre Kolleginnen feixten. Jutta schien es, als ob sie diesen Weg schon hinter sich hatten oder zumindest wussten, was los war.

Als sie körperlich abbaute, fragte ihre Ärztin sie rundheraus, ob sie Probleme mit ihrem Chef habe. Sie kannte ihn von irgendwelchen kommunalpolitischen Gremien und nannte ihn ein Ekelpaket.

Die Ärztin war es dann, die diesen Mann am Telefon zusammenfaltete, ihm mit dem Staatsanwalt und dem Entzug aller möglichen Ämter drohte und die ihr einen neuen Ausbildungsplatz in einem der kleinen Seebäder besorgte. Frauensolidarität! Das Ekel hatte sie um ein sagenhaft gutes Zeugnis erpresst und so begann Jutta bei zwei älteren Schwestern.

Sie betrieben in einem kleinen Backsteinhaus, das mit Rosen umrankt und mit Efeu bewuchert war, einen kleinen, feinen Buchhandel. Das Geschäft befand sich unten, die gemeinsame Wohnung oben. Sie zankten sich unaufhörlich, selbst vor Kunden, die es aber nicht anders kannten. Es gehörte zum Charme dieses Häuschens.

Jutta durfte im naturbelassenen Garten im Gartenhäuschen wohnen und an allen literarischen Soireen, Lesungen und

Fressabenden teilnehmen. Alles streng limitiert, women only.

Sie wurde hart rangenommen und lernte vom Putzen über Büchereinsortieren, Rechnungen- und Rezensionenschreiben alles. Im dritten Jahr vermittelten ihr die beiden Streithennen einen längerfristigen Aufenthalt in einem Verlag in Süddeutschland, und kurz vor dem Abschluss spendierten sie Jutta eine Tagung von Kinderbuchexperten in Bonn. Wohnen in einem ehemaligen Priesterseminar, drei wunderbare Mahlzeiten am Tag und Bildung rundum. Als eine Teilnehmerin sich verwunderte, dass ein Lehrling sich diesen teuren Luxus leisten konnte, erfuhr sie, dass diese Woche 800,00 DM kostete. Spendiert von ihren beiden Ausbilderinnen plus Fahrgeld. Zur Prüfung wurde mit ihr gebüffelt, und sie bestand mit Auszeichnung.

Soweit Juttas Schilderung in Moll. Und wohin sind Sie dann gegangen, wollte Babett fragen, aber sie sah die Antwort in Juttas Gesicht. Nach Hause zur Mutter natürlich! Dort plagten und zankten sie sich Tag für Tag. Die Mutter war die Chefin. Sie wollte nicht loslassen. Sie wollte nichts hören von neuen Vermarktungsstrategien, von Werbung, von Publikumsaktivitäten. In der DDR sei alles gut gewesen, sie habe keine Veranlassung, etwas zu ändern und die Tochter habe sich zu fügen. Und sie fügte sich.

Babett war stinksauer nach diesem Gespräch. Die kriegt ihre Füße genauso wenig aus dem Morast wie ich, dachte sie. Aber sie hatte doch andere Chancen! Wieso bin ich eigentlich zeitlebens der Müllkübel für alle Frauen rund um mich herum gewesen? Sie war schon im Amt die

Beichtmutter für ihre Untergebenen. Liebeskummer, Geldsorgen, Schwangerschaften …

Und wer hatte ihr jemals zugehört? Außer Konrad, aber der tauchte allenfalls zweimal im Jahr auf.

Vielleicht muss ich so ein Gespräch initiieren, dachte sie. Die anderen plapperten doch auch ungefragt los und kotzten sich aus.

Beim nächsten Gemüsekorbübergabetermin, bei dem Trude sie zu einem Becher Kaffee einlud, fragte sie, und hoffte auf eine entsprechende Gegenfrage, die ihr die Möglichkeit geboten hätte zu erzählen.

„Trude, wie war Ihr Leben? Hatten Sie es gut?"

Trude, die am Herd stand, drehte sich um und starrte Babett an. Dann drehte sie sich wortlos zurück und sagte mürrisch:

„Ja, gut. Wieso nicht? Ich hatte den Garten und der See war auch immer!"

Dann setzte sie sich und erzählte von ihrer reichen Zwiebelernte – alle sehr klein in diesem Jahr, dafür sehr scharf, und sie überlege, ob sie welche an den Hofladen abgeben solle.

Das war ein Schuss in den Ofen, dachte Babett auf dem Heimweg. Trude war wohl nicht die richtige Ansprechpartnerin für anderer Leute Lebensthemen. Aber vielleicht Hans, der war insgesamt zugewandter.

Am nächsten Morgen erschien er wie immer gut gelaunt, setzte den Hund auf die Treppe und fragte nach ihrem Ergehen.

„Gut" sagte Babett. „Wollen Sie sich nicht setzen? Kaffee?"

Hans verneinte, er sei schon vollgeschlabbert.

„Haben Sie ein gutes Leben gehabt, Hans?" fragte sie übergangslos. „Ich meine, sind Sie alles in allem zufrieden?"

Hans lachte. „Na, das sind ja Fragen am frühen Morgen. Ja, ich habe ein gutes Leben. Ich kann mich nicht beklagen. Ich bin hier aufgewachsen und verwurzelt. Schule, Ausbildung und nach Grenzöffnung noch ein Studium an der Fachhochschule. Ich war noch nicht mal fertig, da wurde mir hier die Stelle angeboten. Das Museum war noch im Aufbau, es gab viele technische Unsicherheiten. Keine Ausschreibung, keine Mitbewerber, kein Stress, und ich war wieder in meinem Heimatdorf."

„Das hört sich fast märchenhaft an", sagte Babett. „Wie bei einer guten Fee."

„Ja, die hatte wohl ihre Hand im Spiel. Und auch bei allen weiteren Regelungen. Ich bin sehr selbständig, der Vorstand ist mit mir ein verstanden, das Geld reicht – also das fürs Museum und mein Gehalt. Wenn nichts Einschneidendes mehr passiert, gehe ich in ein paar Jahren zufrieden in Rente."

„Mit Ihrer Frau", sagte Babett.

Hans schwieg lange und sah in die Bäume. „Ich hoffe es sehr. Mir ist meine erste Frau genommen worden. Ich wünsche mir, mit Susanne bis an unser Lebensende zusammen zu bleiben. Die Jahre von Leonies Krankheit und nach ihrem Tod waren ein Grauen. Als sie fort war, wollte ich nicht mehr leben."

Er machte eine lange Pause und fügte hinzu: „Das gehört zum Leben wohl dazu. Man kann sich nicht alles aussuchen."

Jetzt könntest du eigentlich die Gegenfrage stelle, dachte Babett. Und Hans tat es tatsächlich, aber anders, als sie gehofft hatte.

„Und Sie?" fragte er. „Ihr Leben dauert ja schon so lange. Da gab es sicher auch Höhen und Tiefen."

Und während er es so lässig hinwarf, zauselte er den Hundeklops, zog ihn am Schwänzchen und pustete ihm ins Gesicht, bis Oskar nieste.

Das war nicht die Stimmung, die Babett sich vorgestellt hatte für ihre Lebensschilderung. Es ging ja nicht um Oberflächlichkeiten ...

„Ja", sagte sie, „die gab es."

„So soll es sein", sagte Hans, „hell und dunkel, laut und leise, ernst und heiter ... Es muss alles geben, Hauptsache, es ist einigermaßen ausgeglichen. So, ich muss wieder. Wollen Sie Oskar nehmen?"

Er legte ihr den Hund auf den Schoß, stand auf, winkte und war weg.

Nein, mein Leben interessiert niemanden, dachte sie. Nicht einmal ansatzweise. So als ob ich nur hier und jetzt bin – ohne Vergangenheit, nur eine alte Frau, die aus dem Nichts auftaucht und eine alte Hütte will. Von uns bleibt nichts übrig. Das Leben holpert an uns vorbei, und dann ist Schluss. Schade. So viel Aufwand! Eine unwirtschaftliche Angelegenheit, wenn man nicht gerade Goethe war oder Churchill oder Alexander der Große! Oder Alma Mahler-Werfel.

≈

Es liegt hier jetzt seit Monaten und ich traue mich nicht, es erneut aufzuschlagen, das alte Gedichtbuch. Der Schreck sitzt tief. Ich hole mir aus Langeweile eines der alten Museumsbücher, schlage es an beliebiger Stelle auf und bin … mitten in den Erinnerungen, die ich mir doch erst langsam erarbeiten wollte.

Sie hatte oft die Hand auf das Buch gelegt, einfach mal wieder blättern. Was kann Schlimmeres kommen als „Es liegt etwas auf den Straßen im Land umher …"? Sie zog es so vorsichtig heran, als ob es einen Sprengsatz enthielte. Tat es ja auch. Dennoch … Sie blätterte systematisch von vorne, Seite für Seite.

Aus deutscher Sage, aus deutscher Vergangenheit, Mittelalter, 17., 18., 19. Jahrhundert, Weltkrieg (der erste natürlich), aus deutschen Landen, Heimat und Fremde … so geht es systematisch Kapitel für Kapitel. Schließlich ist es ein Schulbuch. Wie mögen Gedichtschulbücher heute aussehen? Ich muss Jutta fragen.

Zu ihrem Erstaunen stellte Babett fest, dass sie annähernd die Hälfte der Gedichte kennt, manche noch auswendig, zumindest die erste Strophe. Das haben wir alles in der Schule gelernt, dachte sie. Wozu war es gut? Was machen sie heute im Deutschunterricht? Es sollte das Gedächtnis üben, den Sinn für Rhythmus. Es sollte disziplinieren … und genau das war der Grund – sie erinnerte sich an einen Elternabend in der Schule ihres Sohnes –, weswegen eben nicht mehr auswendig gelernt werden sollte, keine Disziplinierung, sondern Kreativität. Die Kinder sollten eigene Gedichte schreiben. Taten sie auch … und diese sahen dann genau so aus, wie sie sich zu Tausenden in der modernen Lyrik finden. Zwei simple Sätze zu Natur und Wetter oder zur eigenen Nabelschau, diese zerhackt untereinandergeschrieben, und schon ist das Gedicht fertig. Zu diesem nichtssagenden Hickhack mussten die Lehrer dann die Sequenz „was will uns der Dichter damit sagen?" einfügen. Zu „Belsazar", „Die Füße im Feuer" oder „Die Glocke" erübrigten sich diese Deutungsdauerlangweiler, mit denen man Kindern die Freude an Gedichten für den Rest ihres Lebens austrieb. Die alten Gedichte erzählten Geschichten und Geschichte. Egal. Was sollte sie sich über den Kulturverlust aufregen?

Sie sah zum Fenster hinaus. Die kleine Landschaft und die vielen Bäume waren von einem zarten Schleier umgeben. Es würde heiß werden, sehr heiß. Sie ließ die Gedanken ziehen und hörte plötzlich ihre Mutter: Lern' Gedichte auswendig. Sie können dir dein Leben retten. Wenn du in Gefangenschaft gerätst oder eingekerkert bist, wirst du nichts Anderes bei dir haben als Gedichte, die du auswendig kannst. Wie überlebenswichtig sie sind, haben unsere Männer nach der Kriegsgefangenschaft erzählt. Sie hätten nur überlebt, weil sie sich selbst oder gegenseitig Gedichte aufsagen konnten. Also lern' Gedichte! Sie retten dich vor dem Verrücktwerden …

Es war so lange einer der vielen individuellen Angstmacher ihrer Mutter gewesen, bis sie eben diese Aussagen in

Erinnerungsbüchern aus dem Knast, dem Gulag, den sibirischen Weiten las.

Sie hatte Gedichte auswendig gelernt, wenn sie zu den Hausaufgaben gehörten, und jedes Mal dachte sie, mehr kann ich nicht, aber dieses Gedicht, so rhythmisch, so anschaulich, so lang, wird mich vielleicht mal retten.

Eigentlich, dachte sie, war alles rund um Kindheit und früher Jugend von Kerker, Kälte, Hunger, Flucht, Nässe, Angst erfüllt. Egal, an welchem Zipfel man zog. Und sei es Schiller.

Sie blätterte weiter. Sie mochte den Geruch des alten vergilbten Papiers, das so rau in der Hand lag. Und dann kam endlich etwas Erfreuliches: „Nächtlich am Busento lispeln bei Cosenza dumpfe Lieder ..." Busento! Der Anlass zu anhaltendem Gekicher. Wie naiv und leicht zufrieden zu stellen wir waren! Zum Busento gehörte dann der Titisee, Steigerung der Titicacasee und der Po, von dem wir nie glaubten, dass ein Fluss wirklich so hieß. Eine sagte Titisee, und schon lachten alle, und die Lehrerin tat, als hätte sie nichts gehört. Was Kinder heute damit wohl anzufangen wüssten? Vermutlich würden sie verständnislos gucken. Zumal sie nicht einmal wissen würden, dass es sich um geographische Örtlichkeiten handelte.

Wann war uns eigentlich diese Unschuld abhandengekommen? Sie lächelte, als ihr einfiel, dass ihre ganze Clique aus dem Geschichtsseminar geschlossen ins Kino gegangen war. Es gab Ingmar Bergmans „Das Schweigen", und in diesem Film gab es „eine Stelle". Dieser Stelle wegen gingen allein in Deutschland elf Millionen Neugierige ins Kino. Später wurde dieser unerwartete Erfolg der Filmkunst des Meisters zugeschrieben. Der Film war eigentlich langweilig, weitgehend handlungsfrei, außer dass sie sich alle langweilten und anschwiegen. Sie saß neben Pavel und irgendwann, als es sich zog und zog, flüsterte sie: „Wann kommt denn endlich die Stelle?" Pavel hatte gelacht und gesagt: „Die war schon, aber da warst du gerade mit deiner Schokolade beschäftigt." Jahre später hatte sie „Das Schweigen" nochmal auf DVD gesehen und die Schokolade im Schrank gelassen. Die Stelle war der Geschlechtsverkehr zweier im Varieté gelangweilter Zuschauer ohne jegliche Emotion, reine Technik. Zu diesem Zeitpunkt war die Szene nur noch öde. Dazwischen – zwischen Busento und „der Stelle" – muss irgendwann die sexuelle Revolution stattgefunden haben.

Sie blätterte weiter. Eichendorff, Storm, Hebbel, Liliencron, Ricarda Huch, Mörike. Mörike? Sie erschrak wieder. Noch einmal. „Herr, schicke was du willst, ein Liebes oder Leides ..." Wieder er! Der Erste, die große Liebe. Es war der Spruch, den er ihr, der kleinen Schülerin, ins Poesiealbum geschrieben hatte. „Wollest mit Freuden und wollest mit Leiden mich nicht überschütten ..."

Sie klappte das Buch zu und schob es zuunterst unter den Bücherstapel. Nicht noch mal. Nicht noch mehr. Ich muss raus. Ich brauche Bewegung.

≈

Wieso fällt mir eigentlich ständig der Ludwig ein? Alle Männer – okay –, aber er drängt sich geradezu auf. Dabei gäbe es Wichtigere. Wichtigere für mein Leben. Ludwig war die personifizierte Versprechung und der ebenso personifizierte Rückzug. Er war eine seltsame Figur. Er war für mich wie ein Aufbruch, der nicht stattfand, wie das Sitzen auf gepackten Koffern, bis einer durch die Tür tritt und sagt: Was machst du denn hier? Willst du verreisen? Was, mit mir? Wie kommst du nur auf so eine Idee? Haben wir vereinbart? Glaub' ich nicht.

Bei Ludwig war es immer nur ein „Du kannst ja auf alle Fälle mal überlegen, was du eventuell mitnehmen möchtest, falls es mit uns klappt."

Aber warum spukte er ihr hier in dem kleinen Paradies durch die Gedanken? Er ist noch gar nicht dran. Na gut, handele ich ihn eben ab, dann bin ich ihn los …

≈

Wenn sie jedem ihrer Männer ein Merkmal beifügen sollte, dann wäre Ludwig 'der Lügner' gewesen. Nein, nicht so kleine Alltagsschwindeleien wie sie sie von ihrem Mann kannte, sondern richtig große. Immer ging es um Termine. Neun von zehn sagte er ab. Es gab noch kein Internet, in dem man seinen Unternehmungen hätte nachspüren können. Aber er selber entlarvte sich …

Sie hatte ihn – wo sonst als Karrierefrau? – auf einer Tagung kennen gelernt. Sie kannte ihn vorher nicht und verband mit dem Namen, der genannt wurde, auch keine Position.

Ihm wurde das Wort erteilt und in seiner nuscheligen Art brachte er einiges Frauenfeindliche vor und Fakten, die nicht stimmten. Sie hatte ihm vehement und scharf widersprochen und war über seine Reaktion erstaunt. Er verteidigte sich nicht. Er rückte nichts gerade. Er lächelte süffisant. Dann nahm die Tagung ihren Verlauf, und sie hing mit ihren konkreten Einwendungen in der Luft.

Als um 16 Uhr Schluss war – schließlich waren sie Behördenvertreter, und die haben, egal was passiert, um 16 Uhr Feierabend – tauchte er plötzlich neben ihr auf. Er habe für eine Diskussion, die er sehr gerne mit ihr führen würde, weil sie so interessante Aspekte eingebracht habe, jetzt leider keine Zeit. Er müsse zum Bahnhof, um 20 Uhr habe er daheim noch eine wichtige Konferenz. Sein Taxi stünde schon vor der Tür, ob er sie mitnehmen und unterwegs absetzen könne. Dann hätten sie noch Zeit zum Reden.

Ob und was sie geredet hatten, wusste sie nicht mehr. Sie erinnerte sich nur noch, dass er, kaum war das Taxi angefahren, seine Hand auf ihr Knie gelegt hatte. Gott sei Dank war die gemeinsame Strecke nicht weit.

Das würde heute unter die Me-too-Debatte fallen, dachte sie. Aber sie war nicht abhängig, sie suchte keine Stelle.

Sie suchte einen Mann. Nicht aktiv, aber wenn sich etwas bot? Ihr Ehemann war in seiner Auswanderungsvorbereitung gefangen. Manchmal versuchte er, seine wesentlichen Fragen mit ihr zu diskutieren. Australien? Neuseeland? Vielleicht Malaysia? Und mit wem? Mit seiner Derzeitigen – wobei er nicht seine Angetraute meine, sondern die akute Ehebrecherin – oder lieber ohne? Dort gab es sicher auch

Frauen ...und er war überzeugt, dass es dort viele gab, die nur auf ihn warteten.

„Sag' mal, musste das sein, was du da gestern so aggressiv von dir gegeben hast?'" fragte ihr Chef sie am nächsten Morgen. „wusstest du nicht, wer das ist?"

„Ja, ein Journalist. Aber wieso muss man dem nach dem Munde reden? Das war doch Blödsinn, was der von sich gegeben hat."

„Das kann man so und so sehen", sagte ihr Chef beruhigend. „Aber nicht bei einem Mann dieser Stellung. Er ist immerhin der Chefredakteur einer der maßgeblichen Medien in unserem Lande!"

„Na und?" hatte sie gesagt und an die Hand auf ihrem Knie gedacht.

Zwei Tage später lag ein sehr eleganter Brief in ihrem Kasten. Dickes Papier, zartgrauer Absender mit allem, was man eben wissen sollte. Woher hat der meine Adresse? dachte sie irritiert, bis ihr einfiel, dass er sie mit dem Taxi bis vor die Tür gebracht hatte. Aber er hatte nichts notiert ...

Er würde sie gerne wiedersehen. Er würde sich gerne mit ihr austauschen, die Taxifahrt war dafür zu kurz gewesen. Termin, Ort ... alles anbei. Sie müsse nur ja sagen.

Ihre Erfahrungen mit Männern beschränkten sich auf zwei unerfüllte Jugendlieben, ihren Ehemann und ihre langweiligen Mitarbeiter und Chefs. Da war nie etwas Ernstliches durchgeschimmert. Vor allem war nie ein Mann dabei gewesen, der wusste, was er wollte und das gleich in Angriff nahm.

Dass es nicht nur um eine Feminismusdiskussion gehen würde, war ihr klar, wenn sie auf die Hand auf ihrem Knie dachte. Aber Scheiß drauf. Sie war gerade vierzig geworden, ihr Mann war im Abflug, ihr Sohn lebte in seiner Geisteswelt, und ihre Behördenkarriere war alles andere als sexy.

Sie sagte zu. Er war pünktlich. Er lud ein. Er bestellte. Er rügte sie, weil sie keinen Alkohol wollte. Sie gab nach, der schlechten Laune wegen und bestellte 0,2 Rosé, was ihn zu spöttischen Ausführungen veranlasste.

Zwischen den Gängen fragte er sie aus. Ach ja, er war Journalist. Er war dabei ebenso zielgerichtet wie aufmerksam. Er nickte und fragte. Er aß langsam und ließ viel auf dem Teller zurückgehen, während er sich dem nächsten Gang zuwendete. Am liebsten hätte sie gesagt, geben Sie her, ich esse es auf ...

Sie war hin- und hergerissen. Das war mal ein ganz anderes Kaliber. Ein Mann, der nicht eine Pizza mit Salat und Cola bestellte und dann die Rechnung teilte, sondern ein Mann von Welt. Über den Wein zum Hauptgericht diskutierte er mit dem extra herbeizitierten Sommelier auf Italienisch. Der doppelte Espresso wurde gekränkt zurückgewiesen – doppelt Kaffeepulver und nicht doppelt Wasser, bitte!

Das ging alles sehr selbstverständlich vor sich und die Kellner schienen zu spüren, dass sie nicht einen Mann von der Straße vor sich hatten. Die Rechnung wurde sehr diskret überreicht. Er, der nie in diesem Restaurant gewesen war, zeichnete sie nur ab und wies ein Kärtchen vor, mit dem der Kellner nach drinnen ging und es dann mit einer Verbeugung zurückbrachte. Sie war geblendet. Das war nicht ihre Welt. Aber wie sollte sie je aus ihrem langweiligen Leben herauskommen, wenn sie ein solches Angebot ausschlug? Ein Angebot des Schicksals. Nun greif' doch zu. Mehr musst du nicht tun. Sag' ja und lass' es geschehen …

Was sie sich einhandelte, war allenfalls ein Leben mit einem hohen Unterhaltungswert, wenn man zum Humor neigt, was sie nicht tat. Ein Achterbahnleben. Schiffschaukel. Rein in die Kartoffeln und raus aus den Kartoffeln. Er wollte kommen, schaffte es dann aber nicht. Er wollte, dass sie sich jeden Mittwochnachmittag, -abend, -nacht für ihn freihielt und bitte ohne Sohn. Wenn du den ins Internat gibst, haben wir mehr Zeit füreinander. Die hatte er aber auch ohne Internat nicht.

Auch die geplanten Wochenenden fielen flach, nachdem sie mühsam ihren Sohn woanders untergebracht hatte. Da musste er dringend zum Germanistenkongress nach Heidelberg – sorry, den hat meine Sekretärin vergessen einzutragen. Es gab damals noch kein Internet, das man schnell befragen konnte, aber es ging auch ohne. Er berichtete in seiner Zeitung von diesem Kongress, der ein Wochenende später in Göttingen stattgefunden hatte …

Sie sprach ihn nie auf diese Ausreden an. Sie wollte nicht schon wieder einen Mann, der entweder nicht da war oder mit dem es Streit gab. Hab' Geduld, dachte sie, das muss sich alles entwickeln, und er ist ja auch schon älter.

Wie alt er war, erfuhr sie, als er in seiner Redaktion medien-
öffentlich mit großer Feier in die Rente verabschiedet
wurde. 65. Und er drehte durch. Er wollte es nicht wahrha-
ben, er könne doch noch, und er sei schließlich kein üblicher
Arbeitnehmer. Man wolle ihn nur loswerden, weil die Jün-
geren von unten nachdrängten.

Wenn Sie gedacht hatte, dass er nun mehr Zeit für sie und
für ein Miteinander haben würde, lag sie falsch. Es änderte
sich nichts. Er war ständig unterwegs, holte sich von allen
möglichen Medien Aufträge ein, verdiente ein Schweinegeld neben seiner Rente und betrieb ihre Beziehung wie eh
und je.

Ließ sie nichts von sich hören, schrieb er, dass das Leben
mit ihr doch schöner sei als ohne sie. Er schlug ein Treffen
vor, das halbwegs klappte, und dann schrieb er, die Beziehung würde nicht besser, wenn man sie in die Länge zöge.

So ging es geschlagene drei Jahre. Drei wertvolle Jahre ihres
Lebens! Oft sah sie sich gezielt nach einem Ersatz um, nach
dem Motto: gegen einen Mann hilft nur ein anderer Mann.
Sie ließ sich von ihrem Chef in die Pizzeria einladen. Aber
der stellte sich auch nur als der Pizza-Salat-Cola-Typ heraus, der dem Ober dann sagte: getrennt bitte.

Ihr Mann war inzwischen entflogen. Australien hatte er entschieden und solo. Warum von hier eine Last mitnehmen?
Unterhalt für den Sohn käme per Dauerauftrag. Vielleicht
würde er sich mal melden. Scheidung? Äh ... wieso? ... ist
das nötig? Sie hatte sie eingereicht. Es ging glatt über die
Bühne. Sie verzichtete auf Unterhalt, gemeinsame Werte
hatten sie nicht, den Sohn wollte er nicht, der könne später

nachkommen, wenn er volljährig sei. Außer Spesen nichts gewesen.

Ludwig tauchte gelegentlich auf. Im Briefkasten, im Telefonhörer, mit Einladungen, Versprechungen und Absagen. Irgendwann hatte es sich totgelaufen. Von seinem Tod erfuhr sie aus der Zeitung. Er berührte sie nicht mehr.

Ludwig, der Lügner, aus einer Welt, die ihr so unbekannt war wie die Rückseite des Mondes. Lass' ihn, hatte Konrad gesagt. Der weiß selber nicht, was er will. Außerdem ist er verheiratet. Wusstest du das nicht? Seine Liebschaften holte er sich eigentlich immer aus dem Medienbereich. Du warst ein Exot für ihn. Zu alt, andere Denke, unabhängig. Er förderte in seinem Arbeitsfeld die jungen Frauen, ha ha. Die dienten sich bei ihm hoch. Hast du mal was von der … ach, ich lass' es. Mit dir konnte er nichts anfangen. Du passtest nicht in sein Beuteschema. Junge Frauen anheuern, fördern, gegenseitige Abhängigkeit … Wenn du es mir von vornherein erzählt hättest, hätte ich dich warnen können, Kleines. Aber du willst ja Erfahrungen machen.

≈

„Ihr kleiner Liebling wird Oskar heißen. Wir tun für unsere weitgereisten Gäste und Mitbürger alles, was uns möglich ist", sagte Hans, kramte in seinem Anorak, setze ihn zum Pinkeln auf Babetts Klopapier und stöhnte zufrieden.

„Wie kommt das?"

„Meine Frau findet 'Oskar' ganz süß. Ich habe ihr auch von dem Kinderbuch erzählt. Und der Tierarzt hat mit viel Müh' und Not feststellen können, dass Oskar mal ein strammer Mann wird."

„Komm' mal her, mein Kleiner", sagte Babett, griff ihn mit einer Hand und legte ihn sich auf den Schoß. „Du heißt jetzt Oskar! Verstanden? Du wirst es lernen. Wir werden 'Oskar' immer mit der Fütterung verbinden."

„Gute Idee. Wissen Sie, was der Tierarzt noch gesagt hat? Dasselbe wie Sie. Was ist das denn? Er hat sich halbtot gelacht. Er will seine Entwicklung gerne beobachten. Ich habe ihm gesagt, dass er das darf. Ich bringe ihn ab und zu zum Angucken vorbei, aber ohne Rechnung jedes Mal. Er kann sich überhaupt nicht vorstellen, wie der in einem Jahr aussehen wird."

Er setzte sich. „Aber nun mal was Andres. Wie groß sind Sie, Frau Abel, wenn ich das so ungeniert fragen darf."

„Ich bin 1,68. Wieso? Wollen Sie mir einen Taucheranzug kaufen?"

Hans lachte. „Nein, wir haben unten im Museum Probleme mit der Beleuchtung. Ich finde, es ist einfach zu viel, zu überdimensioniert. Klaus hat schon Vorschläge gemacht, welche Strippen raus können. Es ist ja auch eine Kostenfrage. Das andere Problem – und deshalb frage ich Sie – wir beobachten öfter Gäste, die sich von den Hängelampen geblendet fühlen. Sie gucken nicht auf die Exponate, sondern in die grellen Leuchtmittel. Ich sehe oft, wie sie die Augen abschirmen. Ich kann es nicht nachvollziehen, ich bin 1,84, Klaus ist 1,86 – aber ich kann es mir vorstellen. Das heißt, dass das Gros der Lampen, so wir sie drinnen lassen, abgesenkt werden müssen."

„Hhm. Verstehe ich. Aber wo ist das Problem? Haben Sie hier keinen guten Elektriker?"

Hans lachte. „O ja, Klaus zum Beispiel, der würde es sofort machen. Aber die Beleuchtungsanlage ist nicht einfach nur zum Leuchten da. Sie ist ein Kunstobjekt. Ein geschütztes. Die ist nicht von einem Elektriker gelegt, sondern von einem Lichtdesigner. Und der hat sich vertraglich ausbedungen, dass an der Installation nichts geändert wird. Als ich argumentierte, hat er ziemlich böse gesagt, er würde der Frauen-skulptur ja auch nicht einen Arm absägen, weil sie ihm nicht gefällt."

„Mein Gott, was es alles gibt. Und es einfach machen? Oder kommt er kontrollieren?"

„Ja, er schaut ab und zu herein. Das kann man durchaus Kontrolle nennen."

„Und welche Rolle soll ich bei dieser Farce spielen? Soll ich ihn becircen, wenn er das nächste Mal kommt?"

„Nein, das würde nichts nutzen. Mal abgesehen vom Alter – Entschuldigung – er ist bekennender Schwuler. Ich würde mit Ihnen gerne an allen Objekten und Vitrinen vorbeigehen, und Sie sagen mir Ihren Eindruck. Sie haben eine mittlere Größe, vor allem eine Größe wie viele Kinder aus den Schulklassen."

„Wann?"

„Wenn's geht jetzt. Dann haben wir es geregelt und können vielleicht Ideen entwickeln. Der Knabe kommt am nächsten Mittwoch. Ich habe ihn schon vorbereitet, dass es so nicht gehen wird."

„Gut! Und wer nimmt Oskar?"

Sie gingen erst ins Untergeschoß zu den Skulpturen.

„Tatsächlich" sagte Babett. „Schlimmer als ein Weihnachts-
baum. Ich glaube, er wollte jede Skulptur perfekt ausleuch-
ten, dabei könnte es sehr interessant sein, wenn man auch
ihre Schattenseiten sieht, es wäre plastischer, und die Leute
gucken vielleicht eher, was es an der Rückseite zu sehen
gibt."

Hans pfiff durch die Zähne und machte sich Notizen.

„Und das Blenden! Furchtbar! Sehen Sie – das Leuchtmittel
hängt direkt in Augenhöhe. Ich gucke rein, ob ich will oder
nicht. Entweder kürzen oder verlängern, so dass sie direkt
über der Skulptur hängen und man höchstens auf die Fas-
sung schaut."

Hans pfiff wieder und zeigte ihr seine Skizzen. „So etwa?"

„Ja, und dann müssen Sie noch einen Menschen von meiner
Größe dazu zeichnen – wo sind seine Augen und was soll
er sehen?"

Hans war mal wieder erschlagen von dieser alten Frau. So
ein unscheinbares altes Mütterchen!

„Wollen wir hoch gehen? Oben sind seine Skizzen und Ent-
würfe und Tagebuchblätter."

„Das ist ja hier dieselbe Festbeleuchtung! Nehmen Sie mal
den Oskar, ich muss näher hingucken."

Oskar wechselte von der Hängematte in den Anorak.

Babett ging langsam durch die Reihen. „Wusste Ihr Künstler, was hier ausgestellt würde?"

„Ja sicher."

„Dann ist er ein Ignorant. Sehen Sie mal, Hans. Ich will mir diese Vitrine anschauen. Darin liegen Tagebuchblätter und daneben eine Skizze. Wenn ich sie mir genau ansehen will, muss ich mich bücken. Und wenn ich mich bücke, wirft mein Kopf Schatten auf die Blätter. So kann ich sie also nicht lesen. Ich kann auch gerade davor stehenbleiben, dann kann ich aber keine Einzelheiten erkennen, obwohl ich klein bin. Wie geht es Größeren? Also diese Installation hier ist Quatsch!"

„Aber ...", sagte Hans, und Babett zuckte mit den Schultern. „Wenn man die Lampen höher oder runter zieht ..."

„Dann bleibt es immer noch Quatsch."

„Haben Sie eine Idee?"

„Ich erkläre es Ihnen."

Am Ende des Rundgangs korrigierte sie Hans' Skizzen und sagte. „Bei solchen Kästen in Bauchhöhe gibt es nur eine sinnvolle Lösung. Sie dürfen nicht von oben beleuchtet werden, sondern direkt und unmittelbar. Also in jedem Kasten ein Leuchtmittel hinten über die ganze Länge."

„Die sind da ja", sagte Hans. „Von uns aus. Aber wir haben sie abgeschaltet, weil es einfach zu teuer wird."

„Möchten sie einen Kaffee?", fragte er. „Wir haben hier im Museum einen sehr guten, fair trade und Schwallaufguss."

Als sie saßen und Babett sich an dem Kaffee labte, fragte sie, wie lange es diese Installation von dem ignoranten Künstler schon gebe. Und was in seinem Vertrag stünde. Ob es vielleicht einen Passus gebe, dass er nur für eine beschränkte Zeit Zugriff auf seine Kunst habe.

Hans wollte nachsehen. Das sei vielleicht eine Lösung.

„Und dann", sagte Babett, „sollten Sie an die Stromrechnung und an den Umweltschutz denken. Wie viele Leute gehen täglich durch die Blättersammlung?"

Hans wusste es nicht. Sie zählten nur die verkauften Billetts, aber mit Sicherheit waren es oben viel weniger als unten.

„Dann würde ich keine Dauerbeleuchtung machen, ob von oben oder von der Seite. Wie wäre es mit einem Bewegungsmelder? Der Raum ist spätnachmittags nur indirekt beleuchtet, aber wenn jemand durch die Tür geht, gehen alle vorhandenen Lampen an. Geben Sie mir mal Oskar, der jammert."

Sie nahm ihn, setzte ihn auf den Fußboden. Er pinkelte erwartungsgemäß, und sie sagte: „Ihre Sache!"

Während sie ihn knuddelte und er fiepte, sagte sie: „Es gäbe noch eine andere Lösung. Für ein Museum ganz attraktiv. Es ist nur leicht beleuchtet, so dass keiner fällt oder Angst kriegt. Und wenn er sich einen Glaskasten näher ansehen will, legt er seine Hand an eine bestimmte Stelle des Kastens und sofort geht dort die Lampe an, die alles gut ausleuchtet. Also ein Berührungsmelder. Wenn derjenige seine Hand wegnimmt und weitergeht, erlischt das Licht und er geht zum nächsten Kasten. Der muss natürlich perfekt ausgeleuchtet sein, sonst ist es ein Flop."

Hans starrte sie an. „Woher wissen Sie so was? War das mal Ihr Beruf?"

„Nein, das ist eine Frage der Logik."

„Und wie erklärt man den Besuchern diese Methode?"

„Durch eine Informationstafel an der Eingangstür oben und durch eine Folie auf dem Kasten mit Handumriss: dahin bitte!"

„Genial! Würden Sie am Mittwoch vielleicht dabei sein können, wenn er kommt?"

„Meinen Sie nicht, dass ich ihn schockiere?"

„Umso besser!"

Am nächsten Morgen nahm sie den kleinen Hund entgegen und sagte: „So eine geteilte Pflegschaft ist doch was Feines. Da hat jeder Freude und keiner fühlt sich überfordert durch so eine 24-Stunden-Dauerpräsenz."

Hans stimmte ihr nur zu gerne zu. Das war wirklich glatt gelaufen.

„Haben Sie sich schon den Vertrag von diesem Lichtkünstler angesehen?" fragte sie.

„Ja. Aber von einer zeitlichen Begrenzung seines Zugriffs steht da nichts."

„Ich kann ihn mir gerne mal ansehen", sagte Babett, und Hans dachte, dass diese Frau ihm irgendwie unheimlich würde.

„Ich bring' ihn morgen mit, vielleicht finden Sie eine Ungereimtheit. Sonst müssten wir einen Anwalt einschalten. Die

Stromrechnung frisst uns auf und die Installation erfüllt noch nicht mal ihren Zweck, wie Sie gestern gesehen haben."

„Gut, ich gehe ihn mal durch. Im Übrigen könnte es sein, dass Oskar ein Kater ist. Er mauzt manchmal sehr wenig artgerecht."

„Himmel! Was noch alles? Vielleicht hat ja einer mitgewirkt. Ein Monster-Perser."

≈

Der Lichtkünstler war pünktlich. Er entstieg einem aufgemotzten, tiefer gelegten alten Manta und kam tänzelnd auf sie zu. Ach, da fühle ich mich ja gleich wie zu Hause, dachte Babett. Die zwei Zentimeter Stoppeln auf dem Kopf waren in quietschgrün gehalten. Die rechte Ohrmuschel schmückten von oben bis unten Silberringe, ebenso die Nasenflügel.

Aus dem Augenwinkel sah sie, wie dieser Knabe auf Hans wirkte. Fast nahm der Haltung an. Die Unterwerfung des Dörflers unter den Künstler aus unbekannten Gefilden? Der schafft das nie, dachte sie, warf ihm einen warnenden Blick zu und ging auf den Knaben zu.

„Ich bin Frau Dr. Abel", sagte sie. „Ich bin Ausstellungsmacherin in Hamburg und berate Museen."

„Äh", sagte der Knabe. „Marc, nur Marc."

Dann reichte er dem irritierten Hans mit fast angewidertem Gesichtsausdruck die Fingerspitzen.

„Dann wollen wir mal", sagte sie bestimmt und ging voraus. Marc folgte und Hans mit seinem hundebedingten schwangeren Bauch, der ihn nicht gerade als kompetenten Verhandlungspartner auswies, trottete hinterher.

Wortgewandt und gestikulierend erläuterte Babett in der unteren Etage das Problem. Immer wenn Marc „aber" sagte, strebte und redete sie weiter.

„Und dann gehen wir mal nach oben zu den schriftlichen Exponaten. Da habe ich eine Bitte an Sie: Ich kann bei diesem Tagebuchauszug die Schrift nicht lesen. Können Sie mir wohl helfen?"

Während Marc sich über die Vitrine beugte, grinste sie Hans an. Der schüttelte den Kopf und zuckte mit den Schultern. Mit seinen Händen rund um den verborgenen Oskar sieht er wirklich wie ein Trottel aus, dachte sie. Es fehlt nur noch, dass es leise plätschert.

Marc hatte erwartungsgemäß Probleme. Er verlagerte seine Körperhaltung, aber es half nichts. Der Schatten, den er warf, blieb.

„Nee, kann ich auch nicht", sagte er. „Das ist eine alte Schrift. Die haben wir nicht mehr gelernt."

„Das Problem ist nun", begann Babett, als sie wieder vor dem Museum standen, „dass diese Beleuchtungsanlage nicht den Erfordernissen des Museumsbetriebes entspricht, ganz abgesehen von dem monströsen Stromverbrauch. Sie muss also geändert werden, wobei ändern reduzieren bedeutet."

Sie sah Marc, der nicht viel größer war als sie, direkt ins Gesicht. Er lief zu voller Form auf, sprach von Kunst, von künstlerischer Freiheit, von Anwendungsunabhängigkeit und trumpfte dann damit auf, dass schließlich alles vertraglich festgelegt worden sei. Das Museum müsse einfach damit leben.

Babett warf Hans einen weiteren warnenden Blick zu. Wenn der jetzt was sagt, ist die Sache gelaufen, dachte sie. Er hört Vertrag und knickt ein.

Sie entrollte die Papiere, die sie die ganze Zeit wie einen Marschallstab in der Hand gehalten hatte, zeigte Marc die erste Seite und fragte:

„Sie meinen sicher diesen Vertrag?"

Marc nickte.

„Welchen Rechtsanwalt hatten Sie damals zur Abfassung dieses Papiers?"

„Äh", machte Marc und brauchte Zeit, sich zu besinnen. Dann sagte er spitz: „Keinen. Wir Künstler sind in der Lage, unsere Interessen selber zu vertreten. Nur wir allein können mit den Werten umgehen. Ich meine, mit den ideellen. Wir schützen unsere Kunstwerke, indem wir ..."

Babett unterbrach ihn. „Das habe ich mir gedacht. Sehen Sie mal, dieser Vertrag strotzt nur so von unbestimmten Rechtsbegriffen. Die sind alle nicht gerichtsfest. Dazu kommt der materielle Aspekt. Sie haben sich sicher viele Gedanken gemacht und eine interessante Installation entworfen – also das Ideelle –, aber wir müssen eben auch ganz profan den Rest bedenken."

Marc ahnte schon, dass er auf verlorenem Posten stand. Und er ärgerte sich. So eine alte Oma, die den Vertrag wieder einrollte und ihn sich rhythmisch in die linke

Handfläche schlug. Er sah hilfesuchend zu Hans, aber der hatte seinen Blick in die Tiefen der grünen Buchen versenkt.

„Kennen Sie übrigens den Lichtkünstler oder Konzeptkünstler Schwichtenberg aus Norddeutschland? Nein? Der ist ein Pionier der Lichtkunst. 60er Jahre. Sehr eindrucksvoll!"

Marc verneinte irritiert.

„Wenn ich alles mal chronologisch durchgehen darf", sagte Babett mit gelangweiltem Ton. „Sie haben entsprechend Ihrem Entwurf die Materialien gekauft, ja?"

Marc nickte.

„Dann haben Sie die einzelnen Elemente zusammengefügt, ins Museum gebracht und hier installiert, ja?"

Marc wurde sauer. „Ja klar, was denn sonst?"

Babett blieb eintönig. „Die Arbeitsstunden vom Entwurf bis zur fertigen Installation haben Sie aufgeschrieben und mitsamt den Materialien dem Museum in Rechnung gestellt, ja?"

„Ja natürlich", stieß Marc wütend hervor und Hans murmelte von der Seite: „Und nicht zu schlecht." Was Marc noch wütender werden ließ.

„Sehen Sie", sagte Babett in einem Tonfall, als versuche sie, einen begriffsstutzigen Drittklässler das 1 x 7 beizubringen, „damit haben Sie die Lampen an das Museum verkauft, ganz unabhängig davon, ob es ein Kunstwerk sein soll oder einfach nur der Beleuchtung der Ausstellungsobjekte dient."

Marc schwieg. Hans schaute in den Himmel und rückte den Hund zurecht. Vielleicht wurde es schon feuchtwarm an seiner Taille, dachte Babett.

„Ja und?" rief Marc aggressiv. „Was soll das Ganze nun?"

„Das Ganze, also alles, was ich Ihnen erläutert habe, bedeutet, dass der Vertrag Unsinn ist und dass die Lichtanlage durch die Berechnung von Material und Arbeitsstunden in das Eigentum des Museums übergegangen ist. Das Museum kann damit machen, was es will. Es kann sogar alles abbauen und im See versenken, genau wie diesen Vertrag."

Damit entrollte sie ihn wieder, riss ihn in der Mitte durch und reichte Hans, der nicht wusste, wie ihm geschah, die halbierten Seiten.

„Das wird Folgen haben!" rief Marc und stürmte zu seinem Auto. Dort angekommen, drehte er sich um und zeigte den Mittelfinger der rechten Hand.

„Ist das ..." begann Hans, und Babett machte: „Pst, gleich wenn er weg ist. Geben Sie mir mal den Oskar."

Oskar war tatsächlich etwas feucht. Der Künstler legte einen Kavaliersstart hin und Babett strahlte: „Na, wie war ich?" fragte sie und knuddelte den Hund.

„Sind Sie wirklich Doktor?" fragte Hans, der sich noch nicht ganz aus seiner Schreckstarre lösen konnte.

„Nein."

„Und Ausstellungsmacherin?"

„Auch nicht."

„Was stimmt denn dann?"

„Hamburg", sagte Babett, „und der norddeutsche Künstler, von dem er offenbar noch nie gehört hat. Wer Lichtkunst macht, kennt den. Wenn Sie mich fragen, ist das ein kleiner Elektriker mit einem Hang zu Höherem und ein paar ausgefallenen Ideen, die aber nicht sachangemessen sind. Ist ja gut, wenn junge Leute mal aus dem Gewöhnlichen ausbrechen, aber es muss dann eben auch stimmen. Und für Verträge nimmt man sich einen Anwalt. Auch die andere Vertragspartei, Hans."

Der stand da, als hätte er eben wider Erwarten einen Tsunami überlebt und könne sich noch nicht orientieren.

„Wir gehen jetzt mal nach oben, nicht?" fragte Babett den feuchten Hund und knuddelte ihn. „Saubermachen und dann ab in die Heia." Oskar fiepte.

„Bist du zu Hause?" flüsterte Hans ins Telefon.

„Ja, noch 'ne Stunde, dann muss ich los. Was ist denn? Warum flüsterst du?"

„Ich komme", flüsterte Hans und sah, wie Babett oben in der Hütte verschwand.

Er berichtete seiner Frau minutiös von dem Ereignis, das ihn gerade überrollt hatte. Susanne kam aus dem Lachen nicht heraus, meinte, er habe bestimmt keine überzeugende Figur abgegeben, und sagte dann:

„Du müffelst. Hat Oskar dich bepinkelt? Im Übrigen solltest du Frau Abel endlich mal fragen, was sie beruflich gemacht hat."

≈

Na, der hatte ja eine schlechte Nacht, dachte Babett, als sie Hans kommen sah. Schlurft hier hoch wie ein alter Mann. Als Hans näherkam, sah sie, dass er Oskar in der Ellenbeuge trug, die rechte Hand über ihn gedeckt. Sind die beiden krank?

Hans blieb vor ihr stehen und streckte ihr den Hund entgegen. „Wollen Sie ihn nehmen?" Stimme in Moll.

„Na komm', mein Kleiner", sagte sie und hielt die Hände auf. Oskar protestierte. Immer diese Umbettungen.

„Darf ich mich neben Sie setzen?" fragte Hans.

„Natürlich, bitte! Was ist denn los mit Ihnen?"

Hans ruckelte sich zurecht. „Also gestern ..." Er verstummte.

„Was war gestern?"

„Ich meine diesen Künstler und wie Sie mit ihm geredet haben. Das ging alles so schnell. Ich bin gar nicht mitgekommen, und auf einmal war alles vorbei, und er haute ab."

Babett sah ihn prüfend an. Er hatte geklagt wie ein 80-Jähriger, der die Welt ohnehin nicht mehr verstand.

„Wo liegt das Problem?" fragte sie, betont geduldig.

Hans seufzte: „Da machen wir uns seit Jahren Gedanken um diese Installation, die uns ein Schweinegeld kostet und noch nicht mal richtig funktioniert und dann kommen Sie, führen diesen arroganten Kerl vor, der eine alte Schrift lesen soll und hauen ihm den Vertrag um die Ohren."

Und ich steh' da wie doof, dachte er, und ihm fiel ein, dass er mit Oskar unterm Anorak wahrscheinlich sowieso keine gute Figur abgegeben hatte.

„Sie hatten Respekt vor dem Vertrag, oder?"

„Ja klar! Er hat ja auch jedes Mal darauf hingewiesen, wenn er hier erschien und wir vorsichtig Änderungen ansprachen."

„Wer hat den denn gemacht?"

„Die Idee zu dieser Installation kam vom Architekten. Es sollte was Besonderes für sein besonderes Museum sein. Und dieser Knabe hat es dann geliefert. Vielleicht kannten die sich vorher schon, und der hat ihm nur einen Auftrag zugeschoben."

„Möglich, aber wer hat denn unterschrieben?"

„Der Künstler und unser Vorstand. Ich blieb außen vor. Das war im Wesentlichen ja eine finanzielle Angelegenheit."

„Aber Sie haben mit Klaus gemeinsam gesehen, dass es nicht funktioniert."

„Das ist so, aber dieser Vertrag … Den haben Sie nun zerrissen. Das war sehr wirkungsvoll, aber was machen wir nun ohne ihn?"

„Hans, den können Sie in den Ofen stecken. Der ist das Papier nicht wert, auf dem er getippt ist."

„Und wenn der Kerl nun doch mit einem Rechtsanwalt kommt? Wie lange müssen wir mit Veränderungen warten?"

„Da kommt kein Anwalt. Wenn Sie wollen, können Sie sofort mit dem Abriss anfangen und den Elektroschrott im See versenken."

„Was macht Sie so sicher?"

„Der ist ja nicht blöd. Der hat hoch gepokert, über Jahre sein Werk verteidigt und nun verloren. Wenn er zu einem Anwalt geht, wird der nicht gleich angestürmt kommen und die Glühbirnen zählen. Der will erst mal den Vertrag sehen. Dann sagt er: Sorry, is nix, aber ich bekomme 120 Euro Beratungsgebühr. Aus die Maus."

Hans schwieg. Das alles ging ihm viel zu schnell. Und er dachte voller Sorge, was diese alte Frau ihm da für eine Bären aufband, der sie alle in den Ruin treiben würde.

„Meine Frau, … also ich soll Sie von meiner Frau fragen … ach, beinahe hätte ich es vergessen ..."

Er holte aus seiner Umhängetasche eine Vorratsdose, stellte sie auf die Treppe zwischen sie, lüftete leicht den Deckel und bevor er weiterreden konnte, hatte das verpennte Faultier sich aus Babetts Schoß erhoben, ihren Oberschenkel erklommen, hatte sich auf der anderen Seite hinunterplumpsen lassen und war mit wenigen Schritten – Schritten? – bei der offenen Dose angelangt. Hans war geistesgegenwärtig genug, den Deckel draufzuknallen, der einen ganzen Schopf Mohairwolle einklemmte. Oskar jaulte. Die beiden sahen sich an und brachen in lautes Gelächter aus.

„Was ist das denn?" fragte Hans.

„Fragen Sie mal Ihre Frau", lachte Babett. „Der Kerl weiß genau, was in der Dose ist und wie gut das schmeckt."

Mit vereinten Kräften befreiten sie Oskar aus der Klemme. Babett hielt ihn fest, Hans öffnete noch einmal die Dose und sagte:

„Meine Frau backt hervorragend. Nusskuchen und Zitronenkuchen. Und ich soll Sie grüßen!"

„Danke! Das duftet ja verführerisch. Ich koste mal ein Stückchen."

Aber dazu kam sie nicht. Mit einer geschickten Drehung hatte Oskar ihr das Stück aus der Hand geschlagen und fraß es auf. Dann wollte er mehr.

„Ich glaube, wir ziehen uns ein Monster heran", sagte Hans. „Der tut, als wäre er Klein-Doof, und gleichzeitig entfaltet er kriminelle Energien ungekannten Ausmaßes."

„Er ist ein Krümelmonster! Komm' mein Kleiner, mehr gibt's nicht, sonst kriegst du Bauchweh. Bist fett genug. Haben Sie mal gefühlt, was der schon für 'ne Wampe hat?"

„Klar! Das Fell ist nur Tarnung. Keine Beine, keine Füße, lässt sich nur herumtragen, und dann schlägt er zu."

Sie lachten, und Babett knuddelte das Monster.

„Noch mal zum Vertrag. Wieso war der nicht in Ordnung?"

„Weil er nichts Konkretes regelte. Das war alles nur Geschwurbel. Das hat er sich so ausgedacht."

„Und wir sind drauf reingefallen? Was soll ich denn nun tun?" fragte Hans und Babett dachte: Mensch, du bist doch ein gestandener Mann, mach' doch hier nicht einen auf hilflos.

„Außerplanmäßige Vorstandssitzung. Klaus als sachverständiger Gast, Objektbegehung. Beschlussfassung. Finanzierung. Auftragserteilung. Das kann alles ganz schnell gehen, Corona macht's möglich. Bis die Massen wieder strömen, haben Sie eine neue Beleuchtung. Sparsam und sinnvoll."

Hans sah sie von der Seite an. Diese Reihenfolge – die alte Frau tüdelte nicht nur herum mit einem Vertrag. Die wusste Bescheid!

„Meine Frau", setzte er noch mal an, „hat mir aufgegeben, Sie zu fragen, was Sie früher beruflich gemacht haben."

Babett schwieg. Sie rutschte auf der Stufe nach hinten, positionierte Oskar neu und lehnte sich mit geschlossenen Augen an die warme Wand.

Hans wartete. Lange. Dann murmelte sie: „Das spielt doch keine Rolle mehr. Ich bin seit zwanzig Jahren raus. Ein halbes Menschenleben. Ich habe lange und viel gearbeitet, aber jetzt bin ich angekommen, Hans. Ich habe eine Hütte im Wald am See für die letzte Zeit meines Lebens. Die genieße ich jeden Tag erneut. Alles andere liegt so weit hinter mir, dass ich mich nicht mehr erinnere. Es gilt alles nicht mehr. Es gilt nur noch das Heute. Meine Treppe, mein See und die Menschen rundum auch, die mir die letzten Wege erleichtern. Mehr kann ich nicht wollen. Ich bin glücklich und zufrieden, Hans. Was ist schon die Vergangenheit?"

Was sage ich jetzt meiner Frau? dachte Hans. Aber das war sicher egal, wenn er ihr von dem heutigen Vormittag erzählen würde.

Sie saßen lange schweigend nebeneinander. Babett hatte die Augen geschlossen, Oskar träumte von Nusskuchen, und Hans hatte das Gefühl, als ob sich ihm ein bisschen von Babetts Zufriedenheit mitteilen würde. Er konnte hier in Ruhe sitzen. Es würde bald heiß werden, aber er brauchte sich nicht zu eilen. Corona machte es möglich.

≈

Hans war fort. Er hatte auf ihre Bitte hin Oskar mitgenommen. Sie wolle sich hinlegen. Er hatte gefragt, ob alles in Ordnung sei. Was hätte sie sagen sollen? Alles in Ordnung, ich bin nur müde – oder: Nein, nichts ist in Ordnung. Das, was ich gerade gesagt habe, wollte ich nicht sagen. Ich wollte es auch nicht denken. Ich habe vor fast zwanzig Jahren aufgehört, und wo sind diese zwanzig Jahre geblieben? Was habe ich getan? Erlebt? Ich kann doch nicht nur auf den Tod gewartet haben. Zwanzig lange Jahre …

Sie legte sich auf ihr Bett und versuchte, eine Chronologie in diese Zeitspanne zu bekommen. Die Verabschiedung im Dienst. 08/15. Für alle das gleiche: Präsentkorb – immerhin hatte sie sich den Inhalt wünschen dürfen. Üppiger Blumenstrauß, der nach einer Woche unansehnlich war. Schreibtisch ausräumen. Sie hatte Wochen vorher begonnen, den Aktenbestand durchzusehen, die Vorgänge für ihren Nachfolger auf den neusten Stand zu bringen. Sie hatte sich den Krimskrams all der Jahre angesehen, der mal Bedeutung gehabt hatte. Und dann hatte sie allen die Hand geschüttelt. Viel Glück und Gesundheit und tolle Reisen und ein langes Rentnerleben … und dann hatte sie plötzlich in ihrer Wohnung gesessen, die mal die Familienwohnung gewesen war, war durch die Räume gegangen und hatte gewusst: das war's. Jetzt kommt nichts mehr. Jede Lebensspanne hatte ein definiertes und von außen vorgegebenes Ziel gehabt. Kindergarten bereitete auf die Schule vor, Schule aufs Gymnasium, Gymnasium aufs Abi, Abi aufs Studium, Studium auf Beruf. Punkt. Wann war sie, wann waren sie alle aufs Leben vorbereitet worden? Sie hatte aufs Leben gewartet, auf die richtige große Liebe, den liebevollen Ehemann und Vater ihrer zwei bis drei Kinder, auf eben diese Kinder, auf ein Leben im eigenen Haus mit großem Garten, auf das gemeinsame Wachsen und Heranwachsen, auf einen Beruf zwecks Gelderwerbs, aber nicht als Lebensinhalt, aufs gemeinsame Alter, auf Enkelkinder und auf die große Zufriedenheit am Lebensende. Nicht lebensmüde, sondern lebenssatt.

So etwa. In groben Zügen.

Sie lag auf dem Bett und weinte. Sie brauchte nicht die einzelnen Stationen durchzugehen, nicht die gewollten und nicht die gehabten. Sie waren in ihr verankert als Schmerz, als Enttäuschung, als eine Ansammlung von Fehlentscheidungen, als Unfähigkeit, sich aus dem Korsett zu befreien und die Füße aus dem zähen Morast ihrer frühen Kinderjahre zu ziehen. Sie hatte funktioniert. Sie war nie vom Weg abgewichen. Sie war mit Tempo hundert auf einer schnurgeraden Autobahn dahingeglitten. Sie hatte die Abfahrten mit ihren Versprechungen zur Kenntnis genommen, hatte die fernen Wälder gesehen, die Hinweise auf Badeseen, auf Schlösser, auf Wanderstrecken.

Aber sie war sich treu geblieben. Der Mensch ist nicht zur Freude auf der Welt, sondern um seine Pflicht zu tun ... das Lebens- und Erziehungsmotto ihrer Mutter. Ich durfte sie nicht enttäuschen, dachte Babett. Ihr Leben nach dem Krieg war so furchtbar gewesen, dass wenigstens ich funktionieren muss und nicht noch Probleme mache. Und Probleme waren so ziemlich alles, was nach Abzweigungen aussah, nach Regelverstößen, nach Freiheiten, nach Buntheit, Farbe, Ausgelassenheit.

Sie hatte jahrzehntelang gehört und gelesen, dass Überlebende des Krieges zeitlebens unter Schuldgefühlen litten, weil sie am Leben geblieben waren, während ihre Geschwister oder andere nahe Angehörige zu Tode gebracht worden waren. Sie hatte oft darüber nachgedacht und in sich hineingehorcht. Aber sie hatte keine Schuldgefühle gefunden. Warum auch? Was hätte sie getan haben können?

Was sie jedoch belastete, war so etwas wie Verpflichtung. Die Mutter hatte gelitten. Ihr waren die Heimat, der Partner und zwei ihrer Kinder genommen worden. Sie selber war übriggeblieben. Also hatte sie auf die Mutter zu achten. Sie durfte ihr keine Sorgen bereiten, keine Schande, sie durfte sie nicht aufregen, nicht unziemlich ausfragen nach der Vergangenheit. Sie hatte ohne Fehl und Tadel zu funktionieren. Sie war verpflichtet, der Mutter Freude zu machen. Wer sonst? Es gab ja keinen mehr. Nur war es schwer gewesen, die Mutter freute sich nicht mehr. Sie war erstarrt. Auch sie funktionierte nur noch, und Babett hatte sich oft voller Angst gefragt, ob und wann die Mutter Selbstmord begehen würde. Aber an ihr durfte es nicht liegen. Sie war der Rest der Familie und hatte alle zu ersetzen.

Als sie in Rente ging, war die Mutter schon lange tot. Sie hätte endlich leben können. Aber sie konnte nicht.

Sie grub sich in ihr Bett ein und weinte sich in den Schlaf.

≈

„Jutta lässt Sie herzlich grüßen", sagte Hans am anderen Morgen, während er ihr das Mohairtier in den Arm legte. Er sah sie voller Sorge an. Sie sah aus, als hätte sie geweint. Oder war es die Hitze, die ihr nicht bekam? Er war unsicher.

„Wird wieder heiß, heute", sagte er. „Wird insgesamt ein heißer Sommer. Wir sind hier froh über See und Wald. Die kühlen. Jutta lässt Sie fragen, ob Sie nicht Lust haben, mal wieder auf eine Tasse Kaffee in die Stadt zu kommen."

Babett war irritiert.

„Haben Sie mit Jutta über mich gesprochen?" Gehöre ich auch schon in der Stadt zum Klatsch? dachte sie.

Hans blinzelte verwirrt. „Ich habe mit Jutta telefoniert, Frau Abel. Es geht um die Beleuchtung, zu der Sie uns so hervorragend beraten haben. Jutta gehört zu meinem Vorstand, wussten Sie das nicht?"

Babett schüttelte den Kopf. Immer dieses Misstrauen, lerne ich nicht endlich dazu? dachte sie.

„Nein, wir haben nie darüber gesprochen", sagte sie entschuldigend. „Ich denke immer, dass alle über mich reden. Entschuldigung!"

„Macht nichts. Ein bisschen haben Sie auch Recht. Aber das geht uns allen so, bei so ein paar Leutchen, die wir hier nur sind. Fast jeder kennt fast jeden. Und während Corona sind die Leute geradezu ausgetrocknet, was Informationen anbelangt. Wir stehen hier alle auf dem Präsentierteller. Man gewöhnt sich dran. Aber Jutta wollte nicht tratschen."

„Hat sie denn ihre Bücherstube offen?"

„Ja, mit allen Vorsichtsmaßnahmen. Sie ist jeden Tag im Geschäft. Wo sollte sie auch sonst sein? Zuhause bei der Mutter hält sie es nicht aus. Und es geht ihr wie mir und vielen – wir haben mit allem so viel Rückstände, unaufgeräumte Ecken und Abstellkammern, da kann man nun endlich mal ran. Es kommen überall wenig Kunden."

„Darf ich denn?"

„Ja, ich denke schon. Sie sind nur zu zweit, halten Abstand und tragen Masken. Ich glaube, dass Jutta sich sehr freuen würde. Sie war damals ganz glücklich, als sie hörte, dass Sie wieder im Anmarsch sind. Bücher alleine sind nun mal 'ne tote Sache. Sie hat vorgeschlagen, wie immer, Dienstagnachmittag, bis Paul Sie dann abholt. Ab 15 Uhr: Im Übrigen sind die Bäcker offen, ein Supermarkt, der Drogeriemarkt und die Apotheke. Aber wir sind sicher, dass bald alles vorbei ist."

„Ich rufe Jutta an. Ich freue mich auch, sie wiederzusehen."

„Und sonst geht es Ihnen gut, Frau Abel?" fragte er voller Sorge. „Sie wissen, dass Sie mich jederzeit anrufen können, ja?"

Außer um Mitternacht, wenn eingebrochen wird, dachte sie und hätte beinahe gelacht.

„Ich weiß, danke. Es geht mir gut."

„Endlich" rief Jutta. „Wir haben uns so lange nicht gesehen. Wir vom Vorstand können gar nicht fassen, was Sie so ganz nebenbei für unser Museum tun. Erst dieser Einbruch, den Hans ohne Sie erst am nächsten Morgen gemerkt hätte, wer weiß, mit welchen Schäden und Verlusten. Und dann diese elende Beleuchtungsangelegenheit. Uns wurde jedes Jahr erneut schwindelig, wenn wir die Endabrechnung für die Elektrizität sahen. Aber dieser Vertrag … da waren wir selber schuld."

„Schön, dass ich helfen konnte. Es war keine Mühe für mich. Ich fühle mich wohl in der Hütte und habe das Gefühl, ein bisschen dazuzugehören."

„Aber sicher!" sagte Jutta. „Sie sind ein fester Bestandteil. Wir überlegen immer, ob Sie wiederkommen und sind dann glücklich, wenn Sie sich bei Hans ankündigen. Wollen wir nun Kaffee trinken? Ich habe alles von zu Hause mitgebracht. Ich bleibe am Ladentisch sitzen und Sie am Kaffeetischchen, ja?"

Der Kaffee war vorzüglich, die Gebäckmischung etwas Besonderes.

„Ich habe ein paar neue Bücher zum Anschauen für Sie bereitgelegt. Nur zum Gucken natürlich. Und ein paar Prospekte. Es gibt kaum noch welche, es geht alles nur noch über den Computer. Ich empfinde es als Verlust. Man konnte den Kunden einfach Besseres offerieren. Vielleicht bekommen Sie ja Appetit."

„Ich habe ein ganz anderes Anliegen. Ich habe zwei nackte Wände, an zwei Wänden sind Tür und Fenster, aber es wirkt steril. Früher gab es mal wunderschöne Werbeposter. Haben Sie vielleicht welche?"

„Puh! Das ist wie mit den Prospekten. Da wird gespart oder es gibt sie nur in ganzen Paketen, Poster, Flyer, Aufsteller und mindestens 15 Exemplare. Das ist nichts für so Kleine wie mich. Ich könnte hinten in der Butze mal nachsehen, aber ich habe eine andere Idee. Man kann Kunstdrucke im Internet bestellen, kosten etwas, sind aber sehr schön."

„Was gibt es denn?" fragte Babett.

„Alles. Was für Vorstellungen haben Sie denn? Größe oder bestimmte Maler?"

„Hauptsache blau", sagte Babett und sie lachten beide.

„Können Sie einen Maler nennen, der vor allem in blau malt?"

Sie hatten Spaß an diesem Thema. Wie angenehm es hier ist, dachte Babett, wie schön, dass ich kommen durfte.

„Sie sind doch aus Hamburg. Gibt es da oben spezielle Künstler?"

„Ja sicher, aber die sind Geschmackssache. Aus dem höheren Norden gefallen mir zwei: Nolde und Sprotte."

„Nie gehört, aber ich klicke sie mal an."

Immer wenn Jutta fündig wurde, drehte sie den Bildschirm zu Babett.

„Das hier? Oder das?"

„Zuviel rot ... nicht diese verschmierten Gesichter ... ach, diese Blumen sind mir schon über ..."

„Bei Nolde finde ich nicht so richtig Blaues, vielleicht Sprotte. Wie heißt er mit Vornamen?"

„Siegwart."

Jutta klapperte und suchte und ließ Babett schauen. Dann klickte es.

„Das nehme ich. Das ist wunderschön. Sprotte? Wie heißt es?"

„Nordische Nacht. Soll ich das für Sie bestellen? Nächste Woche. Wird Hans es Ihnen anbringen? Rahmen bei dieser Größe sind sehr teuer."

Babett stieg beschwingt in Pauls Taxi. Sie bestand darauf, dass er eine Maske aufsetzte. Als er lachte und das alles Blödsinn nannte, so ein Quatsch, kennen Sie einen Kranken? Einen Toten? Es geht doch nur darum, die Wirtschaft runterzufahren. China will uns kaputt machen, und unsere Sch...regierung macht sich vor Angst in die Hose …

„Paul, Sie setzen eine Maske auf oder Sie halten an und ich steige aus", fauchte sie ihn an. „Und glauben Sie nicht, dass ich Ihnen diese zwei Kilometer bezahle."

Als er sagte, er habe keine Maske und habe auch kein Geld für diese Lappen, drückte sie ihm eine in die Hand und fauchte weiter:

„Sie haben Konkurrenz, haben Sie vergessen? Wenn ich weiter mit Ihnen fahren soll, besorgen Sie sich welche. Können Sie von der Steuer absetzen."

„Mann, sind Sie aber energisch", maulte Paul, setzte die Maske auf und fluchte, bis er sie an der Hütte absetzte.

Babett war so sauer, dass sie sofort Hans anrief und sich bitterböse beschwerte. Er würde sich kümmern, sagte er ihr zu.

„Vom Gemeinderat her haben wir jedes Interesse daran, dass unsere Leute gesund bleiben. Unser Krankenhaus ist winzig. Und die Paule haben eine offizielle Fahrerlaubnis. Aber war es schön bei Jutta?"

Sie erzählte vom Sprotte-Druck, und er erklärte sich bereit, ihn anzupinnen.

Sie war glücklich. Die Welt war wieder in Ordnung. Hier gehöre ich her. Endlich bin ich angekommen.

≈

„Die Hitze ist dieses Jahr besonders schlimm", sagte Hans zur morgendlichen Begrüßung. „Wir haben jetzt um neun Uhr schon 22 Grad. Heute Mittag werden es 35 werden. Wie kommen Sie damit klar?"

„Schlecht", sagte Babett und nahm ihm Oskar ab. „Ich habe immer Probleme, wenn es über 25 Grad kommt, vor allem, wenn es überhaupt nicht mehr abkühlt."

„Dabei sind wir hier durch Wald und See noch gut dran. Wir haben keine tropischen Nächte. Wir müssen kühlen und lüften wie in Italien. Aber Sie in Ihrer Bretterhütte ..."

„Ich weiß nicht, wo ich den ganzen langen Nachmittag zubringen soll. Überall ist Sonne, am See, auf der Treppe, und drinnen ist es brütend heiß. Ich denke oft, wie angenehm kühl und schattig es im Wald ist, aber ich trau' mich nach dem Herbsterlebnis nicht mehr hin."

„Das kann ich verstehen", sagte Hans. „Aber da kann ich Ihnen nicht helfen. Ich bin kein Waldmensch. Wenn ich je im Wald war, dann immer nur in der Gruppe. Allein würde es mir gehen wie Ihnen. Ich habe zwei Ideen. Ich besorge Ihnen einen Campingstuhl. Den können Sie nachmittags unter Ihr großes Fenster im Osten stellen. Dort kommt die Sonne nie hin. Vielleicht finden wir noch eine Kiste oder so was als Tischchen. Den Stuhl nehmen Sie abends dann mit rein, sonst stehen am nächsten Morgen zwei da. Und wegen des Waldes werde ich Klaus ansprechen. Der ist immer ganz pragmatisch. Ist natürlich ein Jammer, wenn man so einen Riesenwald vor der Haustür hat und ihn nicht nutzen kann."

Am nächsten Morgen kam Hans vollgepackt an der Hütte an. Ein bunt gestreifter Campingstuhl, eine alte Bierkiste und ein zappelnder Oskar, der nicht so komfortabel wie sonst gebettet war.

„Wir können es gleich mal ausprobieren", sagte er. Er suchte eine Stelle, die plan war, glättete sie etwas mit seinen Schuhen und stellte die Hochsommersonnenmöbel auf.

„Wollen Sie mal probesitzen?"

Babett nahm Platz, sah zum Himmel hoch, der mitsamt der Sonne hinter den hohen Buchen verschwand und nur ein freundliches Geflimmer durchließ, seufzte und sagte:

„Ich werde diese Sitzecke heute Nachmittag ausprobieren. Im See kühle ich mich mittags wunderbar ab, aber wenn ich dann zwei Stunden Mittagsruhe auf dem Bett gemacht habe ..."

„Brauchen sie Getränke?" fragte Hans besorgt. „Immer nur Kaffee und Leitungswasser törnt einen mit der Zeit ab. Saft vielleicht? Oder ein Bierchen? Alkoholfrei? Oder Mineralwasser? Einer von uns ist ja ständig in der Stadt."

„Ach, das wäre schön. Suchen Sie einfach was für mich aus? Aber kein Bier, bitte, ich bin bei der Hitze schon tüdelig genug."

„Bevor ich es vergesse, nachher kommt Klaus bei Ihnen vorbei, nach 17 Uhr. Er überlegt sich was mit dem Wald. Für ihn ist dieser Wald fast wie ein Heiligtum. Friede, Stille, wunderbare Luft, Kühle. Er freut sich, wenn er Sie für ihn begeistern kann."

Ach du liebe Zeit, dachte Babett. Nach diesem Wildschwein -erlebnis oder dem Fastwildschwein, aber Angst und Panik und Finsternis … Hoffentlich schwatzt der mich nicht zu von wegen schöner deutscher Wald, in dem einer alten Frau nichts passieren kann.

Aber Klaus schwatzte nicht.

„Wir gehen erst mal los", sagte er, „wir haben Zeit, und heute wird es auch kein Gewitter geben. Vor Ort kann ich Ihnen alles besser erklären."

Sie stiegen über die Böschung in den Wald und betraten einen Weg.

„Dieser Weg, Frau Abel, läuft konsequent parallel zur Straße, sind etwa zwanzig Meter Bäume dazwischen und manchmal macht er kleine Bögen. Aber solange Sie nicht in einem Winkel abbiegen, kann nichts passieren. Je nach Windrichtung können Sie auch den Autoverkehr hören.

Das ist nicht das Ideal, aber Sie sind unter Bäumen, keine Abgase, Schatten, Waldduft. Wir gehen jetzt einfach mal los."

Babett fühlte sich sicher und gut aufgehoben. Da gibt sich so ein Mann mit zwei Berufen Mühe mit mir, nur damit ich aus der Sonne herauskomme. Wo und wann im Leben habe ich Ähnliches erlebt?

Klaus ging langsam, wies sie auf eine Kurve hin, die aber keine Abzweigung sei, zeigte ihr Baumpilze, lauschte auf Vogelstimmen … und dort oben ein Eichhörnchen, sehen Sie? … und sagte dann zu ihrer Beruhigung:

„Wenn wir weiter auf diesem Weg bleiben, kommen wir an einer Gaststätte heraus, und dahinter ist der Hofladen. Falls beides nach einer halben Stunde noch nicht in Sicht kommt, haben Sie doch einen Seitenweg genommen."

Babett erschrak.

„Das sind halt Waldwege und keine Wanderwege. Wir haben auch nichts ausgeschildert. Vielleicht kommt das noch mal. Aber eigentlich sind wir ganz froh, dass wir hier keine Ausflügler und Mountainbiker haben, die Krach machen und ihre Abfälle ins Gebüsch werfen."

Babett blieb stehen und atmete flach.

„Keine Angst, wir sind auf dem richtigen Weg und außerdem bin ich bei Ihnen. Aber für den Fall der Fälle – können Sie mit einem Kompass umgehen?"

„Ich weiß nicht. Ich habe es noch nie probiert."

„Ich habe einen mitgebracht. Den können Sie den Sommer über behalten. Sehen Sie … Es ist simpel", sagte er. „Sie brauchen sich nur in Richtung Süden zu bewegen, dann kommen Sie zwangsläufig auf die Straße. Es ist die einzige hier und die Waldmasse erstreckt sich nach Norden. Wir gehen jetzt mal ein bisschen kreuz und quer und Sie üben …"

Als sie wieder an der Hütte ankamen, war Babett erleichtert, und vor allem war sie stolz auf sich. Sie hatte alles richtig gemacht, Klaus hatte sie gelobt, und trotz einiger Abwege hatte sie es geschafft, wieder auf den Weg parallel zur Straße zu finden. Und letztendlich zur Gaststätte.

„Wir haben uns eine Erfrischung verdient", sagte Klaus, bestellte, ließ anschreiben und sagte: „So und nun bringen Sie mich mal heil zum Museum."

Als er sich verabschiedete, bot er an, ihr einen kleinen Campinghocker zu leihen, den könne Hans vorbeibringen. Zusammenklappbar, ganz leicht … „denn Sie wollen ja nicht immer nur den Weg auf und ab gehen! Kompass nicht vergessen, Handy aufladen, und dann ab ins große Waldabenteuer!"

Er lachte, winkte, und unten wartete schon Hans, gespannt, wie es gelaufen war.

Nun hatte sie noch ein Ziel mehr. Treppe, See, Bett, Wald, Treppe. Nur den Oskar würde sie nicht in den Wald mitnehmen. Entweder ließ er sich tragen, der Klops, oder er verschwand im Unterholz und verheddert sich mit seinem Mohair in den Brombeerranken.

≈

Ich habe früher öfter daran gedacht, die Bilanz meines Lebens zu ziehen. Das erste Mal, als ich in Rente ging. Aber es kam mir albern vor, so als ob mein Leben damit beendet sei. Bilanzselbstmord. Später dann nochmal, als ich 70 und 75 wurde. Es schien mir schlüssig, jedoch für wen? Für mich selber? Ich bin dann aber vor dem zurückgeschreckt, was ich gar nicht wissen wollte. Vor allem vor der Gleichförmigkeit, der Ereignislosigkeit, der Eintönigkeit, die diese Bilanz zeigen würde Ein Leben ohne Höhen und Tiefen. Wenn ich ihm eine Farbe geben sollte, würde ich sagen: beige! Mein beiges Leben. Grau wäre mir zu traurig.

Wenn ich an die ersten 65 Jahre denke, habe ich das Gefühl, durch eine geruhsame Rohrpost befördert worden zu sein. Reingeschoben, und dann rutschte ich durch Kindergarten, Grundschule, Gymnasium, Studium, Behördentätigkeit. Mit 65 öffnete sich am Rohrende die Klappe und ich plumpste raus. Im Rohr gab es genügend Platz. Ich blieb nie stecken. Aber ich hatte – selbst wenn ich auf die Idee gekommen wäre – keine Möglichkeit, auszusteigen oder auch nur die Landschaft anzusehen, durch die ich befördert wurde. Ich erinnere mich nicht, dass es mich jemals gestört hätte. Es war eben so. Im Rohr hatte ich auch nichts zu befürchten. Keiner sah mich, keiner wusste, dass es mich gab, keiner konnte mir was tun. No risk, no fun. Keine action, also auch keine Farbe.

Ich erinnere mich an keine Begegnung, die mich je nachhaltig aus dieser Lebenslethargie gerissen hätte. Mein Ehemann war es nicht, obwohl ich mir von ihm „Leben" erhofft hatte. Mein Sohn war es auch nicht. Er verkrümelte sich erst in sich selbst und später in seine Technik. Mit jeder Menge Freunden. Alle gleich.

Es hat einiges an Männern in meinem Leben gegeben, aber keiner versprach Aufbruch, Farbe, Bewegung. Sie waren einer wie der andere farblos und langweilig. Wenn's hoch kam, waren sie gute Freunde auf Zeit, der Rest wollte nur das eine und das kostenlos und unverbindlich.

Doch, zwei hat es gegeben, mit denen ich mein beigefarbenes Leben hätte ändern können. Mit dem einen sicher. Ich hätte nur zu springen brauchen. Mit dem anderen? Er war der Mann, mit dem ich mich gedanklich jahrzehntelang beschäftigt habe unter dem Aspekt: was wäre gewesen, wenn? Wenn wir gemeinsam bis Hamburg durchgefahren wären? Und was wäre gewesen, wenn wir am Flughafen sofort ein Ticket nach Kiribati bekommen hätten? Und was, wenn nicht? Es war für viele Stunden eine schöne Gedankenspielerei. Die Chancen auf ein neues buntes Leben standen an diesem einen Tag, zu dieser einen bestimmten Stunde 1:99. Das Wagnis war mir zu groß, obwohl ich immer Abenteuerbücher gelesen habe, bei denen die Chancen eines Gelingens noch geringer waren. Zum Beispiel den Südpol zu finden. Aber das spielte sich nachts im warmen Bett bei Leselampe und Müsliriegel ab.

Also zwei! Einer war real in seinen Vorschlägen. Meine Zukunft hätte in einem quirligen, aufregenden Berlin gelegen, damals noch zweigeteilt und somit umso aufregender.

Der andere – ach. Wenn es nach ihm gegangen wäre, wäre aus der einen Nacht ein Leben in der Südsee geworden. Von jetzt auf gleich. Vom Tagungssaal direkt zum Flughafen. Ehepartner ade. Kinder hatten zu Hause schließlich noch einen weiteren Elternteil, und Gespartes war ausreichend vorhanden. Bei ihm. Sagte er.

Der eine, der beharrlicher mit seinen realistischen Plänen war, war der Handfeste. Jahrelang hat er mich umgarnt, hat versucht, mich zu überzeugen, wollte mich aus dem Hamburger Behördenmief in seine Welt entführen. Nicht als Mann – Frau. Er war überzeugter Schwuler und machte keinen Hehl daraus, wo er ging und stand. Er hat mit Beständigkeit etwas aus mir machen wollen. Er hat mich über meine erste große Liebe hinweggetröstet, und er hat Tod und Teufel in Bewegung gesetzt, mich davon zu überzeugen, dass der Mann, den ich dann in Torschlusspanik heiratete, nicht der Richtige für mich sei. Selbst noch nach der Hochzeit … „hau' ab, lass' ihn schmoren, das geht sowieso nicht gut, man kann sich auch wieder scheiden lassen, versauere dort nicht mit ihm ..." Solange, bis ich ihm mitteilte, dass ich schwanger bin. Erst da verstummte er. Aber die Zeiten mit ihm waren anregend und schillernd – wie die Berliner Schwulenszene eben, in die er mich mitnahm.

Dieser Eine war Pavel. Pavel mit Vau bitte, pflegte er zu sagen.

Also Pavel mit Vau.

Pavel saß in den Vorlesungen beharrlich neben mir. Wenn ich später kam, hatte er schon meinen Platz reserviert. Er schrieb für mich mit und lieh mir Bücher aus. Er hatte mehr Zeit als ich. Seine Eltern zahlten. Meine nicht, und Bafög gab es noch nicht. Ich musste arbeiten. Ich habe lange gebraucht, um zu merken, wieso er sich um mich bemühte. Er war schwul und wurde von den männlichen Kommilitonen gemieden. Er war der Schwulibert, und sie machten ihre sexistischen Witze. Und die Mädchen verbaten sich seine Gegenwart. Beim Studienziel Standesamt wollten sie einen „richtigen" Mann und sahen ihre Chancen gemindert, wenn sie schon einen Kerl an ihrer Seite hatten. So fiel er auf mich.

Gemeinsam war uns die Eile. Ich wollte die Doppelbelastung loswerden, und er wollte weg aus Angst vor der Bundeswehr. Insofern hatten wir im Gegensatz zu den meisten Kommilitonen keinen Sinn für Demos, Vorlesungsboykott und Dozentenkrieg. Es war alles ohnehin eher spätpubertär als politisch. Endlich weg von der Schule und fort von Mutti. Da konnte man in der Masse so richtig auf den Putz hauen.

Am Tag nach der letzten mündlichen Prüfung verschwand Pavel mit Vau nach Berlin. Alles war langfristig vorbereitet, und er hatte gerade noch Zeit genug, sich umzumelden. Junge Männer aus Berlin durften nicht gezogen werden. Auch deshalb hatte Berlin sehr früh eine große, aktive Schwulen-community.

Kaum war er fort und ich trat meine Stelle an, kamen seine Briefe, Karten und Anrufe. Die Karten kamen aus Kopenhagen, Amsterdam und Barcelona. Er machte keinen Hehl daraus, dass es dort aktive und interessante Männer seiner Couleur gab. Mir gegenüber hatte er damit keine Scheu. Seine Briefe handelten ausführlich von seiner steilen Karriere und auch davon, dass Mann sich gegenseitig half. Es war ihm gegönnt. Immerhin lebten sie alle am Rande eines aktiven Vulkans – Homosexualität war ein Makel und entsprechende Betätigungen noch strafbar. Der berühmte 175er.

Und seine Anrufe? Komm' nach Berlin, kleb' dort nicht an deinem Sessel, Hamburg ist piefig, Berlin ist die geilste Stadt der Welt, brich deine Zelte ab, ich regele hier alles für dich, hier hast du Chancen …

Ich hätte damals auf ihn hören sollen. Aber ich habe ihn immer nur besucht. Diese Wochenenden waren die reine Verwöhnung für mich. Ich bekam sein kleines Schlafzimmer, er blieb im Wohnzimmer auf der Couch. Wenn ich wach wurde, war der Frühstückstisch in der großen Wohnküche gedeckt, und danach ging's auf die Piste. Er zeigte mir Berlin. Wir fuhren kreuz und quer, und überall hatte er Freunde und Bekannte. Irgendwann hatte ich das Gefühl, dass ich für ihn so was wie eine Alibifrau zur Vertuschung seines Schwulseins war. Ich fragte ihn. Er lachte. Nein, er sei als Schwuler bekannt, aber es sei eine gute Idee für den Fall, dass er irgendwo fremd wäre.

Wir waren Top of the town, und wir waren in gerade aufkommenden Kellertreffs. Polster auf dem Fußboden, schummerige Beleuchtung, Studenten, die bedienten, junge Mädchen, die selbstgemachten Schmuck anboten … die berühmten flach geklopften Löffel und Gabeln aus Großmutters Familiensilber … und an jedem Abend ein anderer Gast. Ich meine, damals das erste Mal Hannes Wader erlebt zu haben.

Dort war Jugend, Aufbruch, Entrümpelung! Das ist Berlin, komm' her, es gefällt dir doch, ich besorge dir eine

Wohnung, schönen Altbau, hier brauchst du kein Auto, komm' her, mach' dich los, fang' an zu leben ...

Es ging lange so. Er warb um mich. Wollte er mich als Freundin in Berlin? Wer sollte ich dort für ihn sein? Oder war es die Sorge um mich?

Ich war mir nie sicher, wie andere Leute es mit mir meinten. Nie! Bis heute nicht. Ich spüre es noch immer – mein Misstrauen, meine Vorsicht ... was wollen sie von mir? Warum sind sie nett zu mir?

Irgendwann kam Pavel für ein Wochenende nach Hamburg. „Ach Katinka", sagte er, „wie läufst du denn hier rum?"

Er hatte mir nach einer Vorlesung mal gesagt, ich sähe aus wie die Puppe seiner kleinen Schwester, und die hieß Katinka. So würde er mich jetzt auch nennen. Ich war gerührt.

Er betrachtete mich von oben bis unten und sagte dann: „Du bist so alt wie ich, aber du läufst rum wie eine gut erhaltene Mittfünfzigerin. Grau in Grau. Der Rock zu lang, die Brosche ist scheiße. Du brauchst keine, bei dir sieht man auch so, wo vorne ist. Und die Schuhe! Echt Büro-tante." Ich erklärte ihm mein Outfit – Twinset trägt man jetzt. Hellgrau ist neutral. Die Brosche, na ja, da hatte er recht. Und die Schuhe waren bequem.

Es wurde ein hinreißendes Wochenende. Er hatte einen Blick in meinen Kleiderschrank geworfen und dann eine Einkaufstour angeordnet. Er suchte gewagte Sachen aus, farbig, flott, enge Hosen, bunte Tücher ... wir schwelgten gemeinsam, und ich überlegte immer, wann ich das alles anziehen würde. Allenfalls bei ihm in Berlin. Als ich am Montag in meinem hellgrauen Twinset mit einem irre bunten, langen Flatterschal im Büro auftauchte, fragten mich meine Kolleginnen, ob ich eine Meise hätte. Ich ließ es dann bleiben.

Ach Pavel, wie recht hattest du damals! Was wäre gewesen, wenn? Nach Grenzöffnung hatte ich ab und zu in Berlin zu tun und habe stets mit Sehnsucht und Bedauern an diese verpasste Chance gedacht. Aber nochmal ein Neubeginn? Meine Fluchtgeneration, die einfach nur „endlich ankommen" wollte. Und nicht schon wieder los … Bleiben!

Irgendwann meldete Pavel sich nicht mehr. Er hatte mir zum Schluss noch erzählt, dass er jetzt für Kunst und Kultur zuständig sei – also Szene, Szene, Szene. Und er brillierte. Ab und zu las ich seinen Namen in irgendeiner Kulturbeilage. Irgendwann war er in einen Sexskandal verwickelt, aber er schaffte es, wie immer, unbeschadet herauszukommen.

Ach Berlin! Ach Pavel! Ach, ihr vertanen Lebenschancen!

Aber ich kam mit meinen Füßen nicht aus dem zähen Lehm meines Alltags. Wenn mich je die Frage beschäftigt hat, was wäre geworden, wenn … dann hätte sie dem Träumer gegolten, der nach der Dienstreise nicht um- und aussteigen, sondern weiterfahren wollte bis Hamburg Hauptbahnhof und von dort sofort aufs Schiff. Mit mir.

Es war Jens. Ich habe ihn Jens, den Träumer, genannt.

≈

Wenn ich beim Ausmisten den Zettel nicht gefunden hätte, hätte ich mich an ihn nicht erinnert. DIN A 4, mehrfach gefaltet, vorne und hinten vollgekritzelt. Die eine Handschrift ist meine. Und die andere? Schräg nach hinten und eng, obendrauf ein Datum und eine Stadt. Dort war ich mal? Vor über vierzig Jahren? Dann folgen ein paar Zeilen unleserlich – irgendetwas Fachliches. Dann schräg und eng im Wechsel mit meiner Schrift.

„Sie sind fleißig."

„Wenn ich nicht mitschreibe, schlafe ich ein."

„Ha ha."

Ich lese, drehe und wende den Zettel und bei irgendeinem Stichwort fällt der Groschen. Beruflich relevante Tagung, was gleichbedeutend ist mit 'mal raus aus dem Trott'. Fahrtkosten und Tagungsgebühr zahlt der Arbeitgeber, Hotel wird von der Steuer abgesetzt.

Ich sitze schon im Tagungssaal. Ich bin gerne früh vor Ort, weil ich mir den Platz aussuchen will. Auf alle Fälle nahe der Tür. Fluchtweg vor Langeweile und Feuer. Er setzt sich neben mich, lächelt und legt Buch und Stift vor sich hin. Dann fängt vorne der Tagungsleiter an, Grußworte, Sinn und Zweck der Tagung, Aufbau, Organisatorisches, Essenszeiten, informelle Zusammenkünfte zum Austausch - das Übliche. Man kann weghören wie bei der Schwimmwestenvorführung im Flugzeug. Dann kommt der erste Referent, der Hauptredner, der Star. Wegen diesem kommt man – oder wegen der informellen Zusammenkünfte, Leute kennenlernen, Beziehungen anknüpfen, sich bekannt machen, auch Heiratsmarkt genannt, beruflich gemeint für Stellensuchende und -anbietende, aber durchaus auch anders aufzufassen. Es muss ja nicht gleich im Standesamt enden.

Der Zettel also. Er war an allem Schuld. Wir schoben ihn zwischen uns hin und her wie Pennäler. Es fiel kein Wort, wir wollten ja nicht schwatzen. Irgendwann hatte er geschrieben: Ich bin Jens. Wollen wir zusammen zum Essen gehen? Gerne.

Zwischendurch sah ich ihn an. Er hatte schöne Hände. Ringlos. Wichtig zu wissen. Sie waren schmal und gepflegt. Überhaupt war er gepflegt. Und konservativ gekleidet, was auffiel in den Horden in ausgeleierten T-Shirts mit California-Aufdruck, ausgeblichenen, schlechtsitzenden Jeans und Gesundheitssandalen. Er trug sogar Schlips. Und er duftete gut. Damit waren die wesentlichen Kriterien erfüllt.

Beim Mittagessen zeigte er exquisite Tisch- und sonstige Manieren. Es war die Zeit, in der es „in" war, sich schlecht zu benehmen, insbesondere bei Tisch. Matschen, Schlürfen, Schmatzen und mit vollem Mund volle Reden führen. Aber Jens war – einfach exquisit. Er konnte sogar einwandfrei mit Messer und Gabel umgehen und tupfte sich mit der Serviette den Mund, bevor er aus dem Glas trank.

Nach dem Essen war eine Stunde Pause. Wir wandelten Lust durch den Kurpark. Was wir geredet haben, ist nicht so schön überliefert wie der Zettel, der vormittags hin und her ging. Ich erinnere mich nur, dass seine Hand immer mal wieder ganz zufällig meine berührte, dass er mich am Ellenbogen fasste, um mich vor der Begegnung mit einem

Hundehaufen zu bewahren und mir einmal zart und behutsam seine flache Hand auf den Rücken legte. Nichts von allem hatte mich gestört.

Am Nachmittag wurde unsere Stille Post schon etwas privater.

Verheiratet? Fragte er.

Mhm und?

Auch.

Wie?

Na ja. Und?

Auch na ja.

Oh!

Man sollte auswandern.

Ich komme mit. Wohin?

Südsee.

Wahnsinn!!!! Palmen, warmes Meer.

Ewige Träume.

Muss nicht sein!

Schön wär's. Und wovon leben?

Ich habe Ersparnisse.

Ich nicht.

Meine reichen für uns beide.

So was Schönes hatte ich noch von keinem Mann gehört.

Ich erinnere mich, dass ich ihn an dieser Stelle der Korrespondenz angesehen habe. Er mich auch. Er hatte blaue

Augen! Er lächelte mich an. Er sah aus, als sollten wir gleich den Saal verlassen und das nächste Schiff nach Tuvalu besteigen. Ich habe auch gelächelt. Er nahm sich wieder den Zettel, der sich schon auf der zweiten Seite füllte.

Ich meine es ernst.

Ich habe ein Kind.

Bleibt beim Vater.

Könnte man machen.

Wollen wir zusammen zu Abend essen? Ich lade Sie/Dich ein, kenne hier einen guten Italiener.

Natürlich war klar, wie es weitergehen sollte. An das Abendessen erinnere ich mich nicht, weder an die Speisenfolge noch an den Wein. Ich erinnere mich nur noch daran, dass wir zu sehr später oder sehr früher Stunde auf den Stufen meines Hotels standen, er meine Hände hielt, mich küsste und mich zu überreden versuchte, ihn mit in mein Zimmer zu nehmen. Ich gebe zu, ich war schwankend. Und ich gebe zu, mein beharrliches Nein beruhte nicht auf Moral, sondern ausschließlich auf der Tatsache, dass ich zu diesem Zeitpunkt nicht die Pille nahm. Und dann sagte dieser angenehme, gepflegte, gut erzogene, wohlduftende Mann mit blauen Augen: Wenn du mich nicht mit hochnimmst, wirst du etwas verpasst haben!

Dieser Satz haut mich noch heute, nach über vierzig Jahren, um. Und ich war damals oben im Bett – solo – schon der Überzeugung, dass er vermutlich Recht gehabt hatte.

Dann kam der nächste Tagungstag. Wie verhält sich ein Mann, der sich ein paar Stunden zuvor eine Abfuhr eingeholt, und wie verhält sich eine Frau, die diese Abfuhr erteilt hat? Wo soll ich mich hinsetzen? Auf unserem gestrigen Platz? So tun, als ob nichts gewesen ist? Ganz woanders hin, wo er mich nicht gleich sieht? Oder gehe ich gar nicht erst hin, sondern bummele durch die Stadt oder fahre gleich nach dem Essen heim?

Ich entschied mich zu Mut und Entschlossenheit. Ich war noch sehr unerfahren, was Affären anbelangte. Aber bevor ich mich auf unseren alten Platz setzte, ging ich ins Tagungsbüro und suchte in der Teilnehmerliste nach einem Jens. Es gab nur einen. Unter der Rubrik Beruf, Entsendebehörde stand Staatsanwalt, Kommunalpolitiker. Es haute mich um.

Er kam etwas später. Ich sah ihn aus dem Augenwinkel in der Tür stehen und den Raum absuchen. Dann muss er mich entdeckt haben. Er eilte heran, setzte sich neben mich, legte mir seine Hand auf den Arm, lächelte und deutete einen Kuss an. Was für ein Mann!

Die Rückreise traten wir gemeinsam an. Meinetwegen wechselte er aus der ersten in die zweite Klasse. Wenn ich es heute bedenke, hätte er mir auch das Upgrade in die erste bezahlen können. Wir saßen uns gegenüber, strahlten uns an und fraßen uns mit den Augen auf.

„Wo musst du raus?" fragte er. Ich sagte es ihm

„Ich 'ne Stunde später", sagte er. „Bis wohin geht dieser Zug?"

„Hamburg."

„Steig' nicht aus, lass uns zusammen bis zur Endstation fahren!"

„Und dort?"

„Wir nehmen ein Schiff oder einen Flieger, egal wohin, Hauptsache weg. Süden! Sag' ja! Das Leben ist so kurz! Lass' uns zusammenbleiben!"

Ich glaube noch heute, dass er es ernst meinte. Seelensanatorium Südsee!

Als ich aussteigen musste, half er mir mit dem Gepäck und küsste mich hinreißend zum Abschied. Er war der einzige Mann in meiner Sammlung, der küssen konnte.

Ich habe nie wieder von ihm gehört. Ich bin auch nicht ausgewandert. Vielleicht lebt er inzwischen alleine auf Tuvalu und denkt an mich.

Diese Episode war für mich viele Jahre der Anlass, über ein Was-wäre-wenn? nachzudenken. Ein schönes Spiel.

Was wäre gewesen, wenn Jens und ich damals nach der Tagung wirklich durchgebrannt wären? („Durchgebrannt" fand ich immer eine wunderbare, eine verheißungsvolle Vokabel!) Durchfahren bis Hamburg Hauptbahnhof. Endstation. Und dann? Gleich zum Flughafen? Wann bitte geht die nächste Maschine nach Tuvalu? Nach Kiribati? Oder wenigstens nach Neuseeland? Morgen? Gibt's noch zwei Plätze? Dann bitte gleich für uns buchen! Und bis morgen ins Flughafenhotel. Gemeinsame Nacht. Und wenn diese trotz seiner vollmundigen Versprechungen schief gegangen wäre? Flüge stornieren oder hoffen auf bessere Nächte an warmen Stränden unter Palmen?

Vielleicht hätten wir auch die erste Nacht im Hotel am Hauptbahnhof verbracht, und er wäre früh aufgestanden und hätte mir einen Zettel auf dem Nachttisch hinterlassen: Es tut mir leid, wär' so schön gewesen, aber ich habe um 15 Uhr einen dringenden Termin, den ich nicht absagen kann ...

Das sind Szenarien, die sich trefflich für Autobiographien eignen – zur Freude der Leser. Erlebt sind sie vermutlich weniger lustvoll. Ja, ich hätte es mit ihm an dem Abend zwischen den zwei Tagungstagen ausprobieren sollen – dann wäre die Entscheidung „Weiterfahrt bis Hamburg und Flug in die Südsee" schon vorher gefallen und nicht erst im Zug.

Die Hotelübernachtung in Hamburg wäre noch auszuschmücken gewesen mit dem alleinigen Auschecken an der Rezeption. Doppelzimmer, zwei Personen, zwei Abendessen, zweimal Frühstück ... Wieso? Hat Herr ... Sch ... wie hieß er eigentlich mit Nachnamen? ... nicht gezahlt? Und dann das Gesicht der Rezeptionistin bei der Antwort: Leider nein. Wobei dahinter die Häme steckte, da bist du nicht die Erste! Auf diese Masche sind schon viele Frauen reingefallen ... aber doch wohl nicht mit einem Staatsanwalt.

Nur wenige Männer haben mich in meinem Leben so gut unterhalten wie du. Und das durch schiere Abwesenheit!

Zur Zeit meiner ersten großen Liebe war ein Schlager akut, der die romantischen Mädchen unter uns ins Schwärmen fallen ließ: Island in the sun ... ich grüß' meine Insel im Sonnenlicht, das sich silbern und hell im Morgen bricht. Ich grüße der Heimat flimmernden Sand, die braune Hütte am Meeresstrand ...

Ich habe sie immer und immer wieder mit meinem Schultuschkasten gemalt, die Hütte unter Palmen auf einer winzigen gelben Sandinsel, umspült von blauen Wellen mit endlosem Horizont. In dieser Hütte hätte ich gerne mit IHM gelebt, dem Einzigen.

Und vierzig Jahre später möchte ein Mann mit mir auf die Island in the sun und in die braune Hütte. Es gibt nichts Neues. Es gibt nur Rekonstruktion.

≈

Noch ein Gedicht. Das Schloss Boncourt „... wie sucht ihr mich heim, ihr Bilder, die lang' ich vergessen geglaubt!" ...

Ich habe die Erinnerung gerufen. Jetzt sitzt sie da, quillt aus allen Buchseiten und schaut mich fragend an: Was nun?

Was tut man mit Erinnerungen? Man schwelgt in ihnen, sagt der Volksmund. Und was, wenn es nichts zu schwelgen gibt? Wie bekomme ich den Geist wieder in die Flasche? Ich will doch leben, hier und heute. Und ich will versuchen, endlich einmal im Leben das zu genießen, was mir der Augenblick bietet.

Stattdessen? „Wie sucht ihr mich heim, ihr Bilder ..."

Immer wieder fällt er mir ein. Nicht weil er mich über alle Maßen beeindruckt hätte – wenngleich er schon ein Solitär war –, sondern wegen des Abhauens in die Südsee.

Spannend wäre zu wissen gewesen, welche Vorstellungen er von der Art der Insel hatte, welche Vorstellungen von der Art unseres Alltags, welche Vorstellungen von unserer Beziehung, nachts auf dem Lager und tagsüber in den Wellen und unter der Kokospalme? Und alles über allem: Wie lange hätten seine Ersparnisse gereicht, an die er – wie auch immer – mitten auf einem Korallenriff herangekommen wäre? Vielleicht hätte seine Frau ein Paket mit deutschen Banknoten an die Adresse Rua-Rua-Atoll, dritte Dattelpalme von links geschickt?

Die Finanzfrage wäre natürlich geklärt gewesen, wenn wir auf einem unbewohnten Eiland Quartier bezogen hätten: Ich Robinson, du Freitag. Abgeworfen mit Fallschirm. Feuer machen, Trinkwassergewinnung, Meerwasserentsalzung, Fischfang, Jagd und Hüttenbau … Wie lange hätte unsere junge Liebe das ausgehalten?

Einsam auf fernen Inseln. Ob er seine Jugendlektüre noch im Hinterkopf hatte? Seinem Habitus und seinen gepflegten Händen entsprechend hatte er noch nie Feuerholz gesammelt und keinen Alligator gefangen (für eine Krokodillederhandtasche für mich als Hochzeitsgeschenk sozusagen).

Ach Jens, alleine schon die Idee, dass wir bis Hamburg fahren und von dort aufs Schiff in die Südsee gehen würden. So als ob die Südseeschiffe direkt am Ausgang des Hauptbahnhofs anlegten und alle zwei Stunden wie bei einer Fähre „Kiribati" ausgerufen würde.

Trotzdem! Er war ein Mann, der wenigstens eine spritzige Idee hatte. Ich glaube, er war der Einzige.

≈

Es wurde täglich heißer. Für heute hatten sie bis dreißig Grad angesagt, für morgen zweiunddreißig, Tendenz steigend. Hans hatte sie getröstet. Der große Wald, der bis an die Hütte und an das Museum reichte, würde kühlen, Schatten werfen sowieso. Aber trotzdem solle sie vorsichtig sein. Willem hatte das Fliegengitter in das große Ostfenster gesetzt, durch das nie die Sonne, dafür aber die Morgenkühle kam.

Babett stand jetzt jeden Morgen sofort auf, wenn sie wach wurde. Sie schwitzte nachts, etwas, was ihr unbekannt war. Sie machte sich frisch, machte Durchzug und stellte fest, wie wunderbar klar um sechs Uhr früh die Luft durch ihre Hütte strömte. Wald, Erde, Laub … und die Hitze konnte man vorerst nur ahnen.

Die Kaffeestunde auf der Treppe erfüllte sie mit tiefem Frieden. Kein Mensch, Geräusche nur aus der Natur. Sie ließ ihre Augen wandern. Alle Bäume waren satt grün, und wenn die ersten Sonnenstrahlen durch das Laub drangen, kam Gold dazu.

Sie tat nichts. Sie las nicht. Sie trank ab und zu einen Schluck Kaffee und dachte: Ich bin. Es war ein nie gekannter Friede. Hatte sie denn nie Muße gehabt?

Irgendwann dann kam Hans mit Oskar in der Transportkiste den Weg hoch gestapft. Sie hörte ihn schon von weitem jammern, und wenn sie seinen Namen rief, warf er sich in der Box hin und her und ließ eine ganze Batterie neuer

Laute hören. Allerdings nicht Hund. Sie nahm ihn heraus. Er gebärdete sich, als sei er dem sicheren Tode entronnen und verlangte seine Knuddeleinheiten. Hans lachte. Sie wechselten ein paar Worte. Hans hatte ein paar Corona-Museums-Ideen und machte ansonsten einen entspannten Eindruck.

„Ich geh' jetzt schon immer am frühen Vormittag zum See", sagte Babett. „Das Wasser ist sehr angenehm, und ich kann auch noch ein bisschen mit Oskar auf der Wiese spielen. Danach wird es mir zu heiß. Es gibt ja nicht den kleinsten Schatten."

„Stimmt", sagte Hans. „Als diese Badewiese angelegt wurde, war man hier in Norddeutschland froh um jede Sonnenstunde. Vielleicht denken wir mal über ein paar Bäume nach. Übrigens hat der See schon 25 Grad innerhalb der Badezone. Seien Sie aber trotzdem vorsichtig, ja?"

„Natürlich. Ich kühle mich runter, komme dann über Mittag in die Hütte und leg' mich hin, bis die Schatten kommen."

Sie lächelte ihn an: „Ist das nicht ein Luxus? Den Tag nach dem Thermometer zu gestalten, mehr Ruhepausen als Aktivitäten. Dank Bismarck."

„Wieso Bismarck?"

„Dem verdanke ich meine Rentenversicherung."

Hans lachte und machte sich winkend auf den Weg, um in seinem vereinsamten Museum herumzumurksen.

„Wollen wir auch so langsam?" fragte sie Oskar, der heftig protestierte, als er wieder in den Transportkarton gefüllt wurde. „Bis zum See", sagte Babett, „ist doch nicht weit."

Am See war es still. Sie war der einzige Badegast. Trotz Schulschließungen und Kurzarbeit zog es zu dieser Morgenstunde niemanden ans Wasser. Sie genoss es, eine große Badewiese und einen noch größeren See für sich ganz alleine zu haben.

Sie nahm Oskar heraus, ließ ihn auf der Wiese laufen und lachte über seine Tolpatschigkeit. Er hoppelte ein paar Schritte, beschnupperte und bepinkelte das Gras, fiepte melodiös wie zur eigenen Unterhaltung und drehte sich nach Babett um … ob sie noch da war … ob sie sah, wie schön er lief … ob sie ihn wieder einsammeln käme.

Es hat etwas Paradiesisches, dachte sie, sammelte Oskar ein, stellte die Box dicht ans Wasser mit dem Gitter zum See, damit er sie sehen konnte und ging ins Wasser. Es war weich und mild und ein Genuss für die Haut, die seit Tagen viel zu heiß war. Vom Wasser aus sprach sie zu Oskar, der quengelte, und dann ließ sie sich fallen.

Etwas sagte ihr, dass sie nicht zu weit hinausschwimmen sollte, nicht einmal bis an die Grenzen, die Hans vorgegeben hatte. Bei der Hälfte der Strecke legte sie sich auf den Rücken. Das Wasser trug sie, es bedurfte nur weniger Beinbewegungen.

Sie schaute in den Himmel, der blassblau war und nach Hitze aussah. Zwei weiße Wolken standen auf dem Blau wie von einem naiven Maler oder einen Kindergartenkind hingesetzt.

Da oben sind sie alle, dachte Babett. Es ist fast niemand mehr übrig. Ihre Kaffeetanten, Konrad und sie. Und da oben die alten Freundinnen, ihre Männer, soweit sie wusste, ihre Brüder, ihre Eltern ... ihre ganze Familie. Sie war übrig geblieben. Ich bin uralt, dachte sie, natürlich habe ich sie alle überlebt, aber das Übriggebliebensein hatte sie zeitlebens in eine Art Angststarre versetzt, einsam, verlassen, orientierungslos. Sie kannte alle Familiendaten, geboren, gestorben, wo, wann – aber sie hatte immer, wenn sie über die Daten hinausschauen wollte, unbewusst die Notbremse gezogen. Bis hierher und nicht weiter. Sie waren alle tot, und ihre Erinnerung endete mit dem Verlassensein.

Erinnere ich mich eigentlich an meine Familie? Ging es je über das Faktenwissen hinaus? Habe ich je gefühlt, was passiert war, gefühlt, was die Menschen mir bedeutet haben, gefühlt, dass sie plötzlich nicht mehr da waren, gefühlt, dass der Tod eine endgültige Trennung bedeutet hatte, ein Nie-wieder?

Mein Vater, dachte sie. Du bist auch da oben. Habe ich dich je gekannt? Hat es zwischen uns irgendetwas gegeben, oder warum habe ich nie um dich getrauert? Er hatte sie das letzte Mal gesehen, als sie ein Jahr alt war, der große Bruder, der Stammhalter, der erklärte Liebling, vier Jahre alt. Bei diesem Fronturlaub hatte er seinen zweiten Sohn gezeugt, über dessen Geburt er noch per Feldpost unterrichtet wurde. Sie konnte sich nicht erinnern. Sie hörte von der Mutter immer nur: wenn Vati doch bald wiederkommt. Und sie hörte schon als unverständiges Kind das Doppeldeutige heraus – Sehnsucht und Furcht.

Und dann war er gekommen. Auch daran konnte sie sich nicht erinnern, nicht an sein Auftauchen, nicht an irgendetwas, was als Freude hätte interpretiert werden können, auch nicht an ihre Angst, von der ihr später immer wieder berichtet wurde. Er war ein fremder Mann. Alle fremden Männer, die sie erlebt hatte, waren vergewaltigende Russen gewesen, die die Frauen der Familie im Beisein der kleinen Kinder schändeten, es sei denn, die Mütter schafften es, ihre Kinder zu greifen und auf den Friedhof zu flüchten.

Und so ein Mann saß plötzlich am Tisch. Sie hatte es sich vorstellen können, aber sie hatte keine Erinnerung daran. Irgendetwas muss doch da sein, dachte sie, drehte sich um, schwamm ein paar Züge und legte sich wieder auf den Rücken. Die Wolken standen immer noch vor dem weißblauen Himmel.

Er kam sehr spät oder sehr früh. Er kam 1947, als kein Soldat mehr kam. Viele hatten sich bei Kriegsende in die Heimat durchgeschlagen, sie waren 1945 zu Hause oder suchten zu dieser Zeit ihre Angehörigen. Die anderen waren in Gefangenschaft. Die Westalliierten ließen sie truppweise gehen, manche behielten sie noch, weil sie sich der Umerziehung entzogen hatten. Aber der Vater war im Osten gewesen. 'Vati ist im Osten' – wo? Er hatte es 1945 nicht geschafft, er war gefangengenommen worden, aber wer hatte ihn warum 1947 wieder ausgespuckt? Erst Anfang der 50er Jahre kamen die Überlebenden aus den sibirischen Lagern. Aber 1947? Die Mutter hatte später dazu nie etwas sagen können oder wollen.

Erinnere dich, dachte sie. Ist da gar nichts? Wie hat er ausgesehen? Hat er irgendetwas getan? Gesagt? Später, sehr viel später waren sie im Winter zum Holzsammeln im Wald gewesen, im Sommer zum Sonntagsspaziergang. Sie wusste es, aber sie fühlte es nicht. Das kann keine Erinnerung sein, dachte sie, das ist höchstens die Hälfte, das Wissen.

Sie sah zum Ufer hin. Der Korb stand noch. Sie machte ein paar Beinbewegungen. Die Hitze begann ihr zuzusetzen. Der Himmel wurde immer heller. Sie döste ein. Und plötzlich kam sie zu sich, weil sie aufgeschrien hatte, weil ihr Herz einen schrillen Schmerz durch den Oberkörper jagte und … weil sie ihren Vater gesehen hatte.

Sie schrie noch einmal, hoffte gleichzeitig, dass niemand sie hören würde und fühlte ihr Herz rasen. Bleib' ruhig, ganz ruhig, ganz ruhig, dreh' dich um, schau zum Ufer, atme tief ein und langsam aus, und dann schwimme ohne Eile auf die Wiese mit dem Korb zu. Ganz ruhig …

Als sie Boden unter den Füßen fühlte, wollte sie sich hinstellen, aber die Beine knickten ihr weg. Sie kroch auf allen Vieren aus dem Wasser und über die zwei Meter Gras bis zum Korb. Sie japste. Sie hatte das Gefühl, keine Luft zu bekommen. Sie war froh, an Land und nicht mehr im Wasser zu sein. Sie legte sich auf ihren Bademantel und war weg.

Sie kam wieder zu sich, als Oskar jammernd den Korb zum Schaukeln brachte. Sie nahm ihn heraus und fühlte tiefe Dankbarkeit für dieses Fellknäuel, das sich eng an sie drückte.

Du musst überlegen, was passiert ist, dachte sie. Das war ein Herzanfall, aber was hatte ihn ausgelöst? Ihr Körper war nicht überhitzt gewesen, das Wasser war kühl. Sie hatte sich erinnern wollen an etwas, das sich ihr bislang entzogen hatte. Sie wollte ihren Vater sehen, die Erinnerung auf ihn fokussieren. Es gab kein Foto von ihm, das ihr eine persönliche Erinnerung vorgegaukelt hätte. Bei vielen Menschen war ihr nie klar, ob sie sie sah, wie sie gewesen waren, oder ob sie sich nur an Fotos erinnerte.

Sie war im Wasser eingedöst, entspannt … und in dieser Entspanntheit sah sie ihn, so wie sie ihn einst gesehen haben musste. Das Sehen, das Erinnern, der Schmerz … lösten den Herzanfall aus und ließ sie aufschreien. Sie hatte den Schrei nicht hindern können.

Babett setzte sich gerade auf. Den Korb schob sie sich in den Rücken und polsterte ihn mit dem Badelaken. Sie hatte das Gefühl, Halt zu brauchen. Oskar war in ihrem Schoß eingeschlafen, und sie empfand ihn wie einen gottgegebenen Trost in einer nicht zu regulierenden Situation.

Was hatte sie gesehen? Das Bild ließ sich widerstandslos noch einmal hervorrufen. Es war in der Welt und das würde es auch bleiben. Ihre Eltern saßen in alten Sesseln mit Bommeln an den Armlehnen, zwischen sich einen kleinen, runden Tisch. Dieses Ensemble kannte sie. Es stand im sogenannten Wohnzimmer in der Obdachlosenunterkunft vor dem Fenster. Die Mutter saß links ganz still. Die Hände im Schoß, den Blick gesenkt. Der Vater – ein abgemagerter Greis in einer zerlumpten Uniform und barfuß – saß rechts. Und weinte. Er weinte ganz still. Ohne Mimik liefen die Tränen über die eingefallenen Wangen und tropften auf seine zerlumpte Jacke.

Sie sah es wie ein Foto. Ich muss gegenüber an der Tür gestanden haben, dachte sie. Das war der Blick in Richtung Tisch und Fenster. Sie hörte nichts. Vielleicht hatte niemand etwas gesagt, und sie hatte wohl auch nichts gefragt. Überhaupt war es keine Zeit für Fragen, weder vorher noch nachher.

Sie lehnte sich zurück und horchte auf ihr Herz. Es hatte sich beruhigt, aber sie fühlte sich schwach und übermüdet. Die Sonne war heiß.

„Wir müssen gehen", sagte sie zu Oskar. Sie behielt ihn auf dem Arm und trug Korb und Badesachen in der andren Hand. Der Weg schien ihr endlos. Es sind nur 300 Meter, dachte sie, nur ein paar Meter, nur ein paar Meter ... Oskar hielt sehr still.

Als sie bei der Hütte ankam, hatte sie das Gefühl, die Treppe nicht mehr zu schaffen. Sie stand, stellte alles ab und behielt nur Oskar im Arm. Als Hans plötzlich neben ihr stand, musste sie sich zusammenreißen, nicht zu Boden zu gehen.

„Geben Sie mir Oskar", sagte er leise. „Ich helfe Ihnen bei der Treppe. Es wird sehr heiß heute. Kommen Sie ..."

Er brachte sie zum Bett und half ihr aus dem Bademantel.

„Ich bringe den Hund in den Korb, dann können Sie den Badeanzug ausziehen und sich hinlegen. Soll ich einen Arzt rufen? Sicher nicht? Ich komme in einer Stunde nach Ihnen sehen ..."

Den Rest hörte sie nicht mehr, sie kippte weg wie vorhin am See. Hans deckte sie zu und machte sich Sorgen.

Babett schlief bis in den Abend. Hans kam jede Stunde hoch und horchte, ob sie noch atmete. Er stellte ihr mehrere

Flaschen Mineralwasser unter den Tisch und eine Flasche, geöffnet, mit Glas auf den Nachttischhocker. Als er kurz vor Sonnenuntergang noch einmal zur Hütte ging, sah er schon von Weitem, dass Babett auf der Treppe saß. Sie war blass und sah sehr alt aus. Das ist mehr als die Hitze, dachte er, wir müssen aufpassen. Ich muss mit Susanne sprechen, notfalls mit Trude. Sie ist eine sehr alte Frau.

„Danke, dass Sie sich um mich kümmern", sagte Babett, als Hans sich langsam näherte. „Es geht schon wieder."

Er setzte sich neben sie. Am liebsten hätte er sie in den Arm genommen. Sie sah so zerbrechlich aus.

„Tun Sie mir einen Gefallen, Frau Abel, und gehen Sie in den nächsten Tagen nicht schwimmen und nicht in die Sonne."

„Aber im See kann ich mich abkühlen", flüsterte sie.

„Stimmt. Wenn es Ihnen recht ist, komme ich morgens mit Oskar und wir gehen zusammen an den See, ja? Ich habe im Moment Zeit. Ich bleibe mit Oskar auf der Wiese und Sie schwimmen ein bisschen. Aber nur vorne. Da ist es auch kühl. Und dann gehen wir zusammen zurück, okay?"

Babett nickte müde.

„Haben Sie meine Nummer gespeichert?" fragte er und verabschiedete sich dann für die Nacht.

Heute nicht mehr, dachte sie. Aber ich muss das Fadenende in der Hand behalten. Wer weiß, was noch alles kommt.

Am nächsten Morgen war Hans froh, als Babett das Schwimmen absagte. Sie wollte mit Oskar daheimbleiben und vielleicht ein paar Schritte durch das kleine Dorf gehen.

Waldweg und Seeweg seien schattig. Sie würde auch Wasser mitnehmen ...

„Sie haben mich so gut versorgt, danke ..."

Es war ein sehr stiller Tag auf der Treppe, im Bett, auf dem Waldweg. Oskar war ruhig und offenbar froh, dass er nicht ständig umgebettet wurde. Wir passen zusammen, dachte Babett müde. Wir brauchen beide unsere Ruhe. Aber in den nächsten Tagen will ich nochmal ran an das Thema – frühmorgens, wenn es noch kühl ist und auf der Treppe, wo mir nichts passieren kann, weil Hans mich im Auge behält. Noch nie im Leben war ich so beschützt ...

≈

Da hatten sie gesessen. Stumm. Die Mutter in demütiger Haltung. Der Vater starr mit laufenden, tropfenden Tränen. Und sie hatte an der Tür gestanden. Auch stumm.

Was kam danach? Ich weiß es nicht, dachte sie. Die Eltern, die nebeneinander saßen ... trauerten? Etwas musste passiert sein. Was? Was wusste sie über diese Zeit, die das Verhalten der Eltern hätte erklären können?

Die Jahre waren grau in grau gewesen. Sie lebten alle wie unter einer nassen, schweren, grauen Militärdecke, von denen sie pro Bett eine hatten. Die Zeit war lichtlos, lautlos, freudlos. Ein grauer Brei. Ein toter Bruder, ein kranker Bruder, eine verzweifelte Mutter, ein irritiertes Mädchen – ich – und plötzlich ein Mann.

Mein Vater war 38, als er aus dem Osten kam – woher auch immer. Wenn ich ihn im Sessel sehe, würde ich denken, er müsse weit über 60 gewesen sein. Aber so alt war er gar nicht geworden. Er hatte nicht lange mehr gelebt, vielleicht noch vier oder fünf Jahre. Irgendwann war er fort. Er ist tot, hatte die Mutter gesagt, und sie wirkte erloschen. Woran er gestorben war, wurde nie thematisiert. Er hat Selbstmord begangen, hatte sie später oft gedacht, hatte es aber nie zu fragen gewagt.

Wie mag es für beide gewesen sein, als er plötzlich nach Hause kam? Aber noch nicht einmal das stimmte. Er kam ja nicht nach Hause. Es gab kein Zuhause mehr. Die Mutter war mit den Kindern geflohen. Aber wie hatte er seine Familie überhaupt gefunden? Auch das hatte sie in dieser bleiernen Zeit nicht zu fragen gewagt.

Was waren sie noch füreinander gewesen, als er heimkehrte? Sie waren einst ein glückliches, verliebtes, übermütiges Paar gewesen, das im zweiten Ehejahr sein Wunschkind bekam. Dann wurde er eingezogen. Die nächsten Kinder waren Heimaturlaubserzeugnisse zu einem Zeitpunkt, als der Krieg schon längst verloren war. Jedenfalls im Wissen der Soldaten an der Front, denen niemand mehr etwas vormachen konnte. Ich war ein Stalingradkind, dachte sie.

Die Mutter wusste nicht, wo ihr Mann nach Kriegsende geblieben war und ob er überhaupt noch lebte. Und der Vater ahnte allenfalls, dass seine Frau aus der Heimat hatte fliehen müssen. Was er aber nicht hatte wissen können, war, dass seine Frau unter die Russen gefallen war und dass sein geliebter erster Sohn nicht mehr lebte.

Ob das die Situation war, die sie als Kind beobachtet hatte? Die beiden zerstörten Menschen, die sich gegenseitig mitgeteilt hatten, was in den Jahren des Getrenntseins geschehen war? Er hatte eine heile Familie verlassen, zwei Kinder und eine schwangere Frau, schön, gepflegt, fürsorglich, liebevoll, und fand ein seelisches Wrack vor, ohne den Lieblingssohn, eine verstörte Tochter und einen Kümmerling mit großen Augen und ohne Lebenswillen im Kinderbett. Und die Frau hatte ihren Geliebten voller Hoffnung auf seine Wiederkehr verabschiedet, einen jungen gesunden fröhlichen Partner und hatte einen zerstörten, zerlumpten Greis wiederbekommen.

Wie kann man unter solchen Bedingungen noch eine Ehe fortsetzen? dachte Babett, und sie erinnerte sich, die Mutter etwas Derartiges mal gefragt zu haben. Wider Erwarten hatte die Mutter sie nicht abgewiesen, sondern mit Tapferkeit in der Stimme erklärt, dass am Ende die Kameradschaft bliebe, wenn eine solche schon vor der Ehe bestanden habe. Mit einem Kameraden an der Seite, hatte sie erklärt, ließe sich alles ertragen.

Aber dann war auch der Kamerad fort, kurz nachdem der kleine Bruder gestorben war. 'Eingegangen' sei er, hatte die Mutter gesagt. Er habe nie eine Chance gehabt.

Vater, Mutter, drei Kinder – eine glückliche Familie in der Heimat. Übriggeblieben waren eine zerstörte Mutter und ein verstörtes Kind in der Fremde. Und dieses eine Kind war ich.

Und ich habe nie gewusst, wieso ein Leichentuch über meinem ganzen Leben lag.

≈

Sie las ihn nun schon zum dritten Male. Ein Brief von Konrad war eine Seltenheit, und immer war es, als ob er sie in eine warme Decke hüllte und leise mit ihr flüsterte. Acht Seiten hatte er geschafft, aber am Ende zerfaserte seine Schrift. Er entschuldigte sich dafür: „Verzeih', es ist drei Uhr in der Nacht. Ich wollte in Ruhe an dich denken und mir Zeit für den Brief lassen." Und deine Frau sollte es nicht wissen, oder?

„Du bist in diese Hütte gezogen, um dich zu erinnern. Das war sicher eine gute Idee. Angestammte Orte hindern uns eher. Sie blockieren, sie haben keine Inspiration mehr. Nun erinnerst du dich. Ich glaube, du hast übersehen, dass es mindestens zwei große Stränge der Erinnerung gibt. Ich habe zum Beispiel vor kurzem ein Foto von dir gefunden und erinnerte (!) mich sofort an die Situation. Es war in Hohwacht. du sitzt von Wasser umgeben auf einem großen Stein und spielst kleine Meerjungfrau. Ich habe dich fotografiert. Weißt du es noch? Erinnerst (!) du dich? Was man natürlich nicht sehen konnte: Ich musste Dich retten. Du hattest herumgehampelt und wärest beinahe in die Ostsee geplumpst. Wir waren sehr ausgelassen. Wieso wir zusammen in Hohwacht waren, habe ich trotz aller Mühe nicht mehr erinnern (!) können.

Das ist das, was uns präsent ist, wenn wir einen kleinen Anstoß bekommen, ein Foto, ein Duft (ich rieche noch immer dein Lieblingsparfüm, aber du hast mir nie verraten, wie es hieß, sonst hätte ich es mir sicher mal gekauft!), eine Melodie (erinnerst du dich an „Strangers in the night" am Nordostseekanal?), ein Gebäude. Ein Blick, ein Ton … und eine ganze Geschichte wickelt sich ab. Unsere Erinnerungen.

Was du versuchst, mein Liebes, ist etwas anderes. Du willst tief graben. Du willst vorhandene Daten mit Gefühlen füllen, mit Anschauungen. Du hast ein fragmentarisches Wissen, aber dir fehlen dazu die Emotionen, die Bilder, die Töne, die Gerüche. Da muss was gewesen sein. Ich war dabei ... warum ist das verschüttet?

Es ist verschüttet, weil es nicht nur nicht gebraucht wird im späteren Leben, sondern vor allem, weil die Erinnerung das seelische Gleichgewicht erschüttern würde.

Du kennst den 'Zauberlehrling'. Er hat wie alle diese großen Balladen eine Kernaussage: Die Geister, die ich rief ... erinnerst du dich? Ihr hattet ihn sicher auch in der Schule. Du hast dich in die stille Hütte begeben, reizfrei, ohne Ablenkung, entspannt, und du hast dir das vorgenommen, was heute so abartig als 'Erinnerungsarbeit' bezeichnet wird. Wir arbeiten ja ständig, obwohl wir längst zu den faulsten Völkern der Welt gehören, geht man mal von der Wochenarbeitszeit und den Urlaubswochen aus. 'Trauerarbeit' ist so eine weitere Abartigkeit und neuerdings Care-Arbeit. Egal. Du setzt dich dem aus. Es ist geradezu klassisch, dass dich die Bilder einholen, als du völlig entspannt im warmen Wasser liegst und auf zwei Wolken schaust. Meditativ. Tiefenentspannt. Und das auf der grundsätzlichen Bereitschaft zur Erinnerung. Das hat Parallelen zum Erinnern kurz vor dem Einschlafen.

Du hast dich erschreckt, Liebes, vielleicht weil es dich so plötzlich überfiel. Das, was du gesehen hast, war mit Sicherheit ein Bild, das sich deiner Seele eingeprägt hat. Die Prägung blieb, und du hast sie abgerufen. Die Herzattacke – nun ja – sie war die physische Re-Aktion auf eine

psychische Aktion. Erklärlich, wenngleich für dich erschre-
ckend. Du hat doch nichts mit dem Herzen? Lass' es mich
wissen.

Was mich – verzeih', dass ich es so sachlich angehe – was
mich fasziniert, ist das punktgenaue Zusammentreffen zwischen Wissen – der Vater kehrt heim – und dem Bild, das
du gesehen hast. Ich nehme an, dass deine Deutung zutrifft:
Da sitzen zwei einst Liebende, die sich nach Jahren der
Trennung wiedersehen, die gehofft und sich gesehnt haben,
die völlig irrational ihr gemeinsames glückliches Leben dort
wieder aufnehmen wollten, wo sie es einst verlassen mussten. Die gedacht haben, der Krieg sei eine Pause. Und sie
sehen sich wieder als zerstörte, zerbrochene Menschen, als
Wracks. Was ich mir am schlimmsten vorstelle, ist die Situation deiner Mutter. Sie muss ihrem Mann „gestehen", dass
auch sie zu den Vergewaltigungsopfern der Russen gehört
hat – dein Vater wird davon gewusst haben, aber dass es
auch die eigene Ehefrau treffen könnte, war außerhalb jed-
weder Vorstellung. Aber dann kam das Allerschlimmste:
sein Sohn ist tot. Schon lange. Sein geliebter Erster.

Wie – ich frage dich – bringt man so etwas einem Menschen
bei, der sich möglicherweise in den letzten Kriegswochen
und in den zwei Jahren seiner Gefangenschaft oder Inhaf-
tierung nur mit den Gedanken an Frau und Kinder aufrecht
gehalten hat? Und der nach den grausamen Offenbarungen
wünscht, er wäre frühzeitig krepiert und hätte all dies nie
erfahren müssen?

Es hat mich unendlich berührt, was du über die Äußerung
deiner Mutter zu ihrer Ehe geschrieben hast. Es war Kameradschaft geblieben! Liebes, weißt du, was Kameradschaft

bedeutet? Alles! Die Erotik verfliegt, die Liebe erlischt irgendwann, die Freundschaft kann ein fragiles Gebilde sein, das solchen Stürmen nicht standhält. Aber die Kameradschaft! Welch altertümliches Wort und welch belastetes Wort – Soldaten, Krieg … Aber zwischen Eheleuten, zwischen einst Liebenden! Sie haben sich in der Kameradschaft wiedergefunden, die sie ein Jahrzehnt zuvor füreinander empfunden haben. Auch etwas, worauf die heutige Generation und die davor nicht mehr bauen kann. Heute lernt man sich kennen, geht ins Kino, holt sich 'ne Pappe von der Pommesbude und hüpft miteinander in die Kiste. Dann wartet man (eher frau) darauf, ob sich vielleicht daraus noch mehr entwickelt … aber Kameradschaft?

Sicher hast du in diesen Kindertagen auch von der Sicherheit der Kameradschaft deiner Eltern profitiert. In einer Welt, in der nichts mehr sicher war.

Ich bin müde. Mir geht noch so viel durch den Kopf. Vielleicht schreibe ich eine Fortsetzung. Aber sei du gewiss, dass du jetzt etwas in Gang gesetzt hast, das du nicht mehr wirst aufhalten können. Ich wünsche dir, dass es nur die Geister sind, die du riefst, und nicht der Inhalt der Büchse der Pandora.

Schreib' mir. Ich bin in Gedanken bei dir. Wie immer.

Dein Kamerad Konrad"

Dein Kamerad Konrad. Ohne es zu wollen rannen ihr die Tränen über das Gesicht. So also sah er sich, sah er uns. Seit über sechzig Jahren. Es war mehr als eine Liebeserklärung. Es war – wie hatte er geschrieben? – alles!

Konrad, du hast mich wie ein Schutzengel durch mein Leben getragen. Du hast mich behütet. Du warst bei mir, auch wenn du Tausende Kilometer entfernt warst. Und heute nun sagst du mir, wer du für mich warst und bist. Mein Kamerad.

Babett schluchzte laut auf. Lass' es niemanden hören, dachte sie. Geh' rein, schließ' ab. Hans war schon dagewesen, hatte den Brief gebracht, hatte das Hundele mitgenommen und würde heute nicht wiederkommen. Leg' dich etwas hin. Wenn es kühler wird, wenn die Sonne hinter den hohen Buchen verschwindet, setzt du dich wieder auf die Treppe. Und denkst an Konrad. Und erinnerst dich.

≈

„Wieso weint Frau Abel eigentlich so oft?" fragte Hans abends seine Frau.

Sie sah ihn fragend an.

„Woher soll ich das wissen? Frag' sie doch einfach mal."

„Das kann man doch nicht machen. Das könnte ihr peinlich sein."

„Ohne dass du sie fragst, wirst du es auch nicht erfahren. Aber vielleicht weint sie ja gar nicht. Vielleicht hat sie eine Allergie hier mitten in der Natur."

„Nee, glaub' ich nicht", wandte Hans ein. „Wenn sie rote Augen hat, hat sie auch immer eine andere Körperhaltung. Dann sieht sie viel kleiner aus."

Susanne blieb der Mund offen. Ihr dickfelliger Hans nahm die Traurigkeit eines anderen Menschen sogar in der Körperhaltung wahr!

„Ich würde sie gerne endlich mal kennenlernen", sagte Susanne. „Sie ist jetzt schon so lange hier im Dorf, und ich höre immer nur deine Erzählungen. Ich gehe in den nächsten Tagen mal bei ihr vorbei."

„Das kommt nicht infrage!" Hans brauste auf. „Das ist keine Privatangelegenheit! Frau Abel ist Mieterin des Vereins und nichts anderes. Privat haben wir mit ihr nichts zu tun!"

Susanne starrte ihren Mann an. „Sag' das nochmal!"

„Das ist nicht nötig. Du hast mich verstanden."

„Hans, ich glaube, bei dir piept's. Du untersagst mir, bei einer Bewohnerin unseres Dorfes vorbeizugehen, um sie kennenzulernen? Kannst du mir mal erklären, was hier vorgeht?"

Hans starrte sie an. „Ich will es einfach nicht. Das sollte doch reichen."

„Nein, das reicht nicht! Ich lasse mir von dir nicht verbieten, einen Mitbewohner zu besuchen. Ich bin weder deine Angestellte noch deine Sklavin. Ich gehe, wohin ich will. Ist das klar?"

Hans ballte die Fäuste, wandte sich um und warf krachend die Tür hinter sich zu.

Der hat ja nicht alle Tassen im Schrank, dachte Susanne. Es handelt sich um eine uralte Frau und nicht um einen schmucken Kerl, der ihm gefährlich werden könnte. Das ist ein

Ton, den ich von ihm noch nie gehört habe. Nun bitte bloß keine Ehekrise wegen einer Frau im Alter seiner Mutter. Oder hatte er etwa verspätet Mutterprobleme? Egal, wenn er das nicht innerhalb von 24 Stunden auflöst, nehme ich überstundenfrei und bin an der Ostsee.

Sie versuchte, sich auf die Zeitung zu konzentrieren. Es misslang. Ihre Gedanken kreisten um ihren Mann, den sie so noch nicht erlebt hatte. Da bin ich aber gespannt, wie es weitergehen wird, dachte sie.

Sie war eingedöst, es war heiß, sie war müde. Sie wurde wach, als Hans leise das Zimmer betrat.

„Entschuldige bitte", sagte er. „Aber ich möchte es nicht. Ich möchte dienstlich und privat auseinanderhalten. Außerdem hat sie alles. Sie ist gut versorgt. Wir bemühen uns alle um sie. Es könnte ihr vielleicht auch zu viel werden."

Drei Ausreden sind immer zwei zu viel, dachte sie. Auf alle Fälle stimmen sie nicht, sonst würde eine genügen.

„Und was sonst noch, Hans?" fragte sie betont ruhig.

Er setzte sich mühsam ihr gegenüber und sagte leise: „Sie gehört mir."

Die nächsten Tage umschlichen sie sich im Bemühen, keinen Konflikt auszulösen. Dann sagte Susanne eines Abends: „Hans, ich nehme dir nichts weg. Auch nicht die alte Frau Abel. Ich weiß, dass du sie magst. Du kennst sie ja nun auch schon viele Wochen. Ich will mich nicht zwischen euch drängen. Ich möchte sie kennenlernen. Hingehen, etwas mitbringen, guten Tag sagen, vielleicht bietet sie mir einen Kaffee an. Mehr nicht. Ich bin keine Konkurrenz."

Hans sah sie mit müden Augen an. Er schwieg.

„Was magst du an ihr?" fragte sie.

Er dachte nach. „Sie ist so still. Und so bescheiden. Sie verlangt nie etwas. Ich hatte anfangs Bedenken, vor allem, nachdem ich ihr meine Telefonnummer gegeben hatte. Aus Sicherheitsgründen. Ich hatte befürchtet, dass sie wegen jedem Dreck anruft und Hilfe und Zuspruch will. Aber sie hat nur einmal wegen des Einbruchs angerufen, und dafür müssen wir alle dankbar sein."

„Still und bescheiden. Das kann ich mir gut vorstellen. Und was sonst?"

„Ich weiß nicht. Sie ist mir einfach ans Herz gewachsen. Wenn ich sie morgens auf der Treppe sitzen sehe, habe ich ein Gefühl von Dankbarkeit. Als die Treppe im Winter leer war, hat sie mir jeden Morgen gefehlt."

„Und wenn ich nun hingehe? Trude geht doch auch bei ihr vorbei. Und mit den Pauls hat sie Kontakte und mit Jutta. Willem und Erna waren auch in der Hütte. Wo ist der Unterschied?"

„Nimm sie mir nicht weg", flüsterte Hans. „Wenn du sie besuchen willst … aber bitte nicht so oft, nein?"

Sie streichelte seine Hand. Hier gab es erstmals nichts aufzulösen, nur zu akzeptieren.

„Ich verspreche es dir. Ich sage dir vorher Bescheid, ja? Ich würde immer nachmittags gehen, da kommen wir uns nicht in die Quere. Okay?"

Hans nickte. Müde.

≈

Sie sieht sehr alt aus, dachte Susanne, als sie den Weg vom Museum zur Hütte ging. Sie sitzt so zusammengesunken. Und warum hat sie bei dieser Hitze einen Pelzkragen um?

Sie hatte beim Frühstück angekündigt, dass sie heute Frau Abel Kuchen bringen würde. Hans hatte geschluckt und etwas Unverständliches gemurmelt. Sie war nicht darauf eingegangen. Es war alles gesagt gewesen, warum heute nochmal aufwärmen?

Als sie näherkam, sah sie, dass der Pelzkragen Oskar hieß. Er hing auf Frau Abel wie ein Faultier. Susanne lachte leise. Ihre Schritte hatten Babett geweckt.

„Ich bin Susanne", sagte die Besucherin. „Ich bin die Angetraute von Hans und die Mutter von diesem Unhund."

Sie reichte Babett die Hand.

Was für eine attraktive junge Frau, und das hier in diesem verpennten Dorf, dachte Babett.

„Schön, Sie kennenzulernen. Ihr Mann hat schon von Ihnen erzählt, und ich genieße, seit ich hier bin, Ihre Blumen, Ihren Kuchen und Ihren Wuschelhund. Möchten Sie einen Kaffee?"

Letzteres erwies sich als problematisch. Oskar hatte die Stimme seiner Herrin erkannt, hatte den Kopf gehoben, ihr einen Blick aus seinen Lavendelaugen gegönnt und war dann wieder in seine Pelzkragenposition zurückgekehrt.

„Nun komm', mein Kleiner", murmelte Babett. „Nun lass' mal los. Ich will Kaffee machen, dann darfst du wieder auf den Schoß, ja? Sei lieb ..."

Susanne betrachtete mit Rührung die Erziehungsbemühungen von Oskars Pflegemutter. Aber Oskar war nicht lieb. Er blieb stur. Um dieser Uhrzeit gehörte Babett ihm.

„Hey!" rief Susanne und schreckte ihn auf. „Na los, du fauler Sack, komm' zu deinem Frauchen!"

Sie nutzte seine Schreckminute, pflückte ihn von Babetts Schulter und zauselte ihn.

„Der hat bei Ihnen ja ein gutes Leben!" rief sie, als Babett mit zwei Bechern Kaffee kam. Sie setzte Oskar auf die Treppe, was ihn zu Protestlauten veranlasste.

„Ich habe Kuchen mitgebracht und Saft. Apfel aus unserem Garten und Trauben von gottweißwoher. Aber sehr gut."

„Wie Rotkäppchen zur Großmutter", sagte Babett.

„Ja, und der Wolf ist auch schon da. Der wird aber nicht das Mädchen fressen, sondern den Nusskuchen, wenn wir nicht aufpassen."

Sie lachten beide, und Babett erzählte, wie Hans dem armen Hund den Mohairschopf unterm Deckel eingeklemmt hatte, als der sich ungewohnt schnell auf die Kuchenschachtel stürzte.

„Sie haben ein wunderschönes Kleid an", sagte Babett. „Das erinnert mich an früher. Glockenrock und darunter ein Petticoat. Das war unser aller Mädchentraum."

„Das haben mir schon öfter alte Damen gesagt. Eine hat gefragt, ob es das Kleid meiner Großmutter sei. Aber es ist ganz neu. Es kommt alles wieder. Was sollen sich die Modeschöpfer denn sonst noch alles ausdenken? Sie hoffen wohl, dass es keine Überlebenden der alten Moden mehr gibt … oh, Entschuldigung."

Babett lachte. „Das kann stimmen. Wie viele werden denn schon so alt wie ich?"

Sie plauderten über die Hitze, das Museum, den Wald, das Dorf, und dann sagte Susanne:

„Hans hat erzählt, dass Sie öfter mal weinen. Geht es Ihnen nicht gut?"

Sie hatte lange gegrübelt, ob sie das Thema ansprechen sollte.

Babett dachte lange nach. „Es tut mir leid, dass Hans es gemerkt hat. Es ist mir peinlich, wenn ich …"

Susanne wartete ab. Vorsichtig legte sie Babett ihre Hand auf den Arm.

„Doch, mir geht es gut", begann Babett wieder. „Sehr gut. Mir geht es besser als in Hamburg. Ich habe alles, was der Mensch braucht. Ich bin von hilfsbereiten Leuten umgeben, habe meine Mahlzeiten, mein eigenes Haus, meinen Wald, meinen See und meinen kleinen Wuschelhund. Mir fehlt es an nichts. Ich bin sehr dankbar für alles."

Und warum … wollte Susanne fragen, beließ es aber bei einer langen Pause.

„Hans hat erzählt, dass Sie hier in Ruhe ihre Autobiographie oder Ihre Familiengeschichte aufschreiben wollen. Kommen Sie damit voran?"

Babett überlegte. Sie spürte, dass Susanne sich dem Thema von hinten näherte. Eigentlich wollte sie nicht ... aber sie hatte sich auch hier schon oft jemanden gewünscht, der sie mal nach ihrem Leben fragte. Sie war nicht immer eine alte Frau gewesen.

„Ich hab' es mir einfacher vorgestellt", sagte sie. „Einfach erinnern und aufschreiben. Aber offenbar erinnert der Mensch sich nicht auf Knopfdruck. Vieles ist sehr weit weg oder überhaupt nicht mehr erinnerbar. Und dann fallen einem plötzlich Dinge ein, an die man sich lieber nicht erinnern würde."

„Warum nicht?"

„Weil sie zu schmerzhaft sind. In meiner Generation ist so vieles schmerzhaft gewesen. Aber man hat scheinbar keinen Einfluss darauf, was plötzlich hochschießt, wenn man sitzt und denkt: Komm' Erinnerung."

„Und die kommt dann auch. Aber nicht die, die man sich wünscht?"

„So könnte man es sagen. Fast. Aber wenn man nichts weiß, weiß man auch nicht, was man sich aus welcher Lebenszeit wünschen sollte. Ich erinnere mich an sehr vieles überhaupt nicht, obwohl ich bei manchen Ereignissen schon zehn oder zwölf Jahre alt war und sie bewusst erlebt haben müsste."

„Welche waren das?"

„Beerdigungen, Bruder, Vater, andere Menschen ..."

„Sie haben Geschwister?"

Babett schwieg. Dann putzte sie sich die Nase und kuschelte Oskar.

Oh je, dachte Susanne. Ich trete was los.

„Ich hatte zwei Brüder", flüsterte Babett. „Sie sind beide tot. Ich war das Mädchen in der Mitte. Mein großer Bruder starb bei einem Bombenangriff. Meine Mutter rannte mit uns beiden zum Bunker, da riss er sich los, weil er seinen Teddy zu Hause vergessen hatte. Meine Mutter musste mitansehen, wie er von der Außenmauer eines zum Teil schon zerbombten Hauses erschlagen wurde. Seine Leiche wurde nie gefunden. In derselben Nacht wurde mein kleiner Bruder im Bunker geboren. Zu früh. Er war ein Kümmerling, hat sich nicht richtig entwickelt. Wenn ich an ihn denke, sehe ich ihn in seinem Kinderbett mit riesengroßen Augen. Er starb Jahre später."

Nun weinte sie doch, und Susanne dachte: Wenn ein Mensch darüber nicht weinen kann, worüber denn sonst? Egal, wie lange es her ist.

„Und Ihre Eltern?" fragte Susanne vorsichtig.

„Mein Vater kam als Wrack aus der Kriegsgefangenschaft, irgendwo aus dem Osten. Er hat auch nicht mehr lange gelebt. Und meine Mutter? Eigentlich war nach dem Krieg von ihr nichts übriggeblieben. Sie versank in Depressionen und …"

Dazu kann ich nichts sagen, dachte Susanne. Frau Abel ist über achtzig Jahre alt, aber diese Erlebnisse haben Wirkung bis heute. Ob es anderen Alten auch so geht? Ich habe es noch nie gehört, aber ich habe auch noch niemanden gefragt. Und meine Mutter? Etwa Babetts Generation. Ich kann sie nicht mehr fragen. Vielleicht wollte sie mal erzählen, aber es hätte mich nicht interessiert.

„Soll ich noch einen Kaffee machen?" fragte Babett, und Susanne dachte: Wie schnell sie sich am Riemen reißt. Wenn sie das zeitlebens gemacht hat, ist es kein Wunder, dass sie erst heute trauern kann. Hier am See. Im Wald. In ihrer Hütte. Ich muss Hans nichts erzählen, aber ich werde ihn dafür loben, wie sorgsam er sich um diese alte Frau kümmert.

Oskar wechselte unwirsch und Widerstand leistend noch mal die Herrin. Babett machte Kaffee, besah sich dann Saft und Kuchen, was Oskar sofort zu voller Form auflaufen ließ, und dann saßen sie schweigend beieinander.

„Wir sind alle froh, dass Sie unsere Hütte bewohnen und sich wohl fühlen. Ich finde, dass Sie ein richtiger Gewinn für unser Dorf sind. Man wurde auf Sie aufmerksam, und alle Leute mussten ihre Vorurteile revidieren. Aus den unterschiedlichsten Gründen. Ich auch. Am wohlsten fühlen wir uns, wenn wir Ihr Alter betrachten – und an unseres später denken. Vor allem ..." Susanne lachte, „vor allem Ihr systematisches Schwimmen. So konsequent. Haben Sie Oskar schon mal mitgenommen?"

Babett lachte und kuschelte ihn.

„Er ist immer dabei. Er steht mit seiner Box am Ufer und kann sehen, wo ich bin. Zuerst hat er furchtbar geweint, aber nun rollt er sich zusammen und schläft. Er weiß ja, dass ich wiederkomme. Aber ins Wasser? Er ist wasserscheu und schreit wie am Spieß, wenn ich ihm die Pfoten benetze. Die reinste Hundekindesmisshandlung. Nicht, mein Süßer?" sagte sie, und er fiepte.

Als Susanne sich verabschiedete, fragte sie, ob sie wiederkommen dürfe. Dieser Platz hier auf den Stufen und der himmlische Friede, fast paradiesische Zustände ...

Babett nickte: „Ich würde mich freuen", sagte sie. „Müssen Sie Oskar schon mitnehmen oder darf er noch bleiben?"

Das Abendessen verlief schweigend. Wenn du was wissen willst, dachte Susanne, dann frag'. Es war mein ganz privater Besuch. Hans schien es gespürt zu haben:

„Hast du sie gefragt, warum sie weint?" murmelte er.

„Frau Abel meinst du? Ja, hab' ich."

„Und? Was hat sie gesagt?"

„Es sind Erinnerungen."

„Muss man bei Erinnerungen denn weinen?" fragte Hans.

„Das kommt auf die Geschehnisse in der Vergangenheit an. Manche waren in dieser Generation wohl nicht so prall."

„Wieso nicht?"

„Mensch Hans! Veräppelst du mich oder stellst du dich einfach dumm? Ich mag beides nicht! Wir hatten einen Weltkrieg und von dem haben alte Menschen oft noch einiges mitbekommen. Das war hart. Da erinnert man sich nicht in erster Linie an tolle Kindergeburtstage mit Luftballons und Wackelpudding."

„Krieg? Ja ja. Aber hat sie den noch ...?"

„Sie ist 83. Brauchst nur zurückrechnen."

„Du hast recht. Aber der ist so lange her. Für uns nur noch ein paar Erzählungen und die ewig nervenden Gedenk-

feiern. Stimmt aber, meine Eltern hatten ja auch damals …
aber es hat mich nicht interessiert. Schade. … Sag' mal, wo
ist eigentlich der Hund?"

„Hast du ihn nicht abgeholt? Als ich ging, wollte sie ihn
noch gerne behalten."

„Na, dann geh' ich nochmal", und Susanne hatte das Gefühl, dass er es gerne tat. Boden gewinnen. Sehen, ob ihm
etwas genommen worden war.

≈

„Dein Brief hat einiges bei mir angestoßen, mein Kleines.
Aber du weißt, die Erinnerungen, die unsere Generation hat
– so sie welche hat und nicht das Vergessen vorzieht – sind
selten freudiger Natur. Sie sind eher das, was frühere Generationen Nachtmahre nannten und von denen spätere
Psychologen annahmen, dass es sich um Schuldgefühle
handelte. Einseitig und ohne Reflexion.
Was mich in Bewegung brachte, war deine Schilderung,
dass bei dir das Wissen vorhanden war: Daten und Fakten,
wie im Geschichtsunterricht gelernt. Aber dir fehlten dazu
die Bilder und die Gefühle. Vielleicht ist diese Reihung die
schonendere, die gnädigere.

Bei mir scheint es andersherum gewesen zu sein. Ich „sah",
ich fühlte – vor allem Angst –, aber mir fehlten die Hinter-
gründe. Ich will dir ein Beispiel schildern. Es ist die sehr
eindrückliche und schmerzliche Erinnerung an die ersten
und letzten Schläge, die ich von meiner Mutter bekam.

Wir waren auf der Flucht. Im Treck. Du weißt, dass wir weit
aus dem Osten kamen. Meine Mutter mit ihren Kindern, der

Vater galt als verschollen. Wir waren Hunderte, wenn nicht Tausende. Ein Lindwurm der Apokalypse. Schlitten, die Fuhrwerke mit müden Kleppern, Bollerwagen mit alten Menschen drauf, geschobene Fahrräder ohne Luft in den Reifen und vor allem Fußgänger. Wir waren Fußgänger. Es waren minus 22 Grad.

Meine Mutter zog und schob und hatte Mühe, uns in den sich vorwärts schiebenden Menschenmassen beieinander zu halten. Wenn einer fiel, gab es einen Stau und Angstgeschrei. Uns entgegen kamen Militärfahrzeuge – deutsche! – das letzte Aufgebot, das noch verheizt werden sollte. Dann mussten wir uns drängen und an die Seite treten. Manche fielen ins angrenzende Feld und hatten nicht mehr die Kraft, aufzustehen. Die Karawane zog weiter.

Und in diesem geordnetem Chaos blieb ich zurück. Ich blieb unter einem Baum stehen, an dem ein Mann in deutscher Uniform hing. Er hatte eine Papptafel um den Hals hängen. Und ich schrie nach meiner Mutter, damit sie käme und mir vorlesen würde, was darauf stand. Ich schrie mir die Lunge aus dem Hals, weil sie sich immer weiter entfernte. Dann kam sie angehetzt, hat mir eine ungeheure Ohrfeige versetzt und mich hinter sich hergezogen.

Du musst dir die Situation vorstellen – eines ihrer Kinder blieb zurück! Dass wir im Alter von 5, 6, 7 Jahren aufgehängte Menschen sahen und erfrorene Babys im Straßengraben und von Panzern zermahlene Körper war wahrscheinlich nicht mehr der Rede wert. Das war Alltag – vor allem konnte man deswegen nicht stehenbleiben! Und dann fehlt auf einmal eines deiner Kinder und schreit, weil es den

Text am toten Soldaten nicht lesen kann. Und deine anderen Kinder werden im Treck vorwärts geschoben …

Das ist eine meiner ersten eindrücklichen Erfahrungen. Und ich habe sie nie verstanden. Ich habe sie mir nicht erklären können. Es hat sich auch nie die Gelegenheit ergeben, mit der Mutter darüber zu reden.

Überhaupt – reden! Unsere nachfolgenden Generationen haben uns „Kindern" jahrzehntelang vorgehalten, wir hätten mit unseren Eltern nicht geredet. Wir hätten sie nicht gefragt, meint wohl, wir hätten sie nicht zur Kasse gebeten. Zur Rechenschaft gezwungen. Sie hätten geschwiegen und so getan, als könne man ganz einfach neu anfangen.

Ich rege mich auf, Liebes. Ich muss pausieren. Dieses Thema bekommt mir nicht.

Am nächsten Tag. Ich will es doch zu Ende bringen, wenngleich nicht die Elternschelte, das Herziehen über unsere angeblichen Naziväter, über die Familienmitglieder, die doch alles gewusst hätten … Und selbst wenn? Was hätten sie tun können? Wenn nicht einmal die Weltenherrscher etwas unternahmen, allen voran Churchill.

Nein, das will ich nicht. Dazu gehört Ruhe und ein Gegenüber, das fragt und wissen will. Ich bin es so leid, noch als uralter Mann „Kriegskind" genannt zu werden und die Schuld unserer Väter zu tragen. Die vermeintliche. Ich lehne sie für mich ab.

Zurück zur Erinnerung. Also bei mir war es mit Vielem so umgekehrt, dass ich nicht deuten konnte. Mir fehlte das Wissen um unsere unmittelbare Gemeinschaft ebenso wie das politisch-historische Wissen. In der Schule kam nichts.

Die Lehrer waren gebrannte Kinder und hatten Angst, etwas falsch zu machen. Da blieben sie lieber im Mittelalter hängen.

Ich habe sehr, sehr spät, ausgelöst durch meine Zeit in Israel, durch die Kibuzzarbeit, begonnen, die Jahre ab 1918 zu betrachten, bis hin zu 1948/1950. Bei vielen emotionalen und Angsterinnerungen mit Panikanfällen und Verlustängsten unendlichen Ausmaßes habe ich eine Unterfütterung mit Wissen erfahren. Die Flucht – warum? Die vielen Toten – warum? Der aufgehängte deutsche Soldat – warum? Die Jahre der Armut und des Hungers – warum? Wie soll ich sagen: Es fügte sich ineinander. Es wurde stimmig – wenngleich natürlich nicht weniger schlimm.

Wir müssen überlegen, ob wir uns erinnern wollen. Wir kennen nicht die Dunkelheiten unserer Kinderseelen. Wir haben tiefe Wunden mit großen Pflastern zugeklebt. Damit lässt es sich leben, wir kennen es nicht anders. Aber wehe, wir reißen die Pflaster fort. O rühret nicht daran ...!

Die Versprechen der Psychoanalyse –du kannst sie vergessen. Elitäre Schwelgereien in vermeintlich sexuellen Hemmungen! Er war sehr einseitig, der Herr Freud. Seine Tochter war lebenszugewandter – aber es war und ist nichts für die Massen. Und wir waren Masse. Mehr nicht.

Und sieh dir die Massen an, die heute aus Afrika und Westasien zu uns strömen. Kriegstraumatisiert die einen, fluchttraumatisiert die anderen, und dann die vielen Abenteurer, die wissen, dass es ihnen bei uns allemal ohne Arbeit besser gehen wird als daheim mit einem 10-Stunden-Tag. Wie sollen wir sie auseinanderhalten? Wie können wir die wirklich

Traumatisierten herausfiltern aus der Menge der Lügner? Und wie können wir ihnen helfen?

Es treibt mich um. Was bringen sie mit? Woran werden sie ihr Leben lang zu knacken haben – so wie du und ich und unsere ganze Generation. Wir glauben, endlich in Frieden zu leben. Aber wir beide mit unseren Nachtmahren wissen es besser. Wir tragen den Krieg in uns.

Weißt du, es ist vielleicht nicht gut zu rütteln. Du weißt nicht, was sich hinter den Türen in deinem Keller noch alles verbirgt! Als du mir geschrieben hast, dass du alle Männer deines Lebens aufs Korn nehmen wolltest, habe ich gelacht. Manche kannte ich ja persönlich, die anderen von deinen Erzählungen. Oder hast du den einen oder anderen unterschlagen? Sieh', diese Erinnerungen sind möglicherweise ganz unterhaltsam (das sind wir Männer immer!), mal von deinem Ehemann abgesehen. Du kannst mich mal ins Bild setzen.

Aber das andere, mein Liebes, das lasse! Wir können nichts mehr ändern. Wir sind zu alt. Und wir haben unsere Ruhe verdient. Du ebenso wie ich.

Schreib' mir von deinem Hans. Ich bin eifersüchtig! Und schreib' mir von deinem Oskar. Auf den bin ich noch eifersüchtiger. Du kannst mir gerne auch von Trudes Fresskörben schreiben – und immer, wenn du Hilfe brauchst, mein Liebes.

Dein alter Kamerad Konrad

≈

Sigrid hat angerufen. Was ich so mache, wie es mir gehe und was ich eigentlich den ganzen Tag tun würde. Auf so einem Dorf wäre doch nichts los.

Ich habe ihr meinen Tagesablauf geschildert, etwas abgespeckt, denn sie muss doch nicht alles wissen. Früh aufstehen. In der Morgenkühle auf der Treppe Kaffee trinken. Warten, bis Hans mit Oskar kommt. Mit Oskar zum See. Schwimmen. Imbiss in der Mittagshitze. Kaffeetrinken mit etwas Süßem. Kochen. Wenn es dämmert und die Moskitos eingeschlafen sind, wieder auf der Treppe.

„Oh mein Gott, wie furchtbar", hat sie gerufen. „Stirbst du nicht vor Langeweile? Das würde ich ja keinen Tag aushalten! Dorfleben, grausam!"

Dann hat sie mir ihren Großstadttag geschildert. Spät aufstehen. Kaffeetrinken, Vormittagsprogramm im Fernsehen schauen. Mittagessen, meist nur Nudeln mit irgendeiner Matsche drauf. Zum Einkaufen, wechselweise Drogeriemarkt, Supermarkt und Apotheke. Irgendwas würde man ja immer brauchen. Bäcker jedesmal. Kaffeetrinken, Vorabendkrimis schauen, dabei oft einschlafen, Fernsehen, alles blöde, aber was soll man machen und dann ins Bett.

Und das Ganze, dachte ich, in einer Parterrewohnung in einer unattraktiven Großstadtstraße mit viel Autoverkehr und Abgasen, und alle 200 Meter ein Baum, der mit dem Tode ringt, weil er täglich von fünfzig Hunden angepinkelt wird.

„Was soll man machen bei diesem Corona. Ich würde ja mal gerne essen gehen, oder so. Na, Hauptsache, dir geht es gut. Wenn du es so magst! Wer ist eigentlich Oskar, mit dem du ständig unterwegs bist?" … „Ein Hund? O Gott, dann bist du für die Dorfleute dort auch noch Dogsitter? Ich glaub's nicht."

Wir haben noch ein bisschen geplaudert, und dann habe ich einfach abgebrochen. Ich müsse Oskar die Flasche geben. Notlüge. Er frisst aus dem Napf. Viel. Sie hat aufgeschrien, und ich habe sie weggedrückt. Schade um die Zeit. Aber ich habe bei der Auswahl meiner Schilderungen gemerkt, dass ich das, was meinen Tag wertvoll macht, fortgelassen habe. Die tiefe Morgenstille. Die aufwachenden Vögel, ihr Piepsen und erstes Singen. Die Sonnenstrahlen, die von hinten kommend die Bäume erreichen und die Blätter zum Leuchten bringen. Der Duft nach Erde, nassem Laub, würzigen Pflanzen, feinen Blüten irgendwo in dem grünen Chaos. Und dann die Freude, wenn ich Hans den Weg heraufstapfen sehe, wenn ich Oskars Namen rufe, der sofort anfängt, im Korb zu randalieren, und Hans, der lacht, weil er seine Freude daran hat. Dann die Begrüßung mit dem Kleinen, der klatschverrückt auf mir herumsteigt und versucht, mir das Gesicht abzulecken. Auch das Spielen auf der Badewiese – wie soll ich das einer eingefleischten Großstadtpflanze wie Sigrid erzählen, die mich ohnehin für gaga hält? Wenn ich Oskar aus dem Korb nehme und er auf die Wiese stolpert. Und er natürlich sofort auf meinem Schoß geknuddelt und gekuschelt werden will, und ich aber finde, dass dieser Dickmops sich endlich mal bewegen soll. Ich rolle den kleinen roten Ball … und er schaut mich vorwurfsvoll an. Er ist einfach herzerwärmend. Und witzig. Ich muss lachen, wenn er sich endlich bequemt, dem Ball hinterherzuwackeln. Wem sollte ich erzählen können, dass ich dieses blöde Spiel mit einem faulen, begriffsstutzigen, bequemen und so wunderbaren Hund eine ganze Stunde lang spielen kann? Ich, die ich mal wer war und sicher nicht verblödet bin, sondern einfach nur entspannt eine kindliche Freude an dieser Flokati-Mischung habe.

Und die Abendstunden! Meine kostbare Essensauswahl aus Trudes Garten. Das frische Gemüse, die Kräuter, die Eier, die kleinen Kartöffelchen und nach jeder Mahlzeit ein Kompott oder eine Scheibe Kuchen. Und dann sitze ich ein zweites Mal am Tag auf meiner warmen Treppe und lehne mich an die warme Bretterwand meiner Hütte. Ich gebe zu, dass ich in den ersten zwei Wochen abends nichts mit mir anzufangen wusste, kein automatisches Drücken der Fernbedienung bei hochgelegten Beinen und irgendeinem Knabberzeug. Ich mochte noch nicht mal an die mitgebrachten Bücher gehen. Ich brauche sie auch heute noch nicht. Ich sitze auf meiner Treppe und schaue und lausche. Das letzte Piepsen, wenn die Vögel sich in ihrem Nest bettfertig machen. Das letzte Rascheln im duftenden Laub unter den Büschen. Mäuse? Igel? Ich sehe sie nicht, aber sie lassen mich ihr Leben hören. Und dann schaue ich zum Himmel. Groß ist er für mich nicht. Links die Bäume, die mich vom See trennen, rechts der hohe alte Buchenwald, nur geradeaus über dem Museum die nächsten hohen Buchen. Ich würde mich so gerne mit Sternbildern auskennen. Aber auch ohne das Wissen freue ich mich wie ein Kind, wenn ich am dunkelblauen Himmel plötzlich den ersten Stern im Süden sehe. Die Venus? Und links daneben ein kleinerer, und oft erscheint noch der Mond, über den zarte Wölkchen ziehen.

Wie kann ich so etwas jemandem vermitteln? Konrad wahrscheinlich. Aber einer meiner Kaffeeklatschtanten? Ich unterdrücke bewusst und manchmal gewaltsam den Gedanken an meine vertanen Rentnerinnenjahre, fast zwanzig. Wo sind sie geblieben?

Sigrids Anruf war gut. Er hat mich dazu gebracht, über das Wesentliche meines Alltags hier in meinem Posemuckeldorf nachzudenken, nämlich den Auslassungen in meiner Alltagschilderung.

Ich habe das Gefühl tiefer Dankbarkeit.

≈

Ich habe Angst. Ich glaube, dass es mit mir nicht mehr lange geht. Dabei beginne ich endlich zu leben.
Gestern war ich bei Jutta. Wir erzählten uns aus unserem Leben. Sie von der Mutter, ihr Ewigthema. Und was sie gerne hätte machen wollen. Ich fühlte mich genervt und wurde ganz kribbelig. Dann wollte ich von mir erzählen und fing an, dass ich so gerne Malerin geworden wäre. Und sie redete weiter und ich und sie und ich … Immer nur den einen Satz „Ich wollte so gerne Malerin werden". Aber sie redete weiter.

Als ich dann bei Paul im Wagen saß, sagte ich diesen Satz pausenlos. Aber er reagierte nicht. Irgendwann hat er mich gefragt, ob alles in Ordnung sei. Aber ich wollte doch so gerne Malerin werden … Er brachte mich bis zur Tür und wartete, bis ich aufgeschlossen hatte. Ich fiel aufs Bett und rief immer wieder diesen Satz. Dann schlief ich ein, und heute Morgen fühlte ich mich wie totgetrampelt. Ich konnte mich nicht orientieren. Ich wusste nicht, wo ich bin. Ich starrte immer nur an die schwarze Decke. Ich wusste, dass ich aufstehen muss, aber ich wusste nicht, was ich dann tun solle.

Es hat lange gedauert. Mir fiel nur ein, dass ich mich waschen müsse, aber ich hatte Angst davor, mich aufzusetzen. Irgendwie habe ich es dann geschafft, Voller Angst, dass ich umfallen könnte. Wann würde Hans mich finden? Schwindel, Atemnot, reiß' dich zusammen!

Ich habe mein Gesicht im Spiegel angeschaut, ob man was sieht. Irgendwas war plötzlich mit meinem Gehirn, und den Satz mit der Malerin habe ich vielleicht gar nicht gesagt. Er kreiste und kreiste wie eine Platte, die einen Sprung hatte.

Ich habe Angst. Sind das die Vorboten? Ich weiß, dass ich zum Arzt müsste, aber der würde mich gleich ins Krankenhaus einweisen. Dort würden sie was finden. Und dann?

Vor ein paar Tagen hat der Dorfarzt hier vorbeigeschaut. Einfach so. Er habe so viel von mir gehört. Wolle nur mal schauen. Er war mir sehr sympathisch, aber er müsste handeln. Und wenn ich nicht will? Habe ich dann noch was zu wollen?

Ich will nicht fort. Ich will in meiner Hütte bleiben. Und wenn es denn sein muss, will ich lieber hier sterben als im Krankenhaus.

Ich lebe viel in der Vergangenheit. Habe ich noch Zukunft? Bitte noch ein bisschen. Ein paar Jährchen.

≈

Alle Wünsche gehen in Erfüllung, dachte ich beim Aufwachen. Aber ich hatte es mir ein bisschen anders gewünscht. Vor ein paar Wochen hatte ich gedacht, ich möchte mal wieder von ihm träumen, von IHM, dem Ersten und Einzigen. „Es liegt etwas auf den Straßen im Land umher ..."

Aber es war heute Nacht ein anderer Traum, wenngleich so symbolträchtig, dass es schlimmer nicht geht. Ich stehe mit Konrad – natürlich, er ist gerade akut – wie auf einer Bühne. Unter und hinter uns nichts als verdorrte Landschaft. Er muss gleich kommen, sagt Konrad, er ist da, er hat sich hingesetzt, er redet. Hörst du ihn? Erkennst du seine Stimme? Dreh' dich nicht um. Du musst doch seine Stimme erkennen. Aber ich erkenne sie nicht. Er ist es, sagt Konrad, und ich werfe einen blitzschnellen Blick nach hinten. Ja, er ist es. – Szenenwechsel, aber gleiches Bühnenbild. ER sitzt erhöht wie auf einem Thron. Ich hocke oder knie vor ihm. Er hält meine beiden Hände fest in seinen. Wir sehen uns nicht an. Wir sprechen nicht miteinander, Konrad steht ein paar Schritte entfernt, sprungbereit, der ewige Schutzengel. Aber es passiert nichts. Jedes Mal, wenn ich aufstehen will oder wenn ich – endlich, endlich – näher zu IHM rücken will, verstärkt er den Druck auf meine Hände. Ich sitze fest. Ich bin bewegungslos.

Mehr nicht. Kein Alb. Keine Angst, nur Symbol neben Symbol. Vertrocknete Landschaft – vertrocknetes, altes Leben. Dreh' dich nicht um – wer sich umdreht, erstarrt und kann nicht erlöst werden, die Mythen sind voll davon. ER auf einem Thron, dem Thron, auf den ich IHN gesetzt habe und auf dem ER seit siebzig Jahren sitzt. Und zu guter Letzt die Fesselung meiner Hände durch seine, die keine Bewegung zulassen, weder hin zu IHM, noch fort von IHM.

Mein Leben. Meine Prägung. Meine Sehnsucht. Mein lebenslanges Rückwärtsschauen, das Erstarren zur Salzsäule, die Trennung auf ewig, das Unerhörtsein.

Mein Kaffee schmeckt bitter. Ich muss mich bemühen, nicht abzusacken. Ich warte auf Hans und Oskar, damit ich losziehen kann, ins Wasser, in die Tröstung.

Dabei fällt mir ein, dass wir noch ein zweites gemeinsames Lied hatten, das eine für die Sehnsucht, das andere für den Aufbruch: „Wilde Gesellen vom Sturmwind umweht, Fürsten in Lumpen und Loden …"

Wir haben es einmal auf einer Radtour gegen den Ostseesturm und den prasselnden Regen angesungen. Angebrüllt. Als wir einen Unterstand fanden, waren wir zutiefst erschöpft – vom Radeln und vom Brüllen. Auch das war ER. „…zieh'n wir dahin bis das Herze uns steht …"

Dein Herz, dachte sie, steht sicher schon. Meines bald. Vielleicht gibt es ein Wiedersehen „… wo die Newa splittert wie Glas."

≈

„Mein Liebes, bald muss ich zur Post, mein Briefmarkenvorrat geht zur Neige. Wie schön, dass wir uns noch einmal so nahekommen. Ich hätte es nie zu hoffen gewagt.
Dein Traum! Er macht mich traurig. Für dich und für mich. Deine Deutungen kann ich nachvollziehen. Du wirst recht haben, zumal Träume nur derjenige deuten kann, dem sie gehören.

Du hast mir oft von ihm erzählt, aber er blieb mir immer fremd. Um in unserem vorigen Bilde zu bleiben – ich habe ihn nicht gesehen. Ich habe kein Bild von ihm. Kein inneres. Keines, zu dem ich einen Bezug bekommen könnte. Du hast mir mal ein undeutliches Schwarz-weiß-Foto gezeigt. Es hätte jeder sein können, wenngleich das Bild für dich eine Reliquie war. Ich erinnere mich, dass du es zusammen mit mehreren seiner Zigarettenkippen in einem Kästchen aufgehoben hast.

Wenn ich ihn „sehen" würde, wäre ich sicher eifersüchtig, aber er ist mir immer fremd geblieben. Als wir uns kennenlernten, war schon alles vorbei – wart ihr nicht zum Abschied gemeinsam in Italien? Ich meine, mich zu erinnern. Ich habe dich damals für eine so starke Liebe beneidet, wenngleich du mir mehr und mehr leidgetan hast.

Ob du auf ewig an ihn gebunden warst? Sicher. Die erste Liebe wiederholt sich in ihrer Größe nicht. Aber ich denke, du bist nicht in ihr erstarrt. Du hast auch andere Menschen – und Männer, wir sind ja auch Menschen, wenngleich manche Frauen uns das Menschsein gerne absprechen – geliebt. Vielleicht nicht so klar, so überwältigend. Aber sei ehrlich, irgendwann kommt auch der Verstand dazu. Sollte jedenfalls.

Behalte ihn, den Einzigen, in tiefer Erinnerung. Sei dankbar, dass du diese Liebe erleben konntest, wenngleich sie sehr früh in dein Leben kam. Aber – unser Thema –, wir waren Verlassene und Verlorene, was konnte uns Besseres geschehen?

Ich muss aufhören. Du weißt, ich wohne nicht alleine. Schreib' mir weiterhin. Ich lebe durch Deine Briefe auf.

Dein alter Konrad.

P.S. Das gewaltige Wanderlied kenne ich auch! Es gehörte wohl zu unserer damaligen Jugendbewegtheit und unserem Gruppenleben, das uns letztlich gerettet hat. Meine Lieblingsstrophe war damals die dritte „... und der Gekrönte sendet im Tau tröstende Tränen herunter ..." Wir haben sie nötig gehabt. Dein K."

≈

Die erste Liebe hat mich zeitlebens nicht losgelassen, und jetzt, hier in der Hütte durch unser Lied, ist sie wieder hochgekommen.

Aber sie war zwischenzeitlich schon einmal akut geworden. Vierzig Jahre nachdem sie ihren emotionalen Höhepunkt erreicht hatte. Auslöser war meine letzte Liebe. Jedenfalls war ich der Meinung, dass sie es sein würde. Irgendetwas hatten sie gemeinsam. Nicht die Männer, sondern die Lieben, und ich bin erst hier bei allen Männern meines Lebens drauf gekommen. Sie waren unterschiedlich in jeder Beziehung, Größe, Augen- und Haarfarbe, Lebensstil, Outfit, Gewohnheiten, und dennoch habe ich dran geknackt, was Thomas (der letzte) mit H. (dem ersten) gemeinsam hatten. Es war das Nichts. Es war die Sprachlosigkeit, die beide Beziehungen gleicherweise kennzeichneten. Wir hatten viele Gemeinsamkeiten, wir taten vieles zusammen, wir hatten unsere Vorlieben und Abzweigungen – aber weder H. noch T. noch ich sprachen je über unsere Beziehung, obwohl sie uns zerriss. Oder deswegen.

Thomas war mir aufs Auge gedrückt worden. Ich hatte über viele Jahre ein systematisches Ausbildungsprogramm in meiner Abteilung installiert, auch für Kurzzeitler, Praktikanten, Volontäre und wie sie sich später dann alle so nannten. Ich hatte mehrere Frauen, die sich für Anleitung und Betreuung zur Verfügung gestellt hatten und die den erforderlichen Humor für die seltsamsten Ausbildungs- und Studiengänge mitbrachten. Und sie machten es gut. Meist drei bis vier Monate lang. Unser Ziel war, der „Verwaltung" das Mausgrauverstaubte zu nehmen und aufzuzeigen, dass es ohne sie nirgends im Leben geht, nicht einmal bei dem Soloselbständigen, wenn er nachweisen muss, wie viel er verdient, um an die Fleischtöpfe der Bundesregierung zu kommen. Fast alle waren willig, gut und gingen mit einem Sack voller Aha-Erkenntnisse.

Dann wurde meiner Abteilung ein Praktikant angekündigt, verbunden mit der Bitte, dass ich mich selber um ihn kümmern solle. Aus dem Geschwurbel am Telefon ging hervor, dass der Knabe für Höheres geboren sei. Oder vorgesehen. Irgendein politisches Amt. Top-secret. Sehr merkwürdig.

Antritt 1.4. 7:30 Uhr Zimmer der Abteilungsleiterin. Also ich. Wer nicht kam, war der Herr mit der Vorsehung. Ich rief verschiedene Stellen an, ob er sich vielleicht verlaufen habe und schon bei einer anderen Anleiterin auf dem Schoß sitzen würde. Dem war nicht so.

Um 9:30 Uhr stand – ohne anzuklopfen – ein Bild von einem Mann in meiner Tür. Groß, schwarzhaarig, exakter Messerhaarschnitt, exakt getrimmter Vollbart, schwarze Bügelfaltenhose, schwarzer Rollkragenpullover, darüber ein elegantes hellblaugrau gemustertes Jackett. Stand da, sah mich an und schwieg. Ich war ungehalten, hatte mit der Jagd auf den Praktikanten viel Zeit verloren und ließ mich nicht gerne unangemeldet überfallen.

Aber diese Erscheinung!

„Ja bitte?" fragte ich knapp.

Und damit begann unsere gemeinsame viermonatige Odyssee durch alle Höhen und Tiefen einer ebenso platonischen wie sprachlosen Beziehung. Nach den ersten Tagen versetzte ich ihn in mein Vorzimmer mit der Begründung, neben dem ausladenden Konferenztisch in meinem Zimmer würde der Platz für einen Extraschreibtisch für ihn zu eng. Ich hätte ihn nicht länger um mich haben können. Er war die personifizierte Erotik, und das wusste er.

Allerdings machte er sich dort draußen vor der Tür allzu schnell selbständig. Er kam nie vor neun Uhr und ging nie nach 13 Uhr. Als ich ihn einmal zur Rede stellte – mit klopfendem Herzen und nur weil mein Mitarbeiterstab meuterte – ließ er mich lächelnd wissen, er sei nach höchstens vier Stunden mit der ihm aufgetragenen Arbeit durch, und er sähe den Sinn dieses Praktikums nicht darin, zu lernen, wie man die Bearbeitung von fünf Akten auf den ganzen Arbeitstag verteilt. Zuzüglich jeder Menge Waschraumaufenthalte, Kantinenbesuche und vorzeitige Beendigung der Tätigkeiten, damit man geschniegelt und gebügelt, gepinselt und geschminkt Punkt 16 Uhr am Ausgang an der Stechuhr stehen könne.

Leider hatte er recht. Aber er war eigenwillig und eigenmächtig und brachte Unruhe. Vor allem in mein altes, altes Herz. Sechsundfünfzig war ich, und er achtunddreißig.

Irgendwann ließ er mich wissen, dass er leider mit mir nicht in die Kantine gehen könne. Er würde nur einmal täglich essen, sonst nur Wasser trinken, aber zu einem Abendmahl würde er mich gerne einladen.

Die Wochen waren bittersüß und quälend. Über sich selber berichtete er nichts. Er tat so, als sei er gerade erst dem Ursumpf entstiegen. Also ließ ich mir seine Personalakte kommen. Die offiziellen Blätter waren das Übliche, aber in der hinteren Tasche war ein eng beschriebenes DIN-A-4-Blatt, kleinstgefalzt, wie versteckt. Handgeschrieben, eng und klein und nicht seine Handschrift.

Ich versuchte, das Blatt zu kopieren, aber die Schrift war zu hell.

Es war die merkwürdigste Biographie, die ich je zur Kenntnis nahm, und sie erklärte mir sein Schweigen und seine traurigen schwarzen Augen.

Vater im diplomatischen Dienst, alle drei Jahre mit Familie in einem anderen Land. Kind von jeweils Einheimischen unterrichtet. Tod der Mutter, als T. zehn Jahre alt war. Eliteinternat. Dort Abitur nach zahllosen „Ausreiß-" und Reiseunternehmungen, solo, während der Schulzeit und nie unter einem Quartal. Dennoch Abinote 1. Zivildienst im Naturschutz. Studienbeginn Theologie, Philosophie und Archäologie. Eintritt bei den Jesuiten. Priesterseminar. Auslandsjahr in einer Mission in Togo. Von dort nicht wiedergekommen, angeblich vier Jahre durch Afrika SW.

Heimkehr, Studium Journalistik, Anglistik und Verwaltungswissenschaften ... Sechs Sprachen in Wort und Schrift, weitere drei nur Wort ...

Und nun Praktikum zur Erlangung irgendwelcher höherer Weihen für den konspirativen Einsatz in der Politik? Und das bei mir.

Es hat mich erschlagen! Das war illustrer als Märchen aus 1001 Nacht und sicher nicht weniger traumatisierend. Ich habe wochenlang getan, als ob ich nichts wüsste. Ich glaube, er hat es mir nicht geglaubt.

Unsere Beziehung war geistig-seelisch sehr eng. Körperlich sehr fern. Wir gingen zusammen essen. Wir gingen ins Theater. Er war sehr gut informiert. Wir saßen in seinem Auto und hörten Mahler (schrecklich). Wir wanderten in ziemlich einsamen Gegenden – nie am Meer, das Meer gehörte Konrad – und wir sprachen über ?? Ich weiß es nicht. Nicht mehr. Sprachen wir überhaupt?

Und auch bei ihm wieder diese Frage: Wer um alles in der Welt bin ich für ihn? Die Chefin? Die Mutter? Die ältere Schwester? Die von ferne Angebetete? Denn ihn hatte es auch erwischt. Aber die winzigkleinste Annäherung, und er machte dicht. Sein ganzes Gesicht verschloss sich: Derzeit kein Betrieb.

In dieser Zeit fiel mir H. quälend ein. Allerdings war ich damals mit meinem jungen Alter weder in der Lage gewesen, noch hatte ich irgendwelche Kenntnisse psychologischer Art, einen erwachsenen Mann nach seinen Gefühlen zu fragen. Und vierzig Jahre später konnte ich zwar fragen, gefährdete damit aber alles.

Ich bat eine Bekannte, nach H. zu fahnden. Es war nicht schwer. Er lebte wieder in seiner Heimatstadt. Ich rief ihn an, es meldete sich ein Mann mit seinem Namen. Es war die brüchige Stimme eines uralten Mannes. Vor Schreck habe ich aufgelegt und nachgerechnet. Er musste 68 Jahre alt sein, hörte sich aber an, als sei er 98. Er war immer ein starker Raucher gewesen.

Am Tag bevor T. in die Finanzabteilung wechseln sollte, lud er mich zu einem Abendessen weit draußen an einem See ein. Ich nahm an und wartete den ganzen Abend auf … Auf was? Auf eine Erklärung, ob und wie es mit uns weitergehen könne. Aber sie kam nicht.

Stattdessen kamen in den folgenden Tagen jede Menge Anrufe – man war auf der Suche nach ihm. Er hatte seinen Dienst nicht angetreten!

Ich war beunruhigt, hatte Angst um ihn, wusste aber noch nicht mal, wo er wohnt.

Fünf Wochen später wusste ich es dann. Es kam ein Briefumschlag mit inliegender Karte: „O Herr, der Sommer war sehr groß … Immer in Gedanken! Thomas, Salamanca im September."

Ich melde mich für acht Tage krank. Ich war es auch.

≈

Langsam wird es mir zu viel, dachte sie. Einige Besucher des Museums betrachten meine Hütte als Klo. Unten ist ihnen wohl nicht eingefallen, dass sie mal müssen. Aber wenn sie den schrägen Weg hochgetrampelt kommen, fällt es ihnen ein. Und was sehen sie? Eine alte Hütte mit offener Tür. Davor eine alte Frau auf den Stufen. Neben ihr ein Kaffeebecher und eine leere Untertasse. Also: Klofrau wartet auf Kunden.

Heute war einer besonders dreist. Er stürmte heran, warf 50 Cent auf den Teller und nahm die ersten Stufen. Auf meinen Widerspruch achtete er nicht, bis ich ihn am Hosenbein zog. Er war sehr unwillig. Sehr! Er machte eine halbe Drehung und verschwand in dem schmalen Spalt zwischen der Hütte und dem Erdreich mit den Baumwurzeln. Noch unterwegs holte er seinen Dödel raus und pinkelte mit lautem kräftigem Strahl in den Zwischenraum. Er hörte gar nicht mehr auf. Als er wieder erschien, hatte er sein Gerät noch in der Hand. Er starrte mich wütend an, machte die männerüblichen Hopser zum Abtropfen (auf meine Treppe!), packte sich ein und verschwand mit wütendem Grollen durch die Eingangspforte. Ich hatte ganz vergessen, ihm sein Geldstück zurückzugeben.

Abgesehen vom Geld war es nicht das erste Mal, dass Leute Baulichkeit und Person fehldeuteten. Als kurz darauf Hans hochkam, habe ich es ihm erzählt. Er war sehr wütend, so wütend hatte ich ihn mir nicht vorstellen können. Ich dachte, es galt mir, und ich wartete darauf, dass er sagen würde: Mit Ihnen gibt es aber auch ständig Scherereien! Ich denke seit 80 Jahren, dass jede Wut in meinem Umfeld mir gilt. Und ich habe immer sofort Schuldgefühle. Aber er war wütend auf die Pinkler. Er stapfte um die Ecke, ohne noch etwas zu sagen, und ich hörte ihn nur murmeln 'Schweinerei, Sauerei, so ein Gestank … Abhilfe schaffen …'

Als ich vom Schwimmen kam, werkelte Willem neben meinem Häuschen. Er hatte einen Lattenzaun mit so engen Zwischenräumen vor die Pinkelecke gesetzt, dass auch nicht der schmalste und dünnste Schniedelwutz durchpassen würde. Oder aber stecken blieb. Auch nicht schlecht. Als ich dann mit meinem Kaffee auf die Treppe trat, schüttete er gerade zwei Säcke Rindenmulch hinter den kleinen Zaun. Danach nickte er zufrieden und verschwand um die Ecke. Der schnellste Handwerker meines Lebens. Schaden benannt, Schaden behoben. Und alles kostenlos für mich!

Ein paar Tage später fand ich bei meiner Rückkehr aus der Stadt an meiner Tür ein Holzbrett mit der Aufschrift 'Privat' und das gleiche Schild – gleiches Holz, gleiche Farbe, gleiche Schablone – war an einem Minizaun befestigt, der schräg vom Weg her auf meine Treppe zulief.

Abends kam Hans vorbei, um die Antipinkelmaßnahmen zu begutachten. Er trat gegen das Zäunchen – fest. Er rüttelte am Gitter – stabil. Er griff nach dem Türschild – das rührte sich nicht. Er war zufrieden.

„Das müsste genügen", sagte er, und ich hatte knapp Zeit, mich zu bedanken. Der Uringestank war – besonders an warmen Tagen – schwer zu ertragen gewesen. Und ich hatte immer die Sorge, Hans würde denken: Alte Frau, nicht mehr ganz dicht.

≈

Hab' ich sie nun alle? Sie blätterte noch einmal durch ihre Notizen. Sie waren kreativer gediehen als ursprünglich geplant. Chronologisch oder tabellarisch hatte sie sie nicht geordnet bekommen. Es fehlten die exakten Erinnerungen und vor allem die exakten Kriterien.

Der eine oder andere war ihr noch eingefallen. Im Supermarkt lief so was unter Streuartikel. Hier ein bisschen und da ein bisschen. Vieles, was heute unter den Aufschrei Me-Too gehören würde. Aber war es denn so schlimm, Komplimente zu bekommen? Wie mochte sich denn heute bei den jungen Frauen – oder wohl eher bei den mittelalten – das Spielerische zwischen Mann und Frau darstellen? Oder war alles dem tödlichen Ernst gewichen? Wo fanden sie denn zusammen außer über ihre elektronischen Suchdienste mit der hohen Misserfolgsrate? Wegwischen, hatte sie gehört, wisch' auf dem Smartphone nach links oder rechts. Kälter ging's nimmer. Da konnte man nur hoffen, dass alle gleicherweise tickten. Ex und hopp.

Was gab es dagegen doch früher für schöne Flirts! Und wenn sie einem nicht gefielen, drehte man sich weg oder haute dem Kerl auf die Pfoten oder notfalls aufs Maul. Möglichst unter Zeugen. Aber man lief doch nicht gleich zur nächsten Illustrierten. Zu einem der am heftigsten diskutierten Sex'skandale' hatte sie sich lange das dem Artikel beigefügte Foto angesehen. Der alte Kerl voll im Dress und die junge Schlingpflanze neben ihm mit mehr Haut als Stoff. Wenn das vorher war, hatte sie gedacht, dann hattest du selber Schuld. Und wenn es nachher war, war es wohl nicht so schlimm gewesen.

Die Welt hat sich gedreht. Nackt, nackter, am nacktesten, aber wehe ein Kerl schaut hin!

Da waren wir früher doch unkomplizierter: Züchtig gekleidet, aber einem erotischen Spaß nicht abgeneigt. Sie erinnerte sich an eine der üblichen Betriebsfeiern – Sommer und Advent waren die gebuchten Zeiten. Da hatte sie sich von ihrem allerobersten Vorgesetzten, einem ungemein charmanten, gut erzogenen Mann, zu einem Glas Sekt einladen lassen. Sie standen abseits in einer Fensternische und er flüsterte: Ich würde Sie gerne küssen. Daraufhin hatte sie sich zu seinem Ohr geneigt und geflüstert: Gute Idee. Bitte schriftlich mit zwei Durchschlägen beantragen. Bis morgen 14 Uhr auf meinem Schreibtisch. Und dann hatte sie ihn geküsst, so schnell, dass er nicht reagieren konnte. Wenn sie sich später über Konferenztische hinweg ansahen, mussten sie beide lächeln.

Doch, es waren – was die Leichtigkeit und erotische Unverbindlichkeit anbelangte – gute Zeiten. Bessere Zeiten. Heute nochmal jung sein? Wie langweilig!

Die sogenannten 68er mit ihrer sogenannten sexuellen Revolution hatte ihre Generation nur noch am Rande gestreift. Als die Kommune Eins ihre nackten Hintern in die Kameras hielten, waren sie damit beschäftigt gewesen, ihre Studien abzuschließen, ihre ersten Stellen anzutreten und ihre Familien zu gründen.

Nur an eine eigene sexrevolutionäre Episode erinnerte sie sich. Eine ihrer Kolleginnen, seit Jahren mit einem wohlhabenden Arzt verheiratet und Mutter eines kleinen Kindes, hatte sich entsprechend der geltenden Ideologie einen Arbeiter vom Bau angelacht und ihren Gatten in die Wüste geschickt. Sie färbte sich von Kopf bis Fuß mit Henna. Man saß bei ihr wie ein Fakir auf dem Fußboden, und dann sollte das Arrangement noch seine sexuelle Modernisierung erfahren. Sie waren vier Paare, der Maurer passte nicht so recht und kehrte den Proll heraus. Abendessen gab es trotz Einladung nicht, dafür Partnertausch. Die Männer legten ihre Autoschlüssel in die Mitte (Frauen hatten wohl noch keine, jedenfalls nicht, wenn „er" fuhr), und die Frauen sollten zugreifen. Nach einem Schlüssel, nicht nach einem Mann. Es war eine reichlich verkrampfte Angelegenheit. Jede und jeder im Raum zog mit den Augen das jeweils andere Geschlecht mit der Frage aus: und wenn ich den da drüben kriege? Den Schlüssel des Hauseigenen durfte frau nicht nehmen. Sie selber, daran erinnerte sie sich auch noch nach 60 Jahren, ekelte sich vor dem Angebot. Irgendwie kam die Sache nicht in Gang. Es gab ein paar Diskussionen ums Augenverbinden und darum, ob es in der Zweizimmerwohnung überhaupt ausreichend Betten? Räume? Bad? Küche? Fußboden? gab ... und dann ließen sie es letztlich bleiben. Abendessen gab es immer noch nicht. Man zerstreute sich in die naheliegenden Griechen und Italiener.

Dass man notfalls mit dem Auserwählten auf dem Badewannenrand sitzend Marx, Engels und Freud hätte diskutieren können – sorry, ich hab' nichts gegen dich, aber ich bin mehr fürs Intellektuelle! – war ihr damals nicht eingefallen. Was hätte er tun können? Sein Recht einfordern? Handgreiflich werden? Sie hätte ein Geschrei angefangen, das alle anderen Sexwerktätigen schlagartig impotent geworden wären.

Und sonst? Urlaubsflirts, schmachtende Briefe, plötzliche Besuche vor der Tür – gerade zufällig aus 600 Kilometern vorbeigekommen ... Einer darunter sehr fordernd. Er war der einzige Millionär in der Sammlung. Er konnte charmant sein, aber nur so lange, bis sie ihn wissen ließ, dass außer

Abendessen beim Chinesen nichts laufen würde. Als sie dann eines Tages sah, wie er in einem Buch über die Kopten Ägyptens Texte mit einem dicken grünen Edding anstrich, war der Ofen aus.

Die meisten hatte sie im Zug kennengelernt. Schnell und schmerzlos. Irgendwann musste einer von beiden aussteigen. Nur einem hatte sie ihre Adresse gegeben, weil er so inständig mit umständlichem Deutsch darum gebeten hatte. Er schrieb prompt und oft. Er war der Direktor einer schwedischen Schokoladenfabrik, der sie alle zwei Wochen anflehte, ihn an seinem schönen See zu besuchen. Sie tat es nicht. Warum eigentlich nicht? Aber sich über das beigefarben-langweilige Leben beschweren!

≈

Und noch einen Mann gab es in ihrem Leben, in ihrer Jugend, parallel zu ihrer ersten großen Liebe. Er hieß Jan Mayen! Er kam jede Nacht. Sehr spät. Er kam immer im Dunkeln.

Jan Mayen war ihr Sehnsuchtsmann gewesen. Lesen durfte sie nachts nicht mehr. Die Mutter sah das Licht durch die Ritzen und das Schlüsselloch. Radiohören durfte sie auch nicht, aber das konnte sie so leise stellen, dass nur sie es hörte und das grüne Auge sah, wenn es eingeschaltet war.

Irgendwann nach Mitternacht kamen die Durchsagen für die Seefahrer. Der Sprecher hatte eine wunderbare, ruhige, tiefe Stimme. Wie schwarzer Samt. Er verlas die Daten der Nordmeerstationen, Temperatur, Windgeschwindigkeit und besonders aufregend die Leuchttürme, die außer

Betrieb waren, die ihr Strahlen eingestellt hatten oder die einfach ausgefallen waren. Als Küstenbewohner zog einem ein Schauer über den Rücken.

Irgendwann auf der Perlenkette der Namen, Orte, Inseln, Leuchttürme kam Jan Mayen.

Wenn Jan Mayen durch war und noch leuchtete, konnte sie schlafen.

Sie hatte immer das Gefühl, dass Jan Mayen dort ganz weit oben im Norden ein Mann sei, mit eben einer solchen sonoren Stimme wie der Radiosprecher. Ein Mann, der auf sie wartete.

Erst Jahrzehnte später fand sie Jan Mayen durch Zufall in einem Atlas. Er war ein Felsen in größter nördlicher Einsamkeit.

Alle Männer meines Lebens. Konrad. Der Erste. Der letzte. Der Ehemann. Pavel und Jens. Eine Menge buntschillernder Kleinkram – das Salz in der Suppe des Alltags. Und dann ganz am Ende, noch nicht sehr lange her, J., an dessen Liebe sie nicht mehr denken wollte. Nie mehr. Sein Tod tat zu weh. Sie war schuldig geworden.

≈

„Heute schon so früh auf?" fragte Babett. „Es ist doch Montag, der Sonntag der Museumsleute, Priester und Friseure!" Hans sah übernächtigt aus. „Es war kein gutes Wochenende", sagte er. „Haben Sie am Freitagabend nicht den Lärm gehört?"

„Doch, hab' ich. Ich habe alles zugerammelt, aber er drang durch. Waren es Ihre Jugendlichen?"

„Nein, nicht unsere. Mit unseren haben wir Absprachen getroffen, und sie halten sich dran. Nein, es waren junge Männer aus der Stadt. Nicht das erste Mal, aber diesmal rasteten sie aus. Und wir haben keine Handhabe. Das Seeufer ist öffentliches Gelände, da darf jeder!"

„Aber der Badeplatz gehört doch zum Dorf, oder? Können Sie da keinen Platzverweis aussprechen?"

„Nein, geht nicht. Ob wir es könnten, ist noch die Frage, das müssten Amtspersonen machen. Aber unser Dorf ist schon lange nicht mehr unser Dorf. Seit der Gebietsreform gehören wir als Ortsteil zur Stadt. Der See gehörte ohnehin immer zur Stadt und somit die Badestelle auch. Den kleinen Grillplatz haben wir mit unseren Jugendlichen zusammen angelegt, ohne Genehmigung sozusagen!"

„Und wo liegt das Problem? Bei nächtlicher Ruhestörung kann man doch die Polizei rufen."

„Ja, theoretisch. Einmal waren sie auch schon da. Aber was sollen sie tun? Du-du-du-das-darfst-du-nicht? Die haben kurz aufgehört zu grölen, haben die Musik leiser gestellt, und kaum war der Wagen um die Ecke, ging es von vorne los."

„Was sind denn das für Männer?"

„Ach Männer! Das sind Berufsschüler! Einer unserer Jungs hat in der Schule angegeben mit der Badestelle, dem Grillplatz, nachts nackt baden mit Mädchen, Alkohol in Strömen … und prompt kamen sie. Meist zu viert, fünft. Kofferraum voll Bier und Schnaps, Grillwürste und Musik der heftigsten Art. Unsere Jugendlichen fanden es erst einmal gut – sie fühlten sich geehrt. Sie haben wohl alle das Image der Dorftrottel verinnerlicht, und dann kommen so geile Kerle, von oben bis unten tätowiert mit großer Klappe. Vor allem ein paar unserer Mädchen fuhren auf sie ab, eine haben wir an die Stadtjugend verloren. Die findet unsere Jungs nur noch blöd und das Grillen am See und Gitarre spielen spießig. Wir hatten gehofft, dass es sich von alleine erledigt, zumal unsere Jungs schon bald keine Lust mehr hatten, aber da haben wir zu früh gehofft. Eine rechtliche Handhabe gibt es nicht. Und die Polizei ist so unterbesetzt, dass noch nicht mal das Büro besetzt ist, wenn sie zu zweit ausrücken."

Sie schwiegen beide.

„Die muss man vergrämen", sagte Babett nach einer Weile, „wie die Tauben in der Stadt oder die Wildschweine an der Grenze."

Hans lachte. „Und wie sollte das aussehen?"

„Darüber werde ich nachdenken", sagte sie. „Mir wird schon was einfallen. Was tun sie denn da unten außer Krach zu machen?"

„Sie saufen wie die Löcher. Sie versuchen, sich an die Mädels heranzumachen. Sie grillen wie die Verrückten, fressen und schmeißen den Abfall durch die Gegend, Fleischreste, Knochen und prompt haben wir Ungeziefer. Und Flaschenscherben. Bislang nur in der Feuerstelle und nicht auf der Wiese. Und sie behandeln unsere Jungs wie ihre Knechte. Geh' mal, hol' mal, war nicht genug Holz ..."

„Und die lassen es sich gefallen?"

„Mal so, mal so. Sie wollen keine Spielverderber sein, und sie wollen diesen Chaoten auch nicht das Revier überlassen."

Er sah Babett erwartungsvoll an.

„Ich geh' mir das Ganze mal ansehen. Vielleicht fällt mir was ein", sagte Babett und trank den Rest ihres Kaffees aus.

„Wär' schön", sagte er, grüßte und ging. Was sollte ihr schon einfallen, dachte er. Das sind aggressive Rowdies, die machen, was sie wollen. Die werden sich nicht durch irgendwelche Ideen stoppen lassen. Vergrämen wie Tauben. Eher sind es Wildschweine.

Am Donnerstag kam Hans wieder an der Treppe vorbei, auf der Babett saß. Neben ihrem Kult-Kaffeebecher hatte sie ein Klemmbrett und Papier und Stift liegen.

„Arbeiten Sie?" fragte er. „Sie wollten doch Ihre Familiengeschichte aufschreiben!"

„Ach, Hans, mit der ist es nicht so weit her. Die ist erst mal schon zusammengeschrumpft auf alle Männer meines Lebens. Aber ..."

„Aber die sind nicht so ergiebig, oder?"

„Oh, ergiebig wären sie schon. Aber sie sind so deprimierend."

Hans lachte schallend. „Alle?"

„Nein, nicht alle. Aber die, die nicht deprimierend sind, machen mich traurig, weil sie nicht mehr sind. Nein, ich habe Gedanken skizziert zu dem Treiben am Grillplatz. Mir ist einiges eingefallen. Ob es durchführbar ist, müssen Sie selber wissen. Wollen Sie sich nicht setzen?"

„Oh, das hätte ich nicht geglaubt", sagte er.

„Wieso nicht? Wenn ich es doch sage? Oder halten Sie mich für eine tüdelige Alte, die dummes Zeug von sich gibt?"

Hans wurde rot. „Tut mir leid! Nein, natürlich nicht. Aber ich dachte eher, dass Sie hier Ihre Ruhe wollen und sich keine Arbeit machen."

„Oh, das ist keine Arbeit. Klar will ich meine Ruhe, aber eben auch Freitagnacht, wie Sie alle ..."

Er sah sie erwartungsvoll an.

„Stromanschluss brauchen die wohl nicht?" fragte sie. „Da kann man also nichts kappen?!"

„Richtig. In der Bude läuft alles auf Batterie."

„Gut. Sie grillen. Dazu brauchen sie Holz. Woher kommt das?"

„Das stellen wir unseren Jugendlichen zur Verfügung. Das kommt aus unseren Haushalten, das haben wir erlaubterweise aus dem Wald."

„Und es muss gut durchgetrocknet sein!"

„Ja klar, sonst qualmt es nur."

„Das ist ein Ansatzpunkt. Es gibt eben kein Holz am Freitagabend. Wo lagert es überhaupt?"

„Aufgestapelt hinter dem Kiosk."

„Dann ist eben mal keines da, wenn die Chaoten anreisen."

„Ach ja", sagte Hans. „Ob das funktioniert? Es war mal zu wenig da für diese Dauergrillerei. Da haben sie die Jungs geschickt, von zu Hause Nachschub zu holen."

„Und? Haben die es gemacht?"

„Einmal ja, und das zweite Mal haben sie sich verabredet, einfach nicht zurückzukommen, bis ihnen einfiel, dass die Mädchen alleine mit den Chaoten geblieben sind. Da haben sie etwas Holz genommen und sind wieder hin."

„Nächste Möglichkeit, sozusagen als Steigerung, es gibt kein Holz und es gibt auch keine Jugendlichen, die sie schicken können."

„Dann fällt das Grillen fort, falls sie nicht auf unseren Grundstücken klauen gehen. Aber saufen, grölen und Mucke bis zum Anschlag reicht auch."

„Ja, aber ist nicht so schön. Das haben sie woanders vielleicht auch. Müsste man ausprobieren. Weiter: Die Seestraße sperren, dass sie gar nicht erst an den See kommen? Absperrung, großer Haufen Bauschutt, großer Haufen Sand … dann müssten sie ihre Kisten ein ganzes Stück tragen!"

„Geht nicht. Zum einen dürfen wir es nicht. Zum anderen müssen die Anwohner ja nach Hause kommen und zum dritten gibt es noch eine andere Einfahrt über den Hotelparkplatz ganz weit hinten."

„Es muss ja nicht alles auf einmal sein. Wir sollten die Vergrämungsaktionen staffeln. Ich würde vorschlagen, dass am kommenden Freitag eben nichts zur Verfügung steht. Keine Jugendlichen, kein Kartoffelsalat von Muttern, kein Stockbrot, kein Holz. Also Magerkost. Vielleicht machen sie dann wenigstens eher Schluss. Das wäre doch schon mal was."

Hans war verblüfft. Diese alte Frau! Will 'ne Hütte mieten zum Schreiben und Schwimmen, streift durchs Dorf, lässt

sich von Trude betüdeln und erweist sich als voll alltags-
tauglich.

„Und?" fragte Babett am Samstag.

„War ein Schuss in den Ofen. Unsere Kids sind murrend zu
Hause geblieben, und von den Chaoten ist keiner erschienen."

„Vorgewarnt?" fragte Babett.

„Nee, bestimmt nicht. Unsere Kinder haben vor diesem Pöbel so die Nase voll, dass sie keine Gemeinsamkeiten mehr
pflegen."

„Also Freitag dasselbe Programm!" empfahl Babett.

„Dann müssen wir unseren Kindern eine Alternative bie-
ten. Wir sind heilfroh, dass sie sich mit Lagerfeuer und
Würstchen und Klampfe zufriedengeben und nicht in die
Disco wollen. Mal sehen, was den Vätern hier so einfällt."

Der nächste Freitag war verregnet und kalt. Da passierte sowieso nichts. Aber ein Vater hatte einen Filmabend angekündigt, das Wohnzimmer halb ausgeräumt und alte Filme
gezeigt. Charly Chaplins „Diktator", Orson Wells „Der
dritte Mann", „M, eine Stadt sucht einen Mörder". Es war
ein voller Erfolg gewesen.

Es gab Kartoffelsalat und Würstchen, Knoblauchbrot und
Krautsalat, eine Riesenschüssel mit Stangenbrotscheiben
und nach Mitternacht eine Schüssel mit grünem Wackelpudding, dazu ein Krug mit Vanillesauce. Alle Familien
hatten etwas beigetragen. Alle hatten Angst vor dem

Abend, an dem ihre Kinder in die Disco abdriften und zugedröhnt morgens um sechs oder gar nicht mehr nach Hause kommen würden. Sie wollten heile Welt, und sie machten kein Hehl daraus.

Der nächste Freitag war ein Sonnentag, Ein milder schöner Abend. Kein Jugendlicher, kein Grillholz hinter der Bude, aber die Städter kamen. Diesmal waren es sechs. Ein paar Väter hielten sich jenseits der Straße hinter den Hecken auf. Sie horchten und schauten durch ihre Feldstecher.

Die Aufregung war deutlich zu hören. Aggressiv, ordinär, pöbelnd. Sie grölten nach den „Dorfdeppen", die gefälligst mit Holz antanzen sollten. Aber es tat sich nichts. Erwartungsgemäß wurde die Musik bis an den Anschlag gedreht, Es wurde gesoffen, Flaschen flogen über die Wiese und in den See und um 23 Uhr zogen sie mit Getöse, Gehupe und aufheulenden Motoren ab.

Die „Dorfdeppen" hatten teils mitgelauscht, teils waren sie zu einem Spieleabend mit voller Verköstigung bei einer ihrer Familien.

Als sich die Chaoten in der kommenden Woche wieder zeigten, hatten sie Verstärkung mitgebracht. Drei Autos, kistenweise Bier, kartonweise Schnaps ... und sie begannen, über die Zäune zu steigen. Die Telefonkette der Männer des Dorfes funktionierte. Erst mit höflicher Bitte, dann mit massiver Aufforderung zu verschwinden, und als alles nichts half und sie massiv bedroht wurden, rückte eine Vierergruppe mit Mistforken an. Schweigend, aber sehr nahekommend. Die anderen Männer hatten sich mit Holzscheiten bewaffnet, mit dem vermissten Feuerholz, notfalls, um zu werfen. So eine Kante an den Kopf …

Die jungen Kerle zogen sich auf den Badeplatz zurück und gaben lautstark kund, dass sie ein Recht dazu hätten. Schließlich sei der See Eigentum der Stadt und die Badestelle öffentliches Gelände. Das wurde ihnen bestätigt und dann wurden sie nachdrücklich mit Mistforken und Holzscheiten aufgefordert, ihre Flaschen aus dem See und von der Wiese zu sammeln. Sie stießen üble Verwünschungen aus und machten auch vor Drohungen nicht halt. Dann zogen sie ab.

„Was für ein Aufwand!" sagte Hans am Montag zu Babett. „Und alles, um einen ruhigen Freitagabend zu haben!"

„Nicht einen, sondern mindestens zwanzig den Sommer über!"

„Aber sie werden wiederkommen! Das ist doch inzwischen zur Machtfrage geworden. Und dann bringen sie Holz und Briketts und Gottweißwas mit!"

„Ja, sicher", sagte Babett. „Mit dem Taubenvergrämen in Venedig klappte es auch nicht auf Anhieb! Ich werde nochmal nachdenken."

„Zum einen sollten Sie schussbereite Kameras bei sich haben", sagte sie beim nächsten Treffen an ihrer Treppe. „Beweisaufnahmen! Einbruch, unbefugtes Betreten fremder Grundstücke, und da die meisten Fotoapparate heute auch filmen und Töne aufnehmen, haben Sie gleich Beleidigung, Bedrohung und ähnliches dabei!"

Hans starrte sie an. Was für eine Frau!

„Und dann ist mir noch was eingefallen: Gülle!"

„Gülle? Wohin? Um diese Jahreszeit darf nicht gegüllt werden!"

„Ich weiß. Wird ja auch nur eine Panne sein. Ein Leck. So was kommt vor. Die Feuerstelle liegt ziemlich nahe der Hecke. Hinter der Hecke ist ein schmaler Streifen Gras und daneben das Maisfeld. Da könnte doch am Freitagnachmittag bei gutem Wetter hinter der Hecke in Höhe der Feuerstelle etwas Gülle verlorengehen!"

Sie sah Hans erwartungsvoll an.

„Wir können doch nicht den Bauern überreden, sich mit seinem Gülletank zwischen Hecke und Mais zu quetschen, um dann einmal kurz den Hahn aufzudrehen."

„Hans, Sie haben keine Phantasie und auch wenig Problemlösungskompetenz (was gebraucht diese alte Frau denn für Begriffe?). Es ist zwar unappetitlich, aber sie haben doch alle Duschen zu Hause. Sie gehen mit Eimern zum Bauern, leihen sich ein wenig Gülle und leider, leider stolpern sie an der bewussten Stelle und schütten das Stinkezeug aus. Bis zur Feuerstelle sind es vier Meter, und wenn Sie es um 19 Uhr machen, haben Sie noch volle Wirkung, wenn die Chaoten kommen."

Hans brach in schallendes Gelächter aus. „Ich glaube, wir sollten Sie in den Gemeinderat wählen", sagte er, „als Fachfrau für Problemlösungsstrategien!"

„Gute Idee", antwortete Babett. „Ich werd's mir überlegen. Und denken Sie an die Kameras, ob mit oder ohne Gülle!"

Mit Kameras, aber ohne Gülle, entschieden die Männer. Ihre Söhne beobachteten die Aktionen ihrer Väter, Onkel und Großväter mit wachsendem Interesse. Sie forderten „mehr action" und Gülle für den Notfall. Der trat ein.

Die Jugendlichen hatten sich mit Baseballschlägern bewaffnet. Sie rissen Latten aus den Zäunen und merkten nicht, dass sie fotografiert und gefilmt wurden. Nach erneutem Mistgabeleinsatz zogen sie sich auf die Badewiese zurück, soffen, grölten und dann brach der Anführer die Würstchenbude auf. Er wollte die Gasflasche und das Grillgut, das es allerdings nicht gab. Er wurde mehrfach gefilmt.

„Prima", sagte Babett am nächsten Tag. „Nun haben Sie sie in der Hand. Erpressung!"

„Wie bitte?"

„Dieser Knabe wird auf dem Schulhof mit dem Fotomaterial konfrontiert, und er darf wählen: Entweder Anzeige – da ist ja einiges zusammengekommen – oder er bleibt mitsamt seiner Mischpoke von der Badestelle weg."

„Das ist wirklich Erpressung!"

„Ja, so funktioniert die Welt. Im Kleinen wie im Großen. Sehen Sie Nachrichten, lesen Sie den Teil der Zeitung für internationale Politik, ach je, auch nationale, da ist die Hälfte aller Übereinkünfte nichts als Erpressung."

„Nee!"

„Doch! Will der Westen keine Milliarden rausrücken, orientieren wir uns zu Russland hin. Wenn ihr unsere Gefangenen nicht freilasst, erschießen wir eure Geiseln. Wenn wir keinen dritten Ministerposten bekommen, suchen wir uns andere Koalitionäre, undsoweiterundsoweiter!!"

Hans nickte. Das haute ihn um. Aber recht hatte sie.

„Haben Sie Kontakte zum Jugendamt? Zur Jugendgerichtshilfe?" fragte Babett am nächsten Tag.

Hans sah sie fragend an und zuckte mit den Schultern.

„Wieso? Können die uns helfen?"

„Möglicherweise."

„Ich kann mal meine Frau fragen, die ist mehr in Richtung Soziales orientiert als ich. Aber wofür können wir die brauchen?"

„So wie der Anführer sich gebärdet ... das ist doch nicht sein erstes aggressives Auftreten, das ist ein anderes Kaliber. Es kann sein, dass er schon mal vor Gericht gestanden hat, und wenn er unter einundzwanzig ist, hat die Jugendgerichtshilfe Kenntnis."

„Und was machen wir damit?"

„Erpressung, wie gesagt. Wenn du nicht ... dann gehen die Fotos an die Jugendgerichtshilfe, an den Bewährungshelfer und ans Gericht. Das kann er sich aussuchen."

„Was passiert denn dann?"

„Dann geht er in den Bau. Für die alte Sache, und wenn Sie Anzeige erstatten, was sinnvoll wäre, dann kriegt er Zuschlag. Da kann er im Bau vom See und vom Grillen träumen."

Natürlich kannte Susanne Leute im Jugendamt.

„Bei so einer mickrigen Stadt", sagte sie. „Um was geht es denn?"

Hans erläuterte Babetts Ideen, und Susanne war voll Bewunderung für diese alte Frau.

„Die hat was drauf, die kennt sich aus. Aber du willst sie ja nicht nach ihrer beruflichen Tätigkeit fragen", sagte sie.

„Nee, will ich nicht."

„Fotos nützen nichts", erklärte er am nächsten Tag. „Die im Amt brauchen Namen! Woher sollen wir die kriegen? Ich kann mich doch nicht zu den Chaoten stellen und ihre Daten abfragen."

„Ach Hans, mindestens der Mitschüler, der sie hergeholt hat, wird die Namen doch kennen ... Und lassen Sie sich im Drogeriemarkt noch ein paar Abzüge machen."

„Bingo! Was gibst du aus? Pizza? Bei dieser Mammutaufgabe darf es gerne ein bisschen mehr sein. Also die Zuständige im Amt hat fast einen Schlag gekriegt – Name, schöne Fotos, der Kunde in voller Aktion – sie hat gesagt, nun sei er endlich fällig. Sie habe nur auf einen Anlass gewartet. Vorbestraft auf Bewährung, Bewährungshelfer von der sanften Sorte, immer nochmal und nochmal probieren. Sie würde ihn sich jetzt zur Brust nehmen mit allem Material, hätte von euch aber gerne noch was Schriftliches. Datum, Uhrzeit, Tätigkeiten und so weiter. Aber ihr müsst eben auch eine Anzeige schreiben. Das alles sind keine Offizialdelikte."

Hans stöhnte. „So viel Arbeit."

Aber Susanne hielt dagegen: „Wenn das Dorf dafür seine Ruhe kriegt und unsre Jugendlichen wieder ihre Grillabende haben?"

Babett war zufrieden. Auf Hans' Bitten erläuterte sie ihm den Begriff 'Offizialdelikt'. Seine Frau hatte er nicht fragen mögen.

„Und was ist jetzt mit der Erpressung?" fragte er.

„Die hat Ihnen wohl gefallen, was?" Babett lachte.

„Na ja, so was tut man nicht, aber mir hätte es Spaß gemacht."

„Wenn die ihn ohne Erpressung einbuchten, bleiben Sie ein guter Mensch und haben trotzdem Ihr Ziel erreicht."

„Und wenn er wieder rauskommt?"

„Ach Hans, das kann man erst mal abwarten. Vielleicht hilft Knast wirklich mal. Wenigstens abschreckend."

Ab sofort herrschte Freitagabend Ruhe. Die Jugendlichen räumten auf, richteten die Feuerstelle neu her, suchten den Seegrund nach Scherben ab und feierten ihre zurückgewonnene Freiheit.

Vom Gemeinderat gab es Grüße, von Susanne eine frische Blumenschale, von Trude eine Kaffeeeinladung mit dem Ersuchen, die Angelegenheit differenziert zu erörtern, und wenn sie unterwegs einen Jugendlichen traf, grüßte der sie mit Namensnennung. Babett strahlte innerlich. Sie fühlte sich geliebt. Sie gehörte dazu.

≈

Sie war abends zum See gegangen, um sich noch einmal eine halbe Stunde abzukühlen. Der Tag war sehr heiß gewesen. Auch im Wald stand die Luft, und sie war zügig nach Hause gelaufen, falls ein Gewitter käme.

An der Feuerstelle saßen ein paar Jugendliche. Sie achtete nicht auf sie, legte den Bademantel ab und ging langsam ins Wasser.

Als sie sich, angenehm abgekühlt, auf der Wiese abtrocknete, sah sie aus dem Augenwinkel, dass zwei Jungs auf sie zukamen. Der eine hielt einen Stock in der Hand. Bleib' ruhig, dachte sie, die Frage nach Flüchten oder Standhalten stellt sich nicht. Spätestens nach drei Schritten haben sie mich eingeholt.

Ein paar Meter entfernt bleiben sie stehen.

„Frau Abel, wir wollten Sie fragen, ob Sie Lust haben, sich ein bisschen zu uns ans Feuer zu setzen", sagte der eine. Der andere spielte mit dem Stock und fügte hinzu: „Heute gibt's nur Stockbrot, aber es ist sehr lecker. Und kühles Bier."

Babett atmete tief durch. „Gerne, ich mache mich nur fertig."

Ihr Herz klopfte bis zum Hals. Sie musste sich mühsam beruhigen, setzte sich hin, trocknete betont langsam die Füße ab, und als sie sich erholt hatte, ging sie auf die Feuerstelle zu.

Ein Mädchen kam ihr entgegen. „Ich bin Henriette. Sie können bei mir sitzen. Es ist genug Platz."

Babett nickte den Jugendlichen zu, fast nur Jungen. Die nickten und murmelten zurück, bis einer aufstand, ihr einen Stock mit Teig in die Hand drückte und sie fragte, was sie trinken möchte: Cola, Wasser, Bier ....

„Gerne etwas Bier", sagte sie, „aber ich kann nicht aus der Flasche trinken."

Sie lachten. Es klang freundlich.

„Und bitte nur ein halbes Glas, ich muss noch nach Hause."

Sie lachten wieder. Einer sagte: „Haben Sie Angst um Ihren Führerschein?"

Es war freundlich gemeint, ein liebevoller Ton, ein heiteres Lachen.

„Ich bring' Sie nachher zur Hütte", sagte Henriette. „Da oben ist es jetzt durch die Bäume schon sehr viel dunkler als hier am See."

Das war alles, was gesprochen wurde. Sie hielten ihre Stöcke über die Glut, tranken, einer klimperte leise auf der Gitarre, und dann fragte der mit dem Führerschein: „Haben Sie ein Lieblingslied, das wir Ihnen spielen können?"

Babett erschrak. ... Es liegt etwas auf den Straßen ... wollte sie nicht öffentlich machen. Es gehörte in ihr Herz.

„Wilde Gesellen vom Sturmwind durchweht", schlug sie vor. Aber das kannte keiner. Es ging ein bisschen hin und her. Alles friedlich, bis der Gitarrenspieler 'Ade nun zur guten Nacht' intonierte. Sie sangen. Babett sang mit. Sie war den Tränen nahe. Das war ihre Jugend gewesen. Freunde, See, Lagerfeuer, Dämmerung, Gitarren, Lieder, Friede.

Sie trank ihr Bier aus, nagte an dem Stock und sagte zu Henriette: „Ich will dann mal. Ich bin müde."

Als beide aufstanden, sangen die Jungs 'Gute Nacht, Freunde, es wird Zeit für mich zu geh'n', und Babett weinte wirklich.

„Schön haben Sie es sich hier gemacht", sagte Henriette voller Bewunderung, als sie die Tür aufgeschlossen und das Licht angeschaltet hatte. „Sehr schön! Wir sind froh, dass wir Sie hier haben."

≈

Susanne war die Schräge hochgeschnauft. Sie ließ sich ungefragt auf die Treppe neben Babett plumpsen. Oskar krabbelte zu ihr rüber. Es war später Nachmittag, also Frauchen-Stunde.

„Puh, das Wetter schafft mich. Wir haben fast Herbst und noch immer an die dreißig Grad. Ich ertrage es nicht mehr!"

„Möchten Sie ein Glas Wasser?"

Susanne nickte und wischte sich den Schweiß ab.

Babett erschien mit Gläsern, Flaschen und einem randvoll gefüllten Napf, auf den Oskar sich sofort warf.

„Ich komme von der Ostsee. Selbst wenn es heiß ist, weht dort ein Wind und kühlt. Dort habe ich nie geschwitzt, aber hier ..."

„Wie oft fahren sie noch hoch?" fragte Babett.

„Einmal im Monat, ein Wochenende. Ich besuche dort meine Kinder", sagte Susanne. Sie hatte geflüstert.

Babett war erschreckt. „Was ist passiert?" fragte sie entsetzt.

Susanne ließ sich mit dem Antworten Zeit. Sie trank, schenkte nach, zauselte den Hund, der irritiert in seine Wasserschüssel trat und alles nass spritzte.

„Ich bitte Sie, niemandem etwas zu sagen. Ich bin hier ohnehin nicht besonders geschätzt. Als Hans' erste Frau schwer krank war, gab es jede Menge Frauen, die schon mit den Hufen scharrten. Nach ihrem Tod interessierte Hans sich für niemanden, und dann erschien er plötzlich mit einer Fremden. Als hätte er mich aus der Rotlichtszene Thailands eingeschleust. Wenn nun auch noch bekannt wird, dass ich eine Rabenmutter bin, die ihre Kinder verlassen hat ..."

„Keine Sorge. Von mir erfährt niemand etwas. Warum sind Sie fort?"

Susanne dachte lange nach.

„Oberflächlich gesagt ... wegen Hans. Aber wenn eine Ehe gut und stabil ist, kann kein Außenstehender dazwischen. Mein erster Mann ist Beamter in der Straßenbaubehörde. Und nichts anderes war er in unserer Ehe. Als ich ihn kennenlernte, war die Stabilität das, was mich an ihm interessierte. Damals war alles so flippig, Ost-West, alles wirbelte durcheinander. Komischerweise meinten Westmänner, dass die Ostfrauen irgendwie urtümlicher, erdverbundener waren, noch unverdorbener sozusagen. Und die jungen Frauen hauten entweder in den Westen ab, oder sie umgirrten die zugezogenen Kerle. Da war mein Mann wie ein Fels in der Brandung. Aber er war immer nur Fels und leider keine Brandung. Er war ein Langweiler, stur, phantasielos, humorlos. Er hat sich weder mit mir noch mit unseren beiden Töchtern beschäftigt. Er hatte seinen Beruf und machte das Auto. Ab 20 Uhr Fernsehen. Punkt. Und dann lernte ich Hans auf einer Ausstellung kennen, Ernst Barlach, Käthe Kollwitz, Ricarda Huch. Skulpturen, Bilder, Graphiken, Texte. Wahnsinnig gut gemacht, und wir beide mittendrin. Es hat sofort gefunkt."

„Und die Kinder?"

„Ja, die waren mein Problem. Wir haben ihnen freigestellt, ob sie beim Vater bleiben wollen oder mit mir kommen. Sie wollten zu Hause bleiben, wohl eher wegen der Schule, ihren Freundinnen und der Ostsee vor der Tür. Sie können jederzeit zu uns kommen, aber sie haben kein Interesse. Mein Ex hat schnell wieder geheiratet … eine Kollegin, auch Beamtin im Straßenbau. Genauso dröge. Ich bin nur froh, dass die beiden Mädchen sich gegenseitig haben. Sie sind nur 11 Monate auseinander und kleben aneinander."

„Und wie verlaufen die Treffen?" fragte Babett beklommen.

„Nicht gut. Ich bin inzwischen die Fremde. Die Mädchen opfern mir jeweils den Sonntagvormittag. Aber ich halte dran fest. Sie sollen wissen, dass ich für sie da bin und sie sich jederzeit an mich wenden können. Es könnte dort ja auch mal eng werden."

„Schmerzt es Sie?" fragte Babett.

Susanne wischte sich den Schweiß vom Gesicht. Und die Tränen? Babett schaute nicht hin.

„Ich habe mit Hans mein Glück gefunden. Aber manchmal denke ich, dass ich für mein Glück die Kinder geopfert habe. Dann geht es mir schlecht. Hans tröstet mich, die Mädchen haben die Telefonnummern, Fax, E-Mail, Adresse natürlich. Wir sind rund um die Uhr für sie bereit. Das wissen sie."

Sie sah Babett an.

„Ist es besser für die Kinder, eine kalte Ehe weiterzuführen? Was mich aber über all die Zeit beschäftigt ist die Frage, wie sehr man sein eigenes Leben und das der anderen versaut, weil man eine falsche Entscheidung getroffen hat. Der richtige Mann, der richtige Beruf, die richtige Adresse, alle gesund, alle zufrieden ..."

„Man hat es nicht in der Hand", flüsterte Babett, „man denkt, es ist richtig so, weil es sich erst mal so anfühlt. Dass es die falsche Wahl war, weiß man erst später. Man kann das Leben ja leider nicht proben."

„Das hört sich an, als ob Sie auch nicht nur gute Erfahrungen gemacht haben", stellte Susanne fest.

Kann ich nun endlich über mein Leben reden? überlegte Babett. Wie hat Susanne sich angehört? Dahingesagt oder interessiert? Sie machte einen Versuch.

„Nein, nicht nur. Es war auch nicht so, wie ich es mir mal vorgestellt hatte."

„Was? Privat oder beruflich?" fragte Susanne.

„Beides."

Sie saßen friedlich nebeneinander und sahen der Sonne zu, die sich orange glühend hinter den hohen Buchen verabschiedete.

„Es wird früh dunkel jetzt", sagte Susanne. „Die Sonne ist so rot, es wird morgen nochmal heiß."

Dann rückte sie näher zu Babett und fragte:

„Mögen Sie drüber sprechen?"

„Hmh. Ich sehe es wie Sie. Man trifft am Anfang eine falsche Entscheidung und hat das ganze Leben davon. Ich hatte von einer glücklichen Ehe, einem Haus im Grünen und mehreren Kindern geträumt. Aber dafür habe ich danebengegriffen. Mein Mann war ein chronischer Fremdgänger. Die Ehe als Garage und Tankstelle, aber das eigentliche Leben lief woanders. Unter diesen Umständen gab's natürlich nur ein Kind und eine Mietwohnung."

„Puh. Das ist hart. Haben Sie denn nie einen besseren Mann kennengelernt?"

Babett dachte an 'alle Männer meines Lebens' und verneinte.

„Nein, da war nichts dabei. Und ich musste für meinen Sohn da sein und für meinen Beruf. Der forderte mich."

„Aber den hatten Sie hoffentlich richtig gewählt? Auf einer Ebene muss einem doch das Leben gelingen."

Babett dachte lange nach. Sie wandte Ihre Gedanken zurück. Sehr weit, annähernd 65 Jahre.

„Nein, da hatte ich andere Wünsche. Ich wäre so gerne in die Kunstszene gegangen. Am meisten hat mich die Bildhauerei interessiert. Mein Ideal war Rodin."

„Oh! Das war ja gleich sehr hoch gegriffen! Aber zu Beginn muss es auch so sein. Und was stand dem Wunsch entgegen?"

„Alles. Meine Mutter war dagegen. Wir waren damals ja erst mit 21 volljährig, also abhängig. Ich hatte schon das Abi gegen ihren Willen durchgesetzt und neben der Schule gejobt. Bafög gab es noch nicht. Drei Jahre später nochmal die Auseinandersetzungen habe ich gescheut. Außerdem wusste ich nicht, ob meine Begabung reichen würde. Ich konnte es nirgends ausprobieren. In der Schule hatten wir zwar Kunst, aber da wurde nur gemalt und analysiert. Und das dritte war der Werdegang. Ich habe sehr viel später erfahren, dass es in anderen Bundesländern einen leichteren Zugang zum Studium gab, aber bei uns war eine Steinmetzlehre die Voraussetzung. Drei Jahre! Der erste Steinmetz hat mich glatt ausgelacht, als ich mich erkundigte. Der zweite war netter. Aber er hat mir keine Hoffnung gemacht. Er hat mir alles gezeigt, vor allem welche Kräfte man braucht. Es war ja nicht nur das Draufloshämmern, sondern heben und transportieren. Das ging damals fast alles ohne Maschinen, also nur man-power. Ich habe dann entmutigt aufgegeben."

„Wie war es denn in den anderen Bundesländern?"

„Die hatten zum Teil nur ein sechsmonatiges Vorpraktikum, und da wurde keine Schwerarbeit verlangt, eher die Techniken."

„Und das wussten Sie nicht?"

„Woher? Internet gab es noch nicht. Bei anderen Jugendlichen haben vielleicht die Eltern geholfen, herumgefragt, herumtelefoniert, Beziehungen spielen lassen. Aber meine

Mutter wollte es nicht, Telefon hatte sie nicht und Beziehungen schon gar nicht."

„Ach, Frau Abel", sagte Susanne und legte ihr die Hand auf den Arm. „Und Sie hatten so schöne Träume!"

„Ja, die hatte ich. Höhenflüge! Die große Kunst, die großen Städte, Rom, Paris ..." Sie lachte leise. „Und das Allerhöchste war für mich ein Stipendium in der Villa Massimo in Rom. Ich kannte einen Zeichner, der mal für vier Monate dort war. Das war das Absolute."

Die Sonne war untergegangen, der Wind eingeschlafen. Es war noch immer sehr warm.

„Ob wir heute Nacht Gewitter kriegen?" fragte Susanne und dann: „Das konnten Sie also leider nicht. Was haben Sie stattdessen gemacht?"

Babett sah Susanne bedeutungsschwer an.

„Ich habe Verwaltungsrecht studiert!"

Susanne sah sie ungläubig an und lachte dann so laut, dass Oskar erschreckt seinen Kopf aus dem Fell hob.

„Das glaub' ich nicht! Ist das wahr? Das ist ja das komplette Gegenteil! Das ist ja Wahnsinn. Entschuldigung, aber ich war auf ein Handwerk oder auf Grafik gefasst. Frau Abel! Was haben Sie sich damit angetan? Und die Kunst?"

Babett kämpfte mit den Tränen. Das genau war es, worüber sie all die Jahre so gerne gesprochen hätte. Aber es hatte niemanden interessiert, Ihren Mann nicht, den Sohn nicht, all die merkwürdigen Männer nicht, die körperliche aber keine seelische Intensität wollten. Niemand außer Konrad. Außer einmal ganz zu Beginn angesprochen, gab es keine

Veranlassung, weiterhin darüber zu klagen. Beide hatten sie die Haltung zum Leben 'es ist so, wie es ist'. Und darin lag ihre ganze Resignation.

Nun weinte sie doch. Warum nicht? Susanne würde es verstehen.

„Frau Abel, es tut mir so leid! Haben Sie denn in der Freizeit Kunst gemacht?"

Babett schüttelte den Kopf. „Ich habe mich nicht getraut. Es wäre sicher nicht gut genug geworden."

Susanne schluckte herunter, was sie hatte sagen wollen. Es war eh zu spät. Andererseits – sie war erst 83, sie könnte doch noch …

„Waren Sie denn wenigstens in Ihrem Beruf zufrieden?" fragte sie besorgt.

„Ich habe meine Pflicht getan", sagte Babett, „so wie ich es zu Hause gelernt hatte: Der Mensch ist nicht zur Freude auf der Welt, sondern um seine Pflicht zu tun. Das war der Wahlspruch meiner Mutter, und der hat wohl ihr Leben nach dem Kriege aufrechterhalten. Sie hatte die Heimat verloren, ihren Mann, ihre Söhne. Sie war arm und hatte nur eine widerspenstige Tochter, die in die Künstlerszene abdriften wollte. Sie hat es wohl als ihre Pflicht angesehen, mich auf dem rechten Pfad zu halten."

„Ja aber … Verwaltungsrecht – das ist ja schaurig!"

„Nein, nicht wenn man mittendrin steckt und es beherrscht. Besonders sexy ist es nicht, aber man schult seinen Verstand und man muss auf dem Laufenden bleiben."

Susanne seufzte tief und dann saßen sie schweigend nebeneinander. Was gab es noch zu sagen?

Als sie mit Oskar auf dem Arm nach Hause ging – sie hatte sich schnell verabschiedet, weil sie keine Taschenlampe dabeihatte – dachte sie, wie schön es für diese alte Frau nun sein müsste, hier in einer Hütte nahe einem See und direkt am Wald zu leben. Vielleicht ist es Balsam für ihre arme kleine alte Seele.

≈

Erschöpft und seltsam verwirrt stieg sie den Weg zu ihrer Hütte hoch. Es war alles still, Hans war mit dem Puschelhund schon nach Hause gegangen. Sie hatte nicht gewollt, dass er sie sieht und fragt. Sie hatte eine Plastiktüte voller Papierschnipsel in den Container hinter dem Museum gebracht. Ludwigs und ihre Briefe.

Sie waren ihr noch einmal in die Hände gefallen, versteckt unter Büchern, wie in Hamburg. Geh' ran, hatte sie gedacht, stell' dich. Dass weder die Beziehung zu Ludwig noch ihr Schriftwechsel ein Vergnügen gewesen war, war unbestritten, aber ... so schlimm? Es war vierzig Jahre her. Sie war Anfang vierzig, ihr Mann schon von Bord gegangen, ihr Sohn in sich selber und seine Technik versponnen, der Dienst ein grauer Bürojob ... und dann war plötzlich ein Mann aufgetaucht, der ihr beim ersten Treffen die Hand aufs Knie legte, damit die Richtung vorgab und alles Weitere in die Wege leitete. Ludwig, der große Literat, der gefragte Journalist, der Wein- und Weibkenner, der umtriebig Reisende …

Ich wollte ein Stück vom Kuchen abhaben, dachte sie. Immerhin war es ein Kuchen, den er selber mitbrachte, auf den Tisch stellte und die Kuchengabeln dazulegte. Aber bevor ich mir eine Scheibe nehmen konnte, packte er alles wieder ein und vertröstete mich auf den nächsten Termin. Und ich fiel drauf rein. Nochmal und nochmal.

Sie hatte sich den roten Ordner mit dem Druckknopf auf den Tisch gelegt und die chronologisch geordneten Briefe – seine, ihre, seine, ihre – zu lesen begonnen. Irgendwann begann sie, sich zu schämen, zu schämen für die verliebte Frau, die sie damals war und für ihre Leichtgläubigkeit, ihre Anhänglichkeit, ihr Bemühen um den zwanzig Jahre älteren Mann, der mit ihr gespielt hatte. Wie muss er sich gebauchpinselt gefühlt haben! Immer, wenn sie nachließ, löckte er wider den Stachel, reizte sie, versprach ein Wiedersehen, eine Reise, und wenn sie darauf ansprang, hatte er keine Zeit. Du weißt, dass ich ein wichtiger Mann bin!

Einmal hatte er sie wissen lassen, dass er in Hamburg als Redner an einem literarischen Kolloquium teilnehmen würde. Ort, Zeit … und sie war hingegangen. Damit er sie nicht übersah, hatte sie sich in die erste Reihe gesetzt, vier Meter von ihm entfernt. Aber er übersah sie. Wie blöd bin ich bloß gewesen, nach der Veranstaltung zu ihm aufs Podium zu gehen? Als der Veranstalter merkte, dass sie beide zusammengehörten – haha! – hatte er sie spontan eingeladen, am gemeinschaftlichen Abendessen in einem der angesagtesten Restaurants teilzunehmen. Er hatte ihr die Hand gereicht, und sie angestrahlt – eine Freundin des großen Ludwig! Und der? Sagte 'Nein'! Es war einer der peinlichsten Momente ihres Lebens und dem des Veranstalters wohl auch.

Aber sie liebte ihn weiterhin. Nein, sie lief ihm hinterher – anders, so dachte Babett, kann man diese Beziehung nicht benennen. Er hielt ihr, dem Hündchen, eine Wurst vor die Nase, und wenn sie sich näherte, zog er sie zurück.

Und so lasen sich mindestens die Hälfte aller Briefe – seine wie ihre. Sie spürte ihren Blutdruck steigen. Sie merkte, dass sie ein heißes, rotes Gesicht bekam. Ihr wurde schlecht. Aber endgültig genug hatte sie gelesen, als er sie abkanzelte. Sie hatte ihm zum Geburtstag Herbst- und Liebesgedichte auf Kärtchen geschrieben und diese mit den schönsten ihrer Herbst- und Meeresfotos illustriert. Emotionaler Kitsch sei das, sie sei sentimental, ob sie immer noch nicht wisse, wer er sei … Sie hatte sich unendlich beschämt gefühlt, damals wie heute. Ein paar Wochen später hatte er alles kommentarlos zurückgeschickt. Wahrscheinlich hatte eine seiner Sekretärinnen die Aufgabe übernommen. Aber es hatte wohl noch immer nicht gereicht. Einige Zeit später erzählte er ihr, dass sein Lieblingsgedicht das der drei Zigeuner sei! „Drei Zigeuner fand ich einmal liegend auf einer Weide ..." Sie war fassungslos verstummt. Sentimentaler Kitsch hoch drei.

Und fassungslos war sie auch gestern Abend gewesen. Fassungslos über sich selber. Drei volle Jahre hatte dieser Wahnsinn gedauert, der sie emotional beschädigt hinterließ.

Sie hatte nicht mehr zu Ende gelesen. Je mehr Zeit ins Land gegangen war, umso schlimmer wurde es – und warum sollte dann die Korrespondenz freudvoller sein? Langsam hatte sie Brief für Brief zerrissen, ihre vier Schreibmaschinenseiten, seine neun handgeschriebenen. Über dem Plastikbeutel zerrissen, so dass die kleinen Schnipsel gleich in die Tüte fielen. Die würde niemand mehr zusammensetzen können. Dagegen waren die Schnipsel der Stasiakten ein Sonntagsspaziergang.

Ich kann noch nicht ins Bett, dachte sie. Die negativen Gefühle, Hass und Scham und Verletztsein mussten erst mal abklingen. Sie ließ sich am Seeufer nieder und lauschte auf die Stimmen des Abends.

≈

„Mein Liebes,

heute nur kurz. Mir sitzt der Herbst in den Knochen und der Lebensherbst auch. Erinnerst du dich an das kleine Büchlein von Georg Trakl 'Der Herbst der Einsamen'? Ich blättere ab und zu drin und denke daran, wie wir einzelne Gedichte so oft lasen, bis uns die Tränen kamen.

Dass du den Winter in Hamburg verbringen willst, finde ich vernünftig. Nichts geht über eine Zentralheizung und ein warmes Bad mit Badewanne. See und Treppe bleiben dir zum Träumen und ab Neujahr zum Planen. Mach' es wie die Reichen und Schönen: den Winter über in Paris, den Sommer an der Côte d'Azur. Oder London und San Francisco. Du hast Hamburg und Posemuckel.

Mit deinen Briefen und Telefonaten hast du mir ein halbes Jahr lang Freude gemacht. Ich habe dich für den Schritt ins Fast-Alaska-Abenteuer bewundert und beneidet. Gerne hätte ich dich und Oskar auf der Treppe besucht, aber ich war täglich in Gedanken bei dir. Wie fast mein ganzes Leben lang.

Danke, dass du mich hast teilnehmen lassen. Es hat mich vergnügt und verjüngt.

Gute Heimreise, einen warmen Winter, ein Überleben der Seuche und ein Wiederhören und -lesen spätestens, wenn du wieder mit dem Kaffeebecher in der Hand auf deine anderthalb Männer wartest.

Dein K., der dir aus ganzem Herzen für alles dankt."

Nach Hause würde er ihr nicht schreiben. Das kannte sie. Den Grund dafür kannte sie nicht.

≈

Ja Herr, der Sommer war wirklich sehr groß! Und heiß! Jetzt klingt er aus. Oktober – und immer noch warm, seltene Schauer, frühe Dunkelheit, lange Abende. Ich bin hin- und hergerissen, möchte bleiben, möchte fort. Es war so schön hier. Was treibt mich nach Hause? Andererseits, was hält mich?

Ich bin noch bis Anfang Oktober geschwommen. Man ist inzwischen an mich alte Verrückte gewöhnt. Hans war besorgt wie immer. Das Wasser war noch herrlich, aber die Luft oft schon kühl, wenn ich nicht gerade die Mittagswärme abpasste. Danach heißer Tee und mit Wärmflasche ins Bett zum Mittagsschlaf. Der Oskar-Molli war immer dabei, aber ins Wasser wollte er nicht. Ich habe ihn mal mit seinen vier Pfoten – er hat tatsächlich welche – ins flache Wasser gestellt. Er hat aufgeschrien und gezappelt, als würde der See kochen. Danach war er schwer beleidigt und hat sich in seinen Tragekorb zurückgezogen. Freiwillig.

Im Wald bin ich an den heißen Sonnentagen fast täglich gewesen. Es ging immer gut. Kompass und Handy hatten eine beruhigende Wirkung. Ab September begann der Wald dann tief herbstlich zu duften, feucht und schwer und modrig. Von diesem Geruch würde ich gerne ein Glas voll mitnehmen. Aufschrauben, schnuppern, mich erinnern …

Ich habe noch einiges zu lesen, aber wenig, das mich bannt. Ich schaue eher gelangweilt in die Bücher. Selten, dass ich mich festlese. In den letzten Tagen habe ich Stefan Zweigs 'Ungeduld des Herzens' gelesen. Was für eine Sprachfülle! Haben wir heute Entsprechendes? Die Zeit und die Zutaten sind die Garantie für Erfolg: Militär, Adel, Geld, unglückliche Liebe und Selbstmord. Aber was hat der Autor daraus gemacht! Leider habe ich nur alte Ausgaben, bei denen am Papier gespart wurde, eng, eng, eng. Und das bei meinen Augen, die schon so alt sind wie ich. Aber ich will noch die anderen zwei Zweigs lesen, und dann gehen auch sie in Juttas Grabbelkiste. Wieder was erledigt.

Jutta. Wir sind sehr vertraut miteinander geworden. Jeden Dienstag bis zu zwei Stunden, kurze Pause wegen Corona. Sie könnte eine interessante Frau sein, wenn sie von ihrem Lieblingsthema abkäme – ihrer Mutter. Grauenvoll. Ich habe sie mal darauf aufmerksam gemacht. Sie war sehr erschrocken, hatte es selber nie gemerkt. Sie lebt in einer Blase mit wenig Kontrasten, weil die Mutter sie kontrolliert und pünktliches Erscheinen verlangt. Wegen der Abendmahlzeit ... die Jutta bereiten muss, müde und abgehetzt. Irgendwann habe ich ihr ein Limit gesetzt: zwanzig Minuten Mutter zum Dampfablassen und dann Themenwechsel. Ich bin interessiert an Literatur, und sie ist Fachfrau, also los! Sie hat es akzeptiert. Manchmal hat sie gelacht, wenn ich sagte, dass die 20 Minuten um seien. Sie könnte so viel aus sich machen. Wenn sie könnte. Bevor ich fahre, will ich noch einmal in ihre Bücherstube, und einmal will ich sie zum Essen einladen. Das muss sie mit ihrer Mutter früh genug und konfliktgeladen regeln.

Also war es mit dem Lesen nicht so prall. Vielleicht sind meine Augen auch schon müde. Und es gab so viel anderes, besseres.

Und das Schreiben? Meine Familiengeschichte? Alle Männer meines Lebens? Es war ein interessantes Projekt, das ich mir selber verordnet hatte. So richtig in die Vollen bin ich nicht gegangen. Familie ist quantitativ wenig und qualitativ deprimierend. Wie sollte es auch in meiner Generation anders sein? Und die Männer? Als mir der Arbeitstitel einfiel, fand ich es ganz witzig, aber so richtig viel haben sie nicht hergegeben. Vielleicht hätte ich alle Tagebücher mitbringen und parallel zum Schreiben lesen sollen. Die, die ich mithatte, waren eine einzige Ansammlung von Klagen und Traurigkeiten – auch und vor allem, wenn es um irgendwelche Männer ging.

Das, was mir einfiel und was noch eine gewisse Substanz aufwies, habe ich ausgewertet. Eine Bilanz? Die besten Männer waren die, mit denen ich „nichts hatte". Die anderen waren durchgehend schwierig. Unerfreulich. Anstrengend. Frustrierend. Das, was sich mir nach der Sichtung der

Papiere und meiner Seele erschloss, war das Erstaunen über mich selber. Wieso hatte ich an manchen Männern so lange geklebt? Ich habe nie gesagt: Finito l'amore, passata la festa, Schluss, aus, vorbei! Es zog sich wie alter Kaugummi, und nochmal und nochmal, es muss doch gehen. Irgendwie. Ich mochte nicht mehr tiefer einsteigen, es wäre in den Keller meiner Seele gegangen. Und da weiß man nie, welche Leichen man findet und ob man es wieder hochschafft.

Gut, ich hab's versucht. Es war interessant, weil es sechzig Jahre meines Lebens umfasste. Falsch, erste Liebe ab 13, letzte Liebe mit 57 ... es sei denn, es kommt noch eine weitere letzte! Haha! Ich werde auch meine Tagebücher zerschnipseln und in Hans' Papiertonne geben. Ein würdiges Ende an einem würdigen Ort. Sicher werde ich dieses Projekt in Hamburg nicht weiterverfolgen. Ein Abschluss in meinem Leben, eine Entrümpelung, eine Entsorgung ...

Was hatte ich gewollt? Schwimmen, lesen, schreiben. Das habe ich alles getan, üppig und zufriedenstellend. Darüber hinaus hatte ich den Wald, dank Klaus. Er tat meiner Seele unendlich gut. Grünschattiges Schweigen und Duften.

Trudes Gemüsekörbe! So was Gutes in der Fülle hatte ich nie und werde es wohl nie wieder haben. Liebevolle Zusammenstellungen in jeder Woche. Oft etwas Besonderes obendrauf. Kräuter, Kuchen und Blumen. Nie 08/15, immer überlegt, immer das Aktuellste und Frischeste. Auch ihre Zuverlässigkeit! Sie hat immer geliefert mit Ausnahme des Donnerstags nach dem fehlgeschlagenen Gardinenkauf.

Von Susanne hätte ich gerne mehr gehabt. Sie ist so lebendig und so frisch. Und – auch wenn ich damit egoistisch bin – sie hat mich nach meinem Leben gefragt und hat mir zugehört. Bei ihr hätte ich mein ganzes langes Leben loswerden können, wenn wir mehr Zeit miteinander gehabt hätten. Aber ich glaube, Hans wollte es nicht. Ich weiß den Hintergrund nicht. Ich habe ihn nicht gefragt. Ich will nichts lostreten. Es ist so wie es ist.

Ja, Hans! Was hätte ich vom ersten Tag an ohne ihn gemacht? Von der Renovierung, der Ausstattung, der Sorge rund ums Haus bis zu seiner allmorgendlichen Visite. Täglich, zuverlässig, sorgend. Jedes kleinste Problemchen konnte ich ihm vorlegen, und im Handumdrehen war alles für mich geregelt. Oft noch am gleichen Tag. Er hat seine Hände über mich gehalten. Nie war ich so umsorgt. Nie im Leben lebte ich so sicher, so angstfrei.

Er wird im Winter wegen Corona nicht verreisen, wird fast jeden Tag im Gelände sein. Soll ich bleiben? Mir wird das Herz schwer, wenn ich an all die lieben Leute hier denke, die für mich gesorgt haben – zuverlässig und unaufdringlich. Ich war ihr Maskottchen. Das habe ich gerne akzeptiert.

Zur Abrundung, nicht zum Eigenlob, muss ich drei Ereignisse notieren, bei denen ich eine führende (??) Rolle gespielt habe. Ich, die Alte aus der Hütte! Der Einbruch im Museum, dessen Alarmsystem nicht funktionierte, jedoch meine Ohren und Augen. Dann die Beleuchtungsangelegenheit mit dem Lichtkünstler und seinem merkwürdigen Vertrag, vor dem Hans strammstand. Auch dafür waren sie dankbar. Auf alle Fälle habe ich dem Museum viel Elektrizitätskosten gespart, mehr als ich in meiner Hütte verbraucht habe. Gut ist es geworden, weniger protzig, zarter, diskreter. Die obere Etage mit den Papierexponaten steht noch aus. Klaus ist dran.

Und dann unser Husarenstück – die Vergrämung und Vertreibung der Wochenendstörer von der Badestelle. Das hat mir klammheimliche Freude bereitet. Uralte Hüttenbewohnerin tritt gegen jugendliche Chaoten an. Und siegt!

Diese Eingriffe haben mir meinen Status gesichert. Ich gehöre dazu – jedes Mal mehr. Ich bin ein Teil des Dorfes geworden. Das macht mich zufrieden und glücklich. Und stolz.

Alles war gut. Es war ein großer Sommer, der größte meines Lebens, der beste, der rundeste, der vollste, der glücklichste.

Der glücklichste – ich mag nicht dran denken. Das Glück dieses Sommers war ein Mohairknäuel, das sich langsam zu einem Schmusefettmops entwickelte, der mit mir sprach, mich begleitete, mich taglich beglückte ab dem Moment, in dem Hans ihn mir morgens auf den Arm setzte.

Wenn ich fahre … ich mag nicht daran denken.

≈

Sie standen sich gegenüber. Ein hilfloser Hans, der nicht wusste, wie er mit dieser Situation umgehen sollte, und vor ihm die weinende alte Frau, die fast erdrückt wurde von

Oskar, dem Monsterhund, der sich an sie klammerte und ein wimmerndes Geräusch von sich gab.

„Sie können doch bleiben", versuchte Hans, „Sie brauchen doch nicht zu fahren. Sie haben doch sowieso keine Fahrkarte. Wir können sofort zurück, ich schalte den Radiator ein, Sie machen sich einen Kaffee, und Oskar bleibt noch ein paar Stunden bei Ihnen."

Babett schluchzte in Oskars Fell.

„Oder sie kommen bald wieder. Es ist doch Ihre Hütte! Sie brauchen nur einen Tag vorher anzurufen, dann ist geputzt und geheizt und ich stehe mit Oskar am Bahnhof."

Babett schluchzte. Die Tränen liefen in Oskars Fell und auf ihre Jacke. Hans sucht nach einem Taschentuch. Er zog es aus der Hosentasche, schüttelte Holzspäne und eine Cent-Münze raus und gab es ihr. Sie nickte und putzte sich Nase und Augen.

„Sie können doch auch zu Weihnachten kommen. Wir würden uns alle freuen, und sie wären bestimmt nicht alleine. Meine Frau backt, Trude kocht, wir machen es Ihnen schön mit Weihnachtsschmuck, und Oskar könnte die ganzen Tage bei Ihnen sein."

Babett nickte und schluchzte.

„Frau Abel, geben Sie mir den Oskar. Der Zug steht schon da. In ein paar Minuten fährt er ab. Oder Sie bleiben? Komm, Oskar."

Aber Oskar wollte nicht. Er klebte mit seiner ganzen Fülle an Babett, die Vorderpfoten auf ihrer Schulter und beide weinten.

„Komm, Oskar", sagte Hans noch mal und löste eine Pfote nach der anderen aus Babetts Jacke. Oskar wehrte sich heftig, strampelte und protestierte. Babett schluchzte.

Als er Oskar mit einem Ruck zu sich herziehen wollte, zappelte er so, dass Hans vor Schreck losließ und Oskar fiel. Kurz vor dem Boden stoppte sein Fall, er hing in seinem Geschirr in der Luft und schrie. Wenn er jetzt nur ein Halsband hätte, wäre er erhängt, dachte Hans und versuchte, den Klops hochzuhieven und die Leine zu entwirren. Er nahm Oskar auf den Arm und wollte Lebewohl sagen. Aber Babett verschwand gerade in der Zugtür, der Schaffner reichte ihr die Reisetasche, pfiff und das Bähnlein setzte sich in Bewegung.

Hans schluckte. Er griff nach seinem Taschentuch und musste feststellen, dass es sich gerade auf dem Weg nach Hamburg befand. Er setzte den Flokati-Verschnitt auf den Boden, nahm die Leine und sagte: „Baby ist jetzt vorbei, Dicker. Ab heute bist du Hund."

Aber Hund saß. Er ließ sich etwas über die Bodenplatten ziehen und protestierte so lange, bis Hans ihn auf den Arm nahm und sagte: „Da steht uns ja noch was bevor!"

Als Susanne mittags nach Hause kam, fand sie Oskar in seinem Korb in vollem Geschirr. Die Leine war um das Tischbein gewickelt. Auf Ansprache reagierte er nicht. Beim Streicheln wimmerte er. Was ist das denn? Und wo ist der Herr des Hauses?

Der Herr des Hauses duschte. Um 14 Uhr duschen? Was ist denn hier los? Dann fiel ihr ein, dass kurz nach zwölf

Babetts Zug in Richtung Heimat abgefahren sein sollte. Oh du meine Güte, dachte sie, da will ich mal lieber noch einen Spaziergang zum See machen.

Als sie zurückkam, saß Hans im Bademantel am Tisch mit Oskar auf dem Schoß. Beide in Moll. Hans mit roten Augen.

„Du siehst aus, als ob ..." sagte sie, aber Hans unterbrach sie: „Ich bin erkältet!"

Ach ja, Männer und ihre Seelenschmerzen, dachte sie, da will ich mal lieber nicht dran rühren. Und Oskar schien in dieser Beziehung auch ganz echter Mann. Du hast doch bei den 17 Grad Mittagstemperatur nicht in der Badehose auf dem Abfahrtsgleis gestanden, hätte sie am liebsten gesagt, blieb aber fürsorgliche Gattin.

„Dann leg' dich mal lieber ins Bett. Ich mach' dir eine Wärmflasche und einen Ingwertee mit Honig, das tut gut und morgen bist Du wieder fit."

Als sie mit den Therapeutika ins Schlafzimmer kam, sah sie auf dem Kopfkissen den Schopf von Hans und daneben einen Schopf aus Mohair. Sie legte die Wärmflasche an Hans' Füße, stellte den Tee auf den Nachttisch und sagte:

„Der schmeckt auch kalt."

Sie machte es sich im Wohnzimmer gemütlich und seufzte. Bloß gut, dass die kleine Frau Abel nicht fünfzig Jahre jünger ist, dachte sie, dann hätte ich ein Problem.

Hans blieb drei Tage im Bett, ließ sich versorgen, tröstete sich mit Oskar, der nicht fressen wollte, was seiner Figur gut bekam, und stand dann mannhaft auf.

„Ich muss ins Museum", sagte er. „Auch wenn es geschlossen bleiben muss, braucht es Aufsicht."

Er setze Oskar auf den Boden, legte ihm das schmucke rote Geschirr an und sagte: „Los Hund, ab heute wird gelaufen."

Und Oskar lief.

VI. Der letzte Brief

„Was machst du denn hier um diese Uhrzeit?" fragte Trude.

Hans zog die Schultern hoch.

„Nicht gut?" fragte Trude.

„Nein", antwortete Hans.

„Komm' rein. Willst'n Kaffee?"

„Hmh."

„Setz' dich."

Während Trude sich an der Kaffeemaschine zu schaffen machte, legte er einen dicken Briefumschlag auf den Tisch.

Trude stellte zwei Becher hin, holte eine Packung H-Milch aus dem Kühlschrank und setzte sich ihm schweigend gegenüber.

Hans goss langsam Milch in den Becher, rührte um und nahm einen Schluck. Beide schwiegen. Im Schweigen waren sie beide geübt.

„Ich hab' Post aus Hamburg", sagte Hans, und es hörte sich an, als hätte er mit Tränen zu kämpfen.

Trude sagte nichts.

Er schob den Umschlag über den Tisch, aber Trude ließ ihn liegen. Dann fragte sie knapp:

„Tot?"

„Hmh", machte Hans.

Sie tranken ihren Kaffee aus, Trude schenkte nach.

„Schade" sagte sie. „Sie wird uns fehlen."

„Hans blickte erstaunt auf. So ein emotionales Eingeständnis hätte er von Trude nicht erwartet.

„Wer hat denn geschrieben?" fragte sie.

„Ihr Sohn."

„So einen dicken Brief?"

„Nein, der hat nur kurz geschrieben, aber Frau Abel hat ..."

„Wie das, wenn sie tot ist?"

„Sie hat aus der Reha geschrieben. Sie ist im Winter auf der Straße gestürzt, hat sich alles Mögliche gebrochen, aber in der Reha ging es schon wieder. Nur hat sie sich für diesen Sommer abgemeldet, weil sie meinte, dass sie erst mal noch nicht würde schwimmen können. Du weißt, der See war ihr Liebstes."

Trude nickte: „In ihrem Alter. Und ständig im Wasser. Da musste man sich auch erst mal dran gewöhnen."

„Hmh."

„Und wieso tot?"

„Ihr Sohn schreibt, dass sie in der Reha eine Lungenembolie bekommen hat. Sie war sofort tot."

„Na, wenigstens etwas", sagte Trude und fügte dann zur Verwunderung von Hans hinzu: „Im Pflegeheim konnte man sie sich nicht vorstellen, oder?"

„Nee", sagte Hans. „Schlecht."

Sie saßen schweigend beieinander und blickten durch das Küchenfenster auf die kleine beschattete Seestraße.

„Hier ist sie immer gern gegangen", sagte Hans.

„Hmh, ich habe sie oft gesehen. Sie wirkte aber nicht einsam, oder?"

„Nein", sagte Hans, „sie war auch nicht einsam. Nicht hier im Dorf. Sie hatte uns, dich und mich und Susanne und Jutta und die Pauls. Und sie saß so gerne auf ihrer großen Treppe mit dem Kaffeebecher in der Hand. Stundenlang konnte sie da sitzen, und sie wirkte immer zufrieden."

„War sie wohl auch."

„Hmh."

Nach langer Pause fragte Trude:

„Was wird mit ihren Sachen?"

„Ein paar Möbel waren ja nur geliehen. Und alles andere sollen wir behalten, hat der Sohn geschrieben. Verteilen oder verkaufen."

„Wird schon werden", sagte Trude.

„Hmh."

„Ich will nichts", sagte sie später. „Ich hab' genug, aber wenn ich vielleicht ihren Kaffeebecher zur Erinnerung haben könnte?"

Trude sentimental!

„Ich bring' ihn dir vorbei", sagte er. „Er ist ja auch sehr schön. Und es passt so viel rein."

Als er zur Tür ging, legte Trude ihm die Hand auf den Arm und sagte leise:

„Sie fehlt uns. Ich habe oft gedacht, man braucht keine Angst vor dem Alter zu haben. Komm' vorbei, wenn du

mich brauchst. Wir haben uns hier im Dorf doch gegenseitig."

Als sie wieder am Küchentisch saß, öffnete sie den Brief,
den Hans liegengelassen hatte, und las ihn aufmerksam. Sie
hat gewusst, dass es nicht nur der kommende Sommer sein
würde, dachte sie. Sie hat gewusst, dass sie sich von ihrer
Hütte am Wald und von dem See und von uns verabschieden musste. Aber sie hat bei uns eine schöne Zeit gehabt,
die Frau Abel mit ihren 83 Jahren und ihrem Kaffeebecher.

≈ ≈ ≈

Von der Autorin Christine Swientek:

Jeff

Rache – Eiskalt

2023

Jeff hat sich auf eine Baude in den Alpen zurückgezogen. In die Einsamkeit der Bergwelt, hat er gesagt und sich bedeutsam gefühlt. Die Einsamkeit, die weißen Berge, das weiße Schreibpapier - alles macht ihn verrückt. Er kann nicht arbeiten. Er hat Fluchtgedanken. In diese Situation platzt ein Telefonat: sein verhasster Bruder, der ihm einst nach dem Leben trachtete. Katharina liegt im Sterben. Sie will dich sehen. Aufgelegt. Keine Rückrufmöglichkeit. Er fährt.

Nach 14 Stunden Fahrt durch Eis und Schnee kommt er bei der Sterbenden im Krankenhaus an. Er habe ihr Leben auf dem Gewissen und deswegen solle er ihren letzten Willen erfüllen. Sie wolle auf ihrer Insel am Strand sterben und er müsse sie dort hinbringen. Jeff gehorcht. Er hat Schuldgefühle. Er legt sie ins Auto und fährt weiter nach Norden. Er durchlebt alle alten Ängste, allen Hass, alle Unsicherheit seines Lebens. Er überlegt, wie er die Sterbende loswerden könnte.

Ein Blick auf den Zettel mit der Fahrtroute, den Katharina ihm in die Hand gedrückt hat, lässt ihn erschrecken: mit der Fahrt hat sein Bruder ihn in die Falle gelockt. Er ist vernichtet. Sie erreichen das Ziel ...

Von der Autorin Christine Swientek:

Meredith

Fordre niemand mein Schicksal zu hören

2023

Meredith verlässt Europa, um sich an der Seite eines ihr kaum vertrauten Mannes ein neues Leben aufzubauen. Während der Überfahrt versucht sie, ihr bisheriges Leben mit Höhen und Tiefen in einem Tagebuch zu ordnen.

Die Angst, in der neuen Heimat auch nach 30 Jahren noch wiedererkannt zu werden, bestimmt ihren Alltag. Ihr Fall ging damals mit Foto durch alle Medien.

Trotz ihres neuen Künstlernamens ist sie für einen Menschen präsent geblieben. Der Hass verbindet beide. Sie hat mit dem Feuer gespielt und sich geoutet. Als nach Jahren eine E-Mail eintrifft, die den Besuch ankündigt, muss sie handeln, um noch Zukunft zu haben. Ihr mörderischer Plan gelingt, aber das Schicksal lässt nicht mit sich spielen.